DIE VERMISSTEN MÄDCHEN

WEITERE TITEL VON LESLIE WOLFE

DETECTIVE KAY SHARP

Der Ausflug

Die vermissten Mädchen

Die letzte Schwester

IN ENGLISCHER SPRACHE

The Girl from Silent Lake

Beneath Blackwater River

The Angel Creek Girls

The Girl on Wildfire Ridge

DIE VERMISSTEN MÄDCHEN

LESLIE WOLFE

Übersetzt von Jasmine Hofmann

bookouture

Herausgegeben von Bookouture im Jahr 2022

Ein Imprint von Storyfire Ltd.
Carmelite House
50 Victoria Embankment
London EC4Y 0DZ

www.bookouture.com

ISBN: 978-1-80314-758-1
eBook ISBN: 978-1-80314-757-4

DANKSAGUNG

Besonderer Dank geht an den New Yorker Rechtsexperten und guten Freund Mark Freyberg, der die Autorin fachkundig durch die Verworrenheit des amerikanischen Justizwesens geleitet hat.

EINS

HINTER DEM WASSERFALL

Malia hatte sich eine Blüte ins Haar gesteckt.

Nicht bloß irgendeine Blüte – eine Plumeria, für die sie sich durch sämtliche Qualen des Online-Shoppings gekämpft hatte, damit sie auch ja noch an diesem Morgen zum Hotel geliefert wurde, gerade rechtzeitig für den geplanten Ausflug zum Wasserfall des Blackwater Rivers. Sie hatte ein kleines Vermögen dafür bezahlt und jeder Cent war es wert gewesen.

Sie trug die duftende Blüte über dem linken Ohr, ein hawaiianischer Brauch, mit dem sie der ganzen Welt verkündete, dass ihr Herz vergeben war. Vergeben an Tobias Grabowsky, einen siebenundzwanzigjährigen Computer-Nerd aus San Francisco, gutaussehend und ein wenig eigen, dem die symbolische Bedeutung der Plumeria vermutlich entgehen würde, wenn sie ihm denn überhaupt auffiel.

Aber das war ihr egal. Sie achtete dennoch darauf, dass die Blüte perfekt zur Geltung kam, dass ihr Haar wunderschön glänzte und der Duft der Plumeria sie umgab wie eine Himmelswolke, die Liebe und Glück verhieß. Sie wünschte, sie hätte für diesen besonderen Anlass etwas anderes anziehen können. Sie erschauderte schon bei dem Gedanken daran, in cremefarbenen Wandershorts und einem roten Tanktop einen Antrag zu bekommen und nicht etwa in einem luftigen weißen Kleid, in dem ihre nackten Schultern zur Geltung kämen. Aber sie musste so tun, als wüsste sie nicht, warum Toby an diesem Morgen mit ihr zu den Blackwater River Falls wandern wollte, und sich dementsprechend zweckmäßig kleiden.

Sie kannte den Grund – sie drehte vor Aufregung fast durch, seit sie den Diamantring in seiner Jackentasche gefunden hatte.

Zuerst hatte ihr sein merkwürdiges Verhalten an dem Abend, an dem sie in Mount Chester angekommen waren, Sorgen bereitet. Kurz nach dem Abendessen, das ihnen von einer Blondine serviert worden war, deren tiefer Ausschnitt alles andere als jugendfrei war, war Malia aufgefallen, dass Toby immer wieder seine rechte Jackentasche abgetastet hatte, so als hätte er sich vergewissern wollen, dass dort etwas Wertvolles immer noch sicher verstaut war. In diese Tasche hatte er zuvor das Wechselgeld und die Rechnung vom Abendessen gesteckt, weshalb Malia befürchtete, dass Miss Riesenausschnitt ihm ihre Nummer zugesteckt haben könnte. Den restlichen Abend über konnte sie es kaum abwarten, zurück aufs Hotelzimmer zu gehen. Dort wartete sie mit der Geduld einer hungrigen Spinne darauf, dass Toby endlich duschen ging. Dann stürzte sie sich auf seine Jacke und sah, was in der Tasche versteckt war.

Das einkarätige Prachtstück war sicherlich nicht für Miss Busen bestimmt.

Noch bevor Toby wieder aus der Dusche kam, hatte sie sich einen Plan zurechtgelegt. Sie würde alles daransetzen, dass dieser Tag unvergesslich würde. Auch wenn sie Wanderhosen tragen musste – alles andere würde perfekt sein.

Von ihrem Hotel aus war es zu den Blackwater River Falls eine etwa einstündige Wanderung. In gemächlichem Tempo bestiegen sie durch einen atemberaubend schönen, herbstlichen

Wald den westlichen Abhang des Mount Chester. Weiter bergaufwärts wurden die Eichen und Ahornbäume nach und nach von Kiefern und anderen Nadelbäumen abgelöst, deren Zapfen überall auf den Wegen lagen. Händchen haltend und voller Elan wanderten sie voran. Sie war so ungeduldig, dass Toby mehrmals fragte: »Warum die Eile?« Daraufhin lächelte sie bloß und ging ein wenig langsamer, hielt sogar kurz inne, um die Lippen auf seine zu drücken. Dann preschte sie schon wieder bergaufwärts.

Sie hatten noch gute zehn Minuten zu gehen, als sie bereits das Rauschen des Wasserfalls vernahmen. Aus der Ferne war es zwar nur schwach, hallte aber dennoch unverkennbar klangvoll von den felsigen Berghängen wider.

»Ich kann ihn sehen!«, rief Malia fröhlich, ließ Tobys Hand los und stürmte voraus. »Wir sind da!«

»Zweifelsohne«, erwiderte Toby schwer keuchend. »Aber er wird auch in ein paar Minuten noch da sein«, witzelte er und blieb einen Moment lang stehen, um sich umzuschauen.

Sie eilte zu ihm zurück, schnappte sich seine Hand und zog ihn weiter.

»Komm schon, du kannst Pause machen, wenn wir da sind«, beharrte sie. Mit einem schicksalsergebenen Seufzer folgte er ihr. »Du musst mal mehr Sport machen«, fügte sie hinzu. Sie selbst war alles andere als außer Atem, vielmehr schien ihr die frische Luft einen zusätzlichen Energieschub zu geben. »Den lieben langen Tag hockst du nur vor dem Bildschirm«, begann sie, doch dann biss sie sich auf die Lippe. Vielleicht sollte sie erst nach der Hochzeit anfangen, ihn zu kritisieren. Bei der Vorstellung von sich selbst als nörgelnde Ehefrau, die die Hände in die Hüften stemmte und ungeduldig mit dem Pantoffel auf den glänzenden Hartholzboden ihres zukünftigen Zuhauses klopfte, musste sie laut lachen.

»Was?«, fragte er.

»Ach nichts, ich bin einfach nur glücklich«, erwiderte sie.

Sie hob die Arme in die Luft und wirbelte übermütig im Kreis. »Wuhuu!«, rief sie und das Bergecho hallte prompt zurück. »Hast du das gehört?«

»Ja, genau wie halb Kalifornien.«

Sie boxte ihn in die Seite und brach in schallendes Gelächter aus, als er theatralisch zu Boden sank und sich ächzend die Seite hielt, als würde er gleich qualvoll sterben. Jetzt war das weiße T-Shirt, in dem er um ihre Hand anhalten würde, voller Kiefernnadeln und Dreck, doch das machte ihr viel weniger aus als gedacht. Sie liebte es einfach, ihn lachen zu hören.

Als er wieder auf den Beinen war, tastete er kurz seine Jackentasche ab und wischte sich grob den Dreck von den Schultern. Sie fuhr ihm mit den Händen über den Rücken, um den Baumwollstoff auch da vom Gröbsten zu befreien. Dann nahmen sie sich wieder bei den Händen und liefen rasch weiter.

Nach nur wenigen Minuten erreichten sie den Waldrand und hielten Hand in Hand an, um den hohen, schmalen Wasserfall, der von rostrot gefärbten Felsen umgeben war, vor dem strahlend blauen Himmel zu bewundern. Immer noch außer Atem warf Toby ihr einen langen, liebevollen Blick zu, so als überlegte er, was er als Nächstes tun sollte. Dann ging er in die Knie, um sich die Schuhe aufzubinden.

»Was machst du da?«, fragte Malia voller Enttäuschung. Ihr Herz hatte einen Augenblick lang ausgesetzt, denn sie dachte, er würde vor ihr auf die Knie gehen und vor dem majestätischen Wasserfall um ihre Hand anhalten. Und jetzt war er bloß damit beschäftigt, die Schnürsenkel seines linken Sneakers zu entwirren.

Er trat seine Schuhe beiseite und bedeutete ihr, es ihm gleichzutun. »Komm, wir gehen rein.« Er deutete auf den Wasserfall. »Hinter den Wasservorhang. Ich habe gelesen, dass dahinter eine kleine Höhle sein soll. Das Wasser ist auch nicht tief.«

Bei der Vorstellung, mit den nackten Füßen in das eiskalte Wasser zu steigen, zögerte sie. Doch sie zwang sich ein Lächeln aufs Gesicht, zog Schuhe und Socken aus und wankte auf Zehenspitzen über den scharfkantigen Kies, der den Weg zum Wasserbecken bedeckte.

Toby sprang ohne zu zögern als Erster hinein. »Okay, das ist wirklich eiskalt. Aber nach einer Zeit merkt man es kaum noch«, versicherte er ihr, sobald er wieder zu Atem kam. »Komm schon.« Sanft zog er an ihrer Hand. »Spring mit mir zusammen.«

Ein strahlendes Lächeln hellte ihr Gesicht auf. Sie war sowas von bereit, mit ihm zusammen zu springen, direkt in ihr neues gemeinsames Leben. Zögerlich trat sie mit einem Fuß ins Wasser, dann mit dem anderen. Er behielt recht. Schon nach kurzer Zeit spürte sie die Kälte nicht mehr so stark.

Sie wateten auf den Wasserfall zu. Bei dem Gedanken daran, durch diese eiskalte Dusche zu gehen, um in die Höhle zu gelangen, verzog sie das Gesicht. Doch das mussten sie gar nicht: Da war eine schmale Öffnung an der Seite, breit genug, um hindurchzuschlüpfen. Im Inneren der düsteren Höhle war das laute Rauschen des Wasserfalls nur gedämpft zu hören und wirkte wie in weiter Ferne, so als würde das Tosen von der Stille der Höhle geschluckt werden. Das wenige schwache Licht, das durch das reißende Wasser drang, erreichte gerade so die glänzenden Wände.

Einen Augenblick lang sah sie sich um. Die Felswände waren grünlich und rostrot verfärbt, hier und da von grau-weißen Flecken bedeckt, wo der Granit auf kalkhaltiges Gestein traf. Sie tauchte die hohle Hand ins kalte Wasser, um ein wenig davon zu probieren, doch Toby griff nach ihrer Hand, bevor sie ihre Lippen erreichte.

»Das würde ich nicht machen«, meinte er. »Man weiß nie, was da alles drin ist.«

Sie blickte auf das Wasser, das immer noch in ihrer Hand war. »Sieht fast aus, als wäre es leicht rosa. Oder ist das nur das Licht?«

»Vielleicht das Gleiche, was auch die Wände so verfärbt hat.« Er blickte sich kurz um; dann lächelte er breit und sichtbar nervös. »Aber ich bin nicht zum Höhlenforschen hier.« Er ließ sich auf ein Knie ins eisige Wasser sinken, holte eine schwarze Samtschachtel hervor und offenbarte den Ring darin. »Ich wollte, dass wir zwei ganz alleine sind, du und ich, meine liebste Malia, wenn ich dich frage: Willst du meine Frau werden?«

In gespielter Überraschung und voll ehrlicher Freude riss sie die Augen auf und lächelte breit. Aufgeregt klatschte sie in die Hände, dann reichte sie Toby ihre linke. Er nahm den Ring aus der Schachtel und steckte ihn ihr an den Finger. Freudestrahlend sah sie ihn an, prägte sich jedes Detail dieses Augenblicks ein, um ihn für immer in Erinnerung zu behalten, bis dass der Tod sie scheiden würde.

Dann stieß sie einen langen, durchdringenden Schrei voller Entsetzen aus.

Eine blasse Hand mit langen, schmalen Fingern streifte Tobys Wade, trieb sanft im wogenden Wasser.

Toby sprang auf und stürzte zu ihr, packte sie bei den Schultern. »Was? Was ist los?«

Stumm deutete sie auf die Leiche, die unter der Wasseroberfläche sanft vor- und zurücktrieb. Im trüben Licht war sie kaum zu erkennen.

Toby schaltete die Taschenlampenfunktion seines Handys ein und sie sahen, dass der Körper des Mädchens durch einen schweren Felsbrocken am Grund der Höhle fixiert wurde. Das Wasser war nur etwa dreißig Zentimeter tief und das lange dunkle Haar und der rechte Arm des Mädchens trieben an der

Oberfläche, wurden durch das stetige Tosen des Wasserfalls und die Strömung Richtung Höhleneingang gezogen.

Sie wirkte lebendig, wie ihr Haar sacht im Wasser wogte, als würde es im Wind wehen, das schöne Gesicht makellos und die roten Lippen leicht geöffnet, als würde ihnen ihr letzter Atemzug entweichen. Sie schien sie entsetzt und überrascht anzustarren, der Schrecken in ihren Augen immer noch greifbar. Ein kleines rotes Medaillon trieb direkt neben ihrem Gesicht, befestigt an einer silbernen Kette, die immer noch um ihren Hals lag.

Sie konnte nicht älter als siebzehn Jahre alt sein.

Detective Kay Sharp musste sich immer noch daran gewöhnen, wieder mit ihrem Bruder zusammenzuwohnen. In dem Haus, in dem sie aufgewachsen waren und das zuvor acht Jahre lang der Vergangenheit angehört hatte. Es war ein einziges und manchmal beängstigendes Durcheinander an Gefühlen. Sie liebte Jacob und hatte ihn in den vergangenen Jahren vermisst. Doch nachdem sie nun so lange allein gelebt hatte, ging ihr Verständnis für Chaos, Dreck, schmutziges Geschirr in der Spüle und jegliche sonstige Art von Unordnung gegen null. Zumal ihr kleiner Bruder sich anscheinend voll und ganz dem Lebensstil eines pflichtvergessenen Junggesellen hingegeben hatte. Das Haus selbst brachte viele Erinnerungen mit sich, manche davon schön, so wie die an ihre Mutter, die Kekse oder Geburtstagskuchen backte oder ihnen etwas vorsang. Andere lösten Trauer und Wut in ihr aus wie die Erinnerungen an die betrunkenen Wutanfälle ihres Vaters und deren schmerzlichen Folgen.

Nachdem sie nun seit nicht einmal einem Monat wieder in Mount Chester lebte, konnte sie es langsam kaum erwarten, wieder aus ihrem Elternhaus auszuziehen. Doch das letzte Mal, dass ein Haus in Mount Chester zum Verkauf gestanden hatte, war vor über einem Jahr gewesen: eine schicke Skihütte oben auf dem Berg. Damals hatte es nicht lang gedauert, bis irgendein Aktionär aus dem Silicon Valley kurzerhand einen Haufen Geld dafür hingeblättert hatte. Seitdem war der Immobilienmarkt so leergefegt gewesen, dass selbst der örtliche Makler sich seinen Lebensunterhalt anderweitig verdienen musste.

Mount Chester war ein kleiner Ort, Skigebiet hin oder her. Die meisten Bewohner waren Saisonarbeiter auf dem Berg, in Restaurants oder Hotels, reparierten die Skilifte oder bewirteten die Touristen. Als Besucher kam man hier zu jeder Jahreszeit auf seine Kosten, ob im Winter auf den Pisten oder im Sommer an den gewundenen Stränden des Silent Lake. Dennoch beheimatete Mount Chester nur 3.823 Menschen, wie auch auf dem Ortseingangsschild zu lesen war. Obwohl Kay erst vor Kurzem im raschen Vorbeifahren gesehen hatte, dass die Zahl auf 3.824 angepasst worden war. Kurzzeitig hatte sie sich gefragt, ob mit dem zusätzlichen, neu hinzugezählten Bewohner tatsächlich sie gemeint war. Immerhin hatte sie die Adresse auf ihrem Führerschein ändern lassen, was sie nun wohl offiziell zu einer Einwohnerin von Mount Chester machte. Die Antwort ließ nicht lange auf sich warten. Nur wenig später sah sie, wieder im Vorbeifahren, dass unter der Einwohnerzahl etwas hingekritzelt worden war, weshalb sie den Rückwärtsgang einlegte, um es sich genauer anzusehen. »WILLKOMMEN ZUHAUSE, DR. SHARP« stand da in Großbuchstaben mit weißer Kreide auf das grüne Schild geschrieben.

Das war wohl das Kleinstadtleben, etwas, an das sie sich nach all der Zeit, die sie weg gewesen war, erst einmal wieder langsam gewöhnen musste.

Kay war schon seit dem Morgengrauen wach, obwohl ihre Schicht erst später anfangen würde. Zumal es gar keine Schicht im eigentlichen Sinne war. Die Polizeiwache von Mount Chester war gerade einmal groß genug, um zwei Detectives auf der Gehaltsliste führen zu können, und sie wunderte sich immer noch, warum Sheriff Logan ihr vor nicht einmal einer Woche überhaupt den Job angeboten hatte. Doch einer der Vorteile eines so kleinen Teams war, dass sie ihren Arbeitsbeginn recht flexibel gestalten konnte, solang sie Überstunden machte, wenn sie an einem Fall arbeitete. Das Gleiche galt für ihren Partner Detective Elliot Young aus Austin, Texas, dessen blaue Augen und gutes Aussehen nicht unwesentlich zu ihrer Entscheidung beigetragen hatten, hierzubleiben. Sie hatte ihm bei einem Serienmordfall in mehr oder weniger offizieller Funktion als Beraterin zur Seite gestanden. Anschließend hatte sie zu ihrer Überraschung eine dauerhafte Stelle in der örtlichen Wache angeboten bekommen. Und ebenfalls zu ihrer Überraschung hatte sie die Stelle schließlich angenommen – wofür unter anderem ein gewisser Detective verantwortlich war, auch wenn er selbst nichts davon wusste.

So war das Leben eben: eigenartig, kompliziert und mit mehr Wendungen gespickt als ein Bestsellerroman. Sie hatte in der San Francisco Bay Area gewohnt, wo mehr als sieben Millionen Menschen lebten, und dennoch niemanden auch nur annähernd Interessantes kennengelernt. Und dann besuchte sie ein einziges Mal Mount Chester, obwohl sie sich eigentlich geschworen hatte, nie wieder an diesen Ort zurückzukehren, und schon erschien er auf der Bildfläche, mit seinem Cowboyhut und der für Texaner so typischen gedehnten Sprechweise. Mit diesem flüchtigen Lächeln, das er ihr jedes Mal schenkte, wenn er sie sah, nur um dann gleich wieder den Kopf zu senken und so seine Augen unter der breiten Filzkrempe zu verbergen.

Und so war sie geblieben. Sie war sich immer noch nicht sicher, ob sie damit nicht einen Fehler begangen hatte, so sehr wie sie ihren alten Job als Profilerin beim FBI von San Francisco vermisste. Doch sie brachte es einfach nicht über sich, Mount Chester wieder zu verlassen.

Die Kaffeemaschine piepte zweimal schrill und eindringlich. Tief sog sie den angenehm bitteren Duft mit einem Hauch von Haselnuss ein, schnappte sich eine Kaffeetasse aus dem Hängeschrank über ihr und schenkte sich großzügig ein.

»Lass mir auch noch was übrig«, brummte Jacob, gähnte herzhaft und kratzte sich am Hinterkopf. Er war immer noch im Schlafanzug, obwohl es schon fast neun Uhr war.

Sie holte eine zweite Tasse aus dem Schrank, goss Kaffee hinein und reichte sie ihm lächelnd. »Musst du heute arbeiten?«

Er brummte nur zustimmend und trank einen Schluck des heißen Getränks. »Wir decken ein Dach drüben beim Hotel.«

»So spät?«

»So wollte es der Kunde. Ich kann froh sein, wenn wir vor Sonnenuntergang fertig sind.« Er stellte die Tasse auf dem Tisch ab und öffnete den Kühlschrank, holte ein kaltes Croissant heraus, nahm einen riesigen Bissen und schlang ihn hastig herunter.

»Ich kann das auch für dich aufwärmen«, bot sie an.

»Du bist nicht Mom«, gab er zurück. »Ich hab schon alleine gewohnt und auch überlebt, falls du's vergessen hast.«

Frustriert hob sie die Arme. »Davon will ich gar nicht erst anfangen, Jacob. Das Haus war ...«

»Ja, danke für den neuen Staubsauger, die neue Waschmaschine und den Trockner, aber ich kam schon zurecht!«

Nein, er kam nicht zurecht. Schon seit Jahren nicht, doch er weigerte sich, sich das einzugestehen, egal wie sehr sie auch versuchte, es ihm vermitteln. »Ich, ähm, ich kann mir etwas Neues suchen.«

Daraufhin ging er zwei Schritte auf sie zu, blieb direkt vor ihr stehen und legte ihr die Hände auf die Schultern. »Du musst nicht ausziehen, Schwesterherz. Ich würde verstehen, wenn du das willst.« Er wandte den Blick ab, der sich einen kurzen Moment lang verdunkelte. »Aber du bist hier genauso willkommen wie ich. Das ist auch dein Zuhause.«

Angesichts der Liebe ihres Bruders wurde ihr warm ums Herz und sie lächelte. Es hatte keinen Zweck, es ihm zu erklären. »Was, wenn du mal jemanden mit nach Hause bringen willst?«

»Sehr witzig, ich hab schon ewig keine mehr mit nach Hause genommen. Aber jetzt, da du das Haus auf Vordermann gebracht hast, könnte ich ja mal wieder versuchen, jemanden abzuschleppen. Vielleicht hab ich ja Glück.« Er schob ihr eine widerspenstige blonde Haarsträhne hinters Ohr. »Mach dir um mich keinen Kopf, Kay. Wenn es soweit kommt, machen wir es einfach wie früher in der Schule, hängen eine Socke an die Tür oder so.«

Sie lachte, was ihn offenbar überraschte. »Himmel, Jake, wir sind erwachsen. Erwachsene haben nun einmal ihre eigenen Wohnungen und ...«

Ein Ping unterbrach ihren Gedankengang. Sie griff nach ihrem Handy und las die Nachricht.

Sie hatte einen Fall.

DREI

AM TATORT

Als Kay am Tatort ankam, hatte Dr. Whitmore bereits mit der Arbeit begonnen und Elliot parkte gerade neben ihr ein. Die Fahrt hoch zu den Blackwater River Falls war nicht einfach gewesen. Sie war schon oft dorthin gewandert, hätte aber nie gedacht, dass man auch mit dem SUV hochfahren konnte oder, wie in Dr. Whitmores Fall, gar mit einem Kleintransporter. Doch sie hatte es geschafft – nach einer nervenaufreibenden Fahrt, auf der sie mit zehn Meilen pro Stunde Felsen erklommen und befürchtet hatte, ihr Auto würde gleich auseinanderfallen.

Sie stieg aus dem weißen Ford Explorer und sah sich am Tatort um. Auf der kleinen Lichtung wimmelte es nur so vor Leuten, manche in den Farben der Polizei, andere trugen das Abzeichen der Kriminaltechnik. Einige trugen bereits hohe Gummistiefel und standen im Wasser vor dem Wasserfall, machten Fotos, kümmerten sich um Vermessungen und nahmen Proben.

»Howdy«, grüßte Elliot sie. »Interessanter Schauplatz für einen Mord, was?«

»Jepp«, entgegnete Kay und fragte sich, warum der Mörder

diesen ungewöhnlichen Ort wohl ausgewählt hatte. Hatte er eine besondere Bedeutung für ihn beziehungsweise sie? Inwiefern war der Ort wichtig? »Schauen wir uns das mal an.«

Etwas abseits, auf einem großen Felsblock, kauerte eng aneinandergedrängt ein Touristenpärchen. Der Mann hatte einen Arm um die Schultern der Frau gelegt, die bitterlich weinte und unter einer Decke, die wohl aus Dr. Whitmores Van stammte, nur so zitterte.

»Morgen, Detectives«, grüßte sie Deputy Hobbs. Er war ein heiterer, rundlicher Mann und war trotz der kühlen Novemberluft bereits ins Schwitzen geraten. Vermutlich hatte er sich auf den Abhängen verausgabt, als er den Tatort abgesperrt und nach Beweisen gesucht hatte. »Da drüben warten ein paar Gummistiefel auf Sie.« Er deutete auf einen der Wagen. »Dr. Whitmore wollte, dass ich Sie gleich zu ihm rein schicke.«

Kay hob erstaunt die Augenbrauen, was ihre Stirn in Falten legte. »Rein?«

»Ähm, ja, da ist eine Höhle hinter dem Wasserfall«, erklärte Hobbs. »Aber keine Sorge, Sie werden schon nicht nass.«

Sie machte sich keine Sorgen. Sie betrachtete bloß das Pärchen auf dem Felsen und fragte sich, warum die Frau wohl so schluchzte. Natürlich war es verstörend, im Wanderurlaub eine Leiche zu finden, aber dieses Schluchzen wirkte zu persönlich, so als würde es ihr das Herz zerreißen. Kannten die beiden das Opfer?

»Die zwei haben sie gefunden?«, fragte sie mit einem Nicken in Richtung des Paares.

»Ja«, antwortete Hobbs grinsend. »Stellen Sie sich das mal vor. Der Kerl kam hierher, um ihr einen Antrag zu machen. So eine Verlobung vergisst man so schnell nicht mehr.« Er lehnte sich nach vorne und sah die verschiedenen Gummistiefel durch. »Welche Größe haben Sie, Achtunddreißig?«

»Neununddreißig.« Kay setzte sich auf die Stoßstange des SUVs, zog sich die Schuhe aus und streifte die hässlichen, miefenden Stiefel über, wobei sie auch die Jeans mit in den Schaft schob, damit sie nicht nass wurden.

»Fünfundvierzig«, meinte Elliot und nahm ihren Platz ein, sobald sie fertig war.

»Der Doc ist da drin?« Sie deutete auf den Eingang der Höhle.

»Ja, er ist schon eine ganze Weile da drin«, antwortete Hobbs.

Je näher sie dem Wasserfall kamen, desto lauter mussten sie schreien, um das Tosen des Wassers zu übertönen. Kay betrat die düstere Höhle und musste unvermittelt stehen bleiben, damit sich ihre Augen an die Dunkelheit, durchbrochen von den grellen Lichtkegeln der tragbaren LED-Scheinwerfer, gewöhnen konnten.

Gleich drei der Lichtkegel strahlten die Leiche an, die immer noch im kalten Wasser lag. Die leichten Wellen ließen ihr Haar stetig um das Gesicht wogen, verdeckten es beinahe gänzlich. Die Leiche bewegte sich leicht, eine Welle wusch ihr das Haar kurzzeitig aus dem Gesicht und Kay keuchte auf. Sie sah aus, als wäre sie noch immer am Leben, als würde sie sie mit einer unausgesprochenen Frage in den Augen anblicken. Im schillernden Wasser wirkte es, als würden sich ihre Augen bewegen, als würden sie Kays Bewegungen folgen. Doch die klaffende Schnittwunde quer über ihre Kehle widersprach dieser Illusion. Kay zwang sich, den Blick von diesen unheimlichen Augen abzuwenden, und widmete sich dem Gerichtsmediziner.

Dr. Whitmore stand über die Leiche gebeugt da, die Hände bis zu den Ellbogen im Wasser, und schien nach etwas zu suchen.

»Na endlich«, begrüßte er sie, als sie auf ihn zukamen. Er richtete sich auf und schüttelte sich die Wassertropfen von den Handschuhen. »Es ist nicht gerade warm hier drin und diese Gummistiefel sind da auch nicht unbedingt förderlich. Die

Kälte zieht einem bis in die Knochen.« Er trat beiseite, damit sie näher kommen konnten. »Hier«, er deutete auf die Leiche des Mädchens. »Ich wollte, dass Sie sie so sehen, wie sie gefunden wurde, eingeklemmt unter diesem Felsbrocken. Ich würde sagen, der wiegt ungefähr fünfzig Kilo.« Dann gab er den beiden Kriminaltechnikern, die am Höhleneingang warteten, ein Zeichen, woraufhin sie vorsichtig den Stein anhoben und zur Seite hievten.

Die Leiche blieb unter Wasser, doch trieb langsam weiter in die Höhle hinein. Dann bauten die beiden Männer eine Bahre auf und legten einen Leichensack darauf zurecht.

Dr. Whitmore griff nach dem Handgelenk des Mädchens und überprüfte, wie gut sich das Ellbogengelenk noch bewegen ließ. »Noch keinerlei Leichenstarre«, meinte er. »Aber das liegt auch an den äußeren Gegebenheiten. Dadurch können wir also noch keinen Todeszeitpunkt feststellen.« Er öffnete seinen Koffer und holte ein kleines Gerät hervor, an dem sich am Ende eines blauen Kabels eine lange, spitze Sonde befand. »Dann messen wir mal die Lebertemperatur. Legen Sie sie bitte auf die Bahre«, wies er die beiden Kriminaltechniker an.

Vorsichtig hoben sie die Leiche hoch, wobei Dr. Whitmore mit anpacken musste, um den Kopf des Mädchens zu stützen. Ihre Kehle war von der einen Seite zur anderen aufgeschlitzt. Sie musste sofort tot gewesen sein.

Um ihren Hals hing ein Medaillon, das der Gerichtsmediziner vorsichtig abnahm und in einen Asservatenbeutel steckte. Kay nahm es ihm ab und betrachtete es eingehend durch die Plastiktüte. Das hölzerne Medaillon war ungewöhnlich: ein längliches Sechseck mit abgerundeten Ecken, offenbar handgeschnitzt. Die Form war ungleichmäßig und die rote Farbe und die Lackierung waren uneben wie bei handgemachtem Schmuck, den man auf der Kirmes oder auf ländlichen Handwerkermärkten kaufen konnte. Die Kette selbst wirkte wie ein billiger Fund aus dem Schnäppchenladen, wie Kinder ihn manchmal trugen.

Als sie den Blick hob, merkte sie, dass Dr. Whitmore neben ihr ebenfalls das eigenartige Medaillon anstarrte. Er nahm ihr den Beutel ab, um es sich genauer anzusehen.

»Das habe ich schon einmal gesehen.« Er drehte und wendete den Anhänger hin und her. »Da bin ich mir sicher.« Leise lachend wandte er sich Kay und Elliot zu. »Ich bin vielleicht alt und stehe mit einem Bein im Ruhestand, aber mein Verstand funktioniert noch einwandfrei. Das war ein Vermisstenfall, ist einige Jahre her. Ich glaube kaum, dass es zwei von diesen Medaillons gibt, das ist einzigartig. Immerhin ist es handgemacht.«

»Ein Vermisstenfall?«, fragte Kay. »Erinnern Sie sich noch an den Namen? Oder wann sie verschwunden ist?«

Dr. Whitmore hob gedankenverloren die Hand an den Kopf, doch hielt gerade noch rechtzeitig inne, bevor seine nassen Finger durch das weiße Haar fuhren. »Nun, das ist mindestens zehn Jahre her. Das Alter könnte hinkommen, denke ich.« Er deutete auf die Leiche. »Sie ist sechzehn, höchstens siebzehn. Das Mädchen von damals war drei, als sie mitten in der Nacht aus ihrem Kinderzimmer verschwunden ist.« Er unterbrach sich und blickte nachdenklich zur Seite, um sich die Einzelheiten ins Gedächtnis zu rufen. »Sie trug genau so ein Medaillon, als sie entführt wurde. Ihre Mutter hatte es für sie gemacht.« Seine Stimme brach ein wenig vor Mitgefühl. Dann seufzte er und wandte seine Aufmerksamkeit wieder dem Leberthermometer zu. »Aber eins nach dem anderen. Sobald ich im Büro bin, gleiche ich ihre DNA mit der aus der Fallakte von damals ab. Dann wissen wir, ob sie es ist.«

Dr. Whitmore schob die Bluse des Mädchens nach oben und steckte ihr die Sonde in die Leber. Das Thermometer piepte beinahe augenblicklich. »Lassen wir die äußeren Gegebenheiten mal außen vor: Sie ist vor maximal zwei bis vier

Stunden gestorben. Vorläufiger Todeszeitpunkt«, er schaute auf die Uhr, »zwischen acht und zehn Uhr heute Morgen. Ihre Hornhaut ist noch fast klar.«

Kay näherte sich der Leiche und betrachtete sie genauer. Zögerlich strich sie die feuchten Haarsträhnen beiseite, die in dem blassen Gesicht klebten. Sie hielt den Atem an, fast als befürchtete sie, das Mädchen würde durch die Berührung aufschrecken und zum Leben erwachen. Ihre Lippen waren rot, vermutlich dank einem dieser teuren Lippenstifte, die vierundzwanzig Stunden Halt versprachen. Ihre Haut war weiß wie Alabaster und stand in starkem Kontrast zu ihrem dunklen Haar. Die Augen waren immer noch geöffnet, sie wirkten beinahe lebendig. Vielleicht lag es an der nur teilweise von den Scheinwerfern durchbrochenen Finsternis in der Höhle, aber sie wirkten immer noch angsterfüllt und entsetzt, so als stünde ihr Angreifer noch mit gezückter Klinge da.

»Sieht fast aus wie eine Hinrichtung«, meinte Elliot. »Ist sie verblutet?«

»Es war immer noch Blut im Wasser, als ich hier ankam«, erwiderte Dr. Whitmore. »Ich habe eine Probe genommen und es getestet. Das Wasser war rötlich verfärbt, das ist schon ungewöhnlich.« Er zuckte mit den Achseln und deutete dann mit einer behandschuhten Hand auf die Höhle hinter ihm. »Wie auch alles andere an diesem Mord.«

»Wurde sie hier umgebracht?«, fragte Kay. Sie überlegte, wie das Mädchen wohl hierhergelockt worden war, an den Ort ihres Todes. Hierher kamen viele Wanderer – womöglich war sie auch hierher gewandert, begleitet von einem Mann, dem sie vertraute.

Denn nur ein Mann war imstande, diesen Felsbrocken anzuheben und ihre Leiche damit zu fixieren. Ein Mann mit ordentlich Kraft im Oberkörper.

»Ja, sie wurde hier umgebracht«, erklärte der Doc. »Es ist genug Blut im Wasser, um diesen Verdacht zu bekräftigen.«

Dann wurden die Reißverschlüsse des Leichensacks zugezogen – es war Zeit, die Höhle hinter den Blackwater River Falls zu verlassen. Kay lächelte traurig, als ihr auffiel, wie passend der Name war. Vielleicht hatte der Fluss seinen Namen Blackwater River – oder Katseka in der alten Sprache der indigenen Pomo – den Eisenoxiden zu verdanken, die die Felsen dunkel verfärbten. Oder vielleicht war das Wasser schon einmal von Blut verdunkelt worden.

Als sie die Höhle verließen, musste Kay ein paarmal blinzeln, um sich wieder an das Sonnenlicht zu gewöhnen. Sie konnte es kaum erwarten, zur Wache zu kommen und alte Vermisstenfälle wieder auszugraben, in denen ein Medaillon vorkam.

Sie wollte gerade aus dem Wasser steigen, als Dr. Whitmore sie einholte und sie mit eisigen, unbehandschuhten Fingern am Arm fasste.

»Vorläufige Todesursache ist Verbluten infolge von durchtrennten Halsschlagadern.« Sein Ton war bestimmt und professionell, aber dennoch traurig.

»Sie ist verblutet. Es gibt keine Anzeichen, dass der Angreifer gezögert hat. Er war ausgesprochen stark und wusste, was er tat. Sie suchen nach einem Mann, Detectives, einem starken Mann, der schon einmal getötet hat. Mehrmals.«

VIER

AUF UND DAVON

Sechs Tage zuvor

Mein Leben ist zum Kotzen.

Kirsten blickte einen Moment lang an die fleckige Decke und fluchte laut. Hätte ihre Mutter das gehört, hätte sie sich eine saftige Ohrfeige eingefangen. Doch selbst wenn ihre Mutter zu Hause gewesen wäre, hätte sie ihr Fluchen bei dem Lärm, der aus dem Wohnzimmer drang, wohl gar nicht erst gehört.

Sie hasste es, wenn ihre Mom Spätschicht im Krankenhaus hatte. Noch mehr hasste sie es, wenn sie Nachtschicht hatte. Denn dann versammelten sich die Kumpel ihres Stiefvaters im Wohnzimmer, grölten und tranken, dröhnten sich den ganzen Abend lang zu und dachten gar nicht daran, wieder nach Hause zu gehen. Kirsten verbrachte diese Abende verbarrikadiert in ihrem Zimmer und versuchte, das Brüllen, das Gejohle und das Geschrei, das vor Obszönitäten nur so strotzte, auszublenden. Gleichzeitig versuchte sie, den Moment hinauszuzögern, in dem sie das Zimmer verlassen musste, um etwas zu essen oder die Toilette zu benutzen. Und wünschte, sie würden endlich gehen.

Erneut ertönte Gegröle, gefolgt von herzhaftem Gelächter. Energisch klappte sie ihr Physikbuch zu. Dann holte sie ihr Handy heraus und schrieb eine Nachricht an ihre beste Freundin Marci, die auch ohne großartige Erklärung verstehen würde, was los war.

Hey, es geht schon wieder los. Ich muss morgen Physik bei dir abschreiben. Kannst du bitte früher kommen?

Sie wartete kurz, doch dann gab das Handy ein Ping von sich und schaltete sich aus. Der Akku war leer. Also stöpselte sie es ans Ladekabel auf ihrem Nachttisch und machte sich dann auf Zehenspitzen auf in Richtung Badezimmer, in der Hoffnung, die Männer würden es in ihrem eigenen Lärm nicht bemerken.

Doch als sie wieder aus dem Bad kam, standen drei von ihnen im engen, dunklen Flur und warteten grinsend auf sie.

»Hump hat gesagt, wir dürfen 'ne Line von deinem Bauch ziehen«, meinte einer von ihnen. Er hatte einen Bierbauch, der ihm über den Gürtel quoll. Hump war eine Kurzform von Humphrey, dem Nachnamen ihres Stiefvaters. Sie hasste diesen Namen. Und den Tag, seitdem sie gesetzlich dazu verpflichtet war, ihn ebenfalls zu tragen.

Der zweite Mann, ein glatzköpfiger und volltätowierter Schlägertyp, der mit ihrem Stiefvater zusammen arbeitete, stieß ein tiefes Grollen hervor, packte sie am Arm und schleifte sie hinter sich her ins Wohnzimmer. Dort angekommen, fegte der Dritte, ein schmächtiger Typ mit fies funkelnden Augen, der frisch aus dem Knast entlassen worden war, mit einer schnellen Armbewegung den Couchtisch frei. Dann verfrachtete er sie auf die Tischplatte, zwang sie, sich flach auf den Rücken zu legen. Sie schrie und trat um sich, zerkratzte ihnen die Gesichter, doch das befeuerte sie nur in ihrem Rausch. Schon bald gab sie auf. Das hatte sie leider schon oft getan, sie wusste, wie ihre Aussichten waren. Mit ihrem schmalen Körper hatte sie keine Chance gegen drei volltrunkene Männer.

Es ist wirklich zum Kotzen, dachte sie, als gierige Hände ihr Top hochzogen und Lines aus weißem Pulver auf ihrem Bauch legten. Sie schloss die Augen und wartete darauf, dass es endlich vorüberging.

Einer der Männer zog an ihrer Hose. Panisch riss sie die Augen auf. *Verflucht, nein!*

»Dad?«, rief sie. Ihr Stiefvater bestand darauf, dass sie ihn so nannte. Dennoch rührte er sich nicht, sondern sah weiter vom Sofa aus zu, rauchte seine Zigarre und kratzte sich im Schritt. »Dad!«, rief sie noch einmal. Sie wand sich, um sich von den Händen zu befreien, die sie auf die Tischplatte drückten.

Sie hatte keine Chance, sie waren zu stark.

»Dad!« Sie versuchte, die Geräusche des Fernsehers zu übertönen.

Diesmal reagierte er. »Hmm?«

»Dad, ich sage das Mom! Sag ihnen, sie sollen aufhören ...«

»Mhm, ist gut«, erwiderte er abwesend. »Wenn ihr da fertig seid, holste mir noch ein Bier, ja?«

Bierbauch und Glatzkopf schnupften die weißen Lines von ihrem Bauch, ihre Bartstoppeln kratzten auf ihrer Haut, ihr heißer, stinkender Atem schien eine brennende Spur hinter sich herzuziehen. Ihr wurde schlecht. Sie stellte ihre Füße auf dem Tisch auf und hob ruckartig und so fest sie konnte den Bauch an. Durch die unvermittelte Bewegung wurde Bierbauch sein Röhrchen tief in die Nase gestoßen. Schreiend machte er einen Schritt zurück und hielt sich mit beiden Händen die Nase.

Glatzkopf stand nur benommen da und sah zu, wie sie dem dritten Mann fest zwischen die Beine trat und auf die Tür zustürzte.

Sie hielt nur kurz an, um sich ihre Sneaker und eine Jacke zu schnappen, dann ließ sie die Tür offen stehen und rannte davon.

Sie rannte, nahm die Regentropfen, die ihr ins Gesicht wehten, gar nicht wahr und hielt nicht an, nicht einmal, um ihre Schuhe anzuziehen. Erst als sie nicht mehr konnte und einen gewissen Abstand zwischen sich und diese Perverslinge gebracht hatte, ließ sie sich völlig außer Atem auf die Bordsteinkante sinken. Nachdem sie sich die Schuhe zugebunden hatte, schlüpfte sie in ihre Jacke und zog den Reißverschluss bis oben hin zu.

Es war kalt.

Die Straße war ziemlich verlassen, da die Leute bei dem Regen wohl lieber zu Hause blieben. Die kleinen Geschäfte, welche die Straße auf beiden Seiten säumten, waren schon seit Stunden geschlossen: Die Sicherheitstore waren heruntergelassen und mit dicken Vorhängeschlössern versehen. Ein paar Meter von ihr entfernt drang lautes Schnarchen aus einem Pappkarton, der in den windgeschützten Eingang eines zweistöckigen Bürogebäudes gezwängt war. Hin und wieder fuhr ein Auto vorbei, doch niemand scherte sich um die kleine Gestalt, die auf dem Bordstein kauerte. Vermutlich hielten sie sie einfach ebenfalls für eine Obdachlose.

Kalt lief es ihr den Rücken hinunter.

Sie wollte ihr Handy aus der Hosentasche ziehen, doch es war nicht da.

Verdammt. Das Bild von ihrem Handy, das auf dem Nachttisch auflud, schien sie zu verspotten. Normalerweise hätte sie jetzt Marci angerufen und vielleicht bei ihr übernachtet, wie bereits einige Male zuvor. Doch es war schon spät, also konnte sie nicht einfach so vor ihrer Tür auftauchen, ohne vorher anzurufen.

Das Krankenhaus, in dem ihre Mutter arbeitete, war zu Fuß gute dreißig Minuten entfernt. Dennoch machte sie sich auf den Weg in diese Richtung, die Hände tief in den Taschen vergraben. Ihr blondes Haar und das Gesicht verbarg sie so gut es ging im aufgestellten Kragen ihrer Jacke. Sie lief dicht an den Häuserfassaden entlang und hielt sich möglichst vom spärlichen Verkehr fern, in der Hoffnung, keine Aufmerksamkeit auf sich zu ziehen.

Doch sie blieb nicht lange unerkannt: Nach kürzester Zeit fuhr ein Streifenwagen vorbei und entdeckte sie. Der Wagen, der den Abzeichen zufolge zur Wache von Lane County gehörte, fuhr mit blinkenden Warnlichtern rechts ran. Das Fenster wurde heruntergelassen.

»Du solltest nicht so spät noch draußen herumlaufen«, sagte der Deputy lächelnd.

Verängstigt starrte sie ihn an, doch dann erkannte sie ihn. Deputy Rutledge war der Großcousin ihrer Mutter, also im Grunde genommen ihr Onkel. Er war rundlich und unbekümmert – bei Familienfeiern wurde gerne mal über ihn gespottet, weil er viel zu nett für einen Cop war.

Doch sie hütete sich, Erwachsenen die Wahrheit zu sagen. Sie wusste genau, wenn sie auch nur ein Wort darüber verlor, was bei ihr zu Hause vor sich ging, würde die Polizei alle wegsperren und sie in eine Pflegefamilie stecken. Das hatte sie bei einem Mitschüler mitbekommen. Selbst wenn ihre Mutter nicht zu Hause war, konnte sie wegen Kindeswohlgefährdung angeklagt werden, oder wegen Verletzung der Aufsichtspflicht, oder was auch immer diese Leute ihr an den Kopf werfen würden, obwohl sie doch nur versuchte, ihre Familie zu ernähren. Und dann würde Kirsten ihre Mutter nie wiedersehen.

»Ich besorg nur ein paar Snacks.« Sie zwang sich zu lächeln und deutete auf den 7-Eleven auf der anderen Straßenseite. »Meine Familie hat Besuch da.«

Onkel Rutledge betrachtete sie einen scheinbar endlosen Moment lang. Dann meinte er: »Aber beeil dich und geh danach direkt nach Hause, okay?«

Sie nickte und er schaltete die Warnlichter aus und fuhr davon. Sie stand nur da, sah zu, wie seine Rückleuchten um die Ecke verschwanden, und überlegte, was sie nun tun sollte, wo sie hinsollte. Sie musste hier raus, raus aus Creswell, dieser Kleinstadt in Oregon, in der jeder jeden kannte und wo die Leute ständig ihre Nasen in fremde Angelegenheiten steckten.

Kirsten gelangte an eine Kreuzung und hielt an, obwohl die Ampel grün war. Wenn sie geradeaus weiterging, würde sie nach etwa zwanzig Minuten das Krankenhaus erreichen, in dem ihre Mutter arbeitete. Sie müsste erklären, was passiert war, und sich mit ihrer Mom streiten, die partout nicht einsehen wollte, wie schlimm es zu Hause war, wenn sie nicht da war. Der feige Schmarotzer, den sie geheiratet hatte, war ein Hochstapler mit einer vielsagenden Vorgeschichte und ein Meister darin, ihr sämtliche seiner Lügen glaubhaft zu machen. Jedes Mal, wenn sie versucht hatte, sich ihrer Mutter anzuvertrauen, hatte Kirsten am Ende geweint und sich Hausarrest und einmal sogar eine Ohrfeige eingehandelt.

Aber wenn sie jetzt rechts abbog, würde sie in wenigen Metern den Highway erreichen, wo sie vielleicht per Anhalter nach ... Wohin eigentlich?

Egal wohin, Hauptsache, weg von hier.

Sie würde schon einen Weg finden zu überleben. Sie war vor Kurzem erst vierzehn geworden, doch sie wirkte älter und reifer. Mit dem langen, seidigen blonden Haar und den vollen Lippen würde sie schon irgendwo Arbeit finden. Vielleicht könnte sie Motelzimmer putzen oder kellnern und so täglich Geld bar auf die Hand bekommen. Sie war sportlich gebaut und hatte dank des Langstreckenlaufs eine gute Ausdauer – sie würde es schaffen, solang sie verdammt nochmal hier rauskam.

Sie bog ab und ging den weitgehend verlassenen Highway entlang in Richtung Süden. Jedes Mal, wenn sich Scheinwerfer näherten, streckte sie die Hand zur Seite, doch niemand hielt an. Sie rasten mit beängstigenden Geschwindigkeiten vorbei und warnten sie mit pfeifendem Luftzug, sich ja von ihnen fernzuhalten. Die Interstate war nicht wie die Straßen in den Großstädten, wo sie einfach einen Bus oder so hätte nehmen können. Hunderte Meilen Asphalt erstreckten sich vor ihr, verliefen durch Höfe, Wälder und von Steppenläufern bewanderte Felder. Per Anhalter zu fahren, war hier die einzige Möglichkeit.

Nachdem sie eine Weile zitternd durch den kalten Nieselregen gegangen war, bemerkte sie, dass sie die Lichter der Stadt weit hinter sich gelassen hatte. Dunkelheit umgab sie, schien sie vollkommen zu verschlucken. Panik ließ ihr die Galle in der Kehle aufsteigen und sie musste dagegen ankämpfen, sich zu übergeben.

Gleißende, bläuliche Scheinwerfer erschienen in der Ferne. Das herannahende Licht blendete und sie hielt blinzelnd den Atem an. Vielleicht würde dieser hier anhalten. Sie streckte die Hand aus und winkte, trat in der Hoffnung, gesehen zu werden, sogar auf die Fahrbahn.

Und das wurde sie auch.

Der Sattelzug fuhr an ihr vorbei und kam etwa hundert Meter weiter quietschend zum Stehen. Schnell rannte sie ihm nach und kletterte die verchromten Stufen hinauf. Sie konnte es kaum erwarten, aus dem eisigen Regen herauszukommen. Sie öffnete die schwere Tür und spähte hinein. Der Fahrer hätte Bierbauchs Zwilling sein können. Er hatte die gleichen Bartstoppeln, stank genauso nach Schweiß und schalem Bier und sein lüsternes Grinsen offenbarte die gleichen dreckigen, schiefen Zähne.

»Willkommen an Bord, Süße.« Vergnügt glucksend bedeutete er ihr hereinzukommen. »Wohin soll's gehen?«

Sie zögerte. Sie stand immer noch auf der Stufe und war sich nicht sicher, ob sie in die angenehm warme Fahrerkabine steigen sollte oder nicht.

»Ähm, nach San Francisco«, erwiderte sie spontan das

Erste, was ihr in den Sinn kam. Die Stadt lag südlich von hier und sie wollte Richtung Süden.

Der Mann klatschte sich begeistert auf die Knie. »Papabär bringt dich hin«, sagte er mit belegter Stimme. »Wie willst du deine Schulden begleichen? Mit Kröten oder mit den Tröten?«

Es dauerte einen Moment, bis sie verstand, was er da gerade gesagt hatte. Fassungslos ließ sie den Türgriff los und stieg eine Stufe nach unten.

»Dein Pech, Süße«, meinte er. »Dann sei ein Schatz und schließ bitte die Tür, ja?«

So fest sie konnte schlug sie die Tür zu. Sie wünschte, sie hätte die Kraft gehabt, sie in tausend Teile springen zu lassen. Dann rannte sie zurück an den Straßenrand, sprang über die Leitplanke und hastete in den Wald, als wäre der Lkw-Fahrer nicht schon längst unter triumphierendem Hupen wieder losgefahren.

Etwas Warmes lief ihr über das eiskalte Gesicht und sie begriff, dass es ihre Tränen waren, die wie in Sturzbächen flossen. Sie lehnte sich an einen Baumstamm, ließ sich daran zu Boden sinken und schlang zitternd die Arme um die Knie. Der Highway war von hier aus kaum noch zu sehen. Über ihr wogten die kargen Baumkronen dunkel und bedrohlich im Wind wie Ungeheuer, die sich gleich auf sie stürzen würden.

Mit klappernden Zähnen fragte sie sich, wie lange es wohl noch bis zum Tagesanbruch dauerte. Sie redete sich ein, dass alles anders werden würde, sobald die Sonne aufging. Dann würde sie sich nicht mehr so alleine fühlen.

So voller Angst.

FÜNF

IDENTITÄT

»Gefunden«, verkündete Kay, klatschte begeistert in die Hände und beugte sich noch näher an den Bildschirm heran.

Ihre Stimme hallte laut im größtenteils verlassenen Großraumbüro wider. Die meisten der Kollegen saßen nicht an ihren Schreibtischen, sondern waren gerade überall in Franklin County auf Streife. Ein paar Deputies erledigten überfälligen Papierkram und Sheriff Logan telefonierte, was dank seines Baritons im ganzen Büro nicht zu überhören war. Einer der Anwesenden war wohl für den unverkennbaren Geruch nach Mikrowellen-Burrito verantwortlich, der die Luft erfüllte, obwohl es noch gar nicht Mittagessenszeit war. Ihr Magen grummelte leicht und erinnerte sie daran, dass sie an diesem Morgen das Frühstück ausgelassen und stattdessen nur schwarzen Kaffee getrunken hatte.

Ein Deputy kam an ihrem Schreibtisch vorbei und musterte sie auf eine Art und Weise, die ihr beleidigend vorkam.

»Detective«, grüßte er sie mit vor Sarkasmus triefender Stimme.

Sie setzte ein gezwungenes Lächeln auf, nickte ihm zu und wandte sich dann an Elliot.

»Wer war das?« Sie fragte nur ungern, doch sie war nun einmal immer noch neu. Sie kannte zwar alle Gesichter, doch die dazugehörigen Namen waren nur teilweise hängengeblieben. Schließlich liefen sie sich nur selten über den Weg.

»Deputy Daugherty, er ist schon sehr lange mit dabei«, erwiderte Elliot leise. Seinem trockenen Tonfall nach zu urteilen hielt ihr Partner ebenfalls nicht allzu viel von ihm. Irgendetwas an diesem Deputy und der Art, wie er sie ansah, war seltsam – so als würde sie nicht hierhergehören, als wären es Frauen generell nicht wert, das Abzeichen zu tragen. Doch sie tat es ab und wandte sich wieder dem Bildschirm zu, auf dem alte Akten in alphabetischer Reihenfolge nach dem Namen des Opfers aufgelistet waren.

Elliot lehnte sich zu ihr herüber, sodass sich ihre Schultern fast berührten, und sah sich die Einträge auf dem Monitor an.

»Ich glaube, der hier ist es.« Sie zeigte ihm die erste Seite eines alten Polizeiberichts. »Erstaunlich, dass der Fall überhaupt digitalisiert wurde. Immerhin ist er vierzehn Jahre alt.« Sie drückte ein paar Tasten und das Bild wechselte: ein körniges Foto eines Medaillons. Trotz der schlechten Qualität konnte man deutlich erkennen, dass das Medaillon rot und glänzend war. Die Form ähnelte dem, das sie an ihrem Opfer gefunden hatten, die Machart passte und auch die Kettenglieder wirkten ähnlich – zumindest soweit sie sich erinnerte. Das eigentliche Medaillon war zurzeit bei Dr. Whitmore, der Abstriche nehmen und kriminaltechnische Untersuchungen damit durchführen würde.

»Ja, könnte sein«, antwortete Elliot, doch er klang nicht besonders überzeugt. Er richtete sich auf und lehnte sich dann seitlich an den Schreibtisch, um sie anzusehen. »Die Farbe ist viel dunkler und bei der Verzierung weiß ich auch nicht so recht. Ich würde noch nicht meinen Hut darauf verwetten.«

Kay unterdrückte ein Lächeln. Was diese Texaner nur immer mit ihren Hüten hatten.

»Rechne einfach vierzehn Jahre Abnutzung drauf und schon passt es. Das Medaillon, das wir gefunden haben, ist ein bisschen verwittert, das ist alles. Ich wette, es war vorher genauso rot und glänzend wie dieses hier.«

Mit zwei Fingern rückte er seinen Hut zurecht – obwohl er gar nicht verrutscht gewesen war. Das war er nie.

»Rose Harrelson«, las er bedächtig den Namen des Mädchens vom Bildschirm ab. »Sagt mir gar nichts, aber das war ohnehin lange vor meiner Zeit.«

»Auch vor meiner«, erwiderte sie leise und richtete den Blick auf das Foto des dreijährigen Mädchens. Sie hatte ein goldiges Lächeln, Grübchen in den Wangen und am Kinn, langes, welliges braunes Haar und haselnussbraune Augen, die selbst ein Herz aus Stein erweichen würden.

Der Fall von Roses Verschwinden war ungeklärt und nährte damit einen Haufen enttäuschender Statistiken zu dieser Art von Fällen, die ganz unabhängig von Staat oder County mit zu den schwierigsten gehörten. Sobald vierundzwanzig Stunden vergangen waren und noch keine Lösegeldforderung eingegangen war, sank die Wahrscheinlichkeit, ein entführtes Kind zu finden, egal ob tot oder lebendig, gen null. Roses Fall hatte dieser nationalen Statistik entsprochen, zumindest in den vergangenen vierzehn Jahren.

Wenn das Mädchen hinter dem Wasserfall wirklich Rose war, wo war sie all die Zeit gewesen?

Der Detective, der in der Entführung des Kindes ermittelt hatte, hatte entweder einen erstaunlich schlechten Job gemacht, oder es waren entscheidende Seiten bei der Digitalisierung verloren gegangen. Er hatte ein paar Befragungen durchgeführt, mit einigen Leuten gesprochen und ein paar Beweismittel gesammelt, doch es gab keine Folgemaßnahmen, keine Schlussfolgerungen und die spärlichen Beweise lieferten auch keine Antworten.

»Schon erstaunlich, dass Dr. Whitmore sich an diesen

Fall erinnert hat.« Elliot pfiff leise durch die Zähne. »Der Mann hat ein wahres Elefantengedächtnis. War er nicht Gerichtsmediziner in San Francisco, als du noch beim FBI warst?«

»Das stimmt«, erwiderte sie gedankenverloren. Es gab tausende vermisste Kinder, Teenager und junge Erwachsene. Warum war Dr. Whitmore genau dieser Fall im Gedächtnis geblieben? Kay überlegte, ob es damit zusammenhing, dass der Doc ungefähr zu dieser Zeit sein Blockhaus gekauft hatte. Sie erinnerte sich noch daran, wie er ihr von seinen Plänen für den Ruhestand erzählt hatte, die unter anderem den Kauf dieses Grundstücks beinhalteten. In ihrer Branche war es nicht unüblich, sich über örtliche Kriminalfälle zu informieren, bevor man in ein Grundstück investierte.

Um ihre unersättliche Neugier zu befriedigen, gab sie kurzerhand Dr. Whitmores Namen in die Suchmaske ein, was bestätigte, dass er das Haus wenige Monate nach Roses Verschwinden erworben hatte. Sie seufzte frustriert. Manchmal verlor sie sich einfach zu sehr in Details. Oftmals eröffnete ihr das neue und interessante Perspektiven, doch diesmal nicht, nicht wenn es um Dr. Whitmore ging. Der Mann war ein regelrechter Heiliger, voller Hingabe für seine Arbeit und Leidenschaft, was die Aufklärung von Verbrechen betraf. Er wollte Opfern, die nicht mehr für sich selbst sprechen konnten, eine Stimme verleihen.

Ein kurzes Läuten unterbrach ihre Gedanken, gefolgt von einem weiteren, das von Elliots Handy ausging. Die Nachricht, von niemand Geringerem als Dr. Whitmore selbst, war knapp:

DNA-Analyse bestätigt die Identität des Opfers als Rose Harrelson.

»Jap, das hätten wir«, murmelte sie und sah sich die Fallakte noch einmal genauer an.

Elliot zog einen Stuhl heran und setzte sich neben sie. »Wollen wir die nächsten Angehörigen informieren?«

Es graute ihr vor diesem Teil ihres Jobs. Schon als FBI-Agentin hatte sie das tun müssen und es war nicht einfacher geworden, ganz egal wie oft sie schon an Türen geklopft und Leuten mitgeteilt hatte, dass ein geliebter Mensch nie wieder nach Hause kommen würde. Als Psychologin war sie zwar in der Lage, die den Umständen entsprechenden, richtigen Worte zu finden und sich gleichzeitig emotional so gut es ging davon zu distanzieren, doch es forderte dennoch seinen Tribut. Denn sie hatte versagt. Das FBI, die Polizei, sie alle hatten als Gesetzeshüter versagt, wenn Menschen ihr Leben verloren und untröstliche Familien voller Ungewissheit zurückließen. Manche konnten niemals damit abschließen oder eine Antwort auf die quälende Frage finden: *Warum?*

»Moment noch«, murmelte sie, während sie die spärlichen Notizen in der Akte überflog, die per Hand in einer kaum leserlichen Klaue hineingekritzelt worden waren. »Ich glaube, ich habe noch nie einen so schlecht bearbeiteten Vermisstenfall gesehen. Warum wurde das FBI nicht eingeschaltet? Das Mädchen war drei Jahre alt!« Vor lauter Frustration wurde ihre Stimme ganz schrill. »Man hätte das FBI rufen sollen. Hat man aber nicht. Die haben doch die nötigen Mittel, Spezialteams und so weiter. Sie hätten sie finden können, bevor ...«

Elliot berührte sie sanft am Ellbogen. »Da hat ein Cop mal wieder schlampig gearbeitet, das ist alles. Alles schon gehabt.« Seine Stimme war ruhig, verständnisvoll und dennoch beschwichtigend. Sie sah zu ihm auf und streifte dabei Sheriff Logans Blick. Ihr war nicht bewusst gewesen, wie laut sie geworden war und dass alle im Büro sie anstarrten.

Mit zusammengepressten Lippen wandte sie sich wieder dem Bildschirm zu. Sie musste einen kühlen Kopf bewahren, sachlich und konzentriert bleiben. Musste all diese Gefühle, diesen Unmut abschütteln. Ihre Kehle war immer noch wie zugeschnürt, also räusperte sie sich und las die wenigen Informationen vor, die die Fallakte hergab: »Rose Harrelson, damals drei Jahre alt, wurde vor vierzehn Jahren aus dem Haus ihrer Eltern, Shelley und Elroy Harrelson, entführt.« Sie wechselte auf die nächste Seite und scrollte durch handschriftliche Einträge, die offenbar aus dem Notizbuch des Detectives stammten und eingescannt worden waren. »Die Spurensicherung hat keinerlei Fingerabdrücke gefunden und der Entführer hat sich Zugang zum Haus verschafft, ohne einzubrechen, scheint also das Grundstück, die Familie und ihren Alltag gekannt zu haben. Der Ermittler hat also kurzerhand entschieden, dass der Vater, Elroy Harrelson, irgendwie für die Entführung verantwortlich gewesen sein muss, obwohl die Eltern nicht getrennt waren. Es geht noch weiter ...«, fügte Kay hinzu. Sie übersprang nicht enden wollende belanglose Notizen zu den Befragungen der Eltern. »Oh ...«, flüsterte sie dann. Sie hatte gar nicht gemerkt, dass sie die Hand vor den Mund geschlagen hatte. »Roses Vater hat sich ein paar Monate später umgebracht.«

»Steht da warum?« Elliot kniff die Augen zusammen und rückte näher an den Bildschirm heran.

»Hier steht, er wurde im Fall von Roses Entführung entlastet«, fügte Kay langsam hinzu. Sie sah weiter die Unmengen an unleserlichen Notizen durch. »Der Suizidfall wurde demselben Detective übertragen. Manche Stellen sind auch durchgestrichen worden. Wirkt so, als wäre Elroys Leben durch den Verdacht zerstört worden, obwohl er entlastet wurde. Er hat sogar seinen Job verloren und konnte dann keinen neuen mehr finden.« Sie blickte kurz zu Elliot, dann zurück auf den Bildschirm. »Er hat sich sieben Monate nach Roses Entführung in der Garage erhängt.«

»Wer war der Detective?«

»Hier stehen nur die Initialen: H. S.« Sie scrollte zurück an den Anfang und fügte hinzu: »Wir sind die einzigen Detectives hier, demnach steht er wohl nicht länger auf der Gehaltsliste. Vielleicht ist er im Ruhestand. Wir sollten ihm auf jeden Fall einen Besuch abstatten. Aber zuerst sollten wir mit Roses Mutter reden. Hier steht ihre letzte bekannte Adresse.«

Sie schnappte sich ihre Schlüssel vom Schreibtisch und ging voraus zum Parkplatz. Ihr fiel auf, dass Elliot seit der Tatortbesichtigung ungewöhnlich still war, und fragte sich, warum.

SECHS

AUF DER SUCHE

Er war schon seit Stunden unterwegs, fuhr ziellos durch den
Regen, die dunklen, fast verlassenen Straßen entlang. Es war
schon nach Mitternacht und der nasse Asphalt reflektierte das
Orange der Straßenlaternen und das Rot der Bremslichter, hin
und wieder blitzte auch das bläuliche Weiß von Frontschein-
werfern auf. Schon seit einer Weile hatte er nicht mehr angehalten, nicht seit er nördlich von San Francisco getankt hatte.
Seine Rastlosigkeit trieb ihn immer weiter an, Meile für Meile,
und zögerte das Unausweichliche hinaus.

Es graute ihm davor, bald in das leere, dunkle, abweisende
Haus zurückkehren zu müssen. Ohne sie, ohne seine Mira, war
das Haus nur eine kalte und feuchte Unterkunft, kein Zuhause.
Ohne ihren warmen Körper, der sich wie eine Klette um ihn
schlang, konnte er in diesem Bett nicht schlafen. So war er dazu
verdammt, ziellos umherzuirren, nach dem zu suchen, was er
verloren hatte, und es doch nie wieder zu finden.

Er musste aufhören und wieder nach Hause fahren.

Genau wie in der letzten Nacht, als er gegen drei Uhr
morgens erschöpft, hungrig und durchgefroren hatte aufgeben

müssen. Völlig frustriert, dass er schon wieder erfolglos geblieben war.

Sie war nicht dort draußen. Nicht bei diesem Regen, der noch vor dem Morgen in Schnee übergehen und eine gefährlich glatte, dunkle Eisschicht auf den zugigen Straßenabschnitten hinterlassen würde.

Niemand war dort draußen.

Nur er fuhr herum und klammerte sich an die Vorstellung, dass er sie sehen würde, wenn er um die nächste Ecke bog.

Denn die letzte Nacht war unerträglich gewesen. Das alte Haus war ächzend zum Leben erwacht, sobald er den Strom wieder eingeschaltet hatte und die Heizung wieder gebrummt hatte. In der kalten Dunkelheit hatte er Miras Anwesenheit immer noch spüren können. Er hatte erwartet, dass sie ihm jeden Moment in die Arme fallen würde, als er durch das leere Haus streifte und ihren Namen rief, als er im Dunklen mit offenen Armen nach ihr suchte, mit angehaltenem Atem nach dem ihren lauschte.

Sie war nicht da.

Niedergeschlagen hatte er das Licht eingeschaltet und so die erbarmungslose Realität ins Haus gelassen. Es war leer – ein seelenloses Knochengerüst, an das er sich entgegen aller Vernunft klammerte, die letzte bestehende Erinnerung an sie, die er sich noch bewahren konnte.

Es war ihr Schrein.

Und er hasste dieses Haus, das er seit dem Tag, an dem sie es zurückgelassen hatte, instandgehalten hatte, fürchtete diese Leere, die Stille, in der ihre Abwesenheit noch schmerzhafter war als irgendwo sonst. Es war unerträglich, und doch war das Haus das letzte Andenken an ihre glühende Liebe. An das Leben, das sie zerstört hatte, als sie gegangen war.

Er konnte nicht dorthin zurückkehren, nicht schon wieder, nicht für eine weitere Nacht voller Qual.

Resigniert wendete er den Wagen und fuhr zurück nach Süden, Richtung San Francisco. Er ging die ganze Fahrt über nicht vom Gas, obwohl der Regen stärker wurde, sobald er die Berge hinter sich ließ.

Als in der Ferne das Golden Gate den Himmel leicht golden färbte, war der Regen in ein leichtes Nieseln übergegangen, der sich kaum vom dichten Nebel unterscheiden ließ, welcher die Stadt einhüllte. Die Scheibenwischer waren immer noch eingeschaltet, schlugen dumpf vor sich hin, als wären sie das Herz des Autos, das weiter durch die Nacht raste.

Als er ein paar Straßen östlich vom Highway den Stadtkern erreichte, fuhr er etwas langsamer und hielt nach ihr Ausschau. Selbst zu dieser späten Uhrzeit schlief San Francisco nicht, ganz im Gegensatz zu Mount Chester. Die vom Glück weniger gesegneten Bewohner der Stadt drängten sich in der feuchten Kälte grüppchenweise zusammen, um eine weitere Nacht ohne Dach über dem Kopf zu überleben.

Auf den Straßen, die er bisher abgefahren hatte, konnte er sie nicht entdecken. An einer Ampel hielt er an. Das helle rote Licht tauchte seine blassen Hände, die das Steuer umklammert hielten, in ein eigenartiges, gespenstisches Blutrot. Dann wechselte das Licht und er bog links ab. Mit angehaltenem Atem beschloss er, zurück zum Highway zu fahren. Er zwang sich, wieder auszuatmen, hielt einen Augenblick inne und atmete tief wieder ein, spürte den Sauerstoff tief in seiner Brust. Dann schrie er, ließ seine Wut in einem so langen, rauen Brüllen aus sich heraus, dass es die Fenster erschütterte. So raste er über die fast verlassenen Straßen, wo niemand war, der ihn hören konnte, niemand, der seinen unerträglichen Schmerz mildern konnte.

Dann sah er sie.

Sie war bloß ein Schatten in seinem Augenwinkel, als er vorbeirauschte, ein blasser, zitternder Umriss, der sich im dunklen Eingang eines fünfstöckigen Bürogebäudes verborgen hielt. Langes blondes Haar lugte unter dem schwarzen Pullover hervor, dessen Kapuze sie sich beinahe bis über die Augen gezogen hatte; die Hände hatte sie tief in der Kängurutasche vergraben, um sie vor der Kälte zu schützen.

Mira?

Ruckartig trat er auf die Bremse und das Auto kam schlingernd und mit quietschenden Reifen zum Stehen. Dann legte er den Rückwärtsgang ein und rollte zurück zu der Stelle, an der er sie gesehen hatte. Nebelschwaden trieben durch das heruntergelassene Fenster auf der Beifahrerseite, während er wartete. Minuten vergingen, in denen er sie nur wie gebannt ansah und sie mit angsterfüllten, großen Augen zurückstarrte.

Zögerlich näherte sie sich dem Auto, wobei sie mehrmals nach links und nach rechts blickte, so als wollte sie nicht, dass jemand sah, wie sie mit ihm redete. Sie trat an die Beifahrertür und beugte sich ein wenig herab, vermutlich um ihn besser zu sehen.

Er lächelte, sagte aber nichts.

Sie war kleiner als Mira und ihre Augen waren braun, nicht blau. Sie war nicht Mira ... nicht einmal ansatzweise. Doch sie könnte die kalte Leere im Haus vertreiben, zumindest für eine oder zwei Nächte.

Sie war keine Prostituierte, keine dieser Schlampen, die Tag und Nacht in billigen, eng anliegenden Kleidern durch Tenderloin liefen und so deutlich ihre Verfügbarkeit signalisierten. Nein, dieses Mädchen war anders, vielleicht eine Ausreißerin, die hoffentlich niemand vermissen würde. Sie trug schmutzige, zerrissene Jeans und ein Paar ausgetretene Sneaker, die auch schon bessere Tage gesehen hatten.

»Ich habe ein Zimmer«, sagte sie schließlich. Ihr unerfahrenes Lächeln offenbarte dreckige Zähne. Vermutlich lebte sie schon seit einer ganzen Weile auf der Straße, obwohl sie auf dem Strich nicht allzu souverän wirkte. Das Leben auf der Straße war wohl nicht für jeden etwas.

Er schüttelte leicht den Kopf. »So läuft das nicht. Mein Haus ist nicht weit weg.« Er lächelte sie immer noch einladend an und deutete mit der Hand auf den leeren Sitz neben ihm. »Ich habe gutes Essen da und du könntest heiß duschen.« Sein Lächeln wurde breiter. »Ich bringe dich auch zurück, versprochen.«

Sie umklammerte die Tür mit beiden Händen, als sie sich noch weiter vorbeugte, sodass er ihr in die Augen sehen und den Zweifel darin erkennen konnte. Ihre Hände waren von der Kälte rot und geschwollen, die dreckigen Fingernägel waren ganz abgekaut. Diese paar Einzelheiten allein sprachen Bände, zeugten von Einsamkeit und Elend.

»Wie alt bist du?«, fragte er sanft und griff nach dem Portemonnaie in seiner Hosentasche.

»Achtzehn«, erwiderte sie viel zu schnell und blickte zur Seite. Dann sah sie ihn kurz wieder an, senkte aber schnell wieder den Blick, der ihre Worte Lügen strafte.

Er klappte das Portemonnaie auf und zog Schein für Schein mehrere hundert Dollar heraus. Das Rascheln des Papiers war einige gespannte Augenblicke lang das einzige Geräusch zwischen ihnen. Das Mädchen starrte wortlos das Geld an und fasste dann nach dem Türgriff. Bedächtig öffnete sie die Tür und war schon mit einem Fuß im Auto, wollte sich gerade auf den beheizten Ledersitz sinken lassen, als er ungeduldig den Gang einlegte.

Blitzschnell änderte sie ihre Meinung. Ihre Augen waren auf seinen Finger gerichtet, mit dem er den Drive-Knopf gedrückt hatte. Sie wich zurück und schlug die Tür hinter sich zu, wobei sie dem Geld in seiner Hand einen bedauernden Blick zuwarf.

»Sorry«, sagte sie leicht stotternd. »Ich kann das nicht.«

»Jetzt steig schon ein«, rief er wütend und wurde mit jedem Schritt, den sie zwischen sie brachte, lauter. »Steig wieder ein!«

Sie drehte sich nicht zu ihm um, sondern vergrub nur die Hände in der Tasche ihres Kapuzenpullis und stürzte davon. Ihr zunächst zügiger Gang ging rasch in einen leichten Trab und schließlich ein überstürztes Rennen über, bis sie um die Ecke in eine Gasse bog.

Er war wieder allein.

SIEBEN
DIE MUTTER

Der Wohnsitz der Harrelsons war eine alte Ranch im Süden der Stadt, die zwischen einer Staatsstraße und einer Schlucht lag. Ein paar Meilen dahinter erhob sich der schneebedeckte Gipfel des Mount Chester. Der strahlend blaue Himmel und die leuchtenden Herbstfarben passten so gar nicht zum Zustand des Grundstücks. Es war vollkommen heruntergekommen: An der Außenverkleidung hatten die Stürme, die durch die Stadt gefegt waren, ihre Spuren hinterlassen, und dem Dach fehlten so viele Ziegel, dass sich bei Regen wohl Pfützen im Haus sammeln mussten. Der verdorrte Rasen war anscheinend seit Jahren nicht gemäht worden und das Unkraut, das sich unnachgiebig seinen Weg durch die Risse im Boden der schmalen Auffahrt bahnte, zeugte davon, dass schon seit einer ganzen Weile kein Auto mehr in die alte Garage gefahren war. Der Schuppen war an der hinteren Ecke von einem umgestürzten Baum getroffen worden und wurde seitdem wohl von Waschbären bewohnt.

Vor allem aber war das Haus der Harrelsons mit Brettern verbarrikadiert und mit Verbotsschildern versehen.

Sämtliche Fenster und Türen waren mit Holzfaserplatten

abgedeckt, die offenbar schon vor geraumer Zeit dort befestigt worden und seitdem heftigen Winterstürmen und Sommerregen ausgesetzt gewesen waren, denn die Nägel waren rostig und teilweise schon abgebrochen. Nur die vier Ecken von dem, was wohl einmal ein Schild mit der Aufschrift »Zutritt verboten« gewesen sein musste, hingen noch an den Nägeln, der Rest war vom Wind davongeweht worden.

Bei diesem Anblick fehlten Kay die Worte. Ein Schauer lief ihr über den Rücken, als sie langsam um das herumging, was von der Ranch noch übrig war. Mehr brauchte es nicht: Nur eine schicksalsschwere Nacht, ein entführtes Kind, einen Detective, der sich nicht genug darum scherte, seine Arbeit zu machen oder wenigstens andere hinzuzuholen, die sie für ihn übernehmen würden, und schon war die ganze Existenz einer Familie wie weggewischt, nur noch ein Haufen Trümmer.

»Entschuldigung«, hörte Kay hinter sich eine brüchige, leicht bebende Stimme. Sie drehte sich um und stand einer rundlichen Frau in einem flauschigen türkisen Hausmantel und dazu passenden Pantoffeln gegenüber. Sie musste mindestens fünfundsiebzig sein, ihr weißes Haar war zerzaust und gelbstichig und die pergamentartige Haut war von Altersflecken übersät.

»Was können wir für Sie tun?«, fragte Elliot.

Das zaghafte Lächeln der Frau wurde breiter. »Ach, gar nichts, mein Lieber. Aber ich könnte vielleicht etwas für *Sie* tun. Ich habe gesehen, wie Sie sich Shelleys Haus angeschaut haben.« Sie deutete mit zitternden, vor Arthritis knorrigen Fingern auf das Haus nebenan. »Ich wohne da drüben, hinter den Ahornbäumen.«

Sie musste ja wahrlich Adleraugen haben, wenn sie sie aus mindestens neunzig Metern Entfernung und durch die tiefhängenden, mit herbstroten Blättern bedeckten Äste der Ahornbäume erspäht hatte. Kay lächelte und ging auf die Frau zu, die geduldig wartete. Dass sie hier waren, war für sie vermutlich ein seltenes, aufregendes Ereignis.

»Leben Sie dort alleine, Miss ...«

»Miss Duncan«, entgegnete sie rasch mit einem leichten Kopfnicken. »Aber Sie können mich Martha nennen. Das macht jeder.«

»Danke, Martha«, antwortete Kay und schüttelte der Frau die warme, trockene Hand. Der Händedruck war dennoch fest, obwohl ihre Finger anscheinend gar nicht aufhören konnten zu zittern. Vermutlich Parkinson. »Mein Name ist Detective Sharp und das ist mein Partner, Detective Young.« Martha runzelte leicht die Stirn, also fügte sie schnell hinzu: »Kay und Elliot.« Marthas Stirn glättete sich wieder. »Was ist hier passiert?«

»Seltsam, dass Sie das fragen, immerhin sind Sie doch die Cops«, erwiderte sie und ihre Augen huschten kurz zu Kays Abzeichen, auf dem der siebenzackige Goldstern der Wache von Franklin County zu sehen war. »Wissen Sie, die arme Rose wurde entführt, nun, das muss fast fünfzehn Jahre her sein, als sie noch ein kleines Mädchen war. Sie wurde nie gefunden.« Mit dem knochigen Zeigefinger wischte sie sich eine Träne aus dem Augenwinkel. »Das arme Kind ... Wer weiß, was mit ihr geschehen ist.«

»Haben Sie schon hier gewohnt, als das passiert ist?«, fragte Elliot.

»Mein Lieber, ich habe schon immer hier gewohnt.« Sie lachte leise. »Und ich bin fast neunundsiebzig.« Dann wurde sie wieder ernst. »Komisch, dass Sie nach all den Jahren deshalb herkommen. Haben Sie Rose gefunden?«

Kay und Elliot tauschten einen kurzen Blick aus. Die Vorschriften waren streng: Der Name eines Opfers durfte niemandem verraten werden, solang die nächsten Angehörigen noch nicht informiert waren. Nicht der Presse und auch nicht

Freunden oder Verwandten. Und Roses nächste Angehörige war ihre Mutter.

»Wir haben ein paar Fragen an Mrs. Harrelson«, erwiderte sie stattdessen. Sie wünschte, sie könnte diese Vorschriften nur dieses eine Mal umgehen.

»Ach, Liebes«, sagte Martha und wischte sich rasch eine weitere Träne aus dem Augenwinkel. »Die arme Shelley hat sich nie davon erholt, erst Rose verloren zu haben und dann Elroy. Ein paar Monate nach Elroys Tod hatte sie einen Schlaganfall. Ich denke nicht, dass sie eine große Hilfe sein wird, das arme Ding.«

»Wissen Sie, wo sie jetzt ist?«, fragte Elliot.

»Ja, ich versuche sie so oft wie möglich zu besuchen, aber es ist recht weit weg, wissen Sie. Ich kann nicht mehr so gut fahren wie früher.« Sie musste Elliots Gesichtsausdruck bemerkt haben, denn sie fügte eilig hinzu: »Es heißt Glen Valley Commons oder so ähnlich, drüben in Redding. Eines dieser staatlichen Pflegeheime. Schrecklicher Ort, wenn Sie mich fragen.«

Sämtliche Anhaltspunkte in Roses Vermisstenfall hatten sich regelrecht in Luft aufgelöst, doch Kay wusste, dass sie zuerst herausfinden musste, was vor vierzehn Jahren passiert war, wenn sie Roses Mörder finden wollte. Dass Shelley in einer betreuten Wohneinrichtung lebte, machte ihr nicht gerade viel Hoffnung, doch jeder Hinweis, jede noch so kleine Information könnte sich als nützlich erweisen. Der Detective, der in der Entführung ermittelt hatte, mochte schlampig gewesen sein, doch die Mutter könnte sich dennoch an etwas Brauchbares erinnern.

Sie dankte Martha für ihre Hilfe und machte Anstalten zu gehen, doch die Frau hatte anscheinend noch mehr zu sagen, denn sie griff Kay am Ärmel.

»Wissen Sie«, sagte sie mit gesenkter Stimme, so als fürchtete sie, belauscht zu werden, »ich habe nie verstanden, wie so etwas passieren konnte. Shelley und Elroy waren beide zu Hause, als ihre Tochter entführt wurde, und doch hat die Polizei sie beschuldigt, anstatt sich erst einmal die anderen Leute anzuschauen, die regelmäßig zum Haus kamen und sich auskannten.« Sie lächelte und ihre wässrigen Augen leuchteten. »Ich schaue immer Krimiserien im Fernsehen, den ganzen Tag. Habe sonst nichts zu tun.« Kay nickte lächelnd, doch Martha redete immer noch weiter. »Es gab noch andere, die hierherkamen. Ich natürlich, aber ich habe sie nicht entführt«, stellte sie spöttisch klar. »Elroys Arbeitskollegen. Roses Nanny ist mittlerweile verstorben – Eierstockkrebs, wie ich gehört habe –, aber sie ist genau zu der Zeit verschwunden, als das Mädchen entführt wurde. Ihre Mutter sagte, sie wäre irgendwo nach Südamerika gezogen. Doch es gab noch andere. Habt ihr mit ihnen gesprochen? Hat irgendjemand mit ihnen gesprochen?«

ACHT

VORLÄUFIGE ERGEBNISSE

»Redding ist etwa eine Stunde von hier«, meinte Elliot, doch Kay unterbrach ihn sofort.

»Nicht, wenn ich fahre.« Sie warf ihm einen kurzen Blick zu und ihre haselnussbraunen Augen blitzten amüsiert auf.

Was du nicht sagst, dachte er. Denn die Frau hinterm Steuer konnte es bei ihrem Tempo wohl selbst mit einer Herde Wildpferde aufnehmen. Ganz egal, wie weit sie fahren mussten, sie sah es stets als persönliche Herausforderung, es in der Hälfte der Zeit zu schaffen.

Er unterdrückte das Lächeln, das an seinen Mundwinkeln zupfte, denn er fürchtete, dass sie ihn sonst sofort durchschauen würde. Scharfsinnig, nicht auf den Kopf gefallen und auch noch wunderschön. Eine Wahnsinnspolizistin mit unerschütterlichen Instinkten und dazu noch dem ganzen Wissen, das eine Waffe für sich war. Sie konnte die Emotionen von Menschen lesen und so vorausahnen, was sie tun und sagen würden. Und dabei irrte sie sich nie.

Sein Lächeln wurde noch breiter, doch er behielt das Gesicht von ihr abgewandt und tat so, als würde er den dichten Waldrand betrachten, der die Straße säumte. Stellenweise war der Wald immer noch grün, da wo Kiefern und Tannen standen, während andere Bäume, wie Eichen und Ahorn, bereits kahl waren und den feuchten Boden mit feurigen Farben gesprenkelt hatten. Er vermied ihren prüfenden Blick bewusst, denn sie würde ihn innerhalb von nur zwei Sekunden lesen wie ein offenes Buch.

Er war dankbar für die Gelegenheit, von einer der besten Profilerinnen des FBIs zu lernen. Für ihn war es eine überraschende und günstige Fügung, dass eine der erstklassigsten Kriminaltechnikerinnen des Landes in ihre Heimatstadt zurückgekehrt war und sich entschieden hatte, zu bleiben und somit seine Partnerin zu werden. Mehr Glück konnte man karrieretechnisch kaum haben.

Was ein Haufen in der Sonne getrockneter Kuhmist.

Wem machte er hier eigentlich was vor? Es ging ihm nicht nur darum, zu lernen, wie man ein Täterprofil erstellte, oder darum, sein Wissen über Viktimologie zu vertiefen, wenn er nach Schichtende ständig noch auf der Wache herumtrödelte. Viel eher versuchte er, den Mut aufzubringen, sie zum Abendessen einzuladen. Doch das letzte Mal, als er Berufliches und Privates vermischt und sich in seine Partnerin verliebt hatte, war das so in die Hose gegangen, dass er Texas hatte verlassen müssen. Jetzt erinnerte er sich jedes Mal, wenn der Winter näher rückte, an den Schwur, den er an diesem Tag geleistet hatte. Nie wieder.

Sein Lächeln verblasste.

Unheimlicherweise bemerkte sie seinen Stimmungswechsel, so wie sie offenbar alles bemerkte, sogar ohne den Blick von der Straße abzuwenden.

»Was ist los?«, fragte sie beiläufig und er unterdrückte ein Fluchen.

»Selbst mit deinen Fahrkünsten sind wir bestimmt drei Stunden unterwegs, allein mit der Zeit vor Ort in Redding. Wir sollten zuerst bei Dr. Whitmore vorbeifahren.«

»Jepp«, stimmte sie zu und warf ihm erneut einen kurzen Blick zu. Dann nahm sie wortlos die nächste Ausfahrt und bog links ab.

Er hatte ihr keine Sekunde etwas vormachen können.

Er beschäftigte sich mit der Wasserflasche, die im Seitenfach der Autotür stand, drehte den Verschluss auf und trank sie durstig zur Hälfte leer. Als er die Flasche wieder zurück an ihren Platz steckte, fuhr Kay bereits auf den Parkplatz der örtlichen Leichenhalle. Am anderen Ende des Parkplatzes stand mit laufendem Motor ein Kleintransporter von der Presse.

Da sie ganz bestimmt keine Fragen beantworten wollten, eilten sie schnell nach drinnen. Er hielt Kay die Tür auf und sie lief schnurstracks hinein, ohne auch nur einen Anflug von Unbehagen darüber zu zeigen, dass sie Doc Whitmores Schaffensbereich betraten. Drinnen war es stets kühl – aus offensichtlichen Gründen – und der schwere Gestank nach Tod und Chemikalien hing in der Luft, noch unangenehmer als sonst.

»Hey, Doc«, grüßte Kay den Gerichtsmediziner.

Der stand in einem langen weißen Laborkittel und mit einer LED-Stirnlupe um den Kopf neben einem der Autopsietische, auf dem Roses Leiche lag, ihre Schnittwunde klaffend und farblos ohne das ganze Blut. Als er Kays Stimme hörte, drehte er sich mit einem breiten Lächeln um, freute sich offensichtlich, sie zu sehen, und nickte Elliot höflich zu. Er schob die Stirnlupe nach oben, wodurch ein schmales Brillengestell und müde Augen zum Vorschein kamen.

»Wir halten Sie wohl ganz schön auf Trab«, fügte Kay bedauernd hinzu. »Wir stören Ihren Ruhestand viel zu häufig.«

»Das ist nicht das Problem«, entgegnete Dr. Whitmore. »Das Problem ist, dass ein so junger Mensch einfach ermordet wurde.« Er seufzte und stützte sich mit den behandschuhten Händen am Tisch ab, wie um seine Füße zu entlasten. »Nur siebzehn Jahre alt, können Sie das glauben?«

Einen Augenblick lang herrschte Stille in dem kalten Raum, dann ging Kay näher auf den Doc zu.

»Mit dem Y-Schnitt haben Sie ja noch nicht begonnen«, meinte sie. »Können Sie uns irgendwelche vorläufigen Ergebnisse nennen? Ich kann's kaum erwarten, diesen Mistkerl in die Finger zu kriegen.«

Da sagst du was, dachte Elliot. Er wollte dieses Schwein am liebsten grün und blau schlagen und den Aasgeiern zum Fraß vorwerfen.

Elliot trat einen Schritt näher, blieb dann aber lieber in gewissem Abstand zum Autopsietisch stehen. Ihm war immer noch unbehaglich dabei, den nur zum Teil abgedeckten Körper des Mädchens zu betrachten. Irgendwie widersprach es allem, wozu ihn seine anständige, gottesfürchtige Mutter erzogen hatte, eine wehrlose und derart entblößte junge Frau anzustarren. Diesen Teil der Arbeit überließ er nur zu gerne seiner Partnerin, der Psychologin, die mit einer Autopsie ohne mit der Wimper zu zucken fertigwurde. Kay lag das einfach im Blut, sie meisterte jede Herausforderung, die sich ihr stellte. Er selbst hingegen war nur ein unbeholfener Cop, der auf den Straßen von Austin, Texas ausgebildet worden und vor fünf Jahren nach Mount Chester gezogen war, der aber immer noch das Gefühl hatte, nicht hierherzugehören.

»Wir haben ihre Identität verifizieren können«, erklärte der Doc, so als würde er gerade eine Unterrichtsstunde geben. »Ich kann also bestätigen, dass sie nur wenige Monate jünger als siebzehn ist.« Er räusperte sich leise, hustete ein paarmal und murmelte eine Entschuldigung. »Todesursache ist Verbluten infolge von durchtrennten Halsschlagadern.« Er zog das Schaumstoffkissen unter dem Kopf des Mädchens hervor und öffnete so die Schnittwunde, zeigte auf das farblose, faserige Gewebe. »Für einen solchen Übergriff braucht es einiges an Kraft, wie Sie hier sehen: Er hat mit einem Schnitt beide Halsschlagadern, alle vier Jugularvenen, die Luft- und die Speiseröhre durchtrennt. Außerdem hat die Klinge Spuren an der Halswirbelsäule hinterlassen.«

Kay lehnte sich vor und begutachtete die offene Wunde. Dann nickte sie und der Doc schob den Schaumstoff wieder zurück an seinen Platz.

»War er Linkshänder?«, fragte sie.

»Ausgezeichnete Beobachtung«, antwortete Dr. Whitmore. »Ja, das war er. Der Schnitt beginnt hier.« Er deutete auf die rechte Seite des Halses, stellte sich hinter das Kopfende des Tisches und schwang mit der linken Hand ein imaginäres Messer. »Der Mann, nach dem Sie suchen, ist groß und stark. Der Schnitt beginnt etwas weiter oben auf ihrer Kehle und endet weiter unten. Dieser Winkel ist ein Indiz für seine Größe.« Er runzelte einen Moment lang die Stirn, als überlegte er, was er noch hatte sagen wollen. »Er hat sie am Kinn und am Mund gepackt, etwa so.« Erneut führte er es ihnen vor, tat als würde er von hinten die Hand auf Roses Mund drücken und ihren Kopf zu sich ziehen. »Das sieht man am äußeren Rand der Wunde, wo die Haut noch ein paar Millimeter über den Schnitt hinaus aufgerissen ist. Das bedeutet, er hat ihren Kopf noch weiter zurückgedrückt, nachdem er ihre Kehle durchtrennt hat.«

»Nach was für einer Waffe suchen wir?«, fragte Elliot.

»Ich schätze, die Klinge ist dreißig bis fünfunddreißig Zentimeter lang, vermutlich gezahnt, aber das kann ich nicht mit Sicherheit sagen.«

Elliot hielt den Blick weiter auf Dr. Whitmores Gesicht gerichtet, drängte ihn stumm, ihnen etwas Brauchbares zu geben.

»Wenn ich eine Vermutung aufstellen müsste«, fügte der Doc seufzend hinzu, »würde ich sagen, wir suchen nach einem Militärmesser. Aber das ist eine Schlussfolgerung und Gerichtsmediziner sollten sich an Fakten und Beweise halten.«

»Also ein Army-Messer ...«, begann Elliot, doch Dr. Whitmore unterbrach ihn unvermittelt.

»*Womöglich* ein Army-Messer.«

»Verstanden. Ein großer, starker Mann, womöglich ein Army-Messer, Erfahrung im Töten.« Elliot runzelte die Stirn und überlegte, ob er das Offensichtliche aussprechen sollte. Für ihn war die Schlussfolgerung unbestreitbar. »Wir suchen also nach einem ehemaligen Soldaten?«

»Einem ehemaligen oder immer noch aktiven«, warf Kay ein. »Jemand, der Jahre bei der Army verbracht hat und höchstwahrscheinlich einiges an Kampfgeschehen gesehen und so gelernt hat, schnell und leise zu töten. Dadurch dass er die Luftröhre durchtrennt hat, ist sie in den wenigen Momenten, die sie danach noch gelebt hat, vollkommen stumm gewesen. Diesen Modus Operandi habe ich schon bei Spezialeinheiten gesehen, bei den Army Rangers zum Beispiel oder den Navy SEALS.«

»Verstanden«, erwiderte er.

Kay kniff im grellen Licht die Augen zusammen, dann fragte sie: »Ist sie sexuell missbraucht worden?«

»Keinerlei Anzeichen von Missbrauch«, erwiderte Dr. Whitmore. »Sie war sexuell aktiv, jedoch nicht in letzter Zeit.« Er trat wieder an die Seite des Tischs, zog die Handschuhe aus, warf sie in den Mülleimer und vergrub die Hände in den Taschen. »Sie war vollkommen gesund.« Sein Tonfall veränderte sich, als er hinzufügte: »Das ist natürlich nur ein vorläufiges Ergebnis.« Kay nickte und er fuhr fort: »Sehr gerade, weiße Zähne, keine Karies, erst vor Kurzem geputzt. Außerdem hat sie sich frisch die Finger- und die Fußnägel machen lassen.« Er drehte sich um und ging zum Tisch mit den Beweismitteln und suchte einige große Asservatenbeutel heraus, die Roses Kleidung enthielten. »Ihre Hose ist dem Etikett nach von Anne Klein. Die Bluse ist von Neiman Marcus, eine der exklusiven Marken.« Er sah noch ein paar weitere Beutel durch, sagte aber nichts mehr. Dann steckte er die Hände zurück in die Taschen seines Kittels und ging zurück zum Autopsietisch.

»Wie kommt es, dass ein Entführungsopfer von vor vierzehn Jahren teure Markenkleidung trägt und in einer Höhle hinter einem Wasserfall die Kehle aufgeschlitzt bekommt?«, fragte Kay und lief langsam auf und ab.

»Das müssen wohl Sie beide herausfinden«, entgegnete Dr. Whitmore und zog sich ein frisches paar blauer Nitrilhandschuhe über.

»Glauben Sie, sie ist seit der Entführung hier in der Nähe geblieben?«, fragte Elliot und überlegte, wie das möglich sein konnte. Jeder Entführer, der halbwegs bei Verstand war, hätte so viel Abstand wie möglich zwischen seinen Tatort und die fünfundzwanzig Jahre, wenn nicht lebenslange Haftstrafe gebracht, die dieses Verbrechen nach sich zog.

»Möglich ist es«, meinte Kay langsam, so wie immer, wenn sie gründlich über etwas nachdachte. »Aber wo ist sie zur Schule gegangen? Wie kommt es, dass niemand sie je erkannt hat? Wir sind hier nicht gerade in einer Großstadt.« Sie wandte sich Dr. Whitmore zu. »Doc, Sie haben sich an diesen Fall erinnert. Das war übrigens beeindruckend, dass Sie dieses Medaillon nach vierzehn Jahren wiedererkannt haben.«

Er lächelte und senkte sichtbar geschmeichelt den Blick.

»Ich sammle einige Fälle, die interessante kriminaltechnische Herausforderungen mit sich bringen«, erklärte er. »Ich habe ein paar hundert dieser Fälle in meinem Aktenschrank, hauptsächlich Kindesentführungen. Als ich noch jünger und ehrgeiziger war, dachte ich, ich könnte einen Weg finden, den Ablauf der Sofortmaßnahmen bei Kindesentführungen zu verbessern.« Er sah zur Seite. »Dabei ist nicht mehr herausgekommen als eine Sammlung ungeklärter Fallakten, die ich immer mitnehme, egal wo ich hinziehe. Manchmal rolle ich einen Fall wieder neu auf und ermittle, inoffiziell natürlich.«

»Sollten wir den Sheriff vielleicht um eine Dienstmarke für Sie bitten?«, fragte Kay grinsend.

»Ach was, ich bin bloß ein alter, pensionierter Kriminaltechniker, der Langeweile hat und nicht loslassen kann.« Er zog einen Stuhl an den Autopsietisch heran und nahm ein Skalpell vom Instrumententablett. Er stützte den Arm auf der Tischkante ab, das Skalpell halb in der Luft. »Die Wissenschaft hat uns so viele neue kriminaltechnische Möglichkeiten gegeben, die wir für Ermittlungen nutzen können. Die DNA-Analyse ist die Wichtigste davon und einige meiner ungeklärten Fälle stammen aus Zeiten, bevor die DNA-Analyse flächendeckend angewandt wurde. Wenn ich etwas Zeit habe, führe ich also hin und wieder eine durch«, meinte er achselzuckend.

»Wissen Sie noch, ob Sie in dem Jahr oder ein paar Jahre nach Rose Harrelsons Entführung etwas über sie gehört haben?«

Weiße Haarsträhnen fielen ihm in die zerfurchte Stirn und er wischte sie mit dem Ärmel weg. »Leider kann ich mich nicht mehr an vieles erinnern. Ich weiß noch, wie ich vom Suizid ihres Vaters gehört habe, das war wirklich tragisch. Aber sonst habe ich nichts gehört, fürchte ich.« Er neigte den Kopf und runzelte die Stirn. »Eine Sache war da aber. Elroy Harrelson hat von Roses Verschwinden bis zu seinem Tod Poster von seiner vermissten Tochter an jeden einzelnen Baum in Mount Chester gehängt. An die erinnere ich mich noch sehr gut. Sollte sie hier vor Ort geblieben sein, ist es erstaunlich, dass niemand dieses süße Kind wiedererkannt hat. Meine Frau und ich hatten da gerade unser Haus hier gekauft und egal wo wir hingingen, überall hingen diese Poster.«

Kay berührte den Doc sanft am Arm, als er gerade das Skalpell auf die Brust des Mädchens sinken ließ.

»Danke«, sagte sie mit einem schweren Seufzer, den Elliot selten von ihr hörte. »Ich schätze, wir müssen zuerst diesen vierzehn Jahre alten Vermisstenfall aufklären, wenn wir irgendwas über das Leben dieses Mädchens hier erfahren wollen.«

»Da haben Sie beide ja alle Hände voll zu tun«, meinte Dr. Whitmore und Kay machte schon Anstalten zu gehen, als er hinzufügte: »Übrigens: Haben Sie das Nachrichtenteam von KYBC vor meiner Tür gesehen? Die fahren nicht weg, bevor ich ihnen nicht die Identität des Mädchens verrate.«

»Wir fahren als Nächstes zu Mrs. Harrelson«, erklärte Elliot. »Wir sagen Bescheid, sobald sie als nächste Angehörige informiert wurde, dann können Sie ihnen einen Knochen hinwerfen.«

Als sie das Gebäude verließen, eilte das Nachrichtenteam auf sie zu und eine junge, schlanke Brünette hielt Elliot ein Mikrofon vor die Nase, was ihn wohl mehr nervte als ein Pferd eine trockene Klette unterm Sattel.

»Ist es wahr, dass das Mädchen von den Blackwater River Falls mit Rose Harrelson in Verbindung steht? Gerüchten zufolge stellen Sie Ermittlungen in diesem Fall an.«

Danke, Martha, dachte Elliot verärgert. *Vielen Dank auch.*

»Wer ist das Mädchen vom Wasserfall?«, beharrte die Brünette. »Ist es Rose Harrelson? Wo ist sie die ganze Zeit gewesen?«

Kay schlängelte sich durch die drei Reporter hindurch und setzte sich hinters Steuer; Elliot beeilte sich, auf dem Beifahrersitz Platz zu nehmen. Durch das offene Fenster verkündete Kay: »Ich habe gerade nur einen Kommentar für Sie: An Ihrer Stelle würde ich aus dem Weg gehen.«

Sie ließ den Motor aufheulen, was ausreichte, damit sie ihr Gehör schenkten; dann legte sie den Gang ein und fuhr in einer Wolke aus Staub und losen Blättern davon.

Er konnte sich ein Lächeln nicht verkneifen. Kay wusste wirklich, wo das Lasso hing. Und sie schwang es mit Bravour.

NEUN
UNTERWEGS

Fünf Tage zuvor

Ein großer Wassertropfen rollte über ein welkes Ahornblatt nach unten, fiel und platschte ihr auf die Stirn. Sie schreckte auf, war augenblicklich in Alarmbereitschaft, das Herz schlug ihr bis zum Hals. Jetzt, da ihre Sinne wieder zum Leben erwacht waren, spürte Kirsten auch die feuchte Kälte, die durch ihre Kleidung gedrungen war und ihre Glieder ganz taub gemacht hatte, ihre schmerzenden Muskeln, die vor lauter Zittern ganz steif waren, und das hohle Ziehen in ihrer Magengrube.

Sie war sich nicht sicher, ob ihre Beine ihr Gewicht tragen würden, also blieb sie zusammengekrümmt am Boden, die Arme fest um ihre Beine geschlungen und das Gesicht zur Hälfte im Kragen ihrer durchnässten Jacke vergraben. Sie sah sich um, zuckte bei jedem noch so kleinen Geräusch zusammen und war dankbar dafür, dass das erste Tageslicht langsam die Dunkelheit vertrieb, zumindest für eine Weile.

Im gräulichen Licht der frühen Dämmerung sah sie zu ihren Füßen eine dicke Schicht feuchtes Laub, dessen bunte

Farben schon bräunlich wurden. Nasse Baumstämme ragten wie dunkle, unheilvolle Riesen um sie herum auf. Doch sie hatte Schutz am Stamm einer breiten Eiche gefunden, die wenigen verbliebenen Blätter hoch oben in der majestätischen Krone schirmten sie zumindest teilweise vom Regen ab.

Sobald die Welt vor ihren Augen etwas klarer wurde, stand sie auf wackeligen, tauben Beinen schwankend auf. Blut schoss prickelnd zurück in ihre Glieder und erinnerte sie daran, dass sie noch am Leben war. Sie stampfte ein paarmal mit den Füßen auf, dankbar für die Wärme, die die Bewegung mit sich brachte. Dann, als der Verkehr auf dem Highway langsam zunahm, wagte sie es, den Schutz der Bäume zu verlassen und auf die Straße zuzugehen. Sie stieg über die Leitplanke und streckte seitlich den Daumen aus, hoffte, eines der vorbeirauschenden Autos würde anhalten. Doch wer würde eine völlig durchnässte Anhalterin in sein Auto lassen, wo sie doch bloß die Sitze schmutzig machen und den Fußraum mit dem Schlamm an ihren Sneakern einsauen würde?

Tränen brannten in ihren Augen, doch sie hielt sie zurück. Sie musste überleben, musste so weit weg von diesem Ort wie möglich, bevor ihr Onkel und seine Kollegen nach ihr fahndeten wie ein Suchtrupp nach einer Flüchtigen.

Der Regen hatte aufgehört und war dem Geruch nach nasser Erde und durchnässtem Laub gewichen. Unter den vereinzelten Sonnenstrahlen stieg feiner Nebel vom Boden auf, doch die schweren Wolken blieben, verhießen noch mehr Regen. Aber Kirsten wurde leichter ums Herz, als ein Kleintransporter die Geschwindigkeit drosselte, rechts ranfuhr und einige Meter vor ihr zum Stehen kam.

Sie beeilte sich, den Transporter einzuholen, hoffte, dass diesmal kein Spinner auf sie wartete wie der Widerling in dem Sattelzug letzte Nacht. Als sie den Truck erreichte, spähte sie durchs Fenster und atmete erleichtert auf.

Am Steuer saß eine Frau mittleren Alters mit freundlichen Augen.

Kirsten öffnete die Tür und zögerte kurz, bevor sie hineinkletterte.

»Steig schon ein, Schätzchen«, ermutigte sie die Frau. Ihre Stimme war rau und kratzig und zeugte von jahrelangem Rauchen, genau wie der Geruch, der trotz der beiden Duftbäumchen, die vor der Klimaanlage baumelten, noch in der Luft hing.

Kirsten hielt inne, als sie sah, dass ihre Jacke und Hose vor Wasser nur so trieften. Als hätte sie ihre Gedanken gelesen, winkte die Frau ab.

»Halb so wild, das trocknet schon wieder. Hier, nimm das.« Sie griff nach einer Reisetasche hinter dem Sitz und beförderte ein muffiges buntes Handtuch daraus hervor, das nach Seife roch. »Trockne dich erstmal ab, zieh die Jacke aus und leg dir das dann einfach auf den Sitz.«

Schweigend tat Kirsten wie ihr geheißen. Sie wusste nicht so recht, was sie sagen sollte – solche Freundlichkeit hatte sie in ihrem Leben selten erlebt. Sie kämpfte mit den Tränen, als sie sich anschnallte; dann streckte sie die Hände aus, um sie an den Heizöffnungen zu wärmen.

Die Frau legte geräuschvoll den Gang ein, setzte den Transporter in Bewegung und der Motor heulte auf, als sie versuchte zu beschleunigen.

»Diese alte Klapperkiste packt auch nicht mehr so viel wie früher«, sagte sie und warf ihr ein kurzes Lächeln zu, das fleckige Zähne offenbarte. »Ich bin Hazel. Und wie heißt du?«

Kirsten zögerte, Panik stieg in ihr auf.

Hazel lachte, doch es war ein trauriges und verständnisvolles Lachen, ohne jeden Anflug von Hohn. »Denk dir einfach etwas aus, Schätzchen. Ich muss dich doch irgendwie nennen, oder? Da spricht doch nichts gegen eine kleine Notlüge.«

»Ähm, Kirsten«, stammelte sie leise ihren eigenen Namen

hervor. Für ihre Freundlichkeit verdiente die Frau die Wahrheit.

»Und, Kirsten, wo willst du hin?«

»Kalifornien«, antwortete sie etwas selbstsicherer. »San Francisco, falls Sie mich so weit mitnehmen können.«

Hazel lachte wieder. »Bei deinem Aussehen hätte ich eher auf Hollywood getippt.« Ihr Lächeln schwand und sie seufzte so stark auf, dass sich ihr üppiger Busen hob. »Ich kann dich bis zur kalifornischen Grenze mitnehmen, weiter nicht. Da muss das hier abgeliefert werden«, fügte sie hinzu und tätschelte das Lenkrad, dort, wo das zerkratzte und im Laufe der Jahre verblasste Ford-Logo war. »Bei Caldwell Farms.«

»Danke«, erwiderte Kirsten.

Ihr knurrte der Magen und sie beugte sich nach vorn, um das Geräusch zu verbergen. Hazel warf ihr einen kurzen Blick zu, sagte aber nichts mehr. An der nächsten Ausfahrt setzte sie den Blinker und fuhr vom Highway ab.

Ängstlich rutschte Kirsten auf ihrem Sitz herum. »Wo fahren wir hin?«

»Tanken«, entgegnete Hazel. »Die verdammte Schrottkiste fährt leider nicht ohne Sprit.« Sie zwinkerte ihr zu und lachte dann herzhaft über ihren eigenen Witz.

Kirsten sah zu, wie Hazel tankte, wie die Zahlen an der Zapfsäule blitzschnell rotierten, und blickte dabei immer wieder argwöhnisch zu den vorbeirasenden Autos hinüber, fürchtete, jeden Moment den Streifenwagen ihres Onkels unter Sirengeheul heranrauschen zu sehen, um sie wieder zurück in ihre persönliche Hölle zu schleifen.

Nachdem Hazel fertig getankt hatte, schlug sie Kirsten vor, drinnen auf die Toilette zu gehen. Dankbar nahm sie das Angebot an und beeilte sich, wusch sich so schnell und gründlich wie möglich die Hände und das Gesicht. Sie müffelte immer noch nach Regen und Matsch.

Als sie den Toilettenbereich verließ, fand sie Hazel an

einem kleinen Tisch vor dem Burgerladen vor. Darauf warteten zwei mit Cheeseburgern und Fritten beladene Teller. Der Duft von knusprigem Bacon und geschmolzenem Cheddar löste ein Stechen in ihrem leeren Magen aus.

»Für mich?«, fragte sie mit großen Augen und deutete auf den Teller vor dem leeren Stuhl.

Hazel biss in ihren Burger und bedeutete ihr mit der Hand, sich zu setzen. Sie kaute lautstark, dann meinte sie: »Sonst sehe ich hier niemanden.«

Diese Mahlzeit musste wohl das Leckerste sein, was sie je gegessen hatte. Mit jedem Bissen schmeckte sie saftiges gebratenes Rindfleisch und geschmolzenen Käse. Auch die Fritten, deren Duft ihr bei jedem Bissen in die Nase stieg, waren genau richtig, außen knusprig und salzig, innen weich.

Als sie schon fast alles heruntergeschlungen hatte, bereute sie es, sich nicht mehr Zeit gelassen zu haben, um es richtig zu genießen. Mit dem Finger pickte sie die übriggebliebenen Sesamkörner auf und selbst das kleinste Stückchen Fritte fand seinen Weg vom Teller in ihren Mund.

»Danke schön«, sagte sie und blickte Hazel kurz an, sah dann aber schnell wieder weg, denn sie fürchtete, die Frau könnte die Tränen in ihren Augen bemerken.

»Gern geschehen, Schätzchen«, erwiderte Hazel leise. »Es war zwar nicht viel, aber ich dachte mir, du könntest einen Happen vertragen.« Sie wischte sich die Finger an einer Papierserviette ab, fuhr sich durch das dünner werdende, blondierte Haar und stand auf. »Wollen wir uns auf den Weg machen?«

»Ja«, erwiderte Kirsten begeistert.

Die nächsten paar Meilen Fahrt verliefen schweigsam. Die behagliche Wärme der Fahrerkabine machte Kirsten schläfrig, doch die Frage, was sie nach ihrer Ankunft in San Francisco tun würde, hielt sie wach. Sie war noch nie zuvor dort gewesen. Wo würde sie hingehen? Beinahe hätte sie Hazel danach gefragt, doch das hätte wohl den Eindruck erweckt, als würde sie die Frau unter Druck setzen wollen. Ihr Leben war schließlich nicht Hazels Problem.

»Warum bist du von zu Hause weg, Schätzchen? Und was hast du in San Francisco vor? Kennst du da jemanden?«, fragte die Frau, als hätte sie ihre Gedanken gelesen.

Kirsten rutschte auf ihrem Sitz herum und warf Hazel einen kurzen, ängstlichen Blick zu.

»Hör mal, ich bin mir ziemlich sicher, dass ich hier gerade das Gesetz breche, weil ich dich mitnehme, statt dich bei den Cops zu melden.« Hazels Ton war wie immer sanft und verständnisvoll. »Du kannst nicht älter als fünfzehn sein. Willst du wissen, warum ich das mache?«

Kirsten schwieg. Sie sah Hazel nur an und wartete, bis sie weiterredete. Vor Unbehagen zog sich ihr die Brust zusammen.

»Ich war schon mal an deiner Stelle«, erzählte sie schließlich. »Bin von meiner kaputten Familie weggelaufen, dachte, alleine wäre ich besser dran als mit einer Säuferin als Mutter und einem mit Abwesenheit glänzenden Vater.« Sie ließ das Fenster herunter, um sich eine Zigarette anzustecken, dann zog sie kräftig daran und hielt einen Moment inne, bevor sie wieder ausatmete. »Und ich bin echt ganz gut allein zurechtgekommen.« Sie tätschelte Kirsten das Knie. »Du wirst auch gut allein zurechtkommen, wirst schon sehen. Lass dir einfach nichts gefallen und verkauf ja nicht deinen Körper für ein bisschen Kohle.«

Kirstens Wangen liefen heiß an. Sie senkte den Blick und starrte auf ihre schlammverschmierten Schuhe. Sie war sicher nicht von zu Hause weggelaufen, nur um ihren Körper an irgendeinen Creep zu verkaufen. Die bloße Vorstellung, von einem Fremden berührt zu werden, war so schrecklich, dass sie den Kopf schüttelte, um sie zu verdrängen wie einen Albtraum. Sie kniff die Augen zusammen, schob die Bilder beiseite, die sich in ihren Kopf drängten, die noch frischen Erinnerungsfetzen an Bierbauchs Hände auf ihrer Haut, an Glatzkopf, der sie flach mit dem Rücken auf den Esszimmertisch drückte, seine Bartstoppeln und seine schleimige Zunge, die sengende Spuren auf ihrem Bauch hinterließen, immer tiefer und tiefer wanderten.

Sie zwang all diese Bilder zu verschwinden, rief sich ins Gedächtnis, dass sie genau deshalb davongelaufen war. So etwas würde ihr nicht passieren, nie wieder. Als sie ihre Augen wieder öffnete und die Erinnerungen von der strahlenden Sonne verjagen ließ, bemerkte sie, wie Hazel sie besorgt ansah.

Schnell wandte die Frau den Blick ab und konzentrierte sich wieder auf die Straße.

»Hab ich dir erzählt, wohin ich unterwegs bin, Schätzchen?«, fragte sie schließlich. Sie zog noch einmal tief an der Zigarette, dann schnippte sie den Stummel durch das offene Fenster. »Ich transportiere Landwirtschaftsgeräte für Caldwell. Schon mal von gehört?«

»Ähm, nein«, antwortete Kirsten.

Hazel wedelte mit der Hand in der Luft herum, um den dichten Rauch aus der Kabine zu vertreiben. »Ist ’ne große Farm«, fuhr sie fort und kurbelte das Fenster wieder hoch. »Sobald wir über die kalifornische Grenze fahren, kannst du meilenweit ihre Ländereien sehen, auf beiden Seiten.«

Kirsten sah aus dem Fenster und hörte nur mit halbem Ohr zu, wie Hazel ihr von der Farm erzählte, von den Caldwells, den Gerätschaften, die sie transportierte, sowohl zur Miete als auch zum Verkauf. Schon bald würde sie irgendwo am Straßenrand herausgelassen werden und sie wäre wieder allein.

Beinahe hätte sie das blaue Schild verpasst, auf dem in gelber Kursivschrift »WILLKOMMEN IN KALIFORNIEN« stand, verziert mit etwas, das aussah wie drei Blumen. Sicher war sie sich da nicht, immerhin fuhr Hazel mit siebzig Meilen pro Stunde und Kirsten wollte auch nicht nachfragen, es war nicht wichtig. Doch bald darauf verlangsamte Hazel ihr Tempo und fuhr rechts ran.

»Hier muss ich dich wohl rauslassen, Schätzchen«, meinte Hazel, was einen Schauer der Furcht durch ihren Körper sandte. »Hier auf dem Highway hast du wohl bessere Chancen als da drüben.« Sie deutete auf eine Seitenstraße, die von der nächsten Ausfahrt abging und zu einem großen Tor führte. Dann nahm sie Kirstens Hand in ihre und drückte sie. »Ich wünsche dir ganz viel Glück.«

Kirsten dankte der Frau und stieg aus. Dann beobachtete sie, wie der Transporter geräuschvoll wieder in Gang kam, zurück auf die Spur und die Ausfahrt hinabfuhr und schließlich durch das Tor zur Farm verschwand.

Sie schlüpfte wieder in ihre Jacke und zog den Reißverschluss bis oben hin zu. Die Luft war frisch und der Wind, der von Norden her wehte, peitschte nur so über den Highway. Sie vergrub die Hände in den Taschen und ertastete in der linken etwas, das vorher nicht dort gewesen war. Sie holte es heraus und sah fünf zerknitterte Zwanzig-Dollar-Scheine und einen Zettel in ihrer Hand. Darauf standen Hazels Name, eine Telefonnummer und noch eine kurze Botschaft: *Wenn du mal nicht mehr weiterweißt.*

Sie blinzelte die Tränen weg und begann zu laufen. In der Hoffnung, jemand würde anhalten, streckte sie wieder die Hand aus. Ein Tieflader rauschte rasend schnell vorbei, hüllte sie in eine Wolke aus Staub und Steinchen und hupte laut. Sie erschrak und hastete, ohne hinzusehen, ein paar Schritte zur Seite. Auf dem losen Schotter rutschte ihr der Fuß weg und knickte um. Sie kreischte auf, stürzte in einen tiefen Graben und rutschte unter der Leitplanke hindurch ins hohe Gras, wo sie direkt gegen einen großen Stein prallte.

ZEHN

DIE NÄCHSTE ANGEHÖRIGE

Es war bereits mitten am Nachmittag, als Kay vor dem Pflegeheim parkte. Ein Blick genügte, um zu sehen, welche Art von Einrichtung sie gleich betreten würden. Das Eingangsschild, auf dem in rostigen Lettern »Glen Valley Commons« stand und das auf einem vom Regen verwaschenen Stein befestigt war, war bloß der erste Hinweis auf den Zustand des Anwesens. Die Fenster des Gebäudes waren trüb – vermutlich lag das Budget fürs Fensterputzen ziemlich genau bei null –, die Farbe war aufgeplatzt und Teile der Außenverkleidung hingen nur noch lose an den Wänden.

Sie wappnete sich, bevor sie hineinging, zögerte vor der Tür, die Elliot für sie aufhielt. Ein Luftzug brachte eine Vorahnung der Gerüche mit sich, die sie drinnen erwarteten, und bereitete ihr eine Gänsehaut, rief schmerzvolle Erinnerungen an ihre Mutter wach, daran, wie sie ihren letzten Kampf gegen den Krebs ausgefochten hatte. Der Geruch nach Desinfektionsmittel, der den allgegenwärtigen Gestank nach entkräfteten menschlichen Körpern, nach Urin und Fäkalien und bitterem verbrannten Essen kaum überdeckte.

Sie trat ein; Elliot nahm den Hut ab und folgte ihr. Am

Empfang zeigte Kay ihre Dienstmarke vor. Eine dicke Frau im eng sitzenden Laborkittel sah sie unter buschigen Augenbrauen auf einer schmalen Stirn abweisend an.

»Detectives Sharp und Young, wir möchten gern mit Mrs. Harrelson sprechen«, verkündete Kay.

Die Frau starrte ihre Dienstmarke an, dann nahm sie mit zusammengepressten, gekräuselten Lippen den Telefonhörer in die Hand und wählte einen internen Anschluss.

Einige Minuten später schob eine große, dürre Pflegerin Mrs. Harrelson in einem Rollstuhl herein, der auch schon bessere Tage gesehen hatte. Die Pflegerin bedeutete ihnen, ihr in einen Raum zu folgen, dann schloss sie die Tür hinter sich.

Die Frau im Rollstuhl wirkte geistesabwesend, sie starrte nur vor sich hin und schien sie gar nicht zu bemerken. Ihre Haut war blass und runzlig, als würde die Zeit an diesem furchtbaren Ort schneller vergehen als draußen, wo die Luft frisch war und noch die Sonne schien. Ihre Knie und Schultern waren so knochig, dass sie wie Stöcke durch ihren Kittel hervorstachen – sie konnte nicht mehr als fünfunddreißig Kilo wiegen.

»Mrs. Harrelson hatte vor zwölf oder dreizehn Jahren einen Schlaganfall«, erklärte die Pflegerin, wobei sie sich nicht im Geringsten darum scherte, ob ihre Patientin sie hörte. »Einige kognitive Fähigkeiten sind noch vorhanden, aber erwarten Sie nicht zu viel. Sie ist linksseitig gelähmt und kann die einfachsten Aufgaben nicht ohne Hilfe verrichten.«

Kay bemerkte den finsteren Blick, mit dem Elliot die Pflegerin zu Recht bedachte. Ihre Patientin hatte jeglichen Willen zu leben aufgegeben, als sie ihre Familie verloren hatte. Sie verdiente etwas Rücksichtnahme. Doch anscheinend hatten die gelben Flure von Glen Valley Commons schon lange keine empathischen, einfühlsamen Pfleger mehr gesehen.

»Danke«, erwiderte Kay und musste sich zurückhalten, nicht mit den Zähnen zu knirschen, doch ihr schroffer Ton verriet ihre Wut. »Wir übernehmen dann ab hier.« Sie wartete darauf, dass die Pflegerin den Raum verließ. Mit Sicherheit hätte sie ihnen sehr gerne zugehört, um ein wenig spannenden Klatsch über ihre Patientin aufzuschnappen, schließlich bekamen die Bewohner hier nicht jeden Tag Besuch von der Polizei.

»Tut mir leid«, entgegnete die Pflegerin kühl. »Aber ich kann sie nicht mit Ihnen allein lassen. Sie könnte medizinische Betreuung ...«

»Und ich habe eine medizinische Grundausbildung«, unterbrach Kay. »Wir rufen Sie schon, wenn wir Sie brauchen.«

Mit gespitzten Lippen und erhobenem Kinn verließ die Pflegerin das Zimmer und schloss ein wenig lauter als nötig die Tür hinter sich.

Nachdem die Tür ins Schloss gefallen war, ging Kay vor Shelley Harrelsons Rollstuhl in die Hocke und berührte ihre rechte Hand. »Mrs. Harrelson?«

Der geistesabwesende Blick der Frau wandte sich ihr einen kurzen Augenblick lang zu, dann verflog ihre Aufmerksamkeit schon wieder.

»Mrs. Harrelson, ich bin Detective Kay Sharp und das ist mein Kollege, Detective Elliot Young. Wir würden mit Ihnen gern über Rose sprechen.«

Als sie den Namen ihrer Tochter hörte, flatterten Shelleys Augenlider, sie blinzelte ein paarmal und sah dann Kay in die Augen.

»Was ... ist mit meiner Tochter?«, fragte sie. »Haben Sie sie gefunden?« Die Frau packte mit dürren, zittrigen Fingern Kays Hand, ihr Griff war überraschend fest.

Kay schloss einen Moment lang die Augen und atmete tief durch, wappnete sich dafür, der Frau die Nachricht zu überbringen, die ihr möglicherweise den Rest gab. Sollte sie stattdessen einfach weggehen? Doch es wäre wohl weitaus schlimmer, wenn Shelley auf den spärlich beleuchteten Fluren dieses grässlichen Ortes vom Tod ihrer Tochter erführe, zum Beispiel von dieser furchtbaren Pflegerin.

Als sie die Frau wieder ansah, kullerte eine Träne über das vorzeitig gealterte Gesicht. Bevor Kay etwas sagen konnte, ergriff Shelley das Wort, zunächst stockend, wie erstickt von der Trauer, die sie gleich überkommen würde.

»Ich weiß, warum Sie da sind«, sagte Shelley. Sie hielt den Blick auf Kay gerichtet. »Ich habe oft von dem Tag geträumt, an dem die Polizei vor der Tür stehen würde.« Sie hielt einen Moment lang inne und senkte den Blick. »Aber es war nicht so ... nicht wie Sie. Sie fürchten sich ja davor, das auszusprechen, weshalb Sie hergekommen sind.« Sie schluckte hart, hatte Mühe zu sprechen. Ihre Worte waren kaum verständlich, offenbar fiel es ihr durch die Lähmung schwer, sich zu artikulieren.

»Es tut mir so leid«, flüsterte Kay. »Ich kann mir gar nicht vorstellen, wie Sie sich fühlen müssen. Ich wünschte nur, ich könnte irgendetwas ...«

»Das ist der Albtraum, der mich nächtelang wachgehalten hat, jede Nacht seitdem sie entführt worden ist«, wisperte Shelley. »Genau das, Polizisten wie Sie, die mir sagen, dass meine Kleine tot ist.« Tränen fielen ihr eine nach der anderen aus den geschlossenen Augen, tropften ihr auf den Kittel. »Bald folge ich ihr und wir sind wieder vereint.«

»Mrs. Harrelson«, begann Kay sanft. »Können Sie uns sagen, was in jener Nacht passiert ist?«

Der rechte Mundwinkel der Frau zuckte, zeigte den Anflug eines Lächelns. »Sie hatte Albträume, meine süße kleine Rose. Sie sagte immer, dass Monster an ihr Fenster klopfen würden, dass sie versuchten, hereinzukommen. Sie sagte, sie hätte ihre Gesichter gesehen, aber sie war nun einmal erst drei Jahre alt ...« Ihre Stimme wurde leiser, erstickt von Trauer. »Wir haben ihr nicht geglaubt.«

Kay und Elliot wechselten einen kurzen Blick. Kay überlegte, ob diese Information irgendwie relevant war. Hatte das kleine Mädchen etwas Ungewöhnliches vor ihrem Fenster bemerkt? Oder hatte sie tief und fest geschlafen, ohne die geringste Ahnung, dass ihr Leben einen falschen Kurs einschlagen würde?

»Vielleicht hatte sie recht gehabt. Ich hätte auf meine Kleine hören sollen. Jetzt werde ich es wohl nie erfahren«, fuhr Shelley fort. Ihre Stimme brach, ihre Worte waren langsam und voller Schmerz. »Elroy dachte, es wären nur die Zweige von den Ahornbäumen, die bei Wind gegen die Scheibe schlugen. Er hat die Äste gestutzt, ich habe Gardinen aufgehängt und trotzdem haben wir noch jede Nacht mindestens zweimal nach ihr gesehen, um sicherzugehen, dass es ihr gut ging.« Sie unterbrach sich, nahm ihre Hand von Kays und hob sie an den Hals, wie um den Kloß darin aufzulösen. »Als ich in dieser Nacht reinging, um nach ihr zu sehen, war sie weg. Das Fenster war bloß einen Spalt breit offen, genau wie ich es zurückgelassen hatte, es war schließlich Sommer. Das Fliegengitter war auch noch an Ort und Stelle und hatte keine Löcher. Die Gardinen wehten leicht im Wind.« Mit gesenktem Kopf hielt sie inne. »Das ist alles, was ich gesehen habe. Es war, als wäre sie einfach verschwunden. Dann ... hat dieser Polizist Elroy beschuldigt und aufgehört, nach meiner Kleinen zu suchen.«

Shelley hob den Kopf, doch ihre Augen starrten wieder ins Leere, durch ein Tal der Tränen.

Kay stand auf und berührte sie sanft an der Schulter. »Ich danke Ihnen, Mrs. Harrelson. Wenn es noch irgendetwas ...«

»Wie ist meine Kleine gestorben?«, hauchte sie.

Kay zögerte einen Augenblick lang. »Schnell und schmerzlos, das verspreche ich Ihnen.« Sie ging erneut vor Shelleys Rollstuhl in die Hocke und sah ihr direkt in die Augen. »Und ich verspreche Ihnen, dass wir den Mörder Ihrer Tochter finden werden. Er wird dafür bezahlen.«

Die Rückfahrt von Redding verlief zunächst in langem, drückendem Schweigen. Kay gab die ganze Zeit über Vollgas und umklammerte das Lenkrad so fest, dass ihre Knöchel weiß hervortraten. Sie hielt den Blick auf die Straße gerichtet, doch in ihrem Kopf drehte sich alles um Rose Harrelsons Akte, um die Notizen, die sie darin gelesen hatte. Wie war sie entführt worden? Wie hatte sich der Täter Zugang zum Kind verschafft? Und vor allem, warum hatte der damals zuständige Detective diese Frage nicht zuerst beantwortet? Oder hatte er keine Antworten finden können und hatte es sich dann einfach gemacht und den Vater beschuldigt?

Für den Bruchteil einer Sekunde sah sie zu Elliot hinüber, bemerkte die gerunzelte Stirn und den verspannten Kiefer. Offenbar beschäftigte ihn ein ganz eigenes Gedankenkarussell, doch wollte sie nicht daran teilhaben lassen.

Warum war er in letzter Zeit so still? Machte er sich Gedanken um seine Arbeit? Hatte sie etwas gesagt oder getan, das ihn verärgert hatte? Manchmal übernahm sie an Tatorten, in Gesprächen und bei Befragungen zu sehr die Führung, verfolgte ihre eigenen Ideen und preschte mit all ihrer Erfahrung als FBI-Profilerin voran, wobei sie ihre Partner oft außen vor ließ. Sie war eine Einzelgängerin und definitiv kein großartiger Teamplayer, dessen war sie sich bewusst. Einige Leute schreckte das sicher ab, besonders junge und ehrgeizige texanische Detectives, die schon länger auf der Wache arbeiteten.

Wie als Antwort auf ihre Gedanken läutete Elliots Handy und unterbrach damit ihr Schweigen.

»Huch«, meinte Elliot, als er die Nachricht las. »Ich werde für einen neuen Fall abgestellt.« Er klang überrascht.

»Was für ein Fall?«, fragte sie und nahm dabei sämtliche Details aus Elliots Stimme und Körpersprache in sich auf. Der bedauernde Unterton war unerwartet, was sie noch nicht ganz verstand. Warum bedauerte er es, einen anderen Fall zu bekommen?

»Ein vermisstes Mädchen aus Lane County, Oregon.« Sein Handy gab erneut einen Ton von sich. »Außerdem hat Doc Whitmore Rose Harrelsons Identität bekannt gegeben.« Er überflog noch einmal die Nachricht und tippte dann eine Antwort. »Der Doc sagt, dass die Reporter als Nächstes den Sheriff interviewen.«

Sie konnte sich das Grinsen kaum verkneifen. »Oh, so etwas kann der Chef ja wirklich nicht ausstehen«, meinte sie mit vor Sarkasmus triefender Stimme. »Ich fahre kurz bei der Wache vorbei, dann kannst du dein Auto nehmen.«

»Okay«, erwiderte er geistesabwesend, er wirkte in sich gekehrt.

»Erzähl mir von dem neuen Fall. Gibt es eine Verbindung zu unserer Mordermittlung?«

»Nicht im Geringsten.« Er schaute noch einmal kurz auf das Display, dann schob er das Handy zurück in die Tasche. »Ist wohl die Nichte eines Deputys aus Lane County, die nach einem Streit mit ihrem Stiefvater von zu Hause weggelaufen ist. Ein Zeuge meint, gesehen zu haben, wie das Mädchen auf dem

Highway in einen Kleintransporter mit kalifornischem Kennzeichen gestiegen ist.«

»Ah, okay«, erwiderte sie. Dann machten sich wieder die nagenden Gedanken über Rose Harrelsons Entführung in ihrem Kopf breit und sie verstummte. Doch nach einer Weile befand sie, dass sie sich doch besser Elliots Gedanken zu dem Fall anhören sollte, solang er noch da war. »Was meinst du, wie wurde sie entführt?«

»Wer? Das Mädchen aus Lane County?«

Die Frage verwirrte sie einen Augenblick lang. War das Mädchen aus Lane County nicht eine Ausreißerin? Sie tat den Gedanken wieder ab. »Nein, Rose. Das Fenster war Shelley zufolge nur einen Spalt breit offen und das Fliegengitter war unbeschädigt. Was meinst du, wie hat der UT sie entführt?« Schon seit ihrer Zeit beim FBI benutzte sie gerne diese Abkürzungen, denn sie fand sie einfacher, zwei simple Buchstaben, die die ellenlange Definition eines unbekannten Täters, eines nicht identifizierten Subjekts in einem Verbrechen, ersetzten.

»Es gab keine Fingerabdrücke, oder?«

»Hm ... nein«, erwiderte sie und stutzte ein wenig, als sie darüber nachdachte, wie unsauber die Beweismittel zusammengestellt worden waren. Es gab keinen Bericht in der Akte, nur eine handschriftliche Notiz, dass sämtliche Fingerabdrücke am Tatort zugeordnet werden konnten. »Ich frage mich ...«, begann sie, doch unterbrach sich dann selbst. »Nein, es ist vierzehn Jahre her, wir können auf keinen Fall noch einmal eine offizielle Tatortbesichtigung machen. Nicht bei diesem Zustand des Grundstücks.«

»Es muss jemand gewesen sein, der der Familie nahestand, jemand, der sich im Haus auskannte.« Er sah auf seinem Handy nach, wie spät es war, dann runzelte er leicht die Stirn.

»Was ist los?«

Er sah einen Moment zur Seite. »Ich kann einfach überhaupt nicht nachvollziehen, wie in diesem Fall gearbeitet wurde, das ist alles.«

Sie lachte leise. »Was du nicht sagst.«

»Wir müssen wohl noch einmal zurück und all diese Leute befragen, die Martha Duncan erwähnt hat. Elroys Arbeitskollegen. Die Nanny, die gestorben ist, sollten wir auch überprüfen.« Er runzelte wieder die Stirn, diesmal deutlicher. »*Du* musst die Leute befragen. Währenddessen muss ich eine vierzehnjährige Ausreißerin aus Lane County, Oregon, aufspüren.«

»Ja«, erwiderte sie nur, bog links ab und hielt gegenüber der Polizeiwache am Straßenrand. »Ich fange wieder bei null an und rolle den Fall neu auf. Wer weiß, was *wir* herausfinden werden?«

Fragend sah er sie an.

»Irgendetwas sagt mir, dass du deine Ausreißerin in null Komma nichts aufgespürt hast. Ich fange in der Zeit schon einmal mit der Vorarbeit an. Wir müssen herausfinden, wer Rose Harrelson entführt hat und warum. Und wo sie die ganze Zeit über gewesen ist.«

Sie stiegen die Betonstufen zum Haupteingang hinauf und betraten das Gebäude. Von da an würden sie nun erst einmal getrennte Wege gehen. Elliot wollte mit dem Sheriff über seinen neuen Fall reden und Kay wollte noch einmal ihre Datenbank nach den Personen durchsuchen, die damals als der Familie Harrelson nahestehend festgehalten worden waren. Vor allem aber wollte sie die Adresse des Detectives herausfinden, der ursprünglich in dem Fall ermittelt hatte – es war Zeit, ihm einen Besuch abzustatten. Sie konnte es kaum erwarten, ihn ins Kreuzverhör zu nehmen, denn seine haarsträubende Inkompetenz ärgerte sie schon den ganzen Tag. Eine ganze Familie war zerstört worden, nur weil er zu unfähig war, Rose zu finden, und aus einem unerfindlichen Grund nicht das FBI um Hilfe gebeten hatte. Er hätte Elroy genauso gut eigenhändig erhängen und Shelley dorthin verfrachten können, wo sie jetzt war.

Doch keiner ihrer Pläne wurde in die Tat umgesetzt. Als sie das Großraumbüro betraten, eilte Sheriff Logan schnurstracks auf sie zu.

»Das Telefon klingelt ununterbrochen«, meinte er ohne Umschweife. Er klang frustriert und rang die Hände, eine ungewöhnliche Geste für den sonst so standhaften Sheriff.

Mehrere Deputies telefonierten und sobald einer von ihnen auflegte, klingelte es schon wieder.

»Was ist hier los?«, fragte Kay.

»Wir haben die falsche Identität rausgegeben, das ist los«, schnaubte er und fuhr sich durch das graue Haar an seinen Schläfen. »Sobald wir bekannt gegeben haben, dass das Opfer Rose Harrelson ist, ist das Ganze durch die Presse gegangen, inklusive Fotos – eines von vor der Entführung damals und ein aktuelles, das der Gerichtsmediziner bereitgestellt hat. Seitdem werden wir mit Anrufen bombardiert und alle lachen uns aus und meinen, wir haben uns geirrt. Das Opfer sei Alyssa Caldwell, niemand Geringeres als Bill Caldwells Tochter. Die Caldwells stehen so in der Öffentlichkeit, dass wirklich jeder schon mal ein Foto dieses Mädchens in der Presse oder im Internet gesehen hat. Manche Leute merken sich wohl tatsächlich noch, was sie in den Klatschzeitungen so sehen, ganz im Gegensatz zu uns. Verdammt!«

»Bill Caldwell von Caldwell Farms?«, fragte Kay und ging gar nicht erst auf seine hämischen Worte ein.

»Ja, genau der«, entgegnete Logan. »Wie zum Teufel konnte das passieren? Wie konnte der Gerichtsmediziner das so verbocken? Sie fahren da jetzt sofort hin und finden es heraus«, wies er Kay an.

»Das ist unmöglich«, meinte Elliot. »Der Doc hat ihre DNA überprüft, die stimmte mit der aus der Entführungsakte überein.«

»Sie ermitteln jetzt erst einmal im Fall des vermissten Mädchens«, sagte Logan zu Elliot und wandte sich dann wieder an Kay. »Haben Sie so etwas schon einmal erlebt? Wir sehen aus wie die letzten Trottel, die Leute lachen uns aus. Das hat uns gerade noch gefehlt.«

Kay ließ sich Zeit mit ihrer Antwort. Im Kopf ging sie rasch die Fakten durch: Es gab einen DNA-Befund in Rose Harrelsons Akte. Doc Whitmore hatte eine Probe vom Opfer genommen und sie mit der aus der Akte abgeglichen und sie hatte übereingestimmt. Es war eine hundertprozentige Übereinstimmung, da gab es überhaupt keinen Raum für Irrtümer, sie war vor Gericht zulässig und wurde kriminaltechnisch als wasserdicht angesehen, ohne Wenn und Aber.

Wie ließ sich das erklären?

»Ich frage mich ... der DNA-Befund, den Dr. Whitmore aus der Akte hatte«, begann sie schließlich. »War das eine richtige Gewebeprobe, die irgendwo gerichtsmedizinisch aufbewahrt wurde? Oder war das nur das Ergebnis eines DNA-Tests?«

Sheriff Logan sah sie nur an, als fragte er sich, warum sie ihm Fragen stellte, statt ihm Antworten zu liefern.

»Ich überlege gerade«, fuhr Kay fort, »Vielleicht gehörte der DNA-Befund aus Rose Harrelsons Fallakte eigentlich zu einem anderen Fall, einem, in den Alyssa verwickelt war. Vielleicht sind die Befunde irgendwie durcheinandergeraten. Wurde Alyssa Caldwell jemals als vermisst gemeldet?«

Der Sheriff presste die Lippen zu einer dünnen Linie zusammen, er verlor langsam sichtbar die Geduld. »Finden Sie das heraus. Finden Sie heraus, was zum Henker da schiefgelaufen ist und was wir der Presse erzählen wollen, sobald sie aufhören, uns auszulachen und anfangen zu fragen, wie wir dieses Unvermögen entschuldigen wollen.«

»Alles klar«, erwiderte sie, wechselte einen kurzen Blick mit Elliot und machte sich auf den Weg zu ihrem Schreibtisch.

Bis gerade eben hatte sie noch geglaubt zu wissen, wer das Opfer war, und dieses Wissen war alles, was sie in einem ungeklärten Entführungsfall hatte. Einem seit vierzehn Jahren ungeklärten Fall. Jetzt war selbst dieses Beweismittel, Rose Harrelsons DNA, ihre Identität, strittig.

Ein beunruhigender Gedanke machte sich in ihrem Kopf breit. Was war es, das jegliche Spuren und Beweise im Falle von Rose Harrelsons Entführung einfach verschwinden ließ wie Nebelschwaden in der Morgensonne?

Im Gegensatz zu Rose Harrelson war die siebzehnjährige Alyssa Caldwell sehr präsent in den sozialen Medien – und das seit vielen Jahren, schon bevor sie ein Teenager wurde. Kay hatte keinerlei Probleme, ihre Accounts zu finden und Fotos durchzugehen, die sich über Jahre erstreckten und ihre Identität bestätigten. In den Nachrichtenarchiven der lokalen Presse gab es unzählige Treffer zu Alyssa, dem einzigen Kind von William Earnest Caldwell II., sogar zu ihrer Geburt, einem Tag, den die Caldwells mit dem üblichen Wirbel aus Meldungen, Pressemitteilungen, Interviews und Zeitungsartikeln feierten.

Immerhin war Caldwell Farms der größte Landwirtschaftsbetrieb von ganz Franklin County.

Kay betrachtete ein Foto von Alyssa als Baby in den Armen ihrer Mutter, daneben ein lächelnder Bill Caldwell, so nah, dass sich ihre Gesichter berührten. Sie war sich nicht sicher, was sie von all dem halten sollte. Vielleicht hatte sie sich, nur für den Bruchteil einer Sekunde, an die Hoffnung geklammert, dass das Mädchen im Autopsiesaal Rose Harrelson war. Nicht weil sie wollte, dass Rose tot war, sondern weil sie einen Ausgangspunkt brauchte, wenn sie herausfinden wollte, was vor all diesen

Jahren mit dem kleinen Mädchen passiert war. Dieser Ausgangspunkt, die Spur, die Kay womöglich zu ihrem Entführer geführt hätte, hatte sich in Luft aufgelöst.

Denn das Mädchen, das auf Doc Whitmores Seziertisch lag, war Alyssa Caldwell. Daran gab es keinen Zweifel. Die Belege dafür waren über siebzehn Jahre dokumentiert worden, sowohl in Print als auch online.

Das bedeutete, dass Rose Harrelson immer noch als vermisst galt, seit dem Tag, an dem sie entführt worden war, vor vierzehn Jahren – und sie konnte immer noch am Leben sein.

Die Frage aller Fragen war, wie Roses DNA mit der von Alyssa vertauscht werden konnte? Wie kam so etwas zustande? Dr. Whitmore würde vermutlich eine Erklärung dafür finden. Auch wenn sie noch nicht mit ihm gesprochen hatte, war sie sich sicher, dass er gerade schon eifrig dabei war, diesem Schlamassel auf den Grund zu gehen, um die Wahrheit aufzudecken und seinen makellosen Ruf wiederherzustellen. Als Rose Harrelson vor vierzehn Jahren entführt worden war, war Dr. Whitmore noch Gerichtsmediziner in San Francisco gewesen. Demnach war er nicht dafür verantwortlich gewesen, Rose Harrelsons DNA der Fallakte ihrer Entführung anzufügen. Der damalige Gerichtsmediziner von Franklin County war mittlerweile verstorben. Dennoch stand gerade Dr. Whitmores Ruf auf dem Spiel und das verdiente dieser so passionierte Fachmann nicht, der immer wieder aus dem Ruhestand zurückkam, wenn er gebraucht wurde, wodurch das County, das stets knapp bei Kasse war, über die Runden kam, ohne einen Vollzeit-Gerichtsmediziner bezahlen zu müssen. Dieser grobe Schnitzer war ein Schandfleck, der seiner außerordentlichen Karriere ein so beschämendes Ende bereiten würde, dass es ihn vermutlich umbrächte.

Doch bevor sie bei Dr. Whitmore vorbeischauen konnte, hatte sie noch etwas anderes zu tun. Sie hatte gerade Shelley Harrelson mitgeteilt, dass ihre Tochter verstorben war. Das entsprach nicht länger der Wahrheit und die arme Frau betrauerte gerade einen Tod, der vielleicht noch gar nicht passiert war. Denn soweit Kay wusste, konnte Rose immer noch irgendwo da draußen am Leben sein.

Sie fluchte leise, schnappte sich ihre Schlüssel und eilte nach draußen. Dann fuhr sie in einer aufwirbelnden Wolke aus Staub vom Parkplatz.

Die Fahrt nach Redding verging wie im Flug, denn Kays Gedanken überschlugen sich nur so. Sie durchdachte ein Szenario nach dem anderen, das erklären könnte, wie Alyssas DNA im System als die von Rose Harrelson abgespeichert worden war. Wann war Alyssas DNA gerichtsmedizinisch aufgenommen worden und unter welcher Vorgangsnummer? War sie an einem Tatort gefunden, nicht identifiziert und dann irrtümlich unter Roses Namen abgespeichert worden? Ihre Suche in der Datenbank hatte keine aktuellen oder alten Fälle, in die die Tochter der Caldwells verwickelt war, zum Vorschein gebracht.

Sie hatte bereits versucht, Dr. Whitmore zu erreichen, doch sie war direkt an die Mailbox weitergeleitet worden. Also hatte sie ihm eine aufmunternde Nachricht hinterlassen und ihm ihre Unterstützung dabei versprochen, die Verwechslung aufzuklären, doch bisher hatte er nicht zurückgerufen.

Es war schon fast vollkommen dunkel, als sie bei Glen Valley Commons ankam. Der üble Geruch der Einrichtung war noch genauso abstoßend wie am Nachmittag. Auch am Empfang erlebte sie eine Art Déjà-vu, denn die Mitarbeiterin war jetzt, wo der Tag auf sein Ende zuging, noch unfreundlicher als zuvor.

»Es ist schon nach fünf«, verkündete sie kühl und würdigte die Dienstmarke, die Kay ihr hinhielt, kaum eines Blickes. »Wenn Sie kein Cop wären, müssten Sie morgen zur Besuchszeit wiederkommen.« Sie wählte eine Nummer und sprach dann in den Hörer: »Diese Polizistin ist schon wieder da, für

Shelley. Ja, ich hab ihr gesagt, dass hier niemand für Überstunden bezahlt wird.« Dann legte sie auf und bedeutete Kay mit einer knappen Handbewegung und finsterem Blick, sich hinzusetzen.

Kay blieb lieber stehen. Die Stühle, die an den gelblichen Wänden standen, waren fleckig und verschlissen.

»Detective«, hörte Kay die Stimme der Pflegerin. Sie drehte sich um und ging zügig auf sie zu. »Oder sollte ich Sie lieber Frau Doktor nennen?« Die Frau grinste sie voller Verachtung an.

»Detective passt schon«, entgegnete Kay und folgte ihr in den gleichen Raum, in dem sie zuvor schon mit Shelley gesprochen hatten. »Oder Dr. Sharp, wenn Ihnen das lieber ist.« Dann sah sie die Frau nur kühl an, bis diese den Raum verließ und die Tür hinter sich schloss.

Shelley sah Kay neugierig an, ihre Augen waren immer noch ganz rot vom Weinen. Genau wie zuvor ging Kay vor ihrem Rollstuhl in die Hocke und nahm Shelleys Hand in ihre.

»Mrs. Harrelson, ich weiß gar nicht, wie ich Ihnen das sagen soll ...«

»Was immer es ist, es muss ernst sein, wenn Sie dafür den ganzen Weg hierher zurückgefahren sind«, flüsterte sie mit tränenerstickter Stimme. »Ich habe keine Angst mehr, also nur zu, sagen Sie schon. Ich habe nichts mehr zu verlieren.«

Kay holte tief Luft und wappnete sich, legte sich die Worte sorgfältig zurecht, bevor sie sie aussprach: »Ich fürchte, wir haben einen furchtbaren Irrtum begangen, und ich kann nur inständig hoffen, dass Sie mir vergeben.« Sie zögerte erneut, war sich nicht sicher, wie sie es am besten sagen sollte. »Wissen Sie, das Mädchen, dessen Leiche wir hinter den Blackwater River Falls gefunden haben, war gar nicht ihre Tochter.«

»Es war nicht meine Rose?«, fragte sie und ihre dünnen Augenbrauen schossen in die Höhe.

»Nein, war es nicht. Aus irgendeinem Grund hatten wir die falsche DNA im System ...«

»Das heißt, meine Kleine könnte immer noch am Leben sein?«

»Ja«, sagte Kay, die immer noch Shelleys rechte Hand hielt. »Ja, genau das heißt es. Wir haben keine neuen Informationen, was Rose anbelangt, das ist alles eine ganz unglückliche Verwechslung gewesen, für die ich Sie aufrichtig um Entschuldigung bitten muss ...«

Die Frau drückte Kays Hand überraschend fest, obwohl sie doch so zerbrechlich war. »Finden Sie sie«, flehte sie mit tränenerstickter und doch vorsichtig hoffnungsvoller Stimme. »Bitte finden Sie meine Kleine. Wenn irgendjemand sie finden kann, dann Sie.«

»Ich verspreche Ihnen, ich werde nichts unversucht lassen, bis ich herausgefunden habe, was damals mit Ihrer Tochter geschehen ist. Und vielleicht, wenn wir Glück haben und sie lebend finden, bringen wir sie zu Ihnen zurück.« Es schnürte ihr die Kehle zu, die Frau so emotional zu sehen, und sie fragte sich, ob sie Shelley nicht falsche Hoffnungen machte. Doch Rose könnte tatsächlich noch am Leben und irgendwo da draußen sein, und sie würde sie finden. Sie würde sie nach Hause bringen.

»Danke, meine Liebe«, erwiderte Shelley mit tränenüberströmtem Gesicht und einem zaghaften Lächeln auf den Lippen. »Sagen Sie mir, wer war denn nun das Mädchen, das Sie gefunden haben?«

Kay zögerte, überlegte, ob sie ihr diese Information verraten konnte, obwohl Alyssas Angehörige noch nicht verständigt worden waren. In diesem Falle hielt sie es für gerechtfertigt, ausnahmsweise die Vorschrift zu missachten. »Es wurde noch nicht offiziell bekanntgegeben, aber das Mädchen war Alyssa Caldwell.«

Shelley wich das Blut aus dem Gesicht, wodurch ihre

Wangen leichenhaft grau wirkten. »Bill Caldwells Tochter?«, hauchte sie kaum vernehmbar und ihre Hände zitterten.

»Ja, Alyssa war Bill Caldwells Tochter. Haben Sie ihn gekannt?«

Shelley zog ihre Hand aus Kays und drückte sie sich an die Brust. Mit dünnen, zittrigen Fingern griff sie in den Stoff ihres Kittels, zog daran, als würde sie ersticken. Sie rang nach Luft, dann schluchzte sie herzzerreißend auf.

»Oh Gott ... oh Gott ... die ganze Zeit ... meine Kleine ... nein, bitte nicht, nein ...«

Kay runzelte die Stirn, als sie sah, wie sich Shelleys Mund, der zuvor noch vor Qual weit geöffnet war, verzog und wie sich ihre Pupillen weiteten. »Kennen Sie Bill Caldwell? Haben Sie ihn je kennengelernt?«, fragte Kay, holte ihre Taschenlampe hervor und überprüfte die Reaktionsfähigkeit ihrer Pupillen.

»Nein ... nein ... meine Kleine ...«, schluchzte sie, wobei ihre Stimme immer schwächer, ihre Worte immer unverständlicher wurden.

Die Taschenlampe erhellte ihr linkes Auge, doch die Pupille verkleinerte sich nicht. Shelley Harrelson erlitt gerade einen erneuten Schlaganfall.

Kay stürzte zur Tür, riss sie auf und rief nach der Pflegerin, dann rannte sie zurück zu Shelley und wählte den Notruf. Sie riss eine Decke vom Bett neben ihnen, deckte die Frau damit zu und schob sie in den Empfangsbereich.

»Wie schnell können Sie jemanden schicken?«, fragte sie die Mitarbeiterin der Notrufzentrale am anderen Ende der Leitung. »Ich brauche hier sofort einen Krankenwagen oder die Frau wird sterben.«

DREIZEHN

BERÜHRT

Ein stechender Schmerz schoss ihr durch den Knöchel. Kirsten blieb mit angewinkeltem Bein auf der Seite liegen und presste ihre kühle Hand auf das geschwollene Gelenk, was den Schmerz etwas linderte. Sie zählte weder die Minuten, noch sorgte sie sich darum, wie es weitergehen würde. Geduldig lag sie da, wartete, bis der stechende Schmerz in ein dumpfes Pochen überging und langsam verebbte. Dabei blickte sie in den strahlend blauen Morgenhimmel über Kalifornien.

Der klare, azurblaue Himmel des sogenannten Golden State war einfach unvergleichlich, besonders nachdem es geregnet hatte. Sie kannte ihn bis zu diesem Tag nur aus dem Fernsehen und hatte ihn seither unbedingt einmal mit eigenen Augen sehen wollen. Dieser Tag war nun endlich gekommen – und sie lag mit einem geschwollenen Knöchel in einem Graben und konnte nirgendwohin, bloß immer weiter geradeaus.

Doch sie würde jetzt nicht aufgeben oder gar umkehren, nur um ihrem Stiefvater und seinen Kumpeln wieder als nackte Koksunterlage zu dienen. Selbst wenn es sie umbrächte, sie würde weitergehen. Sie würde es irgendwie nach San Francisco schaffen und dort einen Job finden, egal wie stumpfsinnig, Hauptsache, es war ehrliche Arbeit. Sie würde mit wenig auskommen und schon bald auf eigenen Beinen stehen.

Langsam erhob sie sich zunächst auf die Knie. Dann zog sie sich an der Leitplanke hoch, wobei sie ihr Gewicht erst einmal nur auf den linken Fuß verlagerte. Vorsichtig belastete sie auch den rechten Fuß. Sie biss die Zähne zusammen und atmete zischend aus, als ihr der Schmerz das Bein hinaufschoss.

Es wurde erträglicher, als sie nur noch ihre Ferse belastete, das war also immerhin ein Anfang. So würde sie erst einmal eine Weile durchhalten, dann würde sie eine weitere Mitfahrgelegenheit finden und würde ihr Bein etwas länger entlasten können. Dank Hazels Geld würde sie ihr Ziel erreichen. Vielleicht würde sie sie eines Tages ausfindig machen und sich irgendwie für ihre Freundlichkeit erkenntlich zeigen.

Langsam kletterte sie über die Leitplanke, darauf bedacht, auf dem tückischen Schotter auch ja nicht noch einmal auszurutschen. Dann lehnte sie sich an die Leitplanke und streckte bei jedem Auto, das sich näherte, die Hand zur Seite aus.

Es war schon mitten am Nachmittag, als endlich ein Auto abbremste, anhielt und schließlich sogar den Rückwärtsgang einlegte, vermutlich weil der Fahrer ihr Humpeln bemerkt und erkannt hatte, dass er andernfalls ewig auf sie würde warten müssen. Es war ein Luxuswagen, die Marke kannte sie nicht, in einem schicken graublauen Farbton, der in den schwindenden Sonnenstrahlen nur so glänzte.

Als sie durch das heruntergelassene Beifahrerfenster ins Auto spähte, hielt sie in der schwitzigen Hand einen der Zwanzig-Dollar-Scheine fest umklammert. Immerhin würde sie für die Fahrt bezahlen können. Am Steuer saß ein Mann im Anzug, der sie freundlich anlächelte.

»Wohin geht's denn?«, fragte er und sein Lächeln wurde

noch breiter, sodass zwei Reihen schneeweißer Zähne zum Vorschein kamen.

»Ähm, nach San Francisco«, erwiderte sie. »Ich kann auch zahlen ...«

»Unsinn. Steig ein, sehen wir mal lieber zu, dass dein Fuß entlastet wird.«

Sie wurde misstrauisch. So wie er sprach, war er es offensichtlich gewohnt, Anweisungen zu erteilen und ebenso, dass die Leute auf ihn hörten. War er vielleicht von der Polizei?

Der Gedanke ließ sie erschaudern. Sie sah schon vor sich, wie sie festgenommen und zurück nach Hause geschleift wurde, wo sie nichts Gutes erwartete. Aber nein, der Mann konnte gar kein Cop sein. Sie kannte keinen Cop, der sich so ein Auto leisten konnte, diesen Anzug oder das edle Parfüm, das ihn umgab.

Mit einem zaghaften Lächeln öffnete sie die Tür. »Danke«, flüsterte sie, aus irgendeinem Grund hatte sie einen Kloß im Hals. Nicht vor Angst, aber das Gefühl war ähnlich, es war stark und lag irgendwo zwischen Aufregung und dem Drang davonzulaufen. Doch das war lächerlich. Dieser Mann war nicht der Fahrer des Sattelzugs von letzter Nacht.

»Was ist mit deinem Fuß passiert?«, fragte er offenbar ehrlich interessiert und besorgt.

Sie lächelte ihn an, dann sah sie schnell wieder weg. Er war über vierzig, vielleicht sogar fünfzig, doch das spielte keine Rolle, nicht wenn sie ihn ansah und nicht wenn er sie anlächelte. Sein eleganter Charme machte ihn auf eine betörende Weise anziehend, trotz seines Alters. Diese Wirkung hatte bisher noch kein Mann auf sie gehabt, noch nie. »Ich bin auf dem Schotter ausgerutscht. Aber das wird schon wieder.«

»Na gut«, er lächelte noch breiter. »Wenn du das sagst.«

»Fahren Sie denn nach, äh, San Francisco?«, fragte sie und eine ganz unvertraute Gefühlsregung schnürte ihr wie mit einer eisernen Faust die Luft ab, ließ ihre Kehle ganz trocken werden.

»Ja, das tue ich.« Er hielt den Blick auf die Straße gerichtet und sah sie kaum an, doch sie konnte hören, wie er lächelte. »Danke, dass du mir Gesellschaft leistest. Diese langen Fahrten werden schnell mal ganz schön langweilig.«

Sie hatte keine Ahnung, was sie sagen sollte, also blieb sie still und schalt sich selbst dafür, dämlich und stumm zugleich zu wirken. Sie starrte auf die makellose Fußmatte am Boden, auf der nun ihre schlammverkrusteten Sneaker standen, und bekam Angst, dass er wütend werden würde, wenn er diese Sauerei sah ... Aber vielleicht war das auch egal. Das Einzige, was zählte, war, dass sie bald in San Francisco sein würde und ihr neues Leben beginnen konnte.

Als sie sich endlich traute, den Blick zu heben, fielen ihr an dem Mann einige Einzelheiten ins Auge wie sein dunkelgrauer, offenbar brandneuer Anzug. Oder der Kragen und die Ärmelaufschläge seines Hemds, die wie Satin schimmerten. Das Monogramm auf seinen Manschettenknöpfen. Die Politur seiner schwarzen Lederschuhe, die so makellos waren, als hätten sie noch nie Regen gesehen.

»Hör mal«, sagte er und warf ihr einen kurzen Blick zu. »Ich wollte ohnehin kurz am Haus halten, um etwas vorbeizubringen. Würde es dir etwas ausmachen, wenn wir einen kurzen Abstecher machen?«

Ihr Herz setzte einen Moment lang aus. Vor Angst rang sie unbewusst die Hände. Konnte sie ablehnen und riskieren, dass sie den Mann wütend machte und so ihre Mitfahrgelegenheit verlor? Die Sonne würde bald untergehen und das bedeutete eine weitere Nacht, die sie vom Dunst bis auf die Knochen durchnässt und völlig durchgefroren im Wald, in vollkommener Dunkelheit verbringen müsste. Doch stattdessen zum Haus dieses Fremden zu gehen? Sämtliche Instinkte in ihr protestierten lautstark, aber dennoch war da ein Anflug der Aufregung, der sie anspornte, über ihren Schatten zu springen. Jemanden wie ihn würde sie wohl nie wieder treffen.

Er sah sie an und ganz offensichtlich war sie wie ein offenes Buch für ihn, denn er fügte hinzu: »Wir könnten auch noch schnell eine Kleinigkeit essen und du könntest dir bestimmt ein paar trockene Sachen von meiner Frau borgen. Sie hat sicher nichts dagegen, versprochen.«

Als er seine Frau erwähnte, atmete sie auf, war sich aber immer noch nicht ganz sicher, ob sie ihm trauen konnte. Die Zeit mit diesem Hochstapler von Stiefvater und seinen Freunden hatte sie gelehrt, nichts von dem zu glauben, was man ihr erzählte. Ihr könnte selbst ein Engel aus dem Himmel zu Hilfe eilen und sie würde ihm mit Misstrauen begegnen. Das hatte sie ihr bisheriges Leben gelehrt – und sie war noch nicht einmal fünfzehn.

»Ähm, ich weiß nicht so recht«, murmelte sie entschuldigend, mehr brachte sie nicht hervor.

Er nahm die nächste Ausfahrt und ging vom Gas. Kirsten versteifte sich auf ihrem Sitz, das Blut gefror ihr in den Adern. Nahm er sie trotzdem mit zu sich nach Hause?

Er fuhr rechts ran und schaltete den Warnblinker ein.

»Hier lang geht es zu meinem Haus, aber wenn du nein sagst, fahren wir direkt weiter nach San Francisco. Ich habe dir versprochen, dich dorthin zu bringen, und ich halte mein Wort.«

Er sah sie unverwandt an. Die Freundlichkeit in seiner Miene wirkte echt, sein Charme war einfach unwiderstehlich.

»Okay«, sagte sie schließlich und verspürte danach eine unerwartete Erleichterung.

»Alles klar«, meinte er und fuhr los. »Es ist wirklich nicht weit, nur ein paar Minuten.«

Mit jeder Meile, die sie sich dem Haus näherten, wuchs ihre Anspannung und ihre Instinkte schlugen Alarm. Was würde seine Frau denken, wenn sie mitbekam, dass er ein junges Mädchen mit nach Hause brachte? Vermutlich würde sie sie am liebsten auf der Stelle umbringen. Wenn sie seine

Frau wäre, würde sie es sicher nicht gut aufnehmen, wenn er irgendjemanden von der Straße aufgabelte und mit nach Hause brachte – vor allem wenn es sich dabei um ein schlankes und blondes Teenager-Mädchen handelte.

Als er schließlich die Auffahrt eines Farmhauses hinauffuhr, schlug ihr das Herz bis zum Hals, das laute Pochen dröhnte ihr in den Ohren. Er stellte den Motor ab, kam um das Auto herum und half ihr beim Aussteigen, damit sie ihren Fuß nicht so sehr belasten musste.

Die Berührung seiner Haut war wie elektrisierend, sie sandte ihr einen Schauer über den Rücken, ließ ihre Brust anschwellen und ihr zugleich das Blut in den Adern gefrieren. Erneut sprachlos folgte sie ihm zum Haus.

Das gesamte Haus war dunkel, durch kein einziges Fenster war Licht zu sehen. Auch das Licht auf der Veranda blieb dunkel und die Sicherheitsleuchten an der Garage reagierten nicht, als sie näher kamen. Die Hausnummer, 1301, hing schief neben der Tür, die Ziffern aus gebürstetem Metall waren genauso rostig wie die Nägel, mit denen das Schild befestigt war.

Er schloss die Tür auf und schaltete das Licht ein, ohne den Lichtschalter zu berühren – stattdessen benutzte er etwas, das fast unhörbar piepste.

Das Haus war recht alt und mit abgenutzten Möbeln eingerichtet, die vermutlich vor dreißig Jahren einmal sehr teuer und vornehm ausgesehen hatten. Es war, als hätte sie eine Zeitkapsel betreten – es war nichts auch nur annähernd Modernes zu sehen. Selbst der Fernseher war eine regelrechte Antiquität, ein alter, mit einer dünnen Staubschicht bedeckter Röhrenfernseher.

Die Küche war komplett in Weiß gehalten und im Esszimmer standen einfache Möbel aus lackiertem Eichenholz. Das ganze Haus war im Landhausstil dekoriert, mit Karomustern, Rüschen und kupfernen Hähnen, wodurch es trotz der abgestandenen, muffigen Luft und der Kälte gemütlich wirkte.

Seine Frau war nirgendwo zu sehen. Vermutlich hätte sie die Heizung aufgedreht, um das Haus etwas aufzuwärmen und die feuchte Luft zu vertreiben. Vermutlich hätte sie auch den alten Fernseher abgestaubt oder viel eher ihrem Mann nahegelegt, sich mal lieber einen neuen Sechzig-Zoll-Flachbildfernseher zuzulegen.

Doch sie war nicht hier.

Unsicher, ob sie darüber besorgt oder erleichtert sein sollte, betrat Kirsten das Haus und nahm am Esszimmertisch Platz, wo ihr der Mann einen Stuhl zurückgezogen hatte.

Er zog das Sakko aus, öffnete den Kühlschrank und breitete Essen vor ihr aus. Er holte Teller und Besteck, bot ihr Aufschnitt und Käse an und wärmte in der altmodischen Mikrowelle ein paar weiche Brötchen auf, die er zuvor aus der Tiefkühltruhe geholt hatte.

»Wenn du lieber etwas Warmes essen möchtest, kann ich auch ...«

»Ach was, danke«, erwiderte sie und spürte, wie ihre Wangen heiß anliefen. »Das ist mehr als genug.«

Als er ihr den Rücken zukehrte, schlang sie schnell mehrere Scheiben Käse herunter, damit er nicht merkte, wie hungrig sie tatsächlich war. Die warmen Brötchen dufteten so fantastisch, als er sie aus der Mikrowelle holte, dass ihr direkt das Wasser im Mund zusammenlief.

Er schnitt eines der weichen Brötchen auf, beschmierte beide Hälften mit Butter und legte sie auf ihren Teller. Dann lächelte er sie so liebevoll an, dass es schon verstörend war. Sie war nicht sein Kind, seine Geliebte, seine Schwester und auch nicht seine Frau. Sie waren einander vollkommen fremd, doch das hatte er anscheinend vergessen.

Er belegte eine der Brötchenhälften mit einer Scheibe Schinken, ein paar Scheiben Schweizer Käse und einem Klecks

Mayonnaise. Es war köstlich. Sie gab sich alle Mühe, sich wie eine anständige Erwachsene zu benehmen und langsam und mit geschlossenem Mund zu kauen.

Als sie aufgegessen hatte, räumte er den Tisch ab und stellte das Geschirr in die Spüle. Dann verschwand er in einem der Schlafzimmer und kam mit einer Bluse und einer Hose für sie zurück.

»Ich glaube, das sollte dir passen«, sagte er und hielt sie ihr hin.

Sie nahm ihm die Sachen ab und hielt sie an ihren Körper. Ja, das würde ihr sogar ziemlich gut passen. Seine Frau musste wohl sehr auf ihre Figur achten. Doch irgendetwas war unheimlich an ihm, an der Kleidung und der abgestandenen Luft im Haus, was alles so gar nicht zu seinem Charme passen wollte.

»Danke«, sagte sie und ihre zittrige Stimme klang ängstlicher, als sie es beabsichtigte. »Wann fahren wir wieder los?«

»In ein paar Minuten«, erwiderte er, ohne auf die Uhr zu schauen. »Es sind nur noch etwa drei Stunden Fahrt bis San Francisco, wir haben Zeit.« Er stand auf und sah sie mit einem seltsamen Ausdruck in den Augen an. »Was würdest du davon halten, vorher noch zu duschen? Ich kann warten«, bot er ihr an. »Ich kann uns in der Zeit etwas Kaffee für unterwegs kochen.«

Sie zögerte, hielt die Kleidung fest umklammert. Die Aussicht auf eine heiße Dusche war nach der Tortur der letzten Nacht wirklich verlockend. Sie wusste nicht, wann sie das nächste Mal die Gelegenheit haben würde, sich zu waschen – vermutlich eine ganze Weile nicht mehr.

Er nahm am Tisch Platz und wandte sich ihr seitlich zu, wie um ihr zu sagen, dass er Zeit hatte und sie in Ruhe duschen lassen würde.

Sie öffnete die Tür zum Badezimmer. Das Licht war bereits

eingeschaltet und derselbe muffige Geruch hing in der kühlen Luft. Sie rieb sich die Arme, um sich etwas aufzuwärmen.

»Oh, tut mir leid.« Er sprang auf und schaltete den Thermostat ein. Innerhalb von Sekunden stieg ihr der Geruch nach verbranntem Staub in die Nase, der mit der warmen Luft aus den Lüftungsschlitzen im Boden kam. »Das hatte ich wohl vergessen.«

Sie lächelte betreten. »Macht ja nichts.« Dann betrat sie das Bad, das noch weniger einladend wurde, als sie die Risse in den Fliesen und die grün verfärbten Kupferarmaturen erblickte. Doch es würde sicher schon bald ansprechender wirken, wenn die Luft etwas aufgewärmt und der muffige Geruch verflogen war. Wenn heißes Wasser an ihr herunterfließen und die Kälte aus ihren Knochen vertreiben würde.

Sie drehte sich um, wollte die Tür hinter sich schließen und erstarrte, als sie ihn noch dort stehen sah und er sie mit einem intensiven Ausdruck in den Augen anblickte.

Er streichelte ihr sanft über das lange blonde Haar, ließ eine Strähne durch seine Fingerspitzen gleiten, testete, wie es sich anfühlte. Ihr lief ein Schauer über den Rücken und ihr wurde eiskalt. Sie bekam eine Gänsehaut.

»Sag mir, meine Liebe«, raunte er mit belegter Stimme. »Wurdest du jemals berührt?«

VIERZEHN

EIN NEUER FALL

Die Straße zurück nach Mount Chester erstreckte sich Meile für Meile vor ihr, die Markierungen auf dem Asphalt reflektierten grell das Scheinwerferlicht. Doch Kay war in Gedanken immer noch in diesem Raum in Glen Valley Commons, in dem Shelley ihren Schlaganfall erlitten hatte.

Wieder und wieder ließ sie sich das Gespräch durch den Kopf gehen, doch Shelleys Reaktion ergab einfach keinen Sinn. Nichts an Roses Verschwinden ergab irgendeinen Sinn und jetzt hatte die Nachricht von Alyssa Caldwells Tod sehr viel erheblichere Spuren bei Shelley hinterlassen als die Nachricht, dass ihre Tochter noch am Leben sein könnte. Warum war das für Shelley von solcher Bedeutung, dass es einen weiteren Schlaganfall bei ihr auslöste, diesmal womöglich einen tödlichen? Wer war Alyssa Caldwell für sie?

Kay hatte sie gefragt, ob sie Bill Caldwell kannte, hatte sie sogar zweimal gefragt, und beide Male war die Antwort *Nein* gewesen. Oder? Vielleicht war Shelleys *Nein* gar nicht auf ihre Frage bezogen gewesen, sondern nur ein verzweifeltes Flehen, das gar nicht an sie gerichtet war, sondern vielleicht an Gott oder an das Leben selbst. Was immer die Wahrheit war, Shelley hatte sie tief in ihrem Verstand eingeschlossen und würde sie vermutlich nie wieder aussprechen.

Als die Sanitäter ihren zerbrechlichen Körper in den Rettungswagen gehoben hatten, waren ihre Vitalwerte so im Keller gewesen, dass sie kaum daran geglaubt hatten, dass sie die Fahrt zum Krankenhaus überleben würde. Kay war mit blinkenden Warnlichtern vor ihnen hergefahren, hatte ihnen den Weg frei gemacht, und als man Shelley in den Behandlungsraum brachte, schlug ihr Herz noch. Ganz schwach.

Kay hatte Shelley den fähigen Fachkräften in der Notaufnahme überlassen und sich Name und Kontaktdaten des behandelnden Arztes notiert, um trotz der düsteren Prognose auf dem Laufenden zu bleiben.

Dann hatte sie sich auf den Rückweg nach Mount Chester gemacht, um Bill Caldwell einen Besuch abzustatten und ihn über den Tod seiner Tochter zu informieren – für den unwahrscheinlichen Fall, dass er noch nicht davon wusste, wenn man das mediale Schlamassel rund um Rose Harrelsons Identität bedachte. Die Lokalpresse und die Regionalsender hatten das Foto des Opfers bereits veröffentlicht, wenn auch mit Roses Namen, und danach war der ganze Wirbel aus Kommentaren und Fragen, den sie mit diesem Irrtum ausgelöst hatten, nicht mehr aufzuhalten gewesen, auch wenn sich der Sheriff und der Ortsrichter bereits eingeschaltet hatten.

Ungeduldig sah sie aufs Navi und musste ihren Frust herunterschlucken, als sie sah, wie weit es noch bis zum Anwesen der Caldwells war. Dann wanderten ihre Gedanken wieder zu Shelley und ihrer seltsamen Reaktion. Sie hatte sich ehrlich darüber gefreut zu hören, dass das Mordopfer doch nicht ihre Tochter war. Doch es musste noch etwas anderes dahinterstecken, aber Kay kam einfach nicht darauf, was es war, ganz egal, wie oft sie das Gespräch in ihrem Kopf Revue passieren ließ.

Ein Anruf unterbrach ihre Gedanken. Als sie den Namen

auf dem Bildschirm erkannte, machte sie große Augen, doch sie nahm lächelnd an.

»Greg, was für eine freudige Überraschung.« Sie lächelte immer noch, fragte sich aber, warum ihr ehemaliger Vorgesetzter vom FBI wohl anrief, nachdem sie vor einigen Monaten dort aufgehört hatte.

»Gleichfalls«, erwiderte er gelassen. »Ich hätte mich schon früher mal melden sollen. Wie ist es so in Mount Chester?«

»Ähm, ländlich«, entgegnete sie lachend. »Aber die Heimat ist immer etwas Besonderes. Ich vermisse das Bureau, das Team, aber es ist schön, mal wieder etwas Zeit mit meinem Bruder zu verbringen.«

»Schön zu hören«, sagte er.

»Und ich arbeite bei der Polizei, ist das zu glauben?«, fügte sie hinzu, das Lächeln in ihrer Stimme kaum zu überhören. »Ich bin Detective und bald mache ich sogar die Prüfung zum Lieutenant.«

»Also bleiben Sie dort?«, fragte er und die Fröhlichkeit in seiner Stimme war verflogen.

Sie hielt einen Moment inne, holte tief Luft. »Vorerst«, sagte sie schließlich. »Aber nicht für immer, versprochen. Irgendwann komme ich zurück.«

»Na gut, da verlasse ich mich drauf, nur dass Sie es wissen.«

»Abgemacht«, erwiderte sie. »Wie geht es allen? Sagen Sie ihnen, dass ich sie vermisse.«

»Kommen Sie doch irgendwann mal vorbei, lassen Sie von sich hören, Kay.«

»Verstanden, Boss.« So hatte sie ihn früher schon genannt und sie wusste genau, dass er jetzt zunächst die Lippen verziehen und dann wieder lachen würde.

»Aber bis dahin könnten Sie mir vielleicht einen Gefallen tun?«

»Natürlich, lassen Sie hören.«

»Wir haben einen Fall reinbekommen, aus Ihrem Zuständigkeitsbereich, Detective.« Er unterbrach sich und Kay hörte das Rascheln von Papieren auf seinem Schreibtisch. Sie sah ihn bildlich vor sich, wie er das Telefon auf laut gestellt hatte, um mit beiden Händen die Fallakte in einer der gelben Manila-Mappen durchzublättern. »Es geht um häusliche Gewalt.«

»Und warum wurde das FBI eingeschaltet?«, fragte sie. So etwas passierte so gut wie nie. Tatsächlich konnte sie sich nicht daran erinnern, dass sie jemals in einem Fall von häuslicher Gewalt ermittelt hatten, egal wie ernst der Fall auch gewesen war.

»Wegen des vermeintlich gewalttätigen Ehemanns. Er ist ein Cop aus Ihrem neuen Team.«

»Was? Wirklich? Ich wüsste nicht, wer ...« Dann unterbrach sie sich selbst, denn ihr fiel wieder ein, dass man den Menschen nicht in den Kopf schauen konnte. Dass selbst scharfsinnige Profilerinnen wie sie getäuscht werden konnten und so manche sorgsam konstruierte Fassade nicht durchschauten. Vor allem, wenn sie nicht besonders darauf achteten.

»Ganz genau«, meinte Supervisory Special Agent Strickland. Sie hatte mit ihm zusammengearbeitet, seit sie als Neuling zum örtlichen Bureau gekommen war, und er hatte sie gelehrt zu denken, ohne voreilige Schlüsse zu ziehen. »Die Frau gibt an, dass sie den Missbrauch bereits mehrmals gemeldet hat, was nur zur Folge hatte, dass die Anzeige in der Versenkung verschwunden ist und ihr Ehemann davon Wind bekommen hat.«

»Das ist ja furchtbar«, entfuhr es Kay. Wie schrecklich das gewesen sein musste. »Ist sie ...?«

»Sie ist immer noch da, ja, und sie hat uns angefleht, nicht wie üblich vorzugehen, weil er es sonst herausfinden würde. Das letzte Mal hat er sie krankenhausreif geschlagen, gebrochenes Jochbein und vier gebrochene Rippen.«

»Ich werde es mir anschauen«, versprach sie. »Ich müsste aber für die Zeit wieder für die FBI-Systeme freigeschaltet werden. In dem Fall werde ich wohl nicht von meinem Laptop auf der Wache aus arbeiten können.«

»So gut wie erledigt. Ihr Name ist Nicole Scott und sie ist mit einem Deputy Herbert Scott verheiratet.«

»Ich kenne ihn.« Er wurde von allen nur Herb genannt. Er hatte eine grausame Ader an sich, war bei Verhören schonungslos und bei Festnahmen gerne etwas gröber als notwendig, aber nichts, was ein Eingreifen von ihrer Seite rechtfertigen würde. Sie hatte angenommen, dass der Sheriff mit ihm darüber gesprochen hatte, doch nun bezweifelte sie es. Herb ging gerne mit den anderen Cops zum Trinken in die örtliche Kneipe und trainierte bei jeder Gelegenheit wie besessen mit Hanteln, was sein beinahe karikaturistischer Bizeps bezeugte. »Ja, das passt.«

»Sie erstatten nur mir Bericht und erzählen bitte niemandem aus Ihrem neuen Team davon. Wir sollten das so diskret wie möglich behandeln. Ich glaube nicht, dass Nicole einen weiteren Wutanfall ihres Mannes überleben würde.«

Sie schwieg, während sie sich einen Schlachtplan zurechtlegte. »So etwas kann ganz schön heikel sein«, sagte sie schließlich. »Ich sage Ihnen Bescheid, wenn ich irgendetwas brauche.«

Er wünschte ihr viel Erfolg, legte auf und ließ sie in einer Stille zurück, die unerwünschte Geister ihrer Vergangenheit zurückbrachte. Ihr inzwischen verstorbener Vater, wie er betrunken und völlig außer sich auf ihre Mutter einschlug. Die Schmerzensschreie, welche die angespannte Stimmung im Haus durchdrangen. Ihre eigene Machtlosigkeit, als sie das alles Tag für Tag hatte mitansehen müssen. Ihr entzweibrechendes Herz, als sie die Wunden ihrer Mutter reinigte und sich fragte, warum ihnen niemand half. Irgendjemand musste die Schreie ihrer Mutter, das Brüllen ihres Vaters, die Schläge und Beschimpfungen und das Schluchzen doch gehört haben.

Mit dem Handrücken wischte sie sich eine Träne von der Wange. Vielleicht hatte ihrer Mutter niemand geholfen, doch Nicole Scott war nicht mehr allein. Die Geschichte würde sich nicht wiederholen und Herb Scott würde schon bald für jeden einzelnen blauen Fleck und jede gebrochene Rippe teuer bezahlen.

Sie wünschte, Elliot wäre hier, damit sie ihre Gefühle mit ihm teilen könnte, zumindest soweit sie es wagte. Doch er war nicht hier und ihr wurde plötzlich bewusst, dass sie ihn vermisste. Bei dem Gedanken runzelte sie die Stirn – er war ihr Partner, mehr nicht. Gefühle hatten da nichts zu suchen. Aber dennoch hätte sie gerne gewusst, was er zu diesem neuen Fall sagen würde. Sie war fast versucht, sich über Gregs Verschwiegenheitsanordnung hinwegzusetzen, so sehr vertraute sie Elliot. Angesichts seiner aufrichtigen Güte und seines großen texanischen Herzens würde sie ihre Karriere aufs Spiel setzen.

Sie fuhr vom Highway herunter in Richtung Caldwell Farms. Die Tore des Anwesens waren nicht weit entfernt, sie musste nur ein kurzes Stück über die Zufahrtsstraße fahren, doch sie konzentrierte sich auf das Navi, damit sie auch ja nicht falsch abbog und noch später ankam. Sie wollte es einfach nur hinter sich bringen, Caldwell die Nachricht vom Tod seiner Tochter zu übermitteln, damit sie ihm endlich die Frage stellen konnte, die sie schon die ganze Zeit beschäftigte: Warum hatte Shelley einen Schlaganfall bekommen, als sie von Alyssas Tod erfuhr? Als sie geglaubt hatte, dass ihre eigene Tochter Rose das Opfer sei, war sie zwar untröstlich gewesen, hatte aber nicht eine derart extreme Reaktion gezeigt. Vielleicht war es auch nichts ... Vielleicht hatten auch einfach der Stress und die niederschmetternde Neuigkeit zusammen den Schlaganfall verursacht.

Sie war so tief in Gedanken versunken, als sie auf die breite, hell beleuchtete Auffahrt der Caldwells bog, dass sie gar nicht bemerkte, dass der SUV, der ihr den ganzen Weg vom Krankenhaus in Redding aus gefolgt war, von der Straße abfuhr, hinter einigen Büschen zum Stehen kam und die Scheinwerfer ausschaltete.

Geräuschlos wurde das Fenster des SUV heruntergelassen und der Mann hinter dem Steuer zündete sich hinter vorgehaltener Hand eine Zigarette an. Er sog tief daran und behielt den Rauch einen Moment lang in den Lungen. Dann atmete er aus und murmelte in die Rauchwolke hinein: »Nicht gut. Das ist verdammt nochmal gar nicht gut.«

FÜNFZEHN

DER VATER

Das Anwesen der Caldwells war größer als erwartet. An das ursprüngliche Gebäude war ein neuer Flügel im dazu passenden Stil rechtwinklig angebaut worden, was das Ganze zwar stimmig wirken ließ, aber auch deutlich machte, dass die beiden Teile unterschiedlichen Zwecken dienten. Das Haus war im Craftsman-Stil gebaut und hieß sie mit dem gelblichen Verandalicht und der in einem warmen Farbton gestalteten Außenverkleidung, die im Kontrast zu den dunklen Dachschindeln stand, willkommen. Auf der breiten Veranda warfen Lüster einen schwachen Schein über den Terrassentisch und die Sitzecke. Der rechte Trakt des Hauses war weniger aufwendig ausgestaltet und wirkte kälter, weniger einladend.

Die Caldwells besaßen die größte Farm im County, eine der größten im ganzen Staat. Kay hatte sich vor dem Aussteigen kurz über die Geschichte des Unternehmens informiert: Es war seit drei Generationen im Besitz der Familie, doch erst die letzte Generation hatte es zu seiner derzeitigen Größe aufgebaut. Der erste William Caldwell, Bills Vater, hatte immer mehr Land erworben und das Unternehmen immer weiter ausgebaut und mit seinem Ehrgeiz die Farm, die er geerbt hatte, bis zu seinem Tod im letzten April zu dem gemacht, was sie jetzt war.

Kay ging kurzentschlossen auf den nächstgelegenen Eingang zu und klingelte. Innerhalb von Sekunden öffnete ihr eine Frau mittleren Alters in einer frisch gestärkten Uniform, die Kays Dienstmarke missbilligend und argwöhnisch in Augenschein nahm.

»Geschäftlicher Besuch muss diesen Eingang nehmen«, sagte sie kühl und zeigte unnachgiebig auf den anderen Trakt des Hauses.

»Das ist kein geschäftlicher Besuch«, entgegnete sie. »Ich muss unverzüglich mit Mr. Caldwell sprechen.« Sie hielt inne, denn sie erwartete, dass die Frau jetzt nachgeben würde. Doch sie musterte Kay nur unverfroren von Kopf bis Fuß, so als wöge sie noch ab, ob sie auch würdig war, bevor sie ihre Arbeitgeber über die unwillkommene Polizistin vor ihrer Tür informierte. »Natürlich nur, wenn das für Sie in Ordnung ist«, fügte Kay mit vor Sarkasmus triefender Stimme hinzu.

»Haben Sie einen Termin?«, fragte die Frau, ohne mit der Wimper zu zucken.

Kay hob genervt die Hände, ließ sie dann aber wieder fallen. »Das ist eine dringliche polizeiliche Angelegenheit. Wäre es Ihnen lieber, wenn ich in etwa zehn Minuten mit einem Dutzend Deputies und der Befugnis zurückkomme, alles und jeden in diesem Haus zu sichern?«

Die Frau zögerte, ihr arroganter Empfang war offensichtlich nach hinten losgegangen. Dann trat sie beiseite und bedeutete Kay ohne ein weiteres Wort, ohne jegliche Geste, nur mit einem ausdruckslosen Blick, einzutreten. Sie schloss die Tür hinter ihr und bat Kay in einem eiskalten Tonfall, ihr zu folgen.

Die Haushälterin führte sie die Treppe hinauf, wobei ihre Schritte vom dicken, burgunderroten Teppich, der von einer Wand bis zur nächsten reichte, geschluckt wurden. Kay fiel die

Einrichtung auf, die Bände über die generationenübergreifenden Errungenschaften der Familie sprach. Im Wohnraum hingen verblasste Porträts an den Wänden, teilweise um die hundert Jahre alt, der Kleidung und den Frisuren nach zu urteilen.

Oben angekommen, klopfte die Frau zweimal an eine Tür, öffnete sie dann und kündigte Kay an.

»Hier ist ein Detective, die verlangt, Sie zu sprechen. Sie sagt, es sei dringend.«

Caldwell musste wohl genickt oder seine Einwilligung anderweitig stumm geäußert haben, denn die Haushälterin erlaubte Kay einzutreten und schloss hinter ihr leise die Tür.

Kay stand in einem großen Büro, das luxuriös mit klassischen Möbeln eingerichtet war, mit einem massiven Schreibtisch aus Mahagoniholz am Fenster und Bücherregalen, die die Wände säumten. Bill Caldwell saß mit aufgeknöpftem Hemd, gelockerter Krawatte und hochgekrempelten Ärmeln hinter dem Schreibtisch. Er hielt ein paar dicht bedruckte Blatt Papier aufgefächert in der Hand, als würde er darin nach etwas suchen. Als sie sich näherte, legte er sie auf der glänzenden Schreibtischoberfläche ab und stand höflich auf.

Auf einem Stuhl vor dem Schreibtisch saß eine ältere Frau, die dünnen Beine an den Knöcheln übereinandergeschlagen, die angesichts dieser Störung verärgert dreinschaute. Dennoch besaß sie genügend Klasse, sich Kay seitlich zuzuwenden und ein schwaches Lächeln aufzusetzen. Sie trug einen schwarzen Rollkragenpullover, eine dreireihige Perlenkette und dazu passende Perlenohrringe. Schwarze Stoffhosen vervollständigten ihren Aufzug, dazu trug sie schwarze Pumps mit kurzen, dünnen Absätzen, womit sie gerade gereizt auf den Perserteppich tappte.

»Nun, Detective«, sagte Bill mit den Händen in die Hüften gestemmt. »Was kann ich für Sie tun? Wie Sie sehen können, bin ich gerade sehr beschäftigt.«

»Mr. Caldwell, ist es Ihrer Frau gerade möglich, ebenfalls an diesem Gespräch teilzunehmen?«, fragte sie.

Caldwell stützte sich mit den Handflächen auf dem Schreibtisch ab und lehnte sich mit finsterem Blick nach vorn. »Meiner Frau ist es seit Jahren nicht möglich, an irgendetwas teilzunehmen. Sie hat MS.« Er hielt einen Moment inne und blickte der Frau auf der anderen Seite des Schreibtischs in die Augen. »Im Endstadium.«

»Oh, das tut mir leid zu hören ...«

»Nun kommen Sie schon zur Sache«, unterbrach sie die ältere Frau mit einer ungeduldigen Handbewegung.

»Und wer sind Sie, wenn ich fragen darf?«

Die Frau gab einen verächtlichen Laut von sich und schüttelte ungläubig den Kopf.

»Das ist meine Mutter, Carole Burgess Caldwell«, erklärte Bill. »Was immer Sie zu sagen haben, können Sie auch vor ihr sagen.«

Kay holte tief Luft, versuchte, sich zu beruhigen, bevor sie solch ein emotionales Thema zur Sprache brachte. Sie hatte damit gerechnet, die Familie bereits in Trauer über den Verlust von Alyssa vorzufinden. Sie hatte damit gerechnet, vom Bürgermeister, vom Gouverneur oder sonst jemandem in irgendeiner Machtposition darüber zu hören zu bekommen, dass die Medien noch vor den Angehörigen über die Identität des Opfers Bescheid gewusst hatten. Sie hatte mit allem gerechnet, nur nicht damit, dass sie ein alltägliches Geschäftstreffen zwischen Mutter und Sohn unterbrechen würde.

»Es geht um Ihre Tochter Alyssa«, sagte Kay und wartete ihre Reaktion ab. Beide Caldwells zeigten keinerlei Regung. »Wann haben Sie sie zum letzten Mal gesehen?«

Die beiden Caldwells wechselten einen kurzen Blick. »Gestern Morgen«, antwortete Bill offensichtlich verunsichert. »Gestern Abend bin ich spät nach Hause gekommen«, fügte er hinzu und kratzte sich rasch mit der Hand an der Nasenspitze – ein eindeutiges Zeichen, dass er log. »Ich wollte sie nicht aufwecken.«

»Und heute Morgen?«

»Ich war gestern Abend lange unterwegs, deshalb habe ich ausgeschlafen. Ich bin erst vor einer Stunde aufgewacht und habe mir nicht viel dabei gedacht, als sie nicht zum Essen gekommen ist.« Dieses Mal fiel ihr nichts ins Auge, was eine Täuschung verraten würde. Doch was bedauerte er? Dass er nicht nach Alyssa gesehen hatte, als er nach Hause kam? Sein Verhalten wirkte aufrichtig und gelassen, jedenfalls nicht so, wie sie es bei jemandem erwarten würde, der seine Verwicklung in den Tod seiner Tochter vertuschen wollte.

Sie holte noch einmal tief Luft und wappnete sich für das Bevorstehende, machte sich bereit, keinerlei ungewöhnliche Verhaltensweisen zu übersehen. »Ich fürchte, ich bringe schlechte Nachrichten. Ihre Tochter wurde gestern ermordet.«

Bill Caldwell wich das Blut aus dem Gesicht, sodass es einen kränklichen Grauton annahm, und ließ sich in den Stuhl fallen. Das konnte niemand vortäuschen. Was immer er verbarg, es hatte nichts mit Alyssa zu tun. Vielleicht hatte es damit zu tun, dass seine Mutter im Raum war.

»Oh Gott, nein«, flüsterte Carole Caldwell und vergrub schluchzend das Gesicht in den Händen. Ihre Schultern bebten, doch dann bekam sie sich wieder in den Griff und weinte nur noch stumm.

»Wie sicher sind Sie sich?«, fragte Bill und stand so ruckartig auf, dass der Stuhl nach hinten gegen die Wand prallte und wieder zurückrollte. »Ich will sie sehen.« Er ballte die Fäuste. »Ich will meine Tochter sehen.«

»Wir sind uns ziemlich sicher«, antwortete Kay vorsichtig, ohne auf seine Forderung einzugehen. »Es gab ein Problem mit der Identifizierung, wie Sie vielleicht bereits im Fernsehen gesehen haben könnten.«

»Wir haben gar nichts gesehen«, meinte Bill mit mahlenden

Kiefern. Dem am Boden zerstörten Vater fiel es offenbar schwer, seine Trauer zu bändigen. »Wovon reden Sie?«

Kay zögerte, denn sie wusste, dass sie das Ganze für die Caldwells nur noch schlimmer machen würde. »Das Opfer wurde ursprünglich anhand eines DNA-Befunds identifiziert, der aus einem vierzehn Jahre alten Vermisstenfall stammt. Doch anscheinend gab es da eine Verwechslung. Womöglich wurde der DNA-Befund irrtümlicherweise unter dem falschen Namen archiviert.« Sie hielt einen Moment inne und betrachtete Bill, der mit offenem Mund und gerunzelter Stirn dastand, an ihr vorbei ins Leere starrte und zu verarbeiten versuchte, was sie gerade gesagt hatte. »Wurde Alyssa je als vermisst gemeldet?«

»Nein«, flüsterte er.

»Gab es irgendeinen anderen Grund, warum die Polizei ihre DNA archiviert haben könnte?«, fragte sie und bemerkte, dass sie den Atem angehalten hatte. Seine Antworten könnten der Schlüssel zu Rose Harrelsons Verschwinden sein.

»Ähm, nein«, erwiderte er, offenbar völlig in seine von Trauer beherrschten Gedanken versunken. »Meine Schwester hat einmal so einen Stammbaum für sie erstellen lassen und dafür eine DNA-Probe verschickt, aber ich weiß nicht, wie ...«

»Unter welchem Namen wurde sie zuerst identifiziert?«, fragte Mrs. Caldwell, die ihre Augen und Nase vorsichtig mit einem Taschentuch abtupfte. Abgesehen von den geschwollenen und noch immer tränennassen roten Augen, war von ihrem Zusammenbruch vor wenigen Augenblicken keine Spur mehr zu sehen. Sie zupfte an ihrem Haar herum, damit auch ja jede Strähne an ihrem rechtmäßigen Platz war, dann richtete sie ihre Kleidung, so als würde sie gleich für ein Magazin fotografiert werden. Diese Frau war wahrlich unerschütterlich, doch der Kummer, den Kay zuvor an ihr hatte beobachten können, war echt gewesen.

»Rose Harrelson«, erwiderte Kay und hielt ihre Fragen

zurück, als sie sah, wie Carole Bill einen seltsam fragenden Blick zuwarf.

Bill wich diesem Blick aus und berührte das blinkende Signallämpchen des Anrufbeantworters auf dem Telefon auf seinem Schreibtisch. »Die Haushälterin sagte, dass die Telefone heute gar nicht mehr aufgehört hätten zu klingeln«, flüsterte er. »Das ist der Grund. Das Personal muss es gewusst haben ... All diese Leute haben es gewusst ... *Wirklich jeder* hat gewusst, dass meine Tochter tot ist, außer mir.« Er schloss die Augen und atmete tief durch, hatte sichtlich Mühe, nicht die Beherrschung zu verlieren. »Darf ich ein Foto sehen?«

Kay hob die Augenbrauen. »Von Alyssa? Von, ähm, ihrer Leiche?«

»Ja«, entgegnete er verärgert. »Nachdem Sie es derart verbockt haben, meinen Sie nicht, dass ich da das Recht habe, mich selbst davon zu überzeugen?«

Sie presste die Lippen zu einer dünnen Linie zusammen, um sich selbst zurückzuhalten, denn immerhin konnten die Caldwells nichts für die Verwechslung. Dafür waren die Ermittlungsbehörden verantwortlich, und in diesem Moment vertrat sie vor den Caldwells die Ermittlungsbehörden, also würde sie für den Fehler geradestehen und einstecken, was immer sie austeilen würden. Immerhin waren sie ein Vater und eine Großmutter in Trauer und hatten jedes Recht dazu, wütend zu sein und Fragen zu stellen.

Sie holte ihr Handy hervor und ging einige Fotos vom Tatort durch, bis sie eines fand, auf dem der klaffende Schnitt an Alyssas Kehle nicht zu sehen war. »Ist das Ihre Tochter, Mr. Caldwell?«, fragte sie und hielt Bill das Handy hin.

Er brach in Tränen aus und sein Gesicht nahm einen dunkelroten Farbton an. »Oh nein, mein wunderschönes kleines Mädchen«, wimmerte er, dann hielt er sich die Hände vor den Mund, wie um das Schluchzen zurückzuhalten.

Wortlos schob ihm seine Mutter über die lackierte Schreibtischplatte eine Schachtel Taschentücher zu.

»Wie ist sie gestorben?«, fragte Mrs. Caldwell. Ihre Tränen waren getrocknet und auf den ersten Blick war nichts mehr von ihrem Schmerz zu sehen.

»Schnell und schmerzlos, das kann ich Ihnen versichern«, erwiderte Kay leise.

Die Frau tupfte sich eine widerspenstige Träne aus dem Augenwinkel. »Sie halten mich wohl für verweichlicht, Detective. Ich wollte etwas genauere Angaben. Wurde sie erschossen? Erstochen?«

Kay konnte nicht fassen, wie kaltschnäuzig die Frau war. Während ihr Sohn alle Mühe hatte, in seiner Trauer nicht die Fassung zu verlieren, zeigte sie keinerlei Spur von Mitgefühl. Sie hatte ihn nicht einmal umarmt, wie Leute es für gewöhnlich taten, wenn Familienmitglieder solch niederschmetternde Nachrichten erhielten – es war ein menschlicher Urinstinkt, sich in schlechten Zeiten an andere zu klammern.

Anscheinend war dieser Instinkt weder in Mrs. Caldwell noch in ihrem Sohn verankert. Beide waren sie auf ihrer jeweiligen Seite des Mahagonischreibtischs geblieben, Welten voneinander getrennt, anstatt durch ihr geteiltes Leid vereint.

»Die offizielle Todesursache ist Verbluten infolge von durchtrennten Halsschlagadern«, erwiderte sie und sah dabei Bill an, fragte sich, wie er die kalte und sachliche Reaktion seiner Mutter auf den Tod seiner Tochter wohl aufnahm.

Mrs. Caldwell sah sie unverwandt an, wartete darauf, dass sie weitersprach.

»Ihr wurde die Kehle aufgeschlitzt«, fügte sie hinzu. Dann stieß sie den Atem aus und wandte sich Bill zu. »Mr. Caldwell, wenn Sie es schaffen, wäre es gut, wenn Sie morgen früh bei der Gerichtsmedizin vorbeikommen könnten. Sie müssen die Leiche offiziell identifizieren.«

Bill öffnete die Augen und nickte. »Haben Sie schon

Verdächtige?« Sein leiser, verhaltener Tonfall war bedrohlich und voller Zorn, wie ein Fass Schießpulver, das beim kleinsten Funken in die Luft fliegen würde.

Kay trat unbehaglich von einem Bein auf das andere. »Wir ermitteln noch«, antwortete sie in einem gefassten und professionellen, beruhigenden Tonfall. »Ihre Leiche wurde gestern gefunden, und wir hatten noch nicht viel Zeit ...«

»Weil Sie das mit ihrer Identität verbockt haben, nicht wahr?«, blaffte er. »Sie haben Zeit vergeudet, während Alyssas Mörder noch frei herumläuft. Haben Sie wenigstens irgendeine Spur?«

»N-nein, zurzeit noch nicht«, erwiderte sie und bereute es sofort, nicht verkündet zu haben, dass die Polizei nicht über die Details einer laufenden Ermittlung sprechen würde.

Er kam um den Schreibtisch herum und blieb nicht einmal einen Meter vor ihr stehen. Sie musste all ihre Willenskraft zusammennehmen, um nicht einen Schritt zurückzutreten, denn sie wusste, dass Leute wie die Caldwells in jeder Geste eine Bedeutung sahen und dass jede ihrer Interpretationen sich um Macht und Schwäche drehte, um Ansehen und Selbstbewusstsein und um die Gelegenheit, Druck auszuüben und ihren eigenen Willen zu bekommen. »Dann erlauben Sie mir, Ihnen einen Tipp zu geben«, sagte er mit dunkler, bedrohlicher Stimme.

Seine Mutter sprang auf und packte ihn am Arm. »William Earnest Caldwell, benimm dich gefälligst!«

Bill beachtete seine Mutter gar nicht, sondern hielt den Blick weiterhin auf Kay gerichtet. »Warum fangen Sie nicht bei meiner Schwester an?«, fragte er ungeniert. Die Veränderung seines Tonfalls war genauso unerwartet wie seine Worte. »Danach können Sie gleich bei Mutter hier weitermachen, die erklärt Ihnen dann das Motiv meiner Schwester und ihres nichtsnutzigen Bastardsohnes. Damit wären Sie beschäftigt, bis ich zurückkehre.«

SECHZEHN

GEFANGEN

Kirsten stockte der Atem, doch irgendwie schaffte sie es, zu lächeln und die Badezimmertür zu schließen. Vielleicht hatte sie ihn falsch eingeschätzt. Sie hatte in seiner Gegenwart bisher nicht das Gefühl gehabt, dass er ein Creep war. Naja, vielleicht ein bisschen, aber er hatte so ehrlich besorgt um ihr Wohlergehen gewirkt.

Aber hatte der Mann wirklich irgendetwas Falsches getan? Seine Worte hallten in ihren Gedanken wider. *Wurdest du jemals berührt?* Diese seltsame Frage konnte doch auch auf etwas anderes abgezielt haben, vielleicht war er besorgt, dass sich jemand an ihr vergangen haben könnte? Sie schloss die Augen und ließ die Situation noch einmal Revue passieren, doch ihr Instinkt sagte ihr, dass sie lieber schreiend wegrennen sollte.

Sie wollte, dass er einfach nur ein freundlicher, charismatischer Mann war, der sich wirklich für sie interessierte, jemand, dem sie vertrauen konnte. Sie wollte wirklich, dass es so war, doch wenn das Leben mit ihrem Stiefvater und seinen

Kumpeln sie eines gelehrt hatte, dann, dass die Welt voller fieser Typen war und dass ihre Instinkte sich nie täuschten.

Sie hielt den Atem an, drückte das Ohr gegen die Tür und lauschte aufmerksam. Sie hörte nichts, nicht das kleinste Geräusch, so als wäre sie im ganzen Haus allein. Ein Stück weit erleichtert sah sie sich nach einem Ausweg um.

Über der Badewanne war ein Schiebefenster aus Milchglas, groß genug, dass ihr schlanker Körper hindurchpassen könnte. Das Haus war nicht weit vom Highway entfernt. Sie müsste zehn, fünfzehn Minuten lang geradewegs durch die Felder rennen, dann wäre sie in Sicherheit.

Sie drehte den Wasserhahn am Waschbecken auf. Das Rauschen des fließenden Wassers würde den Mann beruhigen und jegliche Geräusche, die sie verursachen würde, übertönen. Doch das Geräusch war ihr nicht laut genug, also betätigte sie auch noch die Toilettenspülung und kletterte dann in die Badewanne. Sie musste sich ein wenig strecken, um an den Fenstergriff heranzukommen und ihn zu lösen. Dann schob sie den Rahmen nach links, öffnete das Fenster so weit es ging.

Im ersten Moment sah sie die Gitterstäbe noch nicht. Draußen war es beinahe vollkommen dunkel, sodass die schmalen Eisenstäbe vor dem Nachthimmel kaum zu erkennen waren. Sie ignorierte die aufsteigenden Tränen, die ihr in den Augen brannten, packte die Stäbe mit beiden Händen und drückte sie mit aller Kraft auseinander, wimmerte vor Anstrengung.

Die Stäbe gaben nicht nach.

Es gab keinen Ausweg.

Außer Atem schob sie das Fenster wieder zu und schloss es, ließ es genau so zurück, wie sie es vorgefunden hatte. Dann setzte sie sich auf den Rand der Wanne, gefangen in einem Albtraum, aus dem sie nicht wieder aufwachen würde.

Sie wog ihre Möglichkeiten ab, überlegte, was sie tun sollte. Würde dieser Mann ihr wirklich etwas tun? Oder würde er sie nach San Francisco bringen, genau wie er gesagt hatte? Immer noch zitternd befand sie, dass eine Dusche zunächst am besten wäre, auch wenn sie sich wehrlos dabei fühlte, sich auszuziehen, trotz der abgeschlossenen Tür zwischen ihnen. Wer sagte denn, dass er die Tür nicht jeden Moment einfach aufbrechen würde?

Sie ließ ihre Klamotten zu Boden fallen, kletterte in die Wanne und stellte die Dusche so heiß ein, wie sie es aushielt. Trotzdem konnte sie gar nicht aufhören zu zittern, so als hätte die Angst eine Allianz mit dem kalten Regen der letzten Nacht geschlossen, ihren Körper erobert und beschlossen, nie wieder wegzugehen.

Sie shampoonierte sich die Haare, wobei sie besonders darauf achtgab, keinen Schaum in die Augen zu bekommen, damit sie sie die ganze Zeit geöffnet lassen konnte. Was, wenn er zwar ein wenig seltsam, ein wenig unheimlich, aber dennoch ein netter Kerl war? Einer, den ihre Jugend anmachte, und der deshalb etwas Zeit mit ihr verbringen wollte? Der vielleicht sogar seine Frau mit ihr betrügen wollte? Selbst das würde sie noch verstehen. Ein winziges Lächeln zupfte an ihrem Mundwinkel, verblasste dann aber ganz schnell wieder und verwandelte sich in eine angstverzerrte Grimasse. Er war gutaussehend, reich, mächtig und benahm sich tadellos, so wie sie es bisher nur aus Filmen kannte. Doch so liefen die Dinge nur sehr selten und sie hatte gelernt, dass der äußere Schein trügen konnte. Sie täte besser daran, möglichst viel Abstand zwischen sich und den Mann zu bringen, denn trotz seines beruhigenden Äußeren vermittelte ihr Bauchgefühl ihr allerlei Signale, versetzte sie, erschöpft wie sie war, in panische Angst.

Gutaussehend hin oder her, er war ein Creep.

Schweren Herzens stellte sie das Wasser ab, verließ den schwachen Trost der Dusche und stieg aus der Wanne. In dem offenen Schränkchen unter dem Waschbecken fand sie ein sauberes Handtuch, das eng zusammengerollt worden war, und trocknete sich sorgfältig damit ab. Dann sah sie sich um und entdeckte unten in einer Schublade einen Föhn, stöpselte ihn ein und trocknete sich dann ausgiebig die Haare. Ein verstohlener Gedanke an seine Frau veranlasste sie, alles wieder sorgsam zurück an seinen Platz zu legen, das mit Kräutern versetzte Fliedershampoo, den Föhn und auch das Handtuch, auch wenn es noch feucht war.

Sie zog sich die saubere Kleidung an, die der Mann ihr gegeben hatte, und ihr fiel erneut auf, wie gut sie passte. Sie fragte sich, was für eine Frau es schaffte, in diesem Alter immer noch so eine schlanke Figur zu haben. Seinem Alter nach zu urteilen, könnte sie bereits in den Vierzigern sein.

Dann wurde alles dunkel.

Sie erstarrte, ein stummer Schrei blieb ihr in der Kehle stecken. Eine Weile blieb sie nur auf der Stelle stehen und lauschte. Rückwärts trat sie von der Tür weg und ertastete sich, aus Angst zu stolpern, mit den Händen ihren Weg nach hinten, bis sie die Wand erreichte. Dann wartete sie, bis ihre Augen sich soweit an die Dunkelheit gewöhnt hatten, dass sie den Mut aufbrachte, das totenstille Haus zu erkunden.

Sie tastete sich wieder zur Badezimmertür vor, fand den Knauf und drehte ihn langsam, fürchtete, er würde quietschen und sie verraten. So leise sie konnte, öffnete sie die Tür und bemühte sich, im Stockdunklen zu sehen. Sie konnte kaum etwas ausmachen, nur das bisschen Mondlicht, das durch die Blätter der Bäume hinterm Haus drang und durch das Wohnzimmerfenster fiel, ließ sie einige undeutliche Schemen erkennen.

Sie bewegte sich auf das Fenster zu, tastete sich, wo immer es ging, an den Wänden entlang. Alle paar Schritte blieb sie stehen, lehnte sich an die Wand und lauschte, gab sich alle Mühe, etwas zu erkennen. Wo war er? Sie ging noch einen Schritt und ertastete den Rand eines Teppichs unter ihren Zehen. Ihr fiel ein, dass sie diesen Teppich gesehen hatte, ihn schon einmal unter ihren Füßen gespürt hatte, als sie am Tisch gesessen und gegessen hatte.

Sie streckte beide Arme nach vorne aus und tastete in der Luft nach einem Stuhl, nach irgendetwas, das sie greifen konnte. Sie fand den Stuhl, leicht vom Tisch weggedreht; genau so hatte er schon gestanden, als der Mann sich daraufgesetzt und sie dabei beobachtet hatte, wie sie ins Bad ging. Doch der Stuhl war leer.

Wo war er?

Ihre Kehle war wie ausgetrocknet. Sie schluckte und flüsterte: »Sind Sie hier?« Sie lauschte, doch niemand antwortete. »Wo sind Sie?«, fragte sie noch einmal, diesmal ein wenig lauter. »Sind Sie hier?«

In ihrem Kopf tobte die Stille, wurde immer lauter und lauter, befeuert durch ihren rasenden Herzschlag. Sie trat vom Esszimmerstuhl zurück und auf das Panoramafenster zu, das zum Wald hinauszeigte, der vom bereits untergehenden Mond nur schwach beleuchtet wurde. Bald würde auch dieses bisschen Licht verschwunden sein, wenn die schmale Sichel hinter dem Horizont verschwand. Angesichts der Ungewissheit, ob er noch immer mit ihr im Haus war, stellten sich ihr die Nackenhaare auf und ihre bange Vorstellungskraft spielte ihr Streiche.

Sie musste hier raus.

Ein wenig schneller ertastete sie sich ihren Weg zur Haustür. Sie erinnerte sich daran, an dieser Wand einen Lichtschalter gesehen zu haben, fand ihn und betätigte ihn. Doch nichts passierte. Wimmernd fiel ihr wieder ein, wie er offenbar alle Lichter auf einmal eingeschaltet hatte, ohne die Wand zu berühren.

Dann tastete sie die Tür ab, suchte auf beiden Seiten nach einem Griff, einem Knauf oder irgendetwas anderem, womit sie sie öffnen könnte, doch sie fand nichts dergleichen. Fieberhaft erfühlte sie mit ihren Fingern nur die Stelle, an der die Türklinke einmal gewesen war, eine kaum merkliche Vertiefung, in der der Schließzylinder gesteckt hatte, die jetzt mit einer Art Spachtelmasse gefüllt und übermalt war. Was immer diese Tür verschlossen hielt, sie konnte nichts dagegen ausrichten.

Doch es gab noch ein Fenster, das sie aufbrechen konnte.

Sie tastete sich wieder durch das Zimmer, erreichte das große Fenster und suchte den Rahmen nach einem Griff ab, um es zu öffnen. Es gab keinen. Sie sprang wieder auf die Füße, schnappte sich den Esszimmerstuhl, balancierte ihn einen Moment lang in der Luft aus und warf ihn dann mit Schwung und mit aller Kraft gegen das Fenster. Er prallte ab und fiel krachend zu Boden.

Das Fenster war unbeschädigt, es hatte nicht einmal einen Kratzer.

Erneut spürte sie das Prickeln der Angst bis in die Haarwurzeln. Sie lehnte die Stirn gegen die Fensterscheibe und starrte nach draußen, hoffte, dort jemanden zu sehen, irgendjemanden, der ihr helfen konnte. Da war niemand. Nur der in Dunkelheit gehüllte Wald erstreckte sich zu beiden Seiten, so weit sie sehen konnte, kaum erhellt von der untergehenden Mondsichel, die die obersten Zweige der Eichen und Ahornbäume und Pappeln zu berühren schien.

Ein Kojote tauchte aus dem Wald auf und schnüffelte auf der Suche nach etwas Essbarem herum. Er hielt ein paar Meter vor dem Fenster an, kratzte sich hinterm Ohr und begann dann zu heulen. Sein Hals streckte sich dem Himmel entgegen, das Maul war geöffnet, die Augen beinahe vollkommen geschlossen.

Als ihr bewusst wurde, dass sie nicht einen einzigen Laut hörte, stieg ihr vor Panik die Galle in der Kehle auf. Verzweifelt schlug sie so laut sie konnte gegen die Fensterscheibe, doch der Kojote führte sein mitternächtliches Konzert ungestört fort.

Niemand konnte sie hören.

Sie war gefangen.

SIEBZEHN
DIE GROSSMUTTER

»William Earnest Caldwell«, schrie seine Mutter. »Komm sofort zurück!« Die Frau erhob sich und stampfte mit dem Fuß auf, sichtbar frustriert darüber, ihren Sohn nicht unter Kontrolle zu haben. Der dicke Perserteppich schluckte das Geräusch beinahe vollständig.

Carole Caldwells Beherrschung war einige Augenblicke lang komplett dahin, das feine Lächeln und die entspannte Miene waren einem verbitterten Gesichtsausdruck gewichen, der ihr wahres Wesen offenbarte – eine Frau, die es gewohnt war, dass ihren Befehlen unverzüglich Folge geleistet wurde.

Die einzige Antwort, die sie erhielt, war die Tür, die Bill lautstark hinter sich ins Schloss fallen ließ. Mit glühendem Blick starrte Carole sie an, so als könnte sie ihren Sohn mit bloßer Vorstellungskraft erreichen und an Ort und Stelle festhalten.

Kay hatte keinen Schimmer, was Bill Caldwell vorhatte. Sie wartete geduldig, beobachtete das Geschehen, wusste, dass Carole nur darauf wartete, dass ihr Sohn seine Meinung änderte und zurückkam. Als Carole sich schließlich von der Tür abwandte und sie ansah, lächelte sie zu Kays Überraschung höflich. Ihre Züge waren entspannt, keine Spur von der Empörung, die sie gerade noch an den Tag gelegt hatte.

»Bitte, Detective, setzen Sie sich doch.« Sie deutete auf den Platz ihr gegenüber.

Kay nickte lächelnd und kam der Bitte nach.

»Hat Ihnen schon irgendjemand etwas zu trinken angeboten? Wasser, Kaffee?«

Kay runzelte leicht die Stirn. Dieser Umschwung in Caroles Verhalten ihr gegenüber war ein Warnsignal, rot leuchtend und unübersehbar. »Nein, danke, ich brauche nichts.«

Carole sah kurz an ihr vorbei, als würden ihre Gedanken ihrer Kontrolle entfliehen. Traurigkeit verdüsterte ihr Gesicht, was so gar nicht zu dem aufwendigen Make-up und der tadellosen Frisur passen wollte.

»Was für eine schreckliche Tragödie«, sagte sie mit von Trauer gedämpfter Stimme. »Ich verstehe einfach nicht, wie jemand so Junges, so Unschuldiges ermordet werden kann.« Sie drückte die Hand auf die Brust. »Mein Sohn ist außer sich vor Trauer, Sie müssen es ihm bitte nachsehen. Ich bin sicher, Sie verstehen das.«

Kay wartete, ob sie noch etwas hinzufügen würde, doch Carole hatte alles gesagt, was sie sagen wollte. »Das verstehe ich vollkommen. Mein aufrichtiges Beileid.«

Die Frau nickte mit einem durchweg angemessenen Lächeln, mit genau dem richtigen Maß an Traurigkeit in ihrer Haltung. Kay fragte sich, ob sie sich später, wenn sie ungestört in ihrem Zimmer war, wohl die Augen aus dem Kopf weinen würde, oder ob sie einfach zur Tagesordnung übergehen, die Beerdigung planen, Vorbereitungen treffen und Leute herumkommandieren würde.

Kay sah unauffällig auf die Uhr, fragte sich, wie lange Bill wohl noch brauchen würde und ob das, was er holen wollte, wirklich für die Ermittlungen relevant war. Er hatte sie dazu angehalten zu warten, also würde sie wohl nirgendwohin gehen, bis er zurückkam. Ihr Blick wanderte zu den Wänden, an denen über der silbernen Satintapete mit feinen Goldakzenten einige gerahmte Bilder von Gebäuden und Menschen hingen.

Carole folgte ihrem Blick und klärte sie eifrig auf.

»Dieses Foto wurde vor beinahe hundert Jahren aufgenommen, als mein Vater die Mühle errichtete«, erzählte sie. »Ach, er war einfach so stolz an diesem Tag ... Das können Sie sich gar nicht vorstellen.« Sie lehnte sich vor, so als würde sie Kay ein kostbares Geheimnis anvertrauen. »Unsere Familie hat schon immer Verbindungen strategischer Natur angestrebt. Als ich geheiratet habe, brachte ich die Farm mit in die Ehe und mein lieber Mann, Gott schütze seine Seele, den Forstbetrieb.« Vor Stolz leuchteten ihre Augen. »Dann bekamen wir Kinder, vier an der Zahl.«

Kay lehnte sich zurück, gespannt darauf, mehr zu hören.

»Bill, den Sie ja gerade kennengelernt haben, ist mein Ältester. Er kümmert sich um den Forst, das Nutzholzgeschäft und die Papierfabrik. Seine Schwester Blanche leitet die eigentliche Farm.« Ihr Lächeln wurde breiter, über Bill und Blanche zu sprechen, hatte die Traurigkeit aus ihrer Miene vertrieben. Sie war ganz in ihrem Element, wenn es um den Familienbetrieb ging, um ihr Lebenswerk. »Madelyn, meine jüngste Tochter ...«

»Du liebe Güte, das wird mir jetzt erst klar«, unterbrach Kay sie. »Madelyn Caldwell, die berühmte Schauspielerin, ist Ihre Tochter?«

Carole nickte und lächelte gezwungen. »Ja, sie hat Hollywood dem Familienunternehmen vorgezogen«, erwiderte sie mit einem Anflug von Enttäuschung in der Stimme. »Naja, solang sie mit ihrem Leben als Schauspielerin glücklich ist, was will eine Mutter mehr? Wir bekommen sie kaum zu sehen ... Sie ist ständig für irgendwelche Dreharbeiten unterwegs.« Sie hob das Wasserglas aus geschliffenem Kristall von dem Silbertablett auf dem Schreibtisch, befeuchtete gerade mal die Lippen und stellte es dann behutsam wieder zurück. »Dann gibt es noch Kendall, den Jüngsten, noch so eine Enttäuschung. Nach Blanche hätte ich wohl besser keine Kinder mehr bekommen sollen.« Diesmal war die Verbitterung in ihrer Stimme ganz unverhohlen und scharf.

»Was macht Kendall denn?«, hakte Kay vorsichtig nach.

»So wenig wie möglich«, entgegnete Carole mit einem schweren Seufzer. »Er hat das bisschen Geld, das sein Vater ihm nach seinem Tod hinterlassen hat, in Hedge-Fonds investiert und lebt seitdem von Kapitalgewinnen, anstatt sich selbst etwas aufzubauen, anstatt etwas zu bewirken.« In ihrem Schoß ballte sie die Hände zu Fäusten. »Ein bedeutungsloses Dasein, parasitär und hedonistisch.« Sie hielt kurz inne, doch Kay unterbrach sie nicht, war neugierig, wohin diese Erzählung führen würde.

»Aber er ist klug, auf seine eigene Art und Weise«, fügte sie hinzu, löste die Fäuste und faltete die Hände im Schoß. »Er ist brillant.«

Kay hörte weiterhin zu, ermutigte die Frau weiterzureden. »Interessant. Wie meinen Sie das?«

»Er gibt so wenig aus wie möglich, denn seine einzig wahre Leidenschaft ist seine eigene Faulheit. Der Junge hat es zu einer Kunstform erhoben, so wenig wie möglich zu tun. Doch er liebt den Luxus, mein Jüngster, und um den zu kriegen, ohne selbst etwas auszugeben, nimmt er nichtsahnende reiche Frauen aus, die unachtsam werden, weil sie wissen, dass er ebenfalls wohlhabend ist. Einfach brillant.« Ihre verbitterte Stimme verstummte, als hätte die Last ihrer Enttäuschung ihr den Atem genommen.

»Verstehe«, sagte Kay und fragte sich, ob Carole nun fertig war mit ihrer Familiengeschichte. Sie hatte dutzende Fragen, die sie stellen wollte: über Alyssas Sozialleben, ihre Freunde, ihren Tagesablauf. Über Shelley und ob sie Bill Caldwell gekannt hatte.

»Diese beiden, Madelyn und Kendall, hatten überhaupt keinen Grund, die Erbfolgerin loszuwerden«, meinte Carole bestimmt. »Bill wird Ihnen erzählen, dass Blanche und ihr Sohn Dylan allen Grund dazu hatten, doch glauben Sie kein Wort von dem, was ein trauernder Vater sagt. Er liegt falsch.« Sie hob ihre Stimme ein wenig, flehte Kay förmlich an, ihr zu glauben. Ihre ganze Geschichte über ihre Familie war nichts weiter als eine wohldurchdachte Ansprache gewesen. »Meine Blanche könnte keiner Fliege etwas zuleide tun«, fuhr sie mit Tränen in den Augen fort. »Sie würde Bill oder seiner Familie nie etwas antun. Sie ... liebt ihren Bruder sehr.«

ACHTZEHN

DIE TANTE

Erbfolgerin? Was für eine Erbfolgerin?, fragte sich Kay, während sie sich ansah, wie Carole sich selbst präsentierte, ihre perfekt abgestimmte Mischung aus Trauer und Überzeugung. Die Caldwells besaßen eine Farm, die größte im ganzen County, schön und gut, aber es war dennoch nur eine Farm. Kein Riesenkonzern und auch kein milliardenschweres Unternehmen. Erbfolgerin einer Farm? Merkwürdig. Sie fragte sich, was Elliot wohl davon halten würde.

Und dennoch trat Carole mit einer solch kultivierten Eleganz auf, als wäre sie reich geboren worden und ihr ganzes Leben lang reich gewesen. Sie hatte gelernt, ihre Emotionen zu beherrschen und kein einziges Wort zu sagen, das nicht irgendeinem Zweck diente. Ihr verändertes Verhalten gegenüber Kay bedeutete, dass sie etwas zu befürchten hatte, etwas, womit sie verzweifelt zurechtzukommen versuchte. Eine Bedrohung oder etwas in der Art, vielleicht ein Geheimnis, dass sie behüten wollte. Ganz offensichtlich verheimlichte Carole etwas Wesentliches, genug, dass sie wie festgenagelt Kay gegenüber sitzen blieb, die Beine an den Knöcheln überschlagen und die Hände sorgsam im Schoß gefaltet. Nur der verspannte Kiefer und die eiserne Entschlossenheit in ihren Augen verrieten ihre Anspannung.

Dennoch war sie von der Nachricht von Alyssas Tod überrascht worden, sie hatte zuvor nicht davon gewusst. Seit sie ihre Gefühle wieder in den Griff bekommen hatte, war ihr Interesse daran, den Mörder ihrer Enkelin zu finden, gegen null gesunken. Vielleicht fürchtete sie, dass der Mörder jemand aus ihrem engsten Umfeld war, jemand, den sie beschützen wollte, selbst wenn das bedeutete, dass sie einen Mörder deckte.

Es wurde Zeit, herauszufinden, wie viel die Farm der Caldwells tatsächlich wert war. Für gewöhnlich nannten Landwirte ihren Nachwuchs nicht Erbfolgerin oder Erbfolger. War Carole einfach größenwahnsinnig und hielt sich selbst für die Königin ihrer Ländereien oder ließ sich ihre Arroganz tatsächlich finanziell begründen? War der Landwirtschaftsbetrieb über die Generationen so lukrativ gewesen? Aber selbst wenn, was verbarg Carole, und warum wirkte sie, als graute es ihr vor dem, was ihr Sohn vorhatte?

Sie beschloss, ihr dahingehend nicht weiter auf den Zahn zu fühlen, und bat sie stattdessen: »Erzählen Sie mir von Alyssa.« Sie lehnte sich nach vorn, stützte die Ellbogen auf den Armlehnen ab und hielt ihren Tonfall ruhig und beschwichtigend, darauf bedacht, sich ihre Kräfte für die dutzenden Fragen, die sie noch hatte, einzuteilen.

Carole tupfte sich mit dem zerknitterten Taschentuch den Augenwinkel trocken. »Sie war ein süßes Kind, selbst als Teenager«, sagte sie mit aufrichtiger Traurigkeit in der Stimme. »Sie ist mit einer kranken Mutter aufgewachsen, wie Sie ja bereits wissen, und wir haben alle versucht, das auszugleichen. Ich, meine älteste Tochter Blanche, selbst das Personal, wir alle haben sie nach Strich und Faden verwöhnt. Doch sie wuchs keineswegs privilegiert auf und legte auch nicht so ein scheußliches Benehmen an den Tag wie andere Jugendliche heutzutage.«

Sie erhob sich und lief langsam auf und ab, betrachtete die Wände, als hätte sie sie noch nie zuvor gesehen, und verbarg so ihr Gesicht vor Kays prüfendem Blick. Die alte Frau war wirklich nicht dumm.

»Ich kann offen gestanden nicht nachvollziehen, warum Bill sich nicht scheiden ließ und noch einmal heiratete«, fügte sie mit dem Rücken zum Detective hinzu. Ihr Ton war schärfer geworden, in jedem Wort schwang Enttäuschung mit. Sie drehte sich um und blickte Kay kurz an, dann sah sie schon wieder weg. »Sie halten mich sicher für herzlos, aber Alyssas Mutter, naja, sie war eben ihr ganzes Leben lang krank. Was für eine Ehe ist das schon? Mein armer Bill wäre besser dran gewesen, wenn er sich von ihr hätte scheiden lassen und eine Frau gefunden hätte, die ihn glücklich macht. Eine starke, gesunde Frau, die ihm Söhne hätte schenken können.«

Kay stand der Mund offen, ihr fehlten die Worte. Sie war froh, dass Carole sie nicht ansah und so ihre Fassungslosigkeit nicht bemerkte. Schnell schüttelte sie sie ab. »Ich finde das bewundernswert, diese Loyalität gegenüber seiner kranken Frau, der Mutter seines Kindes.«

»Ja, das finden Sie, natürlich tun Sie das«, entgegnete sie kühl. Dann wurde ihr wohl klar, dass sie zu weit gegangen war, denn sie entschuldigte sich lächelnd. »Ich denke nur an meinen Sohn, das ist alles. Er hat seine Tochter verloren und bald wird er auch seine Frau verlieren. Jede Mutter würde sich da Sorgen machen.«

»Wem stand Alyssa in der Familie am nächsten?«, fragte Kay. »Wer war hier ihr engster Freund oder ihre engste Freundin?«

Carole ging zum Fenster und sah nach draußen auf die hügeligen goldenen und hellbraunen Felder, stoppelig und grob, wo sie bereits abgeerntet waren. »Ich würde sagen Blanche, Bills Schwester, doch ich habe Alyssa auch mehrmals dabei erwischt, wie sie mit den Hausangestellten plauderte. Unser Personal ist schließlich nicht hier, um irgendwelche Freundschaften zu schließen; ich bin sicher, Sie stimmen mir da zu.«

»Natürlich«, erwiderte Kay, doch es gelang ihr nicht, den Sarkasmus in ihrer Stimme zu verbergen. Doch Carole bemerkte das gar nicht, ganz versunken in ihrer eigenen Überheblichkeit und ihren bangen Gedanken, die sie auf den Beinen hielten und rastlos auf- und abgehen ließen. »Ach, was ich noch fragen wollte: Kennen Sie eine gewisse Shelley Harrelson?«

Einen Moment lang herrschte gespannte Stille, in der Kay aufmerksam Caroles Rücken anstarrte. Ihre Schultern hoben sich vor Anspannung, nur ein kleines bisschen. »Wen?«

Die Tür schwang auf und Bill stürmte herein, zerrte eine schmale, blonde Frau mittleren Alters am Arm mit sich. Sie wehrte sich nicht, ließ sich einfach von ihm hinter sich her schleifen. Ihre Miene wirkte resigniert, strahlte Traurigkeit aus. Ihr Haar hatte sich teilweise aus ihrem Dutt gelöst, Strähnen hingen ihr ins Gesicht. Als sie Kay bemerkte, erstarrte sie und errötete verlegen.

Kay hatte Bill erst vor wenigen Augenblicken gesehen, doch jetzt erkannte sie ihn kaum wieder. Sein Haar war ganz zerzaust, so als hätte er versucht, es sich herauszureißen, und sein Hemd war schweißgetränkt und hatte einige Knöpfe weniger. Seine Augen wirkten manisch, sein Zorn war verzehrend, erfüllte die Luft im Raum mit Elektrizität.

Kay sprang auf und eilte auf Bill zu, besorgt um die Sicherheit aller im Raum. Sie hatte bereits erlebt, wie Leute, die vor Trauer um einen geliebten Menschen am Boden zerstört waren, sich der Gewalt hingaben, Augenblicke des Wahnsinns, genährt von unerträglichem Schmerz.

»Darf ich vorstellen, meine *geliebte* Schwester, Blanche«, schrie Bill, ließ den Arm der Frau los und blickte Kay unverwandt an. Blanche strauchelte kurz ein wenig, fing sich dann aber und stand erhobenen Hauptes da, wenn auch mit unsäglicher Trauer in den Augen. Sie schlang sich den roten Cardigan um den Körper und verschränkte die Arme vor der Brust. »Sagen Sie ihr, was Sie uns gesagt haben«, verlangte Bill.

Kay starrte ihn einen Moment lang nur überrascht an.

»Machen Sie schon«, beharrte Bill mit erhobener Stimme. »Sagen Sie ihr, dass sie eine Mörderin ist.«

Die Pupillen der Frau weiteten sich, als sie Kay direkt in die Augen sah. »Was ...«

Kay räusperte sich leise und sagte dann: »Ich fürchte, ich habe Ihrer Familie heute schlechte Neuigkeiten überbracht. Alyssa Caldwell wurde ermordet.«

Blanche schnappte nach Luft und schlug sich rasch die Hände vor den offenen Mund. »Was ist passiert?«, brachte sie mit erstickter Stimme hervor, der Kloß in ihrem Hals war anscheinend so schmerzhaft, dass sie ein paarmal hart schlucken musste.

»Du besitzt wirklich die Frechheit, das zu fragen?«, schnauzte Bill sie an, seine Blicke schienen brennende Pfeile auf seine Schwester zu feuern. »Du hast sie getötet, Blanche.« Er packte sie bei den Schultern und schüttelte sie, doch Kay ging dazwischen und nahm sanft seine Hände weg.

»Ich hoffe wirklich, dass wir hier ohne Gewalt auskommen.« Die unausgesprochene Drohung in Kays Stimme war unmissverständlich. »Wenn Sie diese Unterhaltung lieber auf der Wache fortsetzen wollen, fahre ich Sie liebend gerne persönlich dorthin.«

Bill trat einen Schritt zur Seite, wobei er seine Schwester immer noch wütend anfunkelte. Dann drehte er sich zu Kay, hob seine Hände und wedelte demonstrativ damit in der Luft herum. »Bitte schön, sind Sie jetzt zufrieden? Ich rühre Ihre kostbare Mörderin nicht an.«

Carole trat vor und berührte Bill am Arm. »Mein Sohn, du

bist am Boden zerstört, das verstehen wir«, sagte sie. »Blanche wird dir das verzeihen ...«

Er riss seinen Arm von ihr weg, als würde ihre Berührung ihn verbrennen. »Mir verzeihen? *Sie* wird *mir* verzeihen?« Er war auf hundertachtzig, auf seinem Gesicht und seinem Hals bildeten sich ungesunde hochrote Flecken. Der Mann stand kurz vor einem Herzinfarkt. Er stammelte, versuchte etwas zu sagen, doch schaffte es nicht, was ihn nur noch wütender machte. »Sie muss ein Geständnis ablegen«, sagte er schließlich und deutete mit zitterndem Zeigefinger auf seine Schwester.

Blanche weinte leise, blickte ihn durch einen Schleier aus Tränen hindurch an. Sie war weder wütend noch durch seine Anschuldigungen gekränkt, sie war einfach todunglücklich. Ihre Reaktion auf die Nachricht von Alyssas Tod und auch auf die Anschuldigungen ihres Bruders deuteten in keinster Weise darauf hin, dass sie irgendetwas mit dem Mord zu tun hatte oder auch nur etwas darüber gewusst hatte. Soweit Kay das sehen konnte, war Blanche Caldwell keine gerechtfertigte Tatverdächtige. Obwohl es sie dennoch interessierte, warum Bill von dem Moment an, in dem er vom Mord seiner Tochter gehört hatte, an sie gedacht hatte, und was es mit dieser ganzen Erbfolgerin-Geschichte auf sich hatte.

Doch irgendetwas an Blanches Verhalten war seltsam. Sie war gerade sowohl körperlich als auch emotional von ihrem Bruder angegangen worden und dennoch zeigte sie nichts als Mitgefühl für seinen Kummer, Verständnis für seine Trauer und Vergebung für seine bitteren Worte und sein unbedachtes Verhalten. Carole hatte recht gehabt: Blanche liebte ihren Bruder wirklich sehr.

»Ja, genau«, brüllte Bill, »heul nur!«

»Bill«, ging Carole mit scharfem, erhobenen Tonfall dazwischen. »Das reicht. Blanche hat nichts getan.«

»Das glaube ich einfach nicht!«, schrie er und trat bedrohlich auf seine Mutter zu. Kay packte ihn bestimmt an der Schulter und hielt ihn fest.

»Mr. Caldwell, damit ist jetzt Schluss, bitte.«

Bill erstarrte. »Woher wollen Sie wissen, dass sie meine Kleine nicht umgebracht hat? Hm? Nur weil sie heult?« Vollkommen verzweifelt fuhr er sich mit den Händen durchs Haar. »Das ist dein verfluchtes System, Mutter. Das ist doch das, was du immer gewollt hast, dass wir uns um deinen kostbaren Besitz streiten.«

Er hielt keuchend inne, war völlig außer Atem. Carole klappte der Mund auf. »Ja, Mutter, genau das hast du immer gewollt, dass wir und unsere Kinder uns gegenseitig umbringen, wegen deines *Geldes*.« Er spuckte das Wort aus, als wäre es vergiftet. »Da hast du's, wir haben es getan. Eine von uns hat die andere umgebracht, ganz wie es dein Wunsch war«, fügte er mit tränenerstickter Stimme hinzu. »Ich verfluche den Tag, an dem ich zugestimmt habe, hier zu bleiben und deine Marionette zu sein, Mutter. Madelyn und Kendall haben alles richtig gemacht, sind so weit von dir weg, wie es ging.«

Kay sah kurz zu Carole hinüber und war überrascht, die stolze Frau weinen zu sehen, mit bebenden Schultern und gebeugtem Rücken, die knochigen Hände verkrampft vor der Brust zusammengelegt.

»Das ... das habe ich nie gewollt«, wimmerte Carole. Ihr Aussehen kümmerte sie nicht länger. Sie tupfte sich weder die Tränen weg, die ihr Make-up verschmierten, noch zupfte sie ihre Haarsträhnen zurecht. Irgendetwas von dem, was Bill gesagt hatte, musste ganz schön gesessen haben. »Aber du liegst falsch«, sagte sie schluchzend. »Blanche war gar nicht hier, sie war in New York.«

Kay blickte zu Blanche. Sie stand nur ruhig da, still, blass und erschöpft. Warum hatte sie nichts zu ihrer Verteidigung gesagt, wenn sie doch gar nicht in der Stadt gewesen war?

»Stimmt das?«, fragte Bill an Blanche gewandt.

Sie sah unter seinem eindringlichen Blick zu Boden. Als sie sprach, war ihre Stimme ganz erstickt vor Trauer. »Dylan und ich haben uns gestern in New York mit den chinesischen Investoren getroffen.«

Bill rang die Hände, seine Stirn war gerunzelt, der Blick voller Qual. »Wenn du es nicht selbst warst, dann hast du jemanden dafür angeheuert, Alyssa umzubringen«, meinte er, aber er klang nicht ganz überzeugt. Blanche zuckte daraufhin zusammen und sah ihn einen kurzen Augenblick lang schmerzlich getroffen an. »Komm schon, gib es zu«, fuhr er fort, »du hast Alyssa nie gemocht. Obwohl sie deine Nichte war, hast du sie als Erbfolgerin des Unternehmens gehasst. Sie stand deinem Sohn im Weg und du wolltest, dass dein ...«

Blanche trat vor und streckte die Hand nach ihm aus, ihre Fingerspitzen streiften gerade einmal über den Stoff seines Hemds. Seine Schultern sackten nach unten und er atmete mit gesenktem Kopf aus. Es war, als hätte diese flüchtige Berührung all seinen Zorn einfach weggewischt und ihn nur noch müde und ermattet zurückgelassen, kleinlaut und völlig geschlagen. Ungläubig beobachtete Kay seine Verwandlung, es war, als würde sie einem wütenden Löwen dabei zusehen, wie er sich einer zerbrechlichen Frau fügte, ohne Peitschen, ohne Ketten, wie durch Zauberei. Dann stellte sich Blanche auf die Zehenspitzen, überwand die Distanz zwischen ihnen, bis ihre Stirn die seine berührte.

»Bill, du weißt, dass das nicht wahr ist«, flüsterte sie. »Das wissen wir beide ganz genau.«

Er wimmerte und legte die Arme um ihre Schultern, der Beginn einer Umarmung, die von etwas zurückgehalten wurde, das Kay nicht ganz greifen konnte.

Was zum Henker ist hier gerade passiert?, dachte Kay, fragte sich, was Blanches Geheimnis war. Sie hatte ihren Bruder mit einer einzigen Berührung gezähmt, mit nicht mehr als ein paar Worten.

Kay hätte sie am liebsten so lange befragt, bis sie all ihre Geheimnisse aufgedeckt hatte, doch das war nicht ihre Aufgabe. So wie es aussah, hatte keiner dieser Leute Alyssa umgebracht oder schon vorher von ihrem Tod gewusst. Niemand konnte diese physiologischen Reaktionen vortäuschen, die sie beobachtet hatte: geweitete Pupillen, Blässe, Bluthochdruck, Schwitzen. Der UT war nicht in diesem Raum. Es wurde also Zeit, weiterzuziehen und eine andere Spur aufzunehmen.

»Nun, Detective«, ergriff Carole das Wort und trat zwischen Kay und ihre Kinder, zwang Kay, zurückzutreten. Ihre Stimmung war schon wieder umgeschlagen, sie hatte wieder zu ihrem gewohnten Selbst zurückgefunden, stand kerzengerade da, das Kinn nach vorn geschoben, nur der verschmierte Eyeliner zeugte noch von ihrem Zusammenbruch. »Wenn wir hier dann fertig wären, wir müssen noch eine Beerdigung planen.«

»Ja, wir sind hier fertig«, antwortete Kay. »Mr. Caldwell«, rief sie und er löste sich nur langsam und widerwillig von Blanche, hob den Kopf, um Kay anzusehen. »Wir würden es begrüßen, wenn Sie morgen früh bei der Gerichtsmedizin vorbeikommen würden, sagen wir um zehn Uhr?«

Er nickte und wandte den Blick ab. All die Wut, die ihn angetrieben hatte, war verschwunden. Zurück blieb nur noch eine leere Hülle, die sich kaum noch auf den Beinen halten konnte, die beim kleinsten Windstoß auseinanderfallen würde.

»Danke«, erwiderte Kay. »Und mein aufrichtiges Beileid.«

Kurze Zeit später sog Kay gierig die frische Abendluft ein, genoss die wohltuende Kühle und den Geruch der taunassen, von Laub bedeckten Erde. Was immer sie dort drinnen miterlebt hatte, war einerseits unerklärlich und andererseits höchstwahrscheinlich irrelevant.

Dennoch sagte ihr Instinkt ihr etwas anderes. Warum hatte sie so ein nagendes Gefühl im Bauch, das sie drängte, zurückzugehen, jeden einzelnen Stein umzudrehen und alles infrage zu stellen, das sorgsam zurechtgelegte Bild auseinanderzunehmen, das die Familie ihr präsentiert hatte?

Alyssas Mörder könnte näher sein, als es den Anschein hatte.

NEUNZEHN

FRAGEN

Es war schon fast dunkel, als Elliot durch das Tor von Caldwell Farms fuhr. Dennoch hoffte er, die Frau, nach der er suchte, noch anzutreffen, oder zumindest jemanden, der sie kannte und ihm einen Namen und eine Adresse geben konnte. Die Nummernschilder des Kleintransporters, der Zeugen zufolge Kirsten mitgenommen hatte, hatten ihn nach Caldwell Farms geführt. Der unverkennbare Transporter war entlang der Interstate so häufig gesehen worden, dass er eine regelrechte Spur hinterlassen hatte.

Er hielt an einer Gabelung, ließ dann kurzentschlossen das Anwesen zu seiner Rechten vorbeiziehen und fuhr stattdessen auf den industrieartigen Gebäudekomplex zu seiner Linken zu. Er war hell beleuchtet und davor wimmelte es nur so von Leuten, die Gerätschaften ein- und ausluden, die Transporter bewegten oder auf Klemmbrettern die Bestellungen nachhielten, so wie die Aufseher mit ihren grellgelben Schutzhelmen mit dem Logo von Caldwell Farms darauf. Augenscheinlich waren die Tage zum Ende der Erntesaison im November lang und geschäftig.

Einige von ihnen hielten in ihrer abendlichen Routine inne,

um das Zivilauto des Detectives argwöhnisch zu mustern, und taten dann so, als würden sie wieder an die Arbeit gehen. Tatsächlich aber fanden sie sich in kleinen Grüppchen zusammen, um aus sicherer Entfernung das Geschehen zu beobachten und zu kommentieren. Die roten und blauen Warnlichter, die im Kühlergrill des Wagens verborgen waren, sowie die Machart und das Sondermodell, ein aufgerüsteter Ford Explorer, verrieten ihn wohl. Vielleicht hatten ihn einige sogar erkannt, immerhin gab es nicht viele texanische Cops in Franklin County, Kalifornien.

Elliot stieg aus dem Wagen, setzte den Hut auf und rückte seine Gürtelschnalle zurecht. Dann holte er sein Handy hervor, um sich die Bilder noch einmal anzusehen, die er von seinem Kollegen aus Oregon bekommen hatte und die aus den körnigen Schwarz-Weiß-Aufnahmen einer Tankstellenüberwachungskamera stammten. Eines zeigte das Mädchen, nach dem er suchte, wie es beim Essen an einem Tisch saß, gemeinsam mit einer Frau mittleren Alters, leicht übergewichtig und in Arbeitskleidung, auf der dasselbe Logo zu sehen war, das die Leute hier auf ihren Schutzhelmen trugen und das auf dem Eingangstor prangte. Ein anderes Foto zeigte den hinteren Teil des Transporters der Frau an der Zapfsäule, ebenfalls in den Farben von Caldwell. Das dritte Foto war eine kaum erkennbare Aufnahme des Gesichts der Frau, als sie gerade aus dem Toilettenbereich kam.

Er betrachtete das Bild des Transporters, merkte sich das Kennzeichen und lief eine Weile herum, bis er ihn an der Laderampe entdeckte, wo er auf neue Fracht wartete. Er näherte sich einer Gruppe aus vier Männern, die einige Meter entfernt zusammenstanden, und tippte sich zur Begrüßung mit zwei Fingern an die Hutkrempe.

»Howdy«, sagte er und bemerkte, dass seine Anwesenheit die vier dazu veranlasste, enger zusammenzurücken, wie um sich vor einem näherkommenden Raubtier zu verteidigen. Er zeigte ihnen das Foto und fragte: »Wo finde ich diese Frau?«

Sie sahen einander an, dann auf ihre Stiefel. Einer von ihnen schien besonderes Interesse an einem Lkw gefunden zu haben, der gerade von der Laderampe wegfuhr, obwohl dieser über zwanzig Meter entfernt war.

Der Anflug eines Lächelns huschte über Elliots Lippen. Die Arbeiter in Blau waren bekannt für ihren Zusammenhalt und das schätzte er. »Sie ist eine entscheidende Zeugin und kann uns dabei helfen, ein vermisstes Kind zu finden«, stellte er klar. »Ich bin mir sicher, dass sie uns gerne dabei helfen würde«, fügte er hinzu und ging die Bilder durch, um ihnen eines zu zeigen, auf dem Kirsten gut und deutlich zu erkennen war.

»Ähm, die Frau, die Sie suchen is' Hazel Fuentes«, antwortete einer der Männer. »Sie ist dort drüben, wo das grüne Licht ist. Das ist unser Pausenraum.«

Elliot tippte sich erneut an den Hut. »Danke.« Rasch ging er auf die Tür mit dem grünen Lämpchen zu, auf der »NUR FÜR PERSONAL« stand. Er hatte den Türgriff schon in der Hand, als Hazel mit einer noch nicht angezündeten Zigarette in der Hand heraustrat.

»Miss Fuentes?«, fragte Elliot. Ein Anflug von Angst blitzte in den Augen der Frau auf.

»Ja«, erwiderte sie. »Wer will das wissen?«

»Detective Elliot Young, von der Polizei von Franklin County.« Er zeigte ihr seine Dienstmarke, doch er lächelte sie aufmunternd an. Er wollte die Frau nicht verschrecken und als ermittelnder Detective wusste er nur zu gut, dass ein Lächeln sehr viel mehr bewirkte als ein finsterer Blick. »Wir sind auf der Suche nach Kirsten Humphrey.« Er zeigte ihr das Foto.

Die Frau lächelte. »So was ... Sie hat mir ja ihren richtigen Namen gesagt«, flüsterte sie wie zu sich selbst. Dann wandte sie sich an Elliot: »Macht's Ihnen was aus, wenn ich eine rauche?« Mit leicht zitternden Fingern zündete sie die Zigarette an und nahm einen tiefen Zug. »Fragen Sie nur.« Auch wenn ihre Handgeste Gleichgültigkeit vermitteln sollte, war sie sichtlich eingeschüchtert.

»Sie haben dieses Mädchen vor fünf Tagen mit Ihrem Transporter mitgenommen, ist das richtig?«

Sie nahm einen weiteren Zug von ihrer Zigarette und stieß eine nach Pfefferminz duftende Wolke aus. »Brauche ich einen Anwalt?«

Elliot bedachte Hazel mit einem langen Blick. Er würde sicherlich keine hart arbeitende Frau verklagen, weil sie im Regen eine Anhalterin eingesammelt und ihr eine warme Mahlzeit spendiert hatte. Wenn Cops eines Tages anfangen würden, Leute für so etwas festzunehmen, dann wäre jeglicher menschlicher Anstand wohl vollkommen verloren gegangen.

»Wenn Sie sich darum Gedanken machen, dass Sie eine minderjährige Ausreißerin nicht gemeldet und stattdessen über eine Staatsgrenze gebracht haben, was das Ganze zu einer Straftat macht«, begann er und sah, wie sie bei seinen Worten immer blasser wurde, »da sind Sie aus dem Schneider. Wenn ich mir das Foto so anschaue, konnten Sie unmöglich wissen, dass sie minderjährig ist. Sie wirkt sehr reif.«

Ohne zu zögern, nahm sie den Rettungsanker an. »Nein, ich hatte keinen Schimmer, dass sie minderjährig ist«, sagte sie mit unverkennbarer Dankbarkeit in den Augen. »Sagen Sie, Schätzchen, was wollen Sie wissen?«

»Worüber haben Sie beiden beim Essen gesprochen?«, fragte Elliot.

»Ach, darüber wissen Sie wohl auch schon Bescheid, was«, erwiderte sie. »Schon seltsam, wie die Welt heutzutage funktioniert. Sie schloss kurz die Augen, so als würde sie sich die Einzelheiten ihrer Unterhaltung in Erinnerung rufen. »Sie hat mir nicht gesagt, wovor sie davongelaufen ist, aber es war klar, dass es nichts Gutes war.« Mit finsterem Blick öffnete sie die Augen und sah kurz in Elliots Richtung, doch sie vermied direkten Augenkontakt. »Sie war völlig durchnässt und am Verhungern, das arme Ding. Hat den Burger verschlungen, als hätte sie in ihrem ganzen Leben noch nichts gegessen.«

»Hat sie erwähnt, wo sie hinwollte?«

»San Francisco«, antwortete Hazel. »Ich hätte gedacht, sie will nach Hollywood, Sie wissen schon, weil sie so hübsch ist. Sie könnte eines Tages ein Star werden. Aber nein, ihr Entschluss stand schon fest, sie wollte in die Stadt und Arbeit finden, Hotelzimmer putzen oder kellnern oder so, um auf eigenen Beinen zu stehen, mit ehrlicher Arbeit.«

Elliot sah sie neugierig an.

Hazel griff seine unausgesprochene Frage auf und schaffte Klarheit: »Einmal hat sie auf eine Andeutung, die ich gemacht habe, sehr merkwürdig reagiert. Es ging um Männer, dass sie bei denen vorsichtig sein soll, Sie wissen schon. Ich würde einen ganzen Gehaltsscheck darauf verwetten, dass dieses Mädchen misshandelt wurde.«

»Wo haben Sie sie rausgelassen?«

»Da drüben, bei der Ausfahrt. Ich hab ihr gesagt, dass sie am Highway bessere Chancen hat, noch einmal mitgenommen zu werden.« Sie zögerte kurz, so als überlegte sie, ob sie ihm die nächste Information wirklich verraten sollte. »Ich habe ihr meine Nummer gegeben, hab sie auf einem Zettel in ihre Jackentasche gesteckt. Dann bin ich weiter zur Arbeit.«

»Haben Sie zufällig gesehen, ob sie irgendjemand mitgenommen hat?«

»Hazel lächelte traurig. »Sehr lange Zeit nicht, nein. Ich bin zum Mittagessen rausgekommen und hab zum Highway rübergesehen. Sie war immer noch da, stand mit ausgestreckter Hand an die Leitplanke gelehnt.« Enttäuscht schüttelte sie den Kopf. »Heutzutage haben die Leute Bedenken anzuhalten. Man weiß ja nie, was für Verrückte man da vielleicht aufgabelt. Manche von den Leuten, die sich auf dem Highway herumtreiben, würden dich glatt für dein Kleingeld und deinen letzten Schluck Kaffee umbringen, Schätzchen.«

Er gab Hazel seine Visitenkarte und dankte ihr für ihre Hilfe. »Wenn Sie von ihr hören, rufen Sie uns bitte an.«

Sie nickte mit besorgter Miene. »Denken Sie, es geht ihr gut? Sagen Sie mir Bescheid?«

»Mache ich«, erwiderte Elliot, tippte sich kurz an den Hut, drehte sich um und ging.

Das Mädchen konnte mittlerweile sonst wo sein. In San Francisco oder eigentlich auch überall sonst. Eine verzweifelte Vierzehnjährige, die wegen Missbrauchs von zu Hause weglief und sich voller Hoffnung in die große unbekannte Welt stürzte. Unzählige Mordermittlungen begannen mit diesen Worten: ein Teenager, aus einer zerrütteten Familie ausgerissen, erstochen oder erschossen oder erdrosselt aufgefunden, am Straßenrand oder in der Toilettenkabine einer Tankstelle.

Konnte er die Nadel im Heuhaufen finden? Er wusste nur, dass er es versuchen musste. Erst gestern noch war Kirsten für ihn eine von vielen Ausreißern gewesen, die einfach nur besondere Aufmerksamkeit genoss, weil jemand einen persönlichen Gefallen bei Sheriff Logans Wache eingefordert hatte, und er verabscheute diese Art von Aufträgen. Doch jetzt wusste er, dass er das Mädchen um jeden Preis finden musste, auch wenn das viel Lauferei bedeuten würde. Aber er konnte arbeiten wie ein Pferd, also war das kein Problem für ihn.

Er ließ die Laderampen hinter sich und fuhr davon in Richtung Highway. Als er die Gabelung erreichte, bog gerade ein weiteres Fahrzeug, das genauso aussah wie seines und das aus der Richtung des Anwesens kam, vor ihm auf die Straße. Mit einem breiten Lächeln auf den Lippen schaltete er für einen kurzen Moment sein Warnlicht und die Sirene ein.

Der Wagen vor ihm fuhr sofort rechts ran und Kay stieg beschwingt heraus.

Bildete er sich das bloß ein oder strahlte sie ihn an?

Er neigte den Kopf und hob kurz den Hut an, als er auf sie zuging. Der feine Staub, der von der unbefestigten Straße aufgewirbelt worden war, wirkte im Scheinwerferlicht seines Autos wie unsteter Nebel. Und sie sah atemberaubend aus, wie sie lächelnd dastand und ihm zuwinkte, wie ihr Haar wie goldener Rauch im Wind wirbelte.

»Howdy, Ma'am«, grüßte er sie und überlegte, ob er die Gelegenheit nutzen und sie fragen sollte, ob sie mit ihm ausginge. Vielleicht wäre heute ein guter Tag dafür, denn immerhin arbeiteten sie gerade an getrennten Fällen und wenn sie ihm einen Korb gäbe, wäre das eine gute Ausrede, um sein Gesicht zu wahren. Als ob das überhaupt noch eine Rolle spielen würde, wenn sie nein sagte. Er würde vermutlich bloß dastehen, den Kopf hängen lassen und sich am liebsten wie ein Erdhörnchen ein Loch buddeln.

»Hallo, Cowboy«, erwiderte sie verspielt. »Bin ich etwa zu schnell gefahren?«, witzelte sie gespielt besorgt. »Ich wurde noch nie angehalten. Nehmen Sie mich jetzt fest, Detective?«

Ihre Worte entzündeten ein Feuer in ihm. Er senkte kurz den Blick, verbarg die Hitze in seinen Augen unter der Hutkrempe. Er war froh um die Dunkelheit um sie herum und auch um den feinen Staub, der in der Luft schwebte und ihm zusammen mit dem Geruch nach trockener Erde in die Nase stieg. Letzterer weckte in ihm die Erinnerung an Hufgeklapper auf den ausgedörrten texanischen Ebenen.

Dann sah er sie direkt an, spielte mit. »Heute nicht, Ma'am, immerhin ist das Ihr erstes Vergehen. Ich dachte mir, wir könnten stattdessen die Einzelheiten Ihres Verbrechens bei einem Abendessen besprechen?«

Sie neigte leicht den Kopf, ihr Lächeln erreichte auch ihre Augen. »Ich könnte etwas zu essen vertragen.«

ZWANZIG

IM DUNKELN

Fünf Tage zuvor

Kälte hatte das dunkle, leere Haus in Beschlag genommen, verwandelte Kirstens Blut zu Eis und schürte ihre Ängste. Eines nach dem anderen durchstreifte sie die Zimmer, probierte alle Fenster und Türen aus, suchte nach Auswegen, die es nicht gab. Auf dem kalten Dielenboden wurden ihre nackten Füße eiskalt, sodass sie sich hin und wieder auf die Couch setzen und die Beine unter ihren Körper ziehen musste, um sie aufzuwärmen. Ihre Socken hingen noch zum Trocknen im Bad, nachdem sie sie notdürftig in der Dusche gewaschen hatte.

Die kalte Luft schien sie regelrecht bei den Schultern zu packen, also wühlte sie in dem Wandschrank in einem der Schlafzimmer herum, bis sie eine alte Decke fand. Sie wickelte sich darin ein und ging zurück zur Couch, wo sie sich gegen die Lehne sinken ließ, unter der Decke die Arme um die Knie schlang und das dunkle Fenster anstarrte. Alles fühlte sich feucht an und roch muffig, die Luftfeuchtigkeit wurde durch die hereinziehende Kälte und ohne Heizung nur noch schlimmer. Wie lange lebte hier schon niemand mehr? Wer würde ein solches Haus behalten und warum?

Die möglichen Antworten auf diese Fragen jagten ihr eine Heidenangst ein, doch sie schob sie beiseite und sah weiter aus dem Fenster.

Der Kojote war verschwunden, genau wie die Mondsichel, das Einzige, was noch ein klein wenig Licht ins Haus gebracht hatte. Wann würde er zurückkommen? Und würde er sie gehen lassen? Ihr wurde bewusst, dass er sie nicht nach San Francisco bringen würde, dieser Zug war abgefahren. Selbst in ihrer naiven Vorstellungswelt war dieses Szenario nun vollkommen illusorisch. Doch was hatte er mit ihr vor?

Die Furcht bohrte ihr ein Loch in den Magen. Sie musste daran denken, wie der Mann den Kühlschrank geöffnet und Wurst, Käse und diese köstlichen weichen Brötchen herausgeholt hatte. Sie hatten noch frisch gewirkt. Funktionierte der Kühlschrank immer noch? Was war mit der Mikrowelle? Mit neu erwachter Hoffnung ertastete sie sich rasch den Weg durchs Zimmer und öffnete die Kühlschranktür.

Beim Anblick des schwachen Lichts musste sie lächeln. Es war so schwach, dass es nicht einmal den Esszimmertisch erreichte, doch es war weitaus mehr als vorher. Im Kühlschrank war noch reichlich Essen, also aß sie, schlang im Stehen vor der offenen Tür scheibenweise Schinken, Salami und Schweizer Käse herunter. Dann öffnete sie die Mikrowellentür.

»Yes«, wisperte sie, als der schwache Lichtschein einen weiteren Flecken Dunkelheit in der Küche verdrängte. Sie wärmte sich ein Brötchen auf, bestrich es mit Butter und belegte es mit Schinken und Käse. Dann legte sie es noch weitere dreißig Sekunden in den Ofen und holte das köstliche Sandwich mit geschmolzenem Käse heraus.

Gerade wollte sie sich ein weiteres Brötchen belegen, als ihr bewusst wurde, dass sie sich das Essen vermutlich besser einteilen sollte. Was, wenn er nicht bald zurückkehrte? Was, wenn er nie zurückkehrte? Und wenn er zurückkäme, was würde er tun?

Bedauernd schloss sie langsam die Kühlschranktür und die Dunkelheit gewann wieder die Oberhand. Die Mikrowellentür ließ sie offen stehen, dann ging sie durchs Zimmer zurück zur Couch, wo sie sich zitternd unter der feuchten Decke zusammenkauerte und den Blick auf das schwache Licht gerichtet hielt, als wäre es die erste Kerze einer nächtlichen Mahnwache.

Sie musste eingedöst sein, denn sie schreckte auf, als sie Bewegung in der Luft um sich herum wahrnahm. An der Tür bewegte sich ein Schatten und sie schrie auf, zu Tode verängstigt.

Der Mann schaltete mit der Fernbedienung das Licht ein und sie wurde so geblendet, dass sie ein paarmal blinzeln musste. Dann sprang sie auf die Füße und wollte an ihm vorbei zur Tür rennen, doch er packte sie nur und setzte sie auf einen Stuhl, gänzlich unbeeindruckt von ihren Tritten, den Schreien und ihren kratzenden Fingernägeln.

»Halt still«, befahl er und die Bestimmtheit, mit der er das sagte, war durchschlagender als seine eigentlichen Worte. Seine Arme fühlten sich stark an und die Nähe seines Körpers ließ ihr eine Mischung aus zarten Gerüchen in die Nase steigen. Sein Parfüm, gestärkte Kleidung, neues Leder, der Lufterfrischer aus seinem Auto. Sie gab nach, fühlte sich wie Wackelpudding in seinen Händen und konnte doch nicht aufhören zu weinen.

»Wann fahren wir los?«, fragte sie wimmernd, zitternd.

»Jetzt nicht«, erwiderte er. »Wirst du ein braves Mädchen sein?«, fragte er und nahm eine Hand von ihrem Arm.

Sie nickte und er ließ sie los, stand auf und trat von ihr weg. »Himmel nochmal, du bist wunderschön«, flüsterte er wie in Trance. »Du siehst genauso aus wie sie.«

»Bitte lass mich gehen«, flehte sie, rutschte unter seinem intensiven Blick auf dem Stuhl herum. Noch nie hatte sie jemand so angesehen. Noch nie hatte jemand so zu ihr gesprochen. Diese Worte von Männern kannte sie nur aus Filmen.

»Schhh«, machte er und hielt sich den Finger vor die Lippen. Er zog die Jacke aus, schien die Kälte, die trotz der warmen Luftströme aus den Heizschächten vorherrschte, gar nicht zu bemerken. Dann kniete er sich vor sie und nahm ihre Füße in die Hand. »Du bist ja eiskalt. Und das ist meine Schuld, es tut mir so leid, meine Liebe.«

Schniefend und mit gerunzelter Stirn sah sie dabei zu, wie er ihr mit kräftigen, warmen Händen die Füße massierte. Sie hatte auch schon Filme gesehen, in denen Mädchen wie sie gefangen gehalten und am Ende getötet wurden. Sie wollte die Füße wegziehen, doch sein sanfter Griff wurde eisern und ihr blieb nichts anderes übrig, als sich seinem Willen zu fügen.

Seufzend stand er auf, sah sie an, als wäre sie jemand, den er lange nicht gesehen hatte.

Sie nahm allen Mut zusammen und fragte: »Wem sehe ich ähnlich?«

»Hm?«

»Du hast gesagt, ich sehe genauso aus wie ...«

Sie stockte, als er ein Messer aus einem Holster an seinem Gürtel zog und es griffbereit auf dem Tisch ablegte. Die lange, gezahnte Klinge reflektierte das Deckenlicht, sodass sie die Augen zusammenkneifen und schließlich wegsehen musste.

Ihre Instinkte hatten richtig gelegen. Am Ende war er doch nicht so nett. Ein Creep, wie alle anderen.

Er streichelte ihr Haar, erfühlte seine Struktur und runzelte dann, offenbar unglücklich, die Stirn. »Ich mag die Dinge auf eine bestimmte Art und Weise«, sagte er, seine Stimme noch immer sanft und warm, aber auch unnachgiebig. Die lange Klinge auf dem Tisch machte ihr klar, dass es keinen Sinn hatte, ihn anzuflehen. »Wenn du duschst, föhn dir danach nicht mehr die Haare.«

Ihr klappte der Mund leicht auf, bei seiner seltsamen

Forderung zog sich ihr Magen zu einem Knoten zusammen. Angst kribbelte auf ihrer Haut und von den Stellen, an denen er sie berührte, breitete sich eine Gänsehaut aus. »Bitte lass mich gehen«, bat sie und sah ihm dabei in die Augen. »Ich erzähl's auch niemandem, versprochen.«

Er lächelte und sah sie mit einer merkwürdigen Sehnsucht in den Augen an. Es war nicht wie das widerliche Verlangen, das den Kumpeln ihres Vaters ins Gesicht geschrieben stand, wenn sie Pornos guckten. Es war anders, und doch genauso. Anders, weil es sanft wirkte, geduldig und liebevoll, beinahe zärtlich, ja gar elektrisierend. Genauso, weil es ebenso fordernd und rastlos wirkte, ebenso dringlich. »So vollkommen«, raunte er verzückt, »und noch nie berührt.«

Sie wich zurück, versuchte davonzurennen, doch er packte sie fest am Arm. »Ruinier das nicht«, sagte er mit einer unverkennbaren Drohung in der Stimme. »Bring mich nicht dazu, Dinge zu tun, die ich nicht tun will.«

Sie nickte und schluckte hart, das Bild des riesigen Messers drängte alle anderen Gedanken in ihrem Kopf in den Hintergrund. Daraufhin ließ er ihren Arm los und fuhr ihr mit den Fingern über die Wange. »Dann geh jetzt noch einmal duschen, meine Liebe. Diesmal trocknest du dir nicht die Haare.« Er hielt inne, überlegte kurz. »Trockne dich überhaupt nicht ab, wickle dich einfach nur in ein Handtuch und komm direkt raus. Dieses Mal werde ich hier sein, versprochen.«

Sie weinte unter der heißen Dusche, weinte bis keine Tränen mehr übrig waren und die Angst ihr die Kehle zuschnürte, sie daran erinnerte, dass sie nicht für immer unter der Dusche bleiben konnte. Bald schon würde sie herauskommen und sich dem stellen müssen, was er mit ihr vorhatte.

Sie wrang sich das Haar aus und tat wie ihr geheißen, wickelte sich in ein großes Badehandtuch und öffnete die Tür. Sie dachte, sie würde ihn am Esstisch sitzen und auf sie warten sehen, doch sie erhaschte nur einen flüchtigen Blick auf ihn, dann kehrte die Dunkelheit zurück. Schreiend trat sie zurück ins Bad, doch er war schon bei ihr, schloss sie in seine Arme, flüsterte ihr besänftigende, liebevolle Worte ins Ohr und strich ihr über das nasse Haar, während sie nur so schluchzte und zitterte, ihre Schultern bebten und ihre Zähne klapperten.

Sie gab nach, ließ die Umarmung zu, wusste, dass sie so viel schreien konnte, wie sie wollte, niemand würde sie hören. Er würde nur wütend werden.

Er hob sie von den Füßen und trug sie zum Bett, wo er sie sanft ablegte. Die Laken fühlten sich unter ihrer Haut wie duftender, weicher Satin an. Ihr Handtuch löste sich und sie wollte sich bedecken, doch er zwang sie zu stillem, starrem Gehorsam. Langsam wickelte er das Handtuch von ihrem Körper. Er stand da und starrte sie in der beinahe vollkommenen Dunkelheit an, die gerade dem ersten Tageslicht zu weichen begann. Dann legte er ihr eine seidene Augenbinde um, erstickte ihren Widerstand erneut. »Du wirst sehen, es ist alles gut«, flüsterte er. »Du musst mir nur vertrauen.«

Als sie schrie, heulte draußen der Kojote.

EINUNDZWANZIG

EIN GEMEINSAMER ABEND

Kay füllte die Kaffeekanne mit Wasser und trommelte dabei ungeduldig mit den Fingern auf der Arbeitsplatte herum. Beim ersten Tageslicht war sie aus dem Bett gesprungen und hatte es bei all den unerfreulichen Gedanken, die ihr im Kopf herumschwirrten, kaum erwarten können, in den Tag zu starten.

Der vergangene Abend hatte gut angefangen: ein entspanntes Abendessen nach Dienstschluss mit einem guten Kollegen.

Ja ... sicher doch. Red dir das nur weiter ein.

Nicht einmal zu sich selbst konnte sie noch ehrlich sein. Ihre Gefühle für Elliot gingen weit über das hinaus, was sie für jeden anderen Kollegen fühlte oder, besser gesagt, nicht fühlte. Deshalb war ihr auch das Herz aufgegangen, als er sie am Tor zu Caldwell Farms angehalten hatte. Deshalb hatte sie sich auch so lächerlich kindisch verhalten, hatte das uralte Spiel mit »Nehmen Sie mich jetzt fest, Detective?« gespielt, hatte schamlos mit ihm geflirtet.

Er hatte sie auf einen Burger ins Hilltop Bar and Grill ausgeführt, das Stammlokal der Wache. Es war schon spät gewesen, als sie ankamen, schon nach neun, und sie hatte gehofft, dass ihnen keine bekannten Gesichter begegnen würden, doch so viel Glück hatten sie nicht. Als sie durch die Tür traten, grölte eine ganze Gruppe Deputies, die bereits ordentlich gebechert hatten, laut auf, und sie musste all ihren Willen zusammennehmen, um nicht gleich wieder hinauszurennen. Ein Blick in Elliots Gesicht verriet ihr, dass er das Ganze ebenso unangenehm fand und es ebenso ungern zugeben und am liebsten wieder gehen wollte. Doch wenn sie das getan hätten, hätten sie sich das noch auf ewig anhören müssen.

Sie setzten sich an einen kleinen Tisch und hofften insgeheim, dass die Deputies eine bessere Beschäftigung finden würden, aber Pustekuchen. Sie kamen abwechselnd vorbei und wollten ihr Drinks ausgeben, um ihren Einstand im Team zu feiern, ihre erste Festnahme und so weiter und so fort, doch sie war ja nicht blöd. Das ganze Getue diente doch nur dazu, ihre Nasen in ihre Angelegenheiten zu stecken, um ordentlich Klatsch und Tratsch aufzuschnappen. Sie achtete bewusst auf jede ihrer Bewegungen, jeden Gesichtsausdruck und jedes Wort aus ihrem Mund und ein finster dreinblickender, sichtbar frustrierter Elliot, der ihr niedergeschlagen und beinahe vollkommen reg- und sprachlos gegenübersaß, tat es ihr gleich. Für jeden, der sie beobachtete, waren sie einfach nur zwei Kollegen, die nach einem langen Arbeitstag zum Abendessen und auf einen Drink zusammensaßen und die nichts dagegen hatten, dass sich zeitweise noch andere Kollegen zu ihnen gesellten.

Trotzdem hatte sie das Gefühl, die Einladungen der Deputies, mit ihnen anzustoßen, nicht ablehnen zu können, wenn sie nicht die Stimmung im Team und ihre Integration als neuestes Mitglied der Wache von Franklin County aufs Spiel setzen wollte. Menschen mochten vielleicht vergessen, was andere getan hatten, aber sie vergaßen nicht, wie sie sich dabei gefühlt hatten. Zurückweisung ist die schmerzlichste und unverzeihlichste – und unvergesslichste – aller Verhaltensweisen.

Aus einem Drink wurden dank der Flut aus Einladungen der Deputies drei oder vier. Deputy Leach gab eine Runde Tequila-Shots aus und sie musste mitziehen, schließlich war das ein Initiationsritual, das auf Wachen auf der ganzen Welt gang und gäbe war und bei dem sich Neulinge auf mehr als eine Art beweisen mussten. Sie kippte den Shot hinunter, während die anderen sie grölend anfeuerten. Dann bestellte Daugherty zwei weitere Runden und ließ nicht locker, bis sie beide getrunken hatte, auch wenn sie am liebsten nichts von dem angerührt hätte, was dieser Deputy ihr anbot. Er stand an ihrem Tisch, scherte sich nicht im Geringsten darum, dass sie ihn nicht dorthin eingeladen hatten, und drängte Kay die Drinks auf, als hätte er eine Mission zu erfüllen. Vielleicht war es das auch für ihn. Oder vielleicht dachte er auch, er könnte sie unter den Tisch trinken und sie damit so sehr blamieren, dass sie die Wache verließ.

Unter seinem überheblichen Blick stürzte sie das zweite Glas hinunter und knallte es mit einem schelmischen Grinsen auf den Tisch. »Wenn Sie Ihr Geld zum Fenster rauswerfen wollen, Daugherty, tun Sie sich keinen Zwang an. Wir könnten die ganze Nacht so weitermachen.«

Ihm klappte die Kinnlade herunter. Dann ging er vor sich hin grummelnd und unter dem brüllenden Gelächter seiner Kollegen davon. »Das Mädel kann dich locker unter den Tisch trinken, Daugherty«, rief Deputy Farrell, die einzige Frau in der Runde. »Sie ist eine von uns. Krieg das endlich in deinen Dickschädel rein.«

Doch Kay war die Anerkennung der anderen egal, ihre Aufmerksamkeit galt nur einem ganz bestimmten Deputy.

Es wurmte sie, Deputy Scott in dieser Gruppe zu sehen, wo sie doch nun genau wusste, wer er war: ein Frauenschläger, ein gewaltsamer Missbrauchstäter, der ins Gefängnis gehörte. Zu allem Übel kam er auch noch vorbei und brummte mit lüsterner und verächtlicher Stimme ein kaum verständliches: »Hallo,

Detective.« Mit leicht zitternder Hand reichte er ihr ein randvolles Shotglas und sah grinsend zu, wie sie es hinunterstürzte. Das Grinsen verschwand, als er Elliots wütenden Blick bemerkte. Keiner seiner Kollegen schien zu wissen, wer er wirklich war, oder wenn sie es wussten, scherten sie sich offenbar nicht darum. Irgendjemand musste gewusst haben, dass er gewalttätig war, derselbe Jemand, der die Briefe seiner Frau abgefangen und sie dann bei ihm verpfiffen hatte, obwohl er oder sie nur zu gut wusste, was das mit ihr anrichten würde. Und dieser Jemand trank vermutlich gerade mit ihm, hatte eine gute Zeit und verschwendete nicht einen Gedanken an Scotts misshandelte Frau.

Zähneknirschend warf sie der Gruppe einen Seitenblick zu und murmelte einen Fluch, der einen alten Seemann stolz gemacht hätte.

»Mein Fehler«, meinte Elliot leise. Bei dem ganzen Lärm in der Bar konnte sie ihn kaum hören.

»Wovon redest du?«

»Davon, dass ich dich hierhergebracht habe«, erwiderte er, den Blick auf das zerkratzte Melamin der Tischplatte gerichtet.

Sie lächelte, dann gluckste sie – wenn sie ihm in die Augen sah, wurde sie noch angeheiterter als ohnehin schon. »Hey, ich bin immerhin mitgekommen, oder?« Sie legte den Kopf schief und lächelte immer noch, doch dann fiel ihr wieder ein, dass sie beobachtet wurden, und sie korrigierte ihre Haltung, ließ das Lächeln verblassen.

»Wir sollten das morgen wiederholen«, sagte Elliot und sah ihr dabei in die Augen. »Aber irgendwo weit, weit weg von hier.« Sein Blick war voller gemischter, intensiver Emotionen und sie wünschte, sie hätte nicht allzu viele Kurze mit den Deputies getrunken, damit sie die Rätsel dieser blauen Augen entschlüsseln könnte.

Sie beendeten ihre Mahlzeit und winkten auf dem Weg nach draußen den Deputies zu, die gerade grölend im Kreis um

Scott herumstanden, der ganz alleine tanzte und dabei immer wieder obszöne Gesten in seine Tanzkünste einfließen ließ, was seine Kumpel nur umso lauter jubeln und klatschen ließ.

Sie folgte Elliot auf den Parkplatz, wo ihre beiden Wagen nebeneinanderstanden, und zog ihre Schlüssel hervor.

»Bitte«, sagte Elliot und legte seine Hand um ihre, umschloss die Schlüssel darin. Die Berührung seiner warmen Haut sandte ein Kribbeln durch ihren ganzen Körper und ihr wurde trotz der kühlen Novemberluft ganz warm. »Lass mich dich nach Hause fahren.«

»Hm-hmm.« Sie nickte und musste schlucken, nicht ganz sicher, ob es an seiner Berührung lag, am Alkohol oder einfach an ihrer Fantasie, die gerade durchdrehte, sodass ihre Knie weich wurden und ihr das Herz bis zum Hals schlug.

Sie zog an seiner Hand, hielt ihn fest. Er drehte sich wieder zu ihr um und betrachtete sie mit einer Mischung aus Sehnsucht und Sorge. Einen Moment lang sah sie ihm in die Augen, dann blieb ihr Blick an seinen Lippen hängen, dann an der Krempe dieses Cowboyhuts. Sie stellte sich vor, wie sie sein Gesicht nach unten zu ihrem zog, wie seine Lippen sich in einem verzweifelten, fordernden Kuss auf ihre pressten. Der Alkohol rauschte ihr in den Ohren, befeuerte ihren Mut, ließ ihre Sinne verrücktspielen.

Dann hörte sie lautes Grölen aus der Bar und blickte auf. Durch das von Zigarettenrauch beschlagene Fenster sah sie Deputy Scott auf dem Tisch tanzen, nur noch mit einem schweißbefleckten Unterhemd bekleidet.

Jetzt sah er genauso aus wie der Schläger, der er nun einmal war.

Mit der Kraft tausender schlechter Erinnerungen holte die Realität sie wieder ein. Ihr Vater, wie er betrunken und notgeil nach Hause kam, wie er seine Mutter, sie und Jacob schlug, Pearl und sogar sie begrapschte, wie die Lüsternheit in seinen Augen aufbegehrte.

Dennoch stand sie nun selbst hier, betrunken auf einem Parkplatz, kurz davor, Elliot zu packen und ihn zu küssen, von den gleichen Trieben geleitet. Die stolze Tochter ihres Vaters.

Galle stieg ihr in der Kehle auf und schlagartig ließ sie sich auf die Knie fallen und entleerte ihren Mageninhalt direkt neben dem Hinterrad ihres SUV. Elliot hielt ihr sanft das Haar und drückte seine kühle Hand auf ihre Stirn, stand ihr bei, während sie würgte.

Den Rest des Abends, die Fahrt nach Hause in Elliots Wagen, verbrachte sie gedemütigt und in betretenem Schweigen. Die Erinnerung daran, wie sie es ins Bett geschafft hatte, war nur noch verschwommen. Noch nie hatte sie sich so erniedrigt gefühlt.

Jetzt, am Morgen, war sie immer noch so in Gedanken versunken, dass die Kaffeekanne unter dem Wasserhahn überlief.

»Mist«, murmelte sie, ging mit der Kanne zur Kaffeemaschine und füllte sie mit Wasser. Mindestens ein Drittel davon landete daneben auf der Arbeitsfläche, weil ihre Hände so stark zitterten – vielleicht immer noch vor lauter Scham, die wie ein Ölfleck an ihrer Seele haftete, oder vielleicht auch wegen der unvergossenen Tränen, die ihr in die Augen gestiegen waren. Dann wollte sie die Kanne an ihren Platz unter dem Filter stellen, doch irgendwie passte sie nicht mehr hinein. Sie hatte das schon so oft gemacht, doch jetzt wollte das verfluchte Ding einfach nicht zurück an seinen Platz.

»Geh verdammt nochmal da rein, du elendiges, nichtsnutziges Scheißding«, fluchte sie und bei jedem Wort wurde ihre Stimme etwas lauter, begleitet von je einem weiteren Versuch, die Kanne an ihren Platz zu stellen, einer mit mehr Gewalt als der andere.

»Immer mit der Ruhe«, sagte Jacob, der barfuß und in einem zerknitterten Schlafanzug, dessen Teile nicht zusammenpassten, in die Küche kam.

Erschrocken drehte sie sich zu ihm um und stieß dabei versehentlich die unverschämte Kaffeekanne gegen die Kante der Arbeitsfläche, woraufhin diese in Stücke sprang.

Immer noch mit dem Griff der Kanne in der Hand starrte sie die Scherben an, die auf dem Boden verstreut lagen. »Was zum ...«, murmelte sie und kniff die Augen zu, so als könnte sie das Bild so vertreiben. Dann sah sie ihren Bruder an und versuchte, sich zu entschuldigen. »Ich kaufe uns heute eine neue, versprochen. Das Ding war eh alt ...«

»Alles okay bei dir?«, fragte er, schnappte sich Kehrblech und Besen und ging auf sie zu.

»Nein, bleib, wo du bist«, hielt sie ihn an, nahm ihm den Besen aus der Hand und blickte auf seine nackten Füße. »Du schneidest dich doch nur.«

Sorgsam fegte sie den Boden, sammelte alle Scherben auf dem Kehrblech und entsorgte sie schließlich im Müll. Dann befeuchtete sie ein Stück Küchenpapier und wischte damit den Boden, um auch die kleinsten, kaum sichtbaren Glassplitter zu erwischen, die dem Besen entgangen waren.

»So«, meinte sie und brachte den Besen an seinen Platz zurück. »Aber dank mir haben wir jetzt keinen Kaffee.« Sie versuchte, es mit Humor zu nehmen, doch die Traurigkeit in ihrem Herzen überwog.

»Wovon redest du, Schwesterchen?«, fragte Jacob und schob sie sanft beiseite. »Setz dich hin, du hast schon genug angerichtet«, fügte er hinzu und beide brachen in Gelächter aus. »Ich mach uns Kaffee, nach Hillbilly-Art.«

»Ich hab wirklich schon genug angerichtet, nicht wahr?«, fragte sie, doch das Lachen war verschwunden und unliebsamen Tränen gewichen.

»Bist du heute mit dem falschen Fuß aufgestanden, oder was ist los?«

Sie biss sich auf die Lippe, traute sich nicht so recht, ihm zu erzählen, was sie beschäftigte, fürchtete, sie würde ihrem

Bruder nur Kummer und unerwünschte Erinnerungen verschaffen. Das verdiente er nicht. Doch Tränen stiegen ihr in die Augen und sie platzte heraus: »Ich bin genau wie *er*.« Jacob wusste natürlich, dass sie ihren Vater meinte. »Ich gehe aus, trinke ein paar Drinks, und schon will ich ...« Sie stockte, die Worte blieben ihr im Halse stecken. »Genau wie er früher ... betrunken und geil, will mich direkt flachlegen lassen.«

Ihr Bruder drückte sanft ihre Schulter. Sie lehnte sich an ihn, vergrub das Gesicht im Ärmel seines Schlafanzugs.

»Du bist also doch nur ein Mensch, Schwesterherz, wer hätte das gedacht?« Jacobs Worte waren unerwartet tröstend, er verurteilte sie nicht. »Und du hast eine gute Wahl getroffen. Dein Texas Ranger ist ein Guter.«

»Er ist kein Ranger, Jake, er ist ein Detective. Und wahrscheinlich geht er nie wieder mit mir aus.«

Jacob grinste sie mit leuchtenden Augen an. Er trat von ihr weg, suchte sich eine leere Flasche aus dem Schrank und spülte sie gründlich aus. »Das kommt für dich vielleicht überraschend, Dr. Sharp, aber Männer fühlen sich von weiblicher Aufmerksamkeit ziemlich geschmeichelt, egal ob nüchtern oder betrunken. Wenn du doch nur Expertin für Verhaltenspsychologie wärst, dann würdest du das verstehen.«

Für seinen Sarkasmus, der sie zugleich nervte und amüsierte, fing er sich einen scherzhaften Schlag ein. Dann beobachtete sie, wie er einen Trichter in die Flaschenöffnung steckte, einen Filter einlegte und mit zwei Löffeln Kaffee befüllte. Dann füllte er einen kleinen Topf mit Wasser und brachte es auf dem Herd zum Kochen.

»Ich hab dem Mann auf die Schuhe gekotzt, Jake«, gestand sie, spürte, wie ihre Wangen heiß anliefen, und sah zu Boden.

»Und eine Tasse mit diesem starken Kaffee wird dir den ekligen Geschmack schon aus dem Mund spülen. Vertrau auf deinen Bruder, okay?«

Nachdem das heiße Wasser durch den Filter gelaufen war,

nahm er den Trichter aus der Flasche und schenkte ihnen zwei Tassen Kaffee ein. Er reichte ihr eine davon und fügte hinzu: »Er kommt schon wieder an, wirst schon sehen.«

»Nein, kommt er nicht«, erwiderte sie und seufzte tief. »Wenn ich auf der Wache ankomme, hat er sich bestimmt schon längst zurück nach Texas versetzen lassen oder irgendwohin möglichst weit weg von mir.«

Der erste Schluck Kaffee verbrannte ihr die Lippen, doch das war genau, was sie jetzt brauchte. Noch bevor sie einen weiteren Schluck trinken konnte, gab ihr Handy einen Ton von sich: eine Nachricht von SSA Strickland, der sich nach Nicole Scotts Fall erkundigte.

Stirnrunzelnd blickte sie auf die Uhr an der Wand, dann tippte sie eine knappe Antwort: *Ich halt dich auf dem Laufenden.*

Am Tag zuvor hatte sie es kaum abwarten können, mit Nicole zu sprechen, doch als sie den Fall zugeteilt bekommen hatte, war Scotts Schicht bereits zu Ende gewesen. Wenn sie gewusst hätte, dass er den ganzen Abend in der Bar verbringen würde, hätte sie es Nicole gar nicht erst zugemutet, eine weitere Nacht mit diesem Dreckskerl verbringen zu müssen.

Doch an diesem Morgen sollte Scott um acht Uhr seinen Dienst antreten. Wenn sie sich beeilte, könnte sie sich noch mit Nicole treffen, bevor sie sich auf den Weg zur Leichenhalle machen musste, wo sie sich um zehn Uhr mit Bill Caldwell treffen würde.

Sie setzte die Kaffeetasse auf dem Tisch ab und stand auf, konnte es kaum erwarten loszulegen. »Kannst du mich mitnehmen? Ich hab mein Auto an der Bar stehen lassen.«

Wie eine richtige Säuferin eben.

ZWEIUNDZWANZIG
MISSBRAUCHSTÄTER

Etwa hundert Meter südlich des Hauses der Scotts reparierten einige Arbeiter eine undichte Stelle im Hauptwasserrohr. Mehrere Kleintransporter parkten in der Nähe und ein Bagger grub sich durch den beinahe gefrorenen Boden, um das Rohr zu erreichen, das dafür verantwortlich war, dass ganze Bäche aus bräunlichem Dreck auf den Asphalt sprudelten.

Kay parkte ihren SUV zwischen zwei Transportern und zeigte einem neugierigen Arbeiter, der auf sie zukam, rasch ihre Dienstmarke.

»Ich lasse den eine Weile hier stehen«, sagte sie.

Er nickte und ging zurück an die Arbeit.

Sie ging auf der gegenüberliegenden Straßenseite und vergewisserte sich, dass niemand sehen konnte, wie sie zum Haus der Scotts ging. Dann überquerte sie schnell die Straße, eilte auf Zehenspitzen die Einfahrt hinauf und klingelte.

Die Tür öffnete sich einen Spalt breit und eine Frau blickte sie argwöhnisch an.

»Ja, bitte?«

Kay zeigte ihr unauffällig ihre Dienstmarke. »Nicole Scott? SSA Strickland vom FBI San Francisco schickt mich, um mit

Ihnen zu reden. Mein Name ist Dr. Sharp. Darf ich reinkommen?«

Rasch nickte sie, blickte ein paarmal besorgt nach links und rechts, dann öffnete sie die Tür. »Machen Sie es kurz«, sagte sie mit abgewandtem Blick.

Ihr linkes Auge war fast verheilt, doch vor ein paar Tagen musste es noch dunkelblau und geschwollen gewesen sein. Ihre Lippe war aufgeplatzt und entzündet, diese Verletzung sah noch frischer aus. In ihrer rechten Augenbraue war eine schmale Lücke, wo der obere Rand ihrer Augenhöhle gebrochen gewesen sein musste – die Stelle musste in der Vergangenheit mindestens dreimal genäht worden sein.

Beschämt zog sie unter Kays musterndem Blick den Kopf ein und ging weiter. »Sie können sich hierhinsetzen.« Sie deutete auf das Sofa, auf dem eine fadenscheinige Überwurfdecke lag. »Bitte machen Sie schnell, er könnte jeden Augenblick zurückkommen.«

»Er arbeitet heute«, erwiderte Kay beruhigend.

»Woher wollen Sie das wissen?«

Kay griff nach Nicoles Hand. »Ich war acht Jahre lang Special Agent beim FBI und mir wurde Ihr Fall übertragen. Außerdem bin ich Detective hier in Mount Chester ...«

Wimmernd zog Nicole ihre Hand zurück und kehrte Kay den Rücken zu. »Nein ... er hat es mir versprochen.«

»Und er hält sein Wort, Nicole. Das verspreche ich Ihnen. Ich habe hier keinerlei Verbindungen, habe erst vor einer Woche hier angefangen.« Sie wartete, doch Nicole hatte ihr immer noch den Rücken zugewandt und schluchzte, das Gesicht in den Händen vergraben. »Ich bin auf Ihrer Seite, versprochen.«

Sie drängte Nicole nicht, gab ihr Zeit, ihre Gefühle zu ordnen und zu entscheiden, ob sie ihr vertrauen sollte oder nicht. Während Kay wartete, drängten sich Erinnerungen an ihre Mutter in ihr Gedächtnis, wie sie auf dem Boden kauerte und versuchte, den unbarmherzigen Fäusten ihres Vaters auszuweichen. Wut machte sich in ihr breit, mehr als je zuvor, ließ brennende Tränen in ihren Augen aufsteigen, die sie seit ihrem zwölften Lebensjahr schon nicht mehr vergossen hatte.

Man sagt, glückliche Familien sind alle auf die gleiche Weise glücklich, doch unglückliche Familien sind jede auf ihre eigene Weise unglücklich. Das mochte stimmen, doch Missbrauchstäter waren alle gleich, sie hinterließen eine nicht endende Spur aus Schmerz und Leid und kamen viel zu lange damit durch.

Als Nicole sich umdrehte, schniefte sie, wischte sich mit dem Ärmel über die Augen und legte die andere Hand schützend auf ihren Bauch. Kays Herz setzte einen Moment aus.

»Sind Sie schwanger?«, fragte sie und zwang sich, nicht besorgt zu klingen.

Nicole nickte. »Fast im vierten Monat.«

»Weiß er das?«

Eine frische Träne rollte ihre Wange hinunter, doch sie wischte sie mit den Fingern weg. »Es interessiert ihn nicht.«

Wo konnte eine Frau in ihrer Situation hin? Wären sie in San Francisco, hätte sie Nicole zu einer der etlichen Organisationen schicken können, die misshandelten Frauen halfen, dem Missbrauch zu entfliehen und sich mit ihren Kindern ein neues Leben aufzubauen. Doch wo konnte sie hier in Mount Chester, einem Ort mit einer Einwohnerzahl von 3.824, einschließlich ihr selbst, schon hingehen? Jeder weitere Moment, den sie mit ihrem Mann verbrachte, könnte fatal sein.

»Sagen Sie, mit wem von der Wache haben Sie Kontakt aufgenommen?«

Besorgt blickte Nicole durch das gardinenverhangene Fenster. Jedes Geräusch schreckte sie auf wie ein Reh, das auf einer Lichtung graste und nur darauf wartete, gejagt zu werden.

»Zuerst habe ich einen Brief geschrieben und selbst am Empfang abgegeben, in einem verschlossenen Umschlag. Er war an Sheriff Logan persönlich adressiert.« Ein Schauer ließ sie erzittern und ihr stockte der Atem. »Das war vor einem Jahr, denke ich«, fügte sie hinzu und schlang die dünnen Arme um ihren Körper, als wäre es unerträglich kalt im Zimmer geworden. »Als Herb an diesem Nachmittag zurück nach Hause kam, hatte er den Brief dabei.« Sie schluchzte. »Sie können sich das nicht vorstellen«, wimmerte sie tränenerstickt. »Im Krankenhaus hat er behauptet, dass ich die Kellertreppe hinuntergefallen bin, um die gebrochenen Rippen und das hier zu erklären«, fuhr sie fort und schob den Ärmel ihres Sweaters hoch, um Kay die lange Narbe entlang ihres Unterarms zu zeigen.

Kay hörte aufmerksam zu, prägte sich alle Einzelheiten ein, die ihr dabei helfen könnten, denjenigen ausfindig zu machen, der Nicole bei ihrem Ehemann verpfiffen hatte. Eines Tages, und das konnte nicht bald genug sein, würde sie diesem jämmerlichen Mistkerl mit dem größten Vergnügen Handschellen anlegen.

»Danach hab ich eine Zeit lang den Mund gehalten«, redete sie weiter und sie klang müde, erschöpft, jedes Wort forderte seinen Tribut. »Der Krankenhausaufenthalt hat ihm ein wenig Angst eingejagt und es ist besser geworden.« Sie hielt kurz inne. »Er hat sich immer entschuldigt, mir immer gesagt, dass er mich liebt, und ich habe es ihm geglaubt. Manchmal war ich selbst schuld.« Sie wischte eine weitere Träne weg und sah Kay kurz an. »Manchmal baue ich auch ganz schön Mist«, fügte sie hinzu, sie klang schuldbewusst, entschuldigend.

»Niemand baut so viel Mist, als dass man das verdienen würde, Nicole«, meinte Kay bestimmt. »Kein Mensch verdient es, so behandelt zu werden, egal was man tut.«

Die Frau kaute auf dem Nagel ihres Zeigefingers herum und starrte in die Ferne.

»Aber dann ist es wieder schlimm geworden, also habe ich einen Brief per Post geschickt, wieder an den Sheriff«, fuhr sie fort, ihre Stimme voller gemischter Gefühle. »Ein paar Tage später kam er mit dem Brief bewaffnet zurück und hat mich dafür bestraft, sein berufliches Ansehen zerstört zu haben. Ich habe, wissen Sie ... Er hatte recht. Aber ich habe es einfach nicht mehr ausgehalten.«

Bevor Kay zu einer Antwort ansetzen konnte, fuhr draußen ein Auto vorbei und Nicole fuhr vor Schreck zusammen und eilte zum Fenster, um nach draußen zu sehen.

»Würden Sie etwas für mich tun?«, bat Kay. Nicole nickte mit großen Augen, die Pupillen geweitet. »Setzen Sie sich zu mir aufs Sofa, schließen Sie die Augen und stellen Sie sich Sie selbst vor, vor einem Jahr in diesem Krankenhausbett.« Langsam und zögerlich befolgte sie ihre Anweisungen. Kay griff nach ihrer Hand, hielt sie fest. »Jetzt stellen Sie sich vor, was Sie zu der Nicole von damals sagen würden, der verletzten und blutenden Nicole, die kaum noch atmen konnte, weil ihre Rippen gebrochen waren.«

Sie verzog das Gesicht und weinte laut, gab einen kehligen, tiefen Laut von sich, der ihr ganzes Wesen erschütterte, bis sie nur noch schwer schluchzte. Als sie sich so weit beruhigt hatte, dass sie wieder sprechen konnte, flüsterte sie mit stockendem Atem: »Ich würde ihr sagen ... Halte durch ... Du wirst das überleben. Eines Tages wirst du frei sein.«

Kay drückte ihre eisigen Finger. »Ganz genau. Sind Sie bereit, Ihr Leben in die Hand zu nehmen?«

Mit offenem Mund starrte Nicole sie an. »I-ich kann nicht ... Er bringt mich um.«

»Haben Sie je mit dem Sheriff persönlich darüber gesprochen?«, fragte Kay und hielt den Atem an, hoffte inständig, dass ihr Vorgesetzter nicht zum Abschaum der Wache gehörte.

»Ich habe mich nie getraut ... Herb trinkt immer mit allen, auch mit dem Sheriff, und ist mit jedem gut befreundet. Deshalb habe ich das FBI kontaktiert. Ich wusste nicht, wen ich sonst fragen sollte.« Erneut erschütterte sie eine Welle des

Kummers. »Er bringt mich um, wenn er das herausfindet, und das wird er, nicht wahr?«

Kay erhob sich und legte der Frau den Arm um die schmalen Schultern. »Irgendwann wird er es herausfinden, aber dann wird er Handschellen tragen und nichts dagegen tun können.«

Nicole wand sich aus ihrem Arm und wich zurück. »Ich kann nicht gegen ihn aussagen, bitte verlangen Sie das nicht von mir. In ein paar Jahren kommt er wieder frei und dann wird er hinter mir her sein. Er wird mich umbringen, ich bin mir sicher.«

Kay zögerte. Welche Möglichkeiten hatte sie schon? Wenn Nicole nicht aussagte, konnte sie nicht viel tun. »Wir könnten Ihre Akte aus dem Krankenhaus gerichtlich anfordern, könnten Zeugenaussagen einholen von denjenigen, die den Missbrauch mitbekommen oder die Verletzungen gesehen haben.« Je weiter sie sprach, desto mehr sträubte sich Nicole, sie schüttelte den Kopf und wich zurück, bis sie gegen die Wand trat. »Oder wir konfrontieren ihn mit Beweisen, sodass er einen Deal annehmen muss. Teil der Vereinbarung wird dann sein, dass er Sie nie wieder ansprechen darf, nie nach Ihnen oder Ihrem Kind suchen darf und sich Ihnen bis auf dreißig Meter nicht nähern darf.« Kay betrachtete Nicole und wünschte sich, sie könnte der Frau vermitteln, dass es ihr ein persönliches Anliegen war, ihre Sicherheit zu gewährleisten. Es fühlte sich an wie damals, als würde sie ihre Mutter vor ihrem Vater beschützen. Es fühlte sich zugleich wie Rache und wie Gerechtigkeit an. »Er wird den Deal annehmen, das verspreche ich Ihnen.« Lächelnd sah sie, wie sich Nicoles Schultern ein wenig entspannten. »Er wird keine andere Wahl haben.«

Draußen fuhr ein weiteres Auto vorbei und sie hatte die gleiche Reaktion wie zuvor, eilte mit der Hand an die Brust gedrückt zum Fenster, keuchend, zu Tode erschrocken. Ein Pizzalieferdienst hielt vor dem Haus gegenüber.

»Kommen Sie heute mit mir mit, Nicole. Ich bringe Sie an einen sicheren Ort, wo er sie niemals finden wird.«

»Wohin?«, fragte sie. »So einen Ort gibt es n…«

»Zu mir nach Hause«, erwiderte Kay. »Dort können Sie bleiben, so lange es nötig ist, bis wir ihn eingesperrt und Sie Ihr Leben wieder in geordnete Bahnen gebracht haben. Aber dann müssen wir jetzt gehen.«

Eine Weile starrte Nicole sie einfach nur an, wog ihre Möglichkeiten ab. »Er wird nach mir suchen wie verrückt«, flüsterte sie, fing aber an, ein paar Habseligkeiten zusammenzusuchen. Dann hielt sie inne und sah Kay mit frischen Tränen in den Augen an. »Ich danke Ihnen … So etwas hat noch nie jemand für mich getan.«

Kurz darauf verließen sie das Haus mit einer Reisetasche, in der ein wenig Wechselkleidung und Hygieneartikel waren, und gingen zügig zu Kays SUV. Nach der zwanzigminütigen Fahrt stellte Kay Nicole ihrem Bruder vor und brachte ihn auf den Stand der Dinge. Sie verpflichtete Jacob zu Verschwiegenheit und versicherte einer verängstigten und schüchternen Nicole, dass er eher sterben würde, als zuzulassen, dass ihr irgendetwas zustieß.

DREIUNDZWANZIG

MORGEN

Als er endlich ging, war es bereits Tag.

Sonnenstrahlen fielen durchs Fenster, durchbrochen von den kahlen Ästen draußen, sodass Licht und Schatten flackernd über die Wand tanzten, als der Wind durch den Wald fegte.

Zusammengerollt lag sie auf der Seite, immer noch wimmernd, zitternd, ihr gesamter Körper schmerzte. Erneut legte sich Kälte über das Haus, wie immer in seiner Abwesenheit, wie sie gelernt hatte. Als könnte sie nur dann Licht und Wärme haben, wenn er da war. Als wollte er sie konditionieren, ungeduldig auf ihn zu warten, ihn als fürsorgende Bezugsperson zu sehen und nicht als das Monster, das er war.

Die Satinlaken schimmerten unter den Tupfern aus Sonnenlicht, der Stoff war fein und passte so gar nicht zu dem schäbigen Rest des Hauses, den staubbedeckten und altmodischen Möbeln. Kirstens Blick blieb an den Blutflecken auf den cremefarbenen Laken hängen, die Erinnerung an diesen Moment ließ sie am ganzen Körper erschauern.

Er hatte versprochen, dass er bald zurück sein und sie bald

freilassen würde. Den ersten Teil glaubte sie ihm, beim zweiten konnte sie nur hoffen, dass er wahr war.

Bitte, lass es wahr sein.

Doch sie würde nicht einfach nur dort liegenbleiben und auf ihn warten. Sie war nicht bloß irgendein Besitztum, ein Gegenstand, den er einfach irgendwo zwischen anderen vergessenen Dingen lagern konnte, wo sie Staub ansetzen würde, bis er wieder mit ihrem Körper spielen wollte. Dafür war sie nicht von zu Hause weggelaufen. Dafür hatte sie sich nicht dagegen entschieden, doch noch beim Krankenhaus vorbeizugehen und ihrer Mutter zu erzählen, was vor sich ging.

Vielleicht hätte sie ihr dieses Mal geglaubt.

Wenn sie doch nur die Gelegenheit genutzt und ihrer Mutter die Reste des weißen Pulvers auf ihrem Bauch gezeigt hätte. Dann hätte sie ihr geglaubt und sie da rausgeholt und sie wären an einen sicheren Ort gezogen, für den ihr Stiefvater keinen Haustürschlüssel besaß.

Sie rollte sich noch enger zusammen, schlang die Arme um die Knie und vergrub das Gesicht im Kissen. »Oh Mom, es tut mir so leid«, wimmerte sie und konnte die Tränen nicht mehr zurückhalten.

Doch schon bald versiegten sie wieder. Immerhin war sie nicht dumm und wenn es irgendeinen Ausweg aus dieser staubigen, verlassenen Hölle gab, dann würde sie ihn finden.

Zuerst wollte sie seinen Geruch loswerden. Eine schnelle Dusche verschaffte da Abhilfe, auch wenn es sie dabei erschauderte, genau das Duschgel und das Lavendelshampoo zu verwenden, auf das er bestand. Rasch föhnte sie sich das Haar und band es zu einem Pferdeschwanz zusammen, dann zog sie sich an.

Es wurde Zeit, ihr Gefängnis zu erkunden, jede noch so kleine Einzelheit davon zu verinnerlichen. Und wenn es schon keinen Ausweg gab, dann musste sie einen Weg finden, es erträglicher zu machen.

Ihr fiel wieder ein, dass der Kühlschrank und die Mikrowelle immer noch Strom hatten. Sie öffnete den Kühlschrank und zur Feier des schwachen Lichts stibitzte sie einige Scheiben Schinken, die sie auf der Stelle verschlang. Dann zog sie, ächzend vor Anstrengung, den Kühlschrank nach vorne und brachte eine dicke Staubschicht und eine Steckerleiste mit einer freien Steckdose zum Vorschein.

Um sie auszutesten, stöpselte sie den Stecker des Kühlschranks um. Der Kompressor ging wieder in Betrieb. Sie steckte den Stecker wieder zurück an seinen ursprünglichen Platz, dann schob sie den Kühlschrank zurück, wobei sie darauf achtete, keinen aufgewirbelten Staub und keine Dreckspuren zu hinterlassen. Wenn es wieder dunkel wurde, könnte sie eine der Tischlampen holen und neben dem Kühlschrank einstöpseln, und sie hätte Licht.

Dann schaltete sie den Herd ein und sah erfreut, wie die einzelnen Kochplatten rot und heiß wurden. Grinsend drehte sie sie alle auf und rieb sich eine Weile über dem Herd die Hände, spürte, wie ihr Blut wieder zu fließen begann.

Dann erkundete sie die Zimmer, eins nach dem anderen.

Zuerst ging sie in das Schlafzimmer, aus dem sie zuvor gekommen war, eines der kleinsten Zimmer im Haus.

Sie versuchte, das Fenster zu öffnen, doch es gab nicht nach. Es war hoch und schmal, mit doppelter Glasscheibe, und der untere Schieberahmen sollte sich eigentlich hochschieben lassen, doch er bewegte sich einfach nicht. Es gab auch kein Schloss und als sie mit den Fingern den gesamten Rahmen abfuhr, fand sie nichts, das sie greifen oder entriegeln konnte, nichts, um das Fenster irgendwie zu öffnen. Schließlich hämmerte sie mit beiden Fäusten gegen die Glasscheibe, später auch mit dem metallenen Fuß der Nachttischlampe, und kam zu dem Schluss, dass nichts dieses Fenster zerbrechen konnte. Es hörte sich nicht einmal an wie Glas, als sie mit den Fingernägeln dagegen klopfte.

Mit einem langen, gequälten Seufzer gab sie das Fenster auf und setzte ihre Erkundung fort. Sie öffnete die Schränke, fand Röcke, T-Shirts, Hemden, Sweater und Hosen, der Großteil davon würde ihr augenscheinlich gut passen. Dennoch schienen sie nicht derselben Frau gehört zu haben.

Oder eher: nicht demselben Mädchen.

Die Styles waren grundverschieden, genau wie die Qualität der Stoffe und die Markennamen auf den Schildern. Von Billigmarken über Secondhand bis hin zu Neiman Marcus, von brandneu bis abgetragen, in diesem Schrank war alles dabei.

Die Schuhe, die sie aus dem kleinen Schränkchen im Flur holte, bestätigten ihren Befund. Hier variierten nicht nur die Marke und der Zustand, sondern auch die Größe. Aus zu großer Angst, die einzig logische Schlussfolgerung zu ziehen, suchte sie sich kurzerhand ein Paar Sneaker aus, die ihr passten, und machte sich auf die Suche nach dazu passenden Socken.

In der großen Schublade in der Anrichte im ersten Schlafzimmer fand sie Unterwäsche, von Seide über Spitze bis hin zu Baumwolle, von mädchenhaft über billig bis hin zu elegant. Mit spitzen Fingern zog sie einen Slip aus dem Stapel und schnüffelte vorsichtig daran. Er war sauber, roch nur nach Waschmittel und Trocknertüchern. Sie stopfte ihn in ihre Tasche, konnte es kaum erwarten, eine saubere Unterhose anzuziehen, zumindest bis sie ihre eigene gewaschen und getrocknet hatte. Die unterste Schublade brachte eine wahre Fundgrube an Socken zum Vorschein, fein säuberlich paarweise zu kleinen Bündeln zusammengelegt. Sie streifte ein Paar über und war froh, dass sie damit die Kälte ein wenig abhalten konnte und nicht mehr die kalten Dielen unter ihren nackten Füßen spürte.

Ein Geräusch ließ ihr kurz das Herz stehen bleiben, dann hämmerte es wie wild in ihrer Brust. Sie eilte zum Fenster, um nachzusehen, doch niemand war zu sehen. Vermutlich hatte ihre Fantasie ihr bloß einen Streich gespielt.

Er war noch nicht zurück. Sie hatte immer noch Zeit.

Vorsichtig, so als erwartete sie, jemanden darin zu finden, öffnete sie die Tür zum großen Schlafzimmer und spähte hinein. Das große Doppelbett war gemacht, mit seidenem Deckenbezug und zahllosen Kissen, die ordentlich und der Größe nach arrangiert waren, einladend und luxuriös. Sie strich über den Bezug, bemerkte die Partikel, die an ihrer Haut hängen blieben, und rieb die Fingerspitzen aneinander.

Staub.

In diesem Bett hatte seit Jahren niemand mehr geschlafen.

Über dem Kopfende hing ein gerahmtes Foto, ein professionell aufgenommenes Porträt, auf dem ein Paar an seinem Hochzeitstag zu sehen war. Der Mann war groß und stolz, sein Lächeln unbekümmert, selbstsicher. Die Frau war schön und erinnerte sie ein wenig an ihren Entführer. Sie hatte die gleichen Augen, den gleichen Mund und das gleiche trotzige Kinn mit dem kleinen Grübchen. Auf dem Foto war sie jung, in ihren Zwanzigern. Das Haus, in dem Kirsten gefangen gehalten wurde, musste ihr und ihrem Mann gehört haben. Es war das Haus, in dem ihr Entführer aufgewachsen war.

Die Kleidung in den mit »Mr.« und »Mrs.« beschrifteten Schränken passte der Größe nach dem Paar auf dem Porträtfoto, sie war ordentlich sortiert, so als hätte niemand auch nur ein einziges Kleidungsstück angerührt, seit die beiden Menschen, die in dem Bett geschlafen hatten, ausgezogen waren. Warum hatten sie ihre gesamte Garderobe zurückgelassen? Wer würde ein Haus so erhalten, als wäre es in der Zeit stehengeblieben wie eine Antiquität, und es doch verfallen lassen?

Oder hatte er das überhaupt?

Die Fenster waren neu und bruchsicher und das gesamte Licht wurde von der Fernbedienung, die er in seiner Tasche aufbewahrte, gesteuert. Der Mann hatte offensichtlich die Mittel, das Haus auf eine bestimmte Art und Weise zu erhalten, also musste der ganze Verfall, den er zugelassen hatte, Absicht gewesen sein.

Das dritte Zimmer hatte anscheinend einem Jungen gehört, der Kleidung, dem einfachen Baumwollbezug und den nicht vorhandenen Wurfkissen auf dem Bett nach zu urteilen. Der Junge hatte wohl gerne Klassiker gelesen, wie die unzähligen Titel auf den Regalen bezeugten, hatte einem Sportverein am College angehört und war Fan von Rock-and-Roll-Bands aus den Achtzigern gewesen. Doch das Wichtigste war, dass das Fenster ebenso bruchsicher war.

Sie war gefangen.

Bei dem Gedanken zog sich ihr der Magen zusammen und ihr blieb die Luft weg, Panik tobte in ihr. Doch sie durfte nicht daran denken, was die Zukunft bringen würde. Also schob sie den Gedanken und all die Fragen, die er mit sich brachte, beiseite, zwang sich, tief durchzuatmen und sich damit abzufinden, dass sie nicht fliehen konnte. Nicht jetzt.

Resigniert ging sie zurück ins Wohnzimmer, rollte sich auf dem Sofa zusammen und sah aus dem Panoramafenster, durch das nun das Sonnenlicht flutete. Sie hatte krampfhaft versucht, nicht darüber nachzudenken, was all das bedeutete, hatte versucht, die grauenhafte Bedeutung ihrer Entdeckungen zu verdrängen, doch jetzt ließen sich ihre rasenden Gedanken nicht mehr aufhalten.

Wo waren all diese Mädchen hin, die ihre Kleider und ihre Schuhe hier zurückgelassen hatten?

Dann traf sie die schonungslose Erkenntnis über ihre Situation wie eine Faust in die Magengrube.

Er würde sie niemals gehen lassen.

Obwohl Kay sich alle Mühe gegeben hatte, sich zu beeilen und noch vor Bill Caldwell bei der Leichenhalle anzukommen, war ihr die Zeit davongelaufen. Eigentlich hatte sie gehofft, sie könnte noch kurz unter vier Augen mit Doc Whitmore sprechen, um herauszufinden, was es mit Rose Harrelsons DNA auf sich hatte. Steckte da noch mehr dahinter? Kurz musste sie an Bill Caldwells ungewöhnliches Verhalten am vergangenen Abend denken und runzelte die Stirn, während sie auf den Parkplatz fuhr und direkt neben der Luxuslimousine parkte, die wohl ihm gehören musste.

Tief sog sie ein letztes Mal die frische Luft ein, dann öffnete sie die Tür und betrat die Leichenhalle. Der Empfangsbereich war nur schwach beleuchtet und die Luft stank noch nicht allzu sehr nach Formaldehyd und Tod. Eine Laborassistentin lief unruhig zwischen der Tür zum Autopsiesaal und dem Empfangstresen hin und her, fühlte sich sichtbar unwohl mit ihrem Auftrag, der augenscheinlich darin bestand, Bill Caldwell bis zu ihrer Ankunft hinzuhalten. Als sie Kay erkannte, stieß sie einen lauten, erleichterten Seufzer aus.

»Gut, dass Sie hier sind«, sagte sie und schob die Hände in die Taschen ihres Laborkittels, wobei sie die Daumen außen einhakte, wie es so viele im medizinischen Bereich gerne taten.

Bill Caldwell hatte mit vor der Brust verschränkten Armen und geschlossenen Augen angelehnt auf einem der Stühle entlang der Wand gesessen. Er sprang auf und stürzte auf sie zu, sein Blick war düster und bedrohlich. »Da sind Sie ja endlich«, sagte er mit tiefer, drohender Stimme. »Ich hätte erwartet, dass Sie zumindest pünktlich sind«, fügte er mit wütendem, bohrendem Blick hinzu. »Zumal ich anscheinend nicht einmal meine eigene Tochter sehen kann, ohne dass ein Cop dabei ist.«

»Entschuldigen Sie die Verspätung, Mr. Caldwell«, erwiderte sie, ließ sich von dem gerechtfertigten Frust eines trauernden Vaters nicht zu Verärgerung hinreißen. »Das ist nun einmal das Prozedere, das wir befolgen müssen. Wenn Sie mich nun entschuldigen würden, ich würde mich gerne erst kurz mit Dr. Whitmore besprechen, dann können wir mit der Identifizierung weitermachen.«

Sie wartete seine Antwort gar nicht erst ab und eilte durch die Doppeltür in den Autopsiesaal, wo sie den Gerichtsmediziner auf einem Hocker vor seinem Schreibtisch sitzend vorfand, die hohe Stirn in die Hände gestützt.

Ihr plötzliches Erscheinen schreckte ihn auf und für einen kurzen Moment wirkte er verloren, so als würde er unaufhaltsam bergabwärts schlittern, bis er sich wieder fing.

Er übersprang die übliche Begrüßung, sondern flüsterte nur niedergeschlagen: »Ich ... ich kann es nicht erklären. Ich habe die ganze Nacht lang die Daten untersucht, habe versucht, mögliche Erklärungen für das, was passiert ist, zu finden, doch es gibt einfach keine.«

Sie nickte stumm, denn sie wusste, wie schwer ein solcher Fehler auf dem angesehenen Gerichtsmediziner lasten konnte, und wie viel für ihn auf dem Spiel stand, nachdem er bereits vierzig Jahre über Autopsietische gebeugt verbracht hatte. Wenn sich die Panne rund um Alyssas Identifizierung nicht erklären ließ, lief er Gefahr, dass alle seine Fälle neu aufgerollt werden mussten, dass all seine Arbeit hinterfragt wurde und dass all die Verbrecher, die dank seiner Hilfe aufgrund von DNA-Spuren oder Kriminaltechnik im Gefängnis gelandet waren, neue Grundlagen für eine Berufung hatten.

»Machen wir erstmal eins nach dem anderen«, meinte sie, nahm seine Hand und zog sanft daran. Er erhob sich mit einem erschöpften Seufzen, ließ den Kopf unter der Last der Schande hängen. »Lassen Sie uns erst einmal diese Identifizierung abschließen. Dann bleibe ich noch hier und wir schauen uns alles noch einmal gemeinsam an. Wir bringen das schon irgendwie in Ordnung. Es muss eine logische Erklärung für diesen Schlamassel geben und die finden wir.« Kurz bevor sie die Schwingtüren des Autopsiesaals erreichte, blieb sie stehen und senkte die Stimme: »Ich glaube an Sie, an Ihre Arbeit. Ich habe gesehen, wie gründlich Sie arbeiten, wie diszipliniert und organisiert und sorgfältig. Was zum Henker auch immer diesen Schlamassel erklärt, Sie und ich, Doc, wir finden das heraus.«

Er bedachte sie mit einem langen Blick voller Fragen und Zweifel. Dann veränderte sich sein Ausdruck kaum merklich und sie glaubte, ein unausgesprochenes *Danke* und den Anflug eines Lächelns zu erhaschen, das die Haut um seine müden Augen in Falten legte.

Noch einmal drückte sie seine Hand, dann verließ sie den Saal und trat vor Bill Caldwell, dessen Geduldsfaden wohl allmählich zu reißen drohte. »Wenn Sie mir folgen würden, Sir«, verkündete sie und führte ihn zu einem an der Wand montierten Bildschirm, auf dem das Logo des Countys zu sehen war. Auf der anderen Seite der Wand war eine Kamera auf Alyssas Gesicht gerichtet, die mit diesem Bildschirm verbunden war und darauf wartete, eingeschaltet zu werden.

Der Doc hatte die Leiche für die Identifizierung auf einen Tisch gelegt und in ein frisches weißes Laken gehüllt, das bis zu ihrem Kinn hochgezogen war und so beinahe vollständig den tiefen, farblosen Schnitt verdeckte, der ihr Leben beendet hatte. Zu *wissen*, dass die eigene Tochter ermordet worden war, dass ihre Kehle aufgeschlitzt worden war, war eine Sache, aber das tatsächlich zu *sehen*,war noch etwas anderes. Dieses Bild würde Bill Caldwell noch jahrelang in seinen Albträumen verfolgen, würde jede Erinnerung an seine Tochter beschmutzen. Seine Psyche wäre so erschüttert, dass sie nicht imstande wäre, sich an die guten Erinnerungen zu klammern und dieses eine Bild auszumerzen, das sich für immer in sein Gedächtnis brennen würde.

Sie klopfte an den Türrahmen und der Bildschirm erwachte zum Leben, zeigte Alyssas Kopf.

Kay beobachtete Caldwells Reaktion, achtete darauf, dass ihr kein noch so flüchtiges Detail entging, das ihr etwas verraten konnte, irgendetwas, ob über den DNA-Schlamassel oder seine Verwicklung in ihren Tod. Doch er starrte bloß das Bild an, die Fäuste so fest geballt, dass seine Fingerknöchel knackten, verkrampfte Muskeln zuckten an seinem Kiefer.

»Ich will meine Tochter sehen«, drängte er. »Nicht so. Ich will sie berühren, ihre Hand halten.«

Kay wusste nicht so recht, wie sie mit dieser Forderung verfahren sollte, und sah nach oben auf den Monitor, der mit einer Kamera und einem Mikrofon ausgestattet war, die die offizielle Identifizierung aufnahmen. Doc Whitmore hatte Caldwell offensichtlich gehört, denn er öffnete die Tür zum Autopsiesaal und bat ihn herein.

Bill Caldwell betrat den Raum erhobenen Hauptes und mit geballten, eng am Körper gehaltenen Fäusten, so als machte er sich bereit, einen unsichtbaren Angreifer zu bekämpfen. Er näherte sich dem Tisch, auf dem seine Tochter lag, und betrachtete ihr Gesicht. Seine Augen waren trocken, sein

Mund war eine dünne, angespannte Linie. Dann packte er das Laken und zog es mit einer schnellen Bewegung herunter, entblößte ihren Oberkörper vollständig. Er zuckte nicht zurück, als er ihre Wunde erblickte, und er berührte auch nicht ihre Haut oder streichelte ihr das Gesicht, um sich zu verabschieden. Seine Miene war wie in Stein gemeißelt, als er sich zu Dr. Whitmore umdrehte und sagte: »Das ist meine Tochter, Alyssa. Ist es das, was Sie von mir hören wollen?«

Dr. Whitmore nickte, notierte rasch den Zeitpunkt der offiziellen Identifizierung auf einem Formular, dann reichte er ihm das Klemmbrett zum Unterschreiben. Caldwell nahm es ihm ab und unterschrieb so energisch, dass das Papier unter der Spitze des Stifts zu reißen drohte. »Da haben Sie's«, meinte er und hielt das Klemmbrett in die Luft, wartete darauf, dass einer von ihnen es ihm abnahm.

Kay trat vor und nahm es nickend an. »Sind Sie sich ganz sicher?« Sie sah den Zorn in seinen Augen aufflackern und erklärte sich schnell: »Wie Sie vielleicht noch wissen, gab es da ein Problem mit der DNA eines vermissten Mädchens ...«

»Ihr Leute macht mich wahnsinnig! Hier«, schrie er, riss sich einige Haare aus und ließ sie auf das weiße Laken fallen, das immer noch die untere Körperhälfte des Mädchens bedeckte. »Testen Sie die, dann haben Sie Ihren verdammten Nachweis. Sie war meine Tochter, Sie ahnungslosen, nutzlosen Schwachköpfe.«

Dr. Whitmore schnappte sich einen Asservatenbeutel und eine Pinzette und sammelte rasch die Haare vom Laken auf.

»Würde es Ihnen etwas ausmachen, uns auch Zugang zur DNA Ihrer Frau zu verschaffen?«, fragte Kay unbeeindruckt. Wenn er es auf die harte Tour wollte, dann bitte schön. Die DNA von beiden Elternteilen zu bekommen, würde ihnen ungemein dabei helfen, die Verwirrung um Rose Harrelsons DNA aufzuklären.

Caldwell wandte sich zu ihr um, starrte sie durchdringend

mit geweiteten Pupillen und vor Wut verzerrtem Gesicht an. »Sie kommen nicht einmal in die Nähe meiner sterbenden Frau. Haben Sie das verstanden?«

»Aber Sir, angesichts ...«

»Ich will es gar nicht hören!«, unterbrach er Kay bellend. »Ich habe ihr noch nicht einmal gesagt, dass Alyssa tot ist, das würde sie auf der Stelle umbringen. Mit Ihren jämmerlichen Bemühungen, die Folgen Ihrer eigenen Inkompetenz aufzuklären, habe ich nichts zu tun und sie sind auch nicht das Leben meiner Frau wert!«

Sein Gesicht war dicht vor Kays, sein Atem versengte ihre Haut, doch sie zuckte nicht zusammen, wich keinen Zentimeter zurück. Unnachgiebig hielt sie seinem Blick stand, doch sie musste zugeben, dass seine Reaktion verständlich war. Angesichts der Umstände hätte wohl jeder an Caldwells Stelle genauso reagiert.

Er war der Erste, der wegsah, wenn auch nur kurz. »Glauben Sie ernsthaft, dass ich nicht weiß, wer die Mutter meiner Tochter ist? Überprüfen Sie doch ihre Krankenhausakte, verdammt nochmal. Machen Sie Ihren Job, Detective, ermitteln Sie.«

Er machte auf dem Absatz kehrt, doch Kay stellte sich ihm in den Weg. »Ich habe noch eine Frage, wenn ich darf?«

Er grummelte vor sich hin, doch sie nickte und flüsterte: »Danke«, drehte sich um, nahm einen Asservatenbeutel vom Tisch und zeigte ihm den Inhalt. »Ihre Tochter trug dieses Medaillon, als sie starb.«

»Und?«, fragte er, würdigte die Kette kaum eines Blickes.

»Das ist ein einfacher Holzanhänger an einer silbernen Kette, so etwas würde ein Kind tragen«, erklärte sie und gab ihm einen Moment, doch er blieb still und runzelte sichtbar verwirrt die Stirn. »So etwas würde ein armes Kind tragen, nicht jemand wie Ihre Tochter.«

»Ah«, machte er schließlich und schob die Hände in die

Taschen. »Ihre, ähm, ihre Mutter hat das für sie gemacht, als sie klein war. Deshalb hat sie es getragen.«

In seinen Worten schwang der Anflug eines Zögerns mit und Kay fragte sich, warum. Was verbarg er? War es nicht ihre Mutter gewesen, die das Medaillon gemacht hatte? Das kam Kay unlogisch vor, doch wenn er die Lüge für notwendig hielt, war da vielleicht etwas, dem es sich nachzugehen lohnte. Etwas, das womöglich zu einer Spur werden könnte.

»Wenn das alles ist«, meinte er und wandte sich zum Gehen, doch Kay fasste ihn mit den Fingern am Ellbogen. Er erstarrte und funkelte sie erneut an. »Was denn noch, Detective? Ich habe Ihnen bereits gesagt, dass das da auf dem Tisch meine Tochter ist. Ich habe Ihnen bereits gesagt, wer es war. Was wollen Sie denn noch?«

Kay ergriff die Gelegenheit beim Schopf: »Wie kommt es, dass Sie Ihre Schwester oder deren Sohn verdächtigt haben, Ihre Tochter umgebracht zu haben?«

»Ich habe sie nicht verdächtigt, ich verdächtige sie immer noch«, entgegnete er kühl. Er sprach schnell, feuerte seine Worte so zügig ab wie die Geschosse eines automatischen Gewehrs. »Sie haben Alyssa umgebracht. Meine Schwester Blanche, ihr Sohn Dylan oder beide. Sie hatten ein Motiv und die Mittel dazu. Was die Gelegenheit angeht, das wird in dieser Familie schon seit Generationen finanziell geregelt.«

Kays Augenbrauen schossen in die Höhe. Wenn sie die Szene vergangene Nacht nicht selbst gesehen hätte, wäre sie jetzt nicht so überrascht. Sie konnte es nicht fassen, dass er eine Hundertachtzig-Grad-Wende gemacht hatte und nun doch wieder seine Schwester beschuldigte. Nachdem er regelrecht zu Wachs in ihren Händen geworden war, nachdem er seine Stirn an ihre gelegt hatte, eine Geste, die Kay seitdem nicht mehr aus dem Kopf gegangen war. »Welches Motiv könnten sie denn haben?«, fragte sie und das Wort *Erbfolgerin* hallte in Carole Caldwells Stimme in ihrem Kopf wider.

»Das Erbe«, erwiderte er, schloss einen kurzen Augenblick lang die Augen. »Vor vielen Jahren hat meine Mutter beschlossen, das Familienunternehmen wie eine Monarchie zu führen. Es gibt keine gleichwertige Aufteilung von Gütern oder Entscheidungsgewalt zwischen Geschwistern. Der älteste Erbe bekommt alles und dotiert die anderen, wie er oder sie es für richtig hält. Ihre Hirnrissigkeit hat mich meine Tochter gekostet«, fügte er zähneknirschend hinzu. »Dylan ist jetzt der Nächste in der Erbfolge und wird über das Schicksal des gesamten Unternehmens entscheiden, sobald er es übernimmt. Als seine Mutter übersteigt Blanches Macht nun meine.« Er hielt inne und sah ihr direkt in die Augen. »Und das, Detective, ist ein Mordmotiv.«

Es ergibt schon Sinn, auf eine verdrehte Art und Weise, dachte Kay und ihr fiel wieder ein, dass sich Caroles beiden jüngsten Kinder von dem Unternehmen distanziert hatten. Ohne ihre Rechte war ihnen wohl auch nichts anderes übrig geblieben, als davonzugehen. Doch warum war Blanche geblieben? Steckte hinter Bill Caldwells Verdacht gegen seine Schwester und ihren Sohn doch ein Funken Wahrheit?

»Mr. Caldwell, ich muss das fragen«, sagte Kay und warf Doc Whitmore einen kurzen Blick zu, um sich zu vergewissern, dass er aufpasste. »Über wie viel Grundbesitz sprechen wir genau?«

Er holte tief Luft und atmete dann langsam wieder aus, vermutlich überlegte er, wie viel er preisgeben konnte.

»Caldwell Farms besitzt über sechzehntausend Hektar Ackerland, mehrere Weingüter, eine Getreidemühle, etwa achttausend Hektar Forst, ein Sägewerk und ein Geschäft zum Vertrieb und Verleih von Landwirtschaftsgeräten.« Er hielt einen Moment lang inne, wie um ihr Zeit zu geben, das alles auf sich wirken zu lassen. »Klingt das nun nach einem Motiv?«

Er wartete ihre Antwort gar nicht erst ab, sondern ging

einfach aus dem Autopsiesaal, ohne seine Tochter noch einmal anzusehen.

FÜNFUNDZWANZIG

ERINNERUNGEN

Der Gedanke an Kirsten – sie hatte endlich ihren Namen offenbart – half ihm, den öden und endlosen Tag zu überstehen.

Inzwischen ging die Sonne langsam unter und schon bald würde das Haus in Dunkelheit gehüllt sein, was ihre Sinne schärfen würde. Sie müsste sich für seine Rückkehr wappnen. Sie würde frieren, zittern, wäre verletzlich und verängstigt. Würde auf dem Sofa zusammengerollt, eingehüllt in seine alte Decke, auf ihn warten. Würde seine Berührung auf ihrer Haut erwarten. Würde ihn fürchten und sich zugleich wünschen, dass er endlich da wäre, um sich um sie zu kümmern, um sie stark zu machen.

Und doch verzehrte er sich immer noch nach *ihr*, dem ersten Mädchen, das sein Körper je gekannt hatte, die einzig wahre Liebe seines Lebens. Seine Mira.

Einen kurzen Moment lang schloss er die Augen und ließ sich von der Erinnerung an sie vereinnahmen, ein willkommener Geist, kurzlebig wie die dahinschwindende Vollkommenheit einer Schneeflocke, kurz bevor sie schmilzt. Unerreichbar und weit entfernt wie die Wolken am Himmel und doch da, präsent, lebendig in seinen Träumen, Nacht für Nacht.

Er sah immer noch ihre großen und unschuldigen Augen vor sich, wie ihr schlanker Körper bebte, kalt und erwartungsvoll und voller Angst und Begierde zugleich, voller Verlangen, die sie nicht benennen konnte. Dort, im Stockdunklen hatte er beide Arme nach ihr ausgestreckt und sie hatte sich um ihn geschlungen wie eine aufblühende Liane, die stärker und noch schöner wurde, als sie sich mit ihm vereinte. Er war zu ihrer inneren Stärke geworden, zu ihrem Rückhalt, der Essenz, die ihrer blühenden Weiblichkeit ihren Duft verlieh. Derweil war sie, seine Mira, wie er sie gerne nannte, für ihn der alleinige Grund geworden, warum er lebte. Sie war ein Phänomen für ihn, sein grenzenloser, stets besänftigender Ozean, sein ganz eigenes Wunder.

Er erinnerte sich an ihre glückseligen Nächte, gestohlene Augenblicke puren Glücks und endloser Freude, und weigerte sich, die Augen zu öffnen, fürchtete, dass das Tageslicht hereinbrechen und so das zerbrechliche Gefüge dieser geliebten Erinnerung zerfallen würde. Als sie noch in seinem Leben war, ergab alles einen Sinn. Ihnen beiden hatte die ganze Welt offen gestanden, als wäre sie ein Versandkatalog, in dem alles, was sie sich je hätten wünschen können, bereits ihnen gehörte, einfach zu erreichen war, wenn sie nur zusammen waren. Die Liebe, die sie teilten, vereinte ihre Kräfte. Sie schöpfte Kraft und Mut aus ihm und wurde zu einer atemberaubenden Schönheit, klug und stark und gütig. Er nahm ihre Liebe an und sie erfüllte sein Herz, inspirierte ihn und trieb ihn an, Großes zu erreichen – das Urbedürfnis, ihr etwas zu Füßen zu legen und sie stolz zu machen.

In den wenigen Augenblicken, in denen er nicht an sie dachte, dankte er den Göttern für sein unfassbares Glück, sie gefunden zu haben, sie in seinem Leben zu haben, nachts ihren Namen flüstern zu können, während sie sich in seinen

Armen im Schlaf regte und sein Blut in eisiges Feuer verwandelte.

Mira.

Seine, ganz allein seine wundervolle Mira.

Dann hatte sie ihn betrogen. Zweimal.

Die Leere, die sie hinterlassen hatte, war harsch und hohl, blutbefleckt und vom Geruch nach Tod durchdrungen, so abscheulich wie ein Schlachthaus, so traurig wie ein verlorener Seemann auf See, der nie wieder ans Ufer zurückkehren, nie wieder nach Hause kommen würde.

Seit ihr, seiner ersten Liebe, hatte niemand auch nur annähernd sein Herz berühren können.

Er hatte danach gesucht, hatte verzweifelt versucht, die Leere zu füllen, die sie hinterlassen hatte, hatte wie wahnsinnig versucht, den Schmerz verschwinden zu lassen und für immer ihren Namen aus seinem leidenden Gedächtnis zu streichen.

An dem Tag, an dem das Schicksal ihm das erste Mädchen geschenkt hatte – verloren, ziellos umherirrend, eine junge Ausreißerin, die niemand vermissen würde –, hatte er geglaubt, dass die Götter seine Gebete erhört hatten. Er hatte sie mit nach Hause genommen und sein Bestes gegeben. Sie war jung, unschuldig, verängstigt, es war ein Vergnügen gewesen, sie zu besitzen, doch sie war nicht *sie* gewesen. Nichts, was sie getan oder gesagt hatte, hatte das ändern können.

Nach ein paar Tagen war er ihre nicht enden wollenden Tränen, ihr Gejammer, ihre Angst leid. Er war ihrer überdrüssig geworden, war frustriert und verbittert. Während sie steif neben ihm lag, sich nicht zu rühren wagte und verzweifelt versuchte, Abstand zu wahren, so als würde seine Haut sie verbrennen, lag er nur hellwach da und starrte die Decke an, die Zeuge derart unglaublicher Liebe geworden war.

Das Mädchen verdiente es nicht, dort zu sein ... Sie musste verschwinden. Ihre Anwesenheit war eine Beleidigung für die Erinnerung an Mira. Doch vielleicht gab es dort draußen eine andere, die die Leere zu füllen vermochte, die die Liebe annehmen würde, die er zu geben hatte, die ihn nie betrügen würde. Aber er wusste, dass er das Mädchen trotz ihrer tränenreichen Versprechen nicht gehen lassen konnte. Sobald sie frei wäre, würde sie zum erstbesten Polizisten rennen und ihn einsperren lassen wie ein wildes Tier.

Er hatte keine Wahl.

Zuvor hatte er nie daran gedacht, ein Leben zu nehmen. Es machte ihn nicht glücklich. Der Gedanke daran, dieses Mädchen zu töten, war in keinster Weise erregend oder auch nur ein wenig aufregend für ihn. Es war eine lästige Pflicht, die er schnell und aus Notwendigkeit erledigte, ähnlich wie er auch den Müll rausbrachte. Es gefiel ihm nicht, doch es machte ihm auch nichts aus, er dachte einfach nicht weiter darüber nach. Es war etwas, das er tun musste, um Raum für das nächste Mädchen zu schaffen, das vielleicht die Richtige sein würde, das vielleicht seinem immer noch gebrochenem Herzen Linderung verschaffen konnte und ihm geben konnte, wonach er sich so verzweifelt sehnte.

Dieses erste ausgerissene Mädchen war fort, schon seit vielen Jahren. Andere waren gekommen und gegangen, hatten ihn noch leerer und mit mehr Kummer zurückgelassen, als er für möglich gehalten hatte. Kirsten jedoch könnte die Richtige sein. Sie sah genauso aus wie Mira, genau wie er sie in Erinnerung hatte mit ihrem langen, blonden Haar, ihren wundervollen blauen Augen und ihrer schmalen Taille, die so gut in seine Hände passte. Sie war still und wehrte sich nicht, tat sogar so, als würde sie die Arme um ihn schlingen, was die Lüge der Wahrheit näher brachte. Sie war gefügig, hatte es hingenommen, ihre Tage mit Warten zu verbringen und ihre Nächte in der kalten Dunkelheit, die er zu der Bühne gemacht hatte, die der Realität von damals so nah wie möglich kam.

Doch nicht einmal Kirsten war *sie*, die eine. Um sie noch

einmal zu berühren, würde er alles tun. Seine erste, nie vergessene wahre Liebe. Seine Mira.

Er hatte ihr diesen Namen gegeben, kurz für Miramar, weil das alles bedeutete, was sie für ihn war. Die Schönheit des Ozeans, das endlose Blau der Wellen, ihre rastlosen Bewegungen, die ihn selige Stunden damit verbringen ließen, die Aussicht zu bewundern, ihren Anblick. Denn er wollte sie bei einem Namen nennen, den niemand sonst benutzen würde. Er hatte diesen Namen für sie ausgesucht, nachdem sie Hand in Hand den Miramar Beach entlanggelaufen waren, wo ihre geflüsterten Worte von der Meeresbrise geschützt waren, wo ihre Augen glitzerten wie die Sonnenstrahlen, die sich auf den endlosen Wellen in tausende blendende Stückchen brachen.

Er hatte wegen ihres zweifachen Treuebruchs nie an Vergeltung gedacht, auch wenn der Schmerz, den er verursacht hatte, so schneidend war wie der tödliche Biss einer Giftschlange. Er hatte sich nie ausgemalt, seine Mira in irgendeiner Weise zu verletzen oder sie dafür bezahlen zu lassen, was sie vor all den Jahren getan hatte. Dafür liebte er sie zu sehr. Doch in letzter Zeit hatte er sich immer wieder bei dem Gedanken erwischt, dass er nie heilen würde, solang sie am Leben war. Er würde sie nie wirklich vergessen und über sie hinwegkommen, ganz egal wie viele Kirstens bei ihm im Haus waren und ihm nachts Gesellschaft leisteten, wenn er doch eigentlich an nichts anderes denken konnte als an sie, daran, sie ein letztes Mal zu halten, sie zu schmecken, ihren Namen ein ums andere Mal zu flüstern, während sie sich ihm entgegenreckte.

Vielleicht war es an der Zeit, das Feuer selbst zu löschen, mit seinen eigenen Händen, selbst wenn es auch das Leben in ihm für immer auslöschen würde.

SECHSUNDZWANZIG
DAS MEDAILLON

Leises Surren erfüllte den Raum, kein anderes Geräusch widersetzte sich der Stille in der Leichenhalle. Unter dem hellen, fluoreszierenden Deckenlicht arbeitete sich die Maschine, die die DNA aus Bill Caldwells Haarwurzeln extrahierte, kreisend durch die verschiedenen Arbeitsschritte und der schwache, beißende Geruch nach Chemikalien erfüllte die Luft.

Eine Weile beobachteten Kay und Dr. Whitmore schweigend die Zentrifugation, dann trat der Gerichtsmediziner an den Tisch, auf dem Alyssas Leiche in ein frisches weißes Laken gehüllt lag.

»Na komm«, flüsterte er der Leiche zu und schob sie auf die hintere Wand des Raums zu, an der Leichenkühlzellen in Viererreihen angeordnet waren. »Keine Sorge ... Er liebt dich wirklich sehr«, sagte er über Bill Caldwell, so als könnte Alyssa ihn hören. »Deshalb hat er so reagiert. Er steht unter Schock, denke ich.«

Er öffnete die Tür einer der Kühlzellen und rollte den Tisch zu den Schienen am Rand, dann löste er die Klemmen, die den Tisch befestigten, und schob die Leiche mit einem entschiedenen Stoß hinein. Seufzend schloss er die Tür. »Was für eine Schande, so jung zu sterben.«

Besorgt blickte Kay den Doc an. Er sah aus, als wäre er in den letzten zwei Tagen zehn Jahre gealtert, als würde sich sein Geist unter der Last des DNA-Pfuschs krümmen – so bezeichneten es die lokalen Medien, die es einfach nicht ruhen lassen wollten und es unaufhörlich auseinandernahmen, in dem geschmacklosen Versuch, das öffentliche Interesse aufrechtzuerhalten. Diese Kleinstadt bekam nicht allzu oft ein solches Drama geboten und es gab viele, die ordentlich davon profitierten, diese Tortur in die Länge zu ziehen, und sich deshalb nur wenig um die Leben aller Beteiligten scherten.

Aus etwas Entfernung beobachtete Kay, wie Dr. Whitmore Alyssas Leiche einlagerte, die Worte, die er an das leblose Mädchen richtete, brachten eine Saite in ihrem Herzen zum Klingen. Er ging ein wenig langsamer als gewöhnlich, den Kopf gesenkt, die Schultern versteift und hochgezogen, als würde er seinen Hals vor dem tödlichen Hieb schützen wollen, der noch kommen würde. Seine Augen wirkten gehetzt und die stundenlange Arbeit und Ruhelosigkeit hatten dunkle Ringe unter ihnen hinterlassen.

Kay blickte auf den Timer des Geräts und stellte fest, dass sie noch ein paar Minuten hatten, bis sie die Wahrheit über das Mädchen erfahren würden, das gerade in Kühlzelle sechs eingelagert worden war.

»Darf ich Ihren Computer benutzen?«, fragte Kay, denn immerhin hatte sie noch ein weiteres Rätsel zu lösen, während sie darauf wartete, dass die Zentrifugation abgeschlossen wurde. Irgendjemand hatte Nicole Scott verraten, hatte ihre verzweifelten Briefe an ihren Ehemann weitergegeben, und sie würde herausfinden, wer das war.

»Nur zu«, erwiderte der Doc, der gerade die Asservatenbeutel auf dem Tisch durchging.

Rasch tippte sie etwas ein, dann druckte sie die Seite aus

und faltete sie ordentlich zusammen. »Haben Sie auch einen Briefumschlag für mich?«

»In der Schublade oben links«, antwortete er, ohne den Blick von seiner Arbeit abzuwenden.

Sie fand einen Umschlag, dann grinste sie und fragte verschmitzt: »Wie sieht's mit fluoreszierendem Farbstoff aus? Ich brauch's als Pulver, nicht flüssig, und am besten in weiß.«

Diesmal warf ihr Doc Whitmore einen neugierigen Blick zu. »Sollte ich nachfragen?«

»Nö ... Ich stell nur eine Falle auf, um ein Stück Scheiße einzufangen, das ist alles.«

Er verschwand im angrenzenden Lagerraum und kehrte kurz darauf mit einem kleinen Plastikbehälter zurück. »Bauen Sie Ihre Falle lieber da auf dem Tisch in der Ecke, der ist steril. Und benutzen Sie Handschuhe, sonst leuchten Sie noch im Schwarzlicht wie ein weißes T-Shirt in der Disco.«

Leise lachend befolgte sie seinen Rat, vollendete rasch ihr Werk und gab ihm den Behälter zurück. »Danke schön.« Dann verschloss sie den Umschlag und sah sich suchend nach einem Platz um, wo sie ihn nicht vergessen würde.

»Legen Sie ihn in meine Postablage, da«, sagte der Doc und deutete auf einen Stapel farblich gekennzeichneter Plastikablagen auf seinem Schreibtisch. »Mein Assistent gibt das an den Postboten weiter.«

»Danke«, antwortete sie, legte den Umschlag ab und trat zum Doc an den Tisch mit den Beweismitteln. »Wissen Sie, ich habe nachgedacht. Was ist, wenn Sie sich gar nicht geirrt haben?«, sprach sie den beunruhigenden, nur halb zu Ende gedachten Gedanken aus, der ihr durch den Kopf ging.

»Wobei?«, fragte er und schnitt den Verschluss des Asservatenbeutels auf, in dem Alyssas Medaillon steckte.

»Bei, ähm, der DNA-Verwechslung«, erwiderte sie und kratzte sich am Hinterkopf. Es gefiel ihr nicht, dieses Thema aufzubringen, doch sie hatte ihm ihre Hilfe dabei versprochen, Antworten zu finden.

»Wie soll ich mich da denn nicht geirrt haben?«, entgegnete er mit erhobener Stimme und wandte sich wütend zu ihr um. »Wie oft haben Sie in Ihrer Laufbahn schon die Benachrichtigung der nächsten Angehörigen zurückziehen und mit einer anderen Familie von vorne anfangen müssen?«

Sie fühlte sich nicht gekränkt. Sie wusste, dass er nur wütend auf sich selbst war, sich selbst die Schuld für das gab, was passiert war, für den Schandfleck auf dem Ruf der Wache und seiner eigenen Laufbahn.

»Was, wenn das da drin wirklich Rose Harrelson ist?« Sie deutete auf das Fach, in dem die Leiche des Mädchens aufbewahrt wurde.

Er schnaubte spöttisch und stemmte die behandschuhten Hände in die Hüften. »Haben wir uns nicht darauf festgelegt, dass das Alyssa Caldwell ist? Ich hätte schwören können, dass wir hier gerade eine offizielle Identifizierung hatten, mit Unterschrift, Zeugen und Aufnahmen. In den sozialen Medien gibt es tausende Fotos von Alyssa Caldwell, die alle zu dem Mädchen in meiner Schublade hier passen.« Tief sog er die kalte, leicht beißende Luft ein und atmete dann langsam wieder aus, um seine gespannten Nerven zu beruhigen. »Hören Sie, mir ist klar, was Sie da gerade versuchen, und ich weiß das zu schätzen. Aber es ist unmöglich, dass ...« Mitten im Satz hielt er inne, den Blick auf das Medaillon gerichtet, das er aus dem Asservatenbeutel gezogen hatte. »Aber vielleicht ist es doch möglich«, fügte er hinzu und hielt die Kette hoch.

»Ganz genau«, meinte Kay und trat noch einen Schritt vor. »Dieses Medaillon und der ursprüngliche DNA-Befund lassen darauf schließen, dass die Leiche Rose Harrelson ist. Alles andere sagt, sie ist Alyssa Caldwell, einschließlich ihres Vaters.«

»Es könnte mehrere dieser Medaillons geben«, wandte Doc Whitmore ein, zog sich einen Hocker heran und setzte sich an den Tisch. Er schaltete die Lampe über seinem Kopf ein und flutete das Instrumententablett mit dem Medaillon darauf mit grellweißem Licht. »Sie könnten damals im Billigladen im Ort im Angebot gewesen sein, auch wenn Caldwell etwas anderes sagt«, murmelte er und untersuchte das Medaillon eingehend durch die Vergrößerungsgläser seiner Stirnlupe. »Es könnte hunderte davon geben, wer weiß. Das ist kein überzeugender Beweis.«

»DNA schon«, erwiderte Kay. »Haben Sie irgendwelche Hinweise darauf gefunden, dass in Roses Fall ein Fehler gemacht wurde? Gibt es schriftliche Belege dafür, wie die Gerichtsmedizin an Alyssa Caldwells DNA gekommen ist, die dann fälschlicherweise als Rose Harrelsons archiviert wurde?«

Daraufhin herrschte Stille, in der das Surren der Zentrifugation umso lauter wirkte. Die Maschine kreiste in raschem Tempo, um die einzelnen Komponenten der Probe voneinander zu trennen.

»Sie müssen gar nichts sagen«, sagte Kay und berührte ihn sanft am Ellbogen. »Ich kenne die Antworten auf diese Fragen bereits.«

Er sah zu ihr hoch, in seinem Blick stand eine Mischung aus Traurigkeit und Dankbarkeit, Beschämung und Hoffnung.

»In ein paar Minuten wissen wir es mit Sicherheit«, erwiderte Doc Whitmore und blickte zu der Maschine hinüber. »Wenn Bill Caldwells DNA zu der unseres Opfers passt, dann ist das da drin Alyssa Caldwell.« Er hörte auf zu reden und Kay ließ ihn in Ruhe seine Gedanken ordnen, denn sie wusste, dass die Schuldgefühle immer noch seine Wahrnehmung trübten. »Naja, gewissermaßen zumindest«, verbesserte er sich selbst und runzelte die Stirn, als er erkannte, was er übersehen hatte. »Es würde nur beweisen, dass Bill Caldwell der Vater des Mädchens ist, mehr nicht. Himmel nochmal.«

»Stellen wir doch ein paar Nachforschungen an«, schlug Kay

vor. Sie ging um den Tisch herum und setzte sich an den Schreibtisch, vor den Computer. Sie rief die FBI-Systeme auf, loggte sich mit ihren Zugangsdaten ein und suchte nach Alyssas Geburtseintrag. »Alyssa Caldwell«, murmelte sie vor sich hin, »wurde hier, in Mount Chester, geboren, etwa, äh, vier Monate vor Rose Harrelson. Ging hier zur Schule, bekam mit vierzehn ihre erste Kreditkarte, mit sechzehn ihren Führerschein.« Sie stöhnte auf und loggte sich wieder aus. »Nichts, was irgendwie heraussticht. Sie ist so real und rechtmäßig wie man nur sein kann, genauso wie Rose.«

»Ich hab's aufbekommen«, verkündete Doc Whitmore und hielt das Medaillon dicht vor seine Vergrößerungsgläser. »Schauen Sie sich das mal an.«

Sie zog ihren Stuhl näher an den Tisch heran und beobachtete, wie der Doc, der das Medaillon zunächst wieder in seine ursprüngliche Form eines länglichen Sechsecks gebracht hatte, den unteren Teil im Uhrzeigersinn drehte. Das Sechseck wurde zu einer Herzform. Dann zog er das Häkchen heraus, an dem die Kette befestigt war, und brachte ein winziges Foto zum Vorschein, das durch die Zeit unter Wasser ganz verblasst und beschädigt war.

»Was denken Sie, wer das ist?«, fragte Doc Whitmore, als er ihr das Foto reichte.

Sie zog ein frisches Paar Handschuhe über, nahm es ihm ab und betrachtete es aufmerksam. Es erinnerte sie an ein Bild, das sie im Anwesen der Caldwells gesehen hatte, von Bill Caldwell und seiner Frau an ihrem Hochzeitstag. Zur Bestätigung ging sie zurück an den Computer, gab rasch etwas in die Suchmaske ein und verkündete dann: »Das ist Evangeline Caldwell, Bills Frau.«

»Alyssas Mutter«, murmelte er und runzelte wieder die Stirn. Er zog die Stirnlupe ab und legte sie leise auf den Tisch, dann schaltete er die LED-Lampe aus. »Ich fürchte, unser Gast hier ist letztendlich doch Alyssa Caldwell.«

Das Gerät piepte und hörte auf zu surren – die DNA-Extraktion war abgeschlossen.

Doc Whitmore stand auf und eilte zu der Maschine. Er nahm die Probe heraus und steckte sie in ein weiteres Gerät, in dem die extrahierte DNA gescannt, visualisiert und dann mit der Probe des Opfers verglichen werden würde.

Der Computer brauchte ein paar Minuten, doch schließlich vermeldete ein Signalton das Ergebnis und Kay wurde bewusst, dass sie den Atem angehalten hatte.

»Es stimmt überein«, verkündete Doc Whitmore und rieb sich mit den Fingern über das bärtige Kinn. »Bill Caldwell ist Alyssas Vater, denn das Mädchen in meiner Kühlzelle ist Alyssa und daran gibt es keinen Zweifel.« Er zuckte mit den Schultern und stieß einen langen, gequälten Seufzer aus. »Irgendwo, irgendwie wurde ein Fehler gemacht und ich werde dafür geradestehen. Ich bin der Gerichtsmediziner, das ist meine Leichenhalle und damit bleibt die Verantwortung bei mir.«

Kay war enttäuscht, auch wenn sie nicht genau sagen konnte, warum. Sie hatte das Ergebnis bereits erahnt, als Bill die Probe freiwillig bereitgestellt hatte, es war einfach logisch. Und doch fühlte sich die Gewissheit über das Ergebnis sehr wie eine Niederlage an, so als würde ihr etwas entgehen.

Während sie in Ruhe ihre Gedanken sammelte und zu verstehen versuchte, was ihre Instinkte ihr sagen wollten, betrachtete sie weiterhin das Medaillon, fügte es wieder zusammen und öffnete es erneut. Dabei folgte sie immer dem gleichen Ablauf: Mit der Linken hielt sie die obere Spitze des Sechsecks fest, mit der Rechten drehte sie den unteren Teil im Uhrzeigersinn, dann zog sie den Aufhänger nach links, um das Foto zu sehen. Sie bewunderte die komplizierte, filigrane Handarbeit, durch die der Mechanismus auch nach der Zeit unter Wasser noch so reibungslos funktionierte. Der Lack hatte das Holz geschützt, hatte es davor bewahrt, zu sehr aufzuquellen.

Ihr kam ein faszinierender Gedanke und sie brachte das Medaillon schnell wieder in seine ursprüngliche, sechseckige Form zurück. Dann drehte sie den unteren Teil vorsichtig in die andere Richtung, gegen den Uhrzeigersinn. Es fügte sich wieder zu einem Herzen zusammen, doch als sie das Häkchen nach links zog, passierte nichts. Ein Lächeln zupfte an ihrem Mundwinkel, als sie den Haken nach rechts zog und das Medaillon sich öffnete und ein anderes Foto zeigte. Es war eine andere Frau, etwa im gleichen Alter wie Evangeline auf dem ersten Foto, und sie wirkte vertraut.

»Und wer ist das?«, fragte Doc Whitmore. Er hatte ihr eine Weile lang wie gebannt zugesehen und kein Wort gesagt.

Das Herz pochte ihr in der Brust und ihr lief es kalt den Rücken hinunter, als sie die Frau auf dem Foto erkannte. Es war Shelley Harrelson.

»Doc, wir brauchen die DNA der Mutter«, verkündete sie und stand abrupt auf, bereit, zur Tür hinauszustürzen.

»Aber haben Sie nicht gehört, was Bill Caldwell gesagt hat? Er lässt uns nicht einmal in die Nähe seiner sterbenden Frau. Da brauchen Sie eine richterliche Anordnung ...«

»Ich besorg Ihnen eine Vergleichsprobe«, entgegnete sie und zog den Reißverschluss ihrer Jacke zu. »Ich fahre zurück nach Redding und besorge Ihnen eine Haarprobe. Wir müssen ein für alle Mal herausfinden, ob dieses Mädchen Rose Harrelson ist.«

»Sie meinen, das da ist ...«

»Shelley Harrelson«, bestätigte sie mit einem Fingerzeig in Richtung des geöffneten Medaillons. »Wenn das in Ihrer Kühlzelle Nummer sechs Rose ist, Doc, wie und warum ist sie dann Alyssa geworden?« Stirnrunzelnd starrte sie die Beschriftung der Kühlzellentür an, so als könnte die Metallziffer all die Fragen, die ihr im Kopf herumwirbelten, beantworten. »Und wo zum Teufel steckt die echte Alyssa Caldwell?«

SIEBENUNDZWANZIG

NACHSINNEN

Die hellen Sonnenstrahlen richteten nur wenig gegen die beißende Kälte aus, die von den schneebedeckten Abhängen des Mount Chester ausging, doch Elliot hatte das Fenster trotzdem einen Spalt breit heruntergekurbelt, als er die Straße entlangfuhr, die sich an dem Berg vorbeischlängelte. Ein Gedanke nach dem anderen jagte ihm durch den Kopf. Kay, wie sie ihn über den klebrigen, mit leeren Schnapsgläsern übersäten Bartisch hinweg anlächelte. Das Schimmern in ihren Augen, das stumme Feuer in ihren geweiteten Pupillen, ihre Berührung, als sie mit bebenden Fingern seinen Handrücken streifte.

Er könnte sich selbst dafür in den Hintern treten, dass er sie ausgerechnet ins Hilltop gebracht hatte, wo die Deputies immer abhingen, und dass er diese nicht zum Teufel gejagt hatte, als sie Kay reihum zum Trinken genötigt hatten. Das war nichts anderes als ein ekelhafter Versuch gewesen, sie abzufüllen und vor den Augen der ganzen Wache auf ewig zu blamieren.

Doch sie hatte ihre Frau gestanden, trotzig und stockbetrunken, und hatte vorgegeben, den wahren Grund hinter ihren sogenannten Willkommen-im-Team-Drinks nicht zu durchschauen. Währenddessen hatte sie ihn mit bohrenden Blicken bedacht, ihre Ungeduld war offenbar ebenso unerträglich wie seine eigene gewesen. Sie hatte die Kurzen ohne das geringste Zögern einen nach dem anderen heruntergestürzt, bloß nach dem ersten hatte sie in einem Anflug des Ekels ein kleines bisschen die Lippen verzogen. Vermutlich hasste Kay Tequila genauso sehr wie er.

Und dann hatte sie ihn berührt, hatte ihn zum Gehen gedrängt, nach seiner Hand gegriffen.

War das überhaupt echt gewesen? Oder hatte er sich das bloß eingebildet? Nach diesem flüchtigen Moment, in dem ihre eisigen Finger ein Feuer in seinen Adern entfacht hatten, hatte sie weder etwas gesagt noch ihn ein weiteres Mal berührt. Vielleicht war ihr dann langsam schlecht geworden und sie wollte nur noch raus, weg von den prüfenden Blicken der Deputies.

Auf der Fahrt nach Hause hatte sie kein Wort gesagt und so hatte der Abend ganz anders geendet, als er sich das vorgestellt hatte. Kein einziges Mal mehr hatte sie den tränenverschleierten Blick zu ihm gehoben, offenbar aus Scham.

Und er hatte nichts gesagt, womit er ihre Stimmung hätte heben können. Er brachte die Worte, die ihm in den Sinn kamen, einfach nicht über die Lippen: Dass es ihm damals genauso ergangen war, dass er ihren Mut bewunderte, diesen Rüpeln standzuhalten und sich ihnen auf die einzige Art zu beweisen, die zählte. Dass er noch nie eine Frau mehr bewundert hatte, oder dass er überhaupt noch nie jemanden so Mutiges erlebt hatte. Nicht nur als sie diese Shots heruntergekippt hatte, sondern auch als er Zeuge davon geworden war, wie sie sich mit der Waffe eines Täters auf ihre Brust gerichtet behauptet hatte und wie sie stets unermüdlich und vollkommen unvoreingenommen der Wahrheit auf den Grund ging.

Das machte Kay so beeindruckend, ob nüchtern oder betrunken, sie war eine Klasse für sich.

An diesem Morgen auf dem Weg nach Caldwell Farms war

er bei ihr vorbeigefahren, um sie mitzunehmen. Doch niemand hatte ihm die Tür aufgemacht und Jacobs Truck stand nicht wie sonst in der Einfahrt. Danach war er zum Hilltop gefahren, wo sie am Abend vorher ihren SUV hatte stehen lassen.

Er war weg.

Wer zu spät kommt, den bestraft das Leben – das kannte er zur Genüge.

Er fluchte leise. Jetzt würde das schwere Schweigen von letzter Nacht den ganzen Tag über anhalten, Spuren hinterlassen, Zweifel säen und einen Keil zwischen sie treiben. Und das alles nur, weil er nicht in der Lage gewesen war, auch nur ein paar Worte zu sagen, als er sie nach Hause gefahren hatte.

Als wäre er der letzte Bauerntrottel.

Doch er würde sich einfach in Geduld üben müssen.

Der richtige Zeitpunkt, um mit ihr zu reden und alles zu sagen, wozu er bisher keine Gelegenheit gehabt hatte, würde schon noch kommen. Oder vielleicht sollten sie das einfach überspringen und stattdessen den gestrigen Abend ungeschehen machen, alles zurück auf Anfang setzen und noch einmal von vorne beginnen.

Elliot richtete seine Hutkrempe und bog in Richtung Caldwell Farms ab. Er fuhr geradewegs zu der Stelle, an der Hazel Kirsten rausgelassen hatte und fuhr mit Warnblinker rechts ran.

Nach der ganzen Zeit, die schon verstrichen war, wusste er nicht so recht, wonach er suchte. Doch er wollte sehen, was Kirsten gesehen hatte, als sie darauf gewartet hatte, dass jemand anhielt und sie mitnahm.

Im hellen Tageslicht fielen ihm Dinge ins Auge, die ihm am vergangenen Abend entgangen waren. Es gab eine etwa dreißig Zentimeter lange Stelle, an der die Steine, die den Straßenrand säumten, beiseite geräumt worden waren und unbewachsenen Erdboden freigelegt hatten. Im getrockneten Schlamm war ein Teil eines Schuhabdrucks zu erkennen, ein Damensneaker, dem Muster und der Größe nach zu urteilen.

Vielleicht hatte Kirsten dort an die Leitplanke gelehnt gestanden, mit den Füßen auf dem Fleckchen Erde, das sie freigeräumt hatte, denn es war bestimmt unbequem, so lange auf diesen abgerundeten und rutschigen Steinen zu stehen, die unter ihrem Gewicht wackelten.

Er machte ein paar Fotos von dem Abdruck: Zunächst aus der Ferne, um die genaue Position und die freigeräumte Stelle am Boden festzuhalten. Dann schnappte er sich ein Winkelmaß aus seinem Einsatzkoffer, legte es neben den Schuhabdruck und machte ein paar Nahaufnahmen.

Er wollte gerade wieder los, als ein Auto mit weitaus höherer Geschwindigkeit als erlaubt vorbeiraste. Knapp dahinter folgte ein Streifenwagen mit Warnlicht und Sirenengeheul, ein vertrautes Gesicht hinter dem Steuer.

Als er den Mann erkannte, leuchteten Elliots Augen auf und er lächelte leicht. Ein Geistesblitz machte ihm frischen Mut.

Es war Deputy Leach.

Er könnte an dem Tag, als Kirsten verschwand, etwas gesehen haben.

ACHTUNDZWANZIG
GEHEIMNISSE

Es war eine Katastrophe epischen Ausmaßes, die ihnen regelrecht um die Ohren fliegen und ihr Vermächtnis in eine so dichte Wolke der Schande und der Zerstörung hüllen würde, dass kein Fleckchen Erde, kein Stückchen Land und kein einziges Maiskorn es unbeschadet überstehen würde.

Carole musste dem zuvorkommen, musste es unter Kontrolle bringen, die Flammen ersticken, bevor sie sich in ein loderndes Inferno verwandelten. Warum nur war sie mit einem derartigen Verstand gesegnet worden, der es ihr ermöglicht hatte, eine vier Hektar große Farm zu einem Imperium auszubauen, nur um dann mit schwachen, selbstsüchtigen Kindern verflucht zu werden? Ihr Ältester, Bill, war ein Geist, der mit einem Geist zusammenlebte, dieser unscheinbaren Ehefrau, die partout nicht sterben wollte. Dann würde sie endlich Platz für eine neue Verbindung schaffen, die das Familienvermögen vergrößern und Bill, diesem Versagerkind, ein paar Söhne schenken würde, die den Familiennamen fortführen würden. Frauen reizten ihn offenbar gar nicht, denn immerhin lebte er seit zwei Jahrzehnten wie ein Mönch. Welcher Mann tat so etwas? Ganz egal, wie sehr sie sich bemühte, sie konnte ihren ältesten Sohn einfach nicht verstehen.

Was Blanche betraf, die hatte sich mit einem einsamen Leben ohne Liebe abgefunden, während ihr nutzloser Ehemann mit seiner neuesten Hure im Arm durch die Dominikanische Republik streifte – alles finanziert von seinen monatlichen Bezügen aus dem Unternehmen. Blanche hätte sich schon vor Jahren von ihm scheiden lassen und einen guten, starken, liebenden Mann finden können, was Carole ihr auch schon oft genug nahegelegt hatte. Doch da war ihre Tochter stur wie ein Esel, weigerte sich, sich von diesem schmierigen, betrügenden Dreckskerl scheiden zu lassen, und erpresste deswegen auch noch ihre eigene Mutter. Wie konnte Blanche ihr nur damit gedroht haben, das Unternehmen zu verlassen, sollte Carole das Thema nicht ruhen lassen? Warum? Schließlich war es nicht so, als würde sie ihren Mann immer noch lieben oder Hoffnungen hegen, dass er zurückkam. Nein ... Sie wollte einfach friedlich ihr Leben leben, Dylan dabei helfen, sich im Unternehmen einzufinden, Seite an Seite mit ihm die Farm leiten. Wann immer er den Raum betrat, hellte sich ihr Gesicht auf. Carole war auch eine Mutter, doch Blanches Liebe für ihren einzigen Sohn war nicht normal.

Und jetzt war Alyssa tot, Caroles ganzer Stolz, ihre geliebte Erbfolgerin. Alyssa hatte einen Verstand wie niemand sonst in der Familie gehabt, und Ausdauer, den Ehrgeiz zu gewinnen, etwas zu erreichen, als hätte ein unermüdliches Feuer in ihr gebrannt. Das hatte sie vermutlich von ihr geerbt, denn ihre Enkelin hatte Carole an sich selbst in diesem Alter erinnert, begierig darauf, sich vollkommen zu entfalten, sich in die Welt zu stürzen und zu zeigen, was sie konnte. Diese Großartigkeit war nun fort, von einem Augenblick auf den nächsten. Die Versprechen, was das Mädchen aus dem Vermächtnis der Caldwells hätte machen können, zu Staub zerfallen. Nun lag alles in Dylans Händen.

Dylan war ein guter Mann, doch sie schaffte es einfach nicht, ihn zu lieben, ihn an der Spitze des Unternehmens zu sehen, nicht so, wie sie Alyssa dort gesehen hatte.

Konnte Bill doch recht gehabt haben? Konnte Alyssas Tod der Gier geschuldet sein, dem Kampf um das Erbe, das sie errichtet hatte? Ein Schauer fuhr ihr durch den dünnen Körper. Sie schlang die Enden ihres Kaschmirschals enger um sich und verwarf den Gedanken kurzerhand wieder. Niemals konnte das geschehen sein. Alyssas Tod war nichts als ein tragisches Unglück gewesen, ein Verbrechen aus einem Motiv, das nichts mit der Familie, mit ihr oder irgendeinem der Kinder zu tun hatte.

Die Katastrophe, die sie abwenden musste, hatte nur wenig mit Alyssas Tod zu tun, wenn überhaupt. Dennoch bestand die Gefahr, dass die dünne Staubschicht, die sich über die Vergangenheit und deren gut verborgenen Geheimnisse gelegt hatte, aufgewirbelt würde. Von dieser neugierigen Ermittlerin und von Caroles eigenen Kindern, die rückgratlos und geschwächt durch das gute Leben, das sie gelebt hatten, keinen der gnadenlosen Schläge des Schicksals einstecken konnten, ohne zu zerbrechen, ohne ihr Erbe zu gefährden und damit die Ehre, die mit dem Namen Caldwell einherging.

Beschämend und schwach.

Sie erhob sich aus dem Sessel in ihrem Schlafzimmer und zog sich die Schuhe an, rückte sich das Haar zurecht und trug eine frische Schicht Lippenstift auf. Sie betrachtete ihr Spiegelbild und glättete den Saum ihres burgunderroten Schals, der sich am Knopf ihrer schwarzen Jacke verfangen hatte. Dann legte sie einen dezenten Hauch Parfüm auf und rieb die Handgelenke aneinander. Mit dem Duft nach Jasmin, der sie wie ein Heiligenschein umgab, war sie bereit für den nächsten Kampf.

Ein Blick aus dem Fenster bestätigte ihr, dass Bills Auto schon weg, Blanches aber noch da war. Jeden Morgen parkten die Angestellten ihre Fahrzeuge vor dem Eingang und machten sie für den Tag bereit.

Vielleicht war es das Beste, dass Bill schon weg war. Blanche war momentan das schwächste Glied. Mit ihrer viel zu gefühlsduseligen Weltanschauung würde sie als Erste unter dem Druck zusammenbrechen. Es war ungewiss, was passieren würde, wenn dieser Detective noch einmal auftauchte. Wie Knoten, die auf ein und demselben Faden in den Stoff der Zeit gewebt waren, konnte der Mord an Alyssa neue und alte, doch gleichermaßen gefährliche Geheimnisse ans Licht ziehen, drohte, das Gewebe ihrer Leben aufzutrennen.

Carole lief schnurstracks zu Blanches Suite, ihre bestimmten Schritte waren geräuschlos, gedämpft von den dicken Teppichen. Mit den Fingernägeln klopfte sie an die Tür, wartete aber gar nicht erst darauf, hereingebeten zu werden, sondern trat kurz darauf ein. Sie hatte erwartet, ihre Tochter zusammengerollt im Bett oder noch beim Ankleiden vorzufinden, doch sie war nicht da. Weder im Wohnzimmer noch im Schlafzimmer, in dem das ungemachte Bett mit den zerwühlten Laken und den tränennassen Kissenbezügen von einer ruhelosen Nacht zeugte.

Mit einem spöttischen Schnauben verließ Carole gereizt die Suite und machte sich auf die Suche nach Blanche, wobei ihre Geduld mit jedem Zimmer weiter schwand. Nachdem sie auch auf ihrem Handy nur die Mailbox erreicht hatte, fiel ihr schließlich ein, dass Blanche sich gerne in der Bibliothek im oberen Stockwerk verkroch, wenn sie aufgebracht war: Der düstere, stille Raum beruhigte ihre angespannten Nerven.

Mit für ihre neunundsiebzig Jahre beneidenswert federndem Schritt stieg Carole die Treppe hinauf und betrat die Bibliothek. Blanche stand leise schluchzend am Fenster und blickte nach draußen, bemerkte gar nicht, dass ihre Mutter hereingekommen war. Reihenweise Bücherregale säumten die Wände, bestückt mit all den Romanen, die seit Generationen im Familienbesitz waren – Carole war in diesen Dingen eine leidenschaftliche Sammlerin. Durch das mit feinsten, weißen Vorhängen verdeckte Fenster drang Sonnenlicht, doch es reichte nicht aus, um die ernste Atmosphäre im Raum zu verdrängen.

Carole trat an Blanche heran und berührte sie sanft am Arm. Blanche zuckte erschrocken zusammen und wandte ihrer Mutter ihre roten, geschwollenen Augen zu, in denen ein unausgesprochenes Flehen stand.

»Bitte, Mutter«, flüsterte sie, »lass mich ihm sagen, was wirklich passiert ist.« Ihre Stimme brach, erstickt von einem Schluchzen.

Caroles Griff um den Arm ihrer Tochter wurde fest, zwang sie, sich umzudrehen und ihr ins Gesicht zu sehen. Blanche wandte den Blick ab und schloss die Augen, frische Tränen rollten ihr über die Wangen.

»Hör zu, meine Liebe«, begann Carole, doch als Blanche die Augen nicht öffnete, sich offenbar der Realität entzog, packte sie sie bei den Schultern und drückte etwas fester zu. »Hör mir zu.«

Sichtbar widerwillig öffnete Blanche die Augen und begegnete kurz dem eisernen Blick ihrer Mutter, sah dann aber gleich wieder weg.

»Dieses Geheimnis könnte uns alle zerstören«, sagte Carole, die Entschiedenheit in ihrer Stimme scharf wie eine Klinge. »Du hast es bisher so gut behütet.« Sie streichelte ihrer Tochter übers Haar, strich ihr mit den Fingerspitzen eine lose Strähne aus dem Gesicht. »Ruinier das jetzt nicht alles«, fügte sie hinzu, wobei sie ihre Stimme beinahe zu einem Flüstern senkte und sich zwang, liebevoll und mitfühlend zu klingen, obwohl sie die Frau in Wahrheit am liebsten durchgeschüttelt und angeschrien hätte, bis sie wieder bei Sinnen war. »Mach dir keine Sorgen, Süße, Bill ist bloß sehr aufgebracht. Aber er liebt dich von ganzem Herzen. Er meinte das nicht so, das weißt du doch.«

»Aber wenn er gewusst hätte ...«

»Schhh«, machte sie, am Ende mit ihrer Geduld. »Da gibt es nichts zu wissen. Damit würdest du niemandem einen Gefallen tun, außer dir selbst.« Sie starrte sie eindringlich an, bis die Schultern unter ihrem Griff heruntersackten. »Stell dir selbst diese Frage: Ist deine Selbstsüchtigkeit Grund genug, das Wohlergehen der ganzen Familie zu gefährden?«

Blanche seufzte, stieß resigniert die Luft aus, die sie angehalten hatte, gab sich geschlagen.

»Das ist mein Mädchen«, meinte Carole lächelnd. Sie umarmte ihre Tochter, hielt sie einen Augenblick lang fest in den Armen, dann schob sie sie weg. Blanche war mit zunehmendem Alter immer schwächer geworden anstatt stärker, unabhängiger und selbstsicherer. Es dauerte nicht lang, dann öffneten sich alle Schleusen und, gute Güte, wie sie heulen konnte.

Was für ein Weichei.

»Kommst du zurecht?«, fragte sie und suchte Blanches Blick.

Die Frau nickte, sah aber weg. Die Schleusen waren immer noch geöffnet, doch sie würde sich schon bald zusammenreißen. Und sie würde Stillschweigen bewahren. So könnten sie den Sturm überstehen, doch nur, wenn dieser Detective nicht noch einmal hier aufkreuzte.

Sie würde Blanche wie einen Adler im Auge behalten müssen, um sicherzustellen, dass sie nicht mit dieser Polizistin allein blieb, nicht einmal für eine Minute.

Kay Sharp ... *Dr.* Kay Sharp sogar. Carole hatte ihre Assistentin gebeten, ein paar Nachforschungen über den Detective anzustellen, da sie viel zu schlau für Mount Chester, Kalifornien, wirkte, wo die meisten Deputies nur gerade so einen High-School-

Abschluss geschafft hatten. Diese Frau hingegen hatte Grips, sie konnte die Leute lesen wie ein offenes Buch, blätterte durch ihre Gedanken wie durch Seiten. Und jetzt nahm sie ihre Familiengeheimnisse, die seit Jahrzehnten streng behütet wurden, unter die Lupe, kam der Wahrheit für Caroles Geschmack viel zu nahe.

Dr. Kay Sharp war gefährlich.

Sollte es hart auf hart kommen, wäre Carole bereit zu tun, was nötig war.

Die meisten Leute waren bestechlich, doch was Geld anging, schien es mit der Intelligenz des Detectives nicht weit her zu sein – in der Hinsicht war sie offenkundig vollkommen dumm. Sie hätte eine erfolgreiche Psychologin mit einer gut besuchten Praxis in San Francisco sein können, hätte ein Riesengeschäft machen können mit den hunderten von Dollars, die Seelenklempner heutzutage pro Stunde verlangen konnten, bei all den verängstigten Geschäftsführern und den verwöhnten Hausfrauen aus dem Silicon Valley. Stattdessen hatte sie sich dafür entschieden, für das FBI zu arbeiten und ihren Lebensunterhalt damit zu verdienen, Mörder zu schnappen. Öde, aber immer noch halbwegs würdevoll. Doch selbst das hatte sie für den mickrigen Gehaltsscheck zurückgelassen, den sie als Detective der örtlichen Polizei in einer Stadt bekam, die weniger als viertausend Einwohner hatte.

Ganz und gar nicht schlau. Oder vielleicht war sie einfach nur nicht käuflich.

Nun, dachte sie, als sie Blanche ein letztes Mal über die Wange strich und die Bibliothek verließ, *die Leute haben ständig ganz zufällig, unter rätselhaften Umständen Unfälle. Und das* ist *käuflich.*

NEUNUNDZWANZIG

UNGEHORSAM

Seit er gegangen war, hatte sie es kaum aus dem Bett geschafft. Ihr gesamter Körper schmerzte, alles in ihr tobte und schrie. Es war später Nachmittag, die Sonne ging bereits unter und würde schon bald die Baumkronen erreichen, die durch das Wohnzimmerfenster zu sehen waren.

Es war kalt und Kirsten graute es davor, das Bett zu verlassen, auch wenn sie sich eigentlich eine neue Decke suchen oder einen Sweater von einem namenlosen Mädchen hätte ausborgen sollen, das einmal an ihrer Stelle hier gelegen hatte.

Bald würde es dunkel werden.

Heiß rann eine Träne ihre eiskalte Schläfe hinunter aufs Kissen. Sie erinnerte sich noch lebhaft und mit einer überwältigenden Bildhaftigkeit an die vergangene Nacht, die sie einfach nicht aus dem Kopf bekam. Wie sie stundenlang auf ihn gewartet hatte, nachdem sich der Schleier der Nacht gesenkt hatte, wie sie das Haus mit dem Herd warmgehalten und sich mit der Nachttischlampe, die sie in die freie Steckdose hinter dem Kühlschrank gestöpselt hatte, Licht verschafft hatte. Wie sie gehört hatte, dass sein Wagen auf die Auffahrt fuhr, und aufgesprungen war, um rasch das Licht und den

Herd auszuschalten. Wie er im Türrahmen stehengeblieben war und schon an der Luft bemerkt hatte, dass es zu warm war.

Dann hatte er seine Wut über ihren Ungehorsam an ihr ausgelassen.

»Ich hab dir gesagt, wie ich die Dinge gerne habe«, schrie er so dicht vor ihr, dass sie die Luft vor Zorn förmlich vibrieren spürte. »Ich hab dich gewarnt, bring mich nicht dazu, Dinge zu tun, die ich nicht tun will.«

Sie schluchzte und flehte um Gnade, während er sie nur anstarrte und seine Wut langsam zu einem Glühen herunterbrannte. Dann entriegelte er die Tür mit der Fernbedienung, die er nie aus der Hand gab, und öffnete sie sperrangelweit, ließ die kalte, feuchte Luft ins Haus strömen. Kurz darauf klapperten ihr schon wieder die Zähne und sie zitterte selbst unter den drei Lagen aus Kleidung, die sie angezogen hatte.

Das gefiel ihm auch nicht. Er hatte sie nackt ausgezogen und unter die Dusche geschickt, wobei er sie mit einer Stimme, die keinerlei Raum für Diskussionen zuließ, daran erinnerte, ihr Haar ja nicht zu föhnen und nur in ein Handtuch gekleidet herauszukommen.

Sie wusste warum und sie wusste, was sie erwartete, wenn sie das tat.

Unter der Dusche, immer noch zitternd trotz des heißen Wassers, das ihr die Haut verbrühte, erinnerte sie sich daran, wie liebevoll und sehnsuchtsvoll er in der Nacht zuvor gewesen war. Sie erinnerte sich auch daran, wie es, damals mit Bierbauch und seinem Gefolge bei ihrem Stiefvater, die lüsternen Männer nur umso mehr erregt hatte, wenn sie sich aus ihrem Griff zu winden versuchte, wie es ihren Hunger nur noch verstärkt hatte.

Was, wenn sie stattdessen eher klug und gerissen handeln musste, um hier herauszukommen? Schiere Kraft hatte sie bei den Fensterscheiben mal so gar nicht weitergebracht und würde auch ziemlich genau null Komma nichts gegen dieses riesige Messer ausrichten.

Als sie an diesem Abend aus dem Bad gekommen war, hatte sie gewusst, was sie zu erwarten hatte. Das Haus, kalt und in Dunkelheit gehüllt. Ihn, immer noch ein wenig verärgert, aber doch größtenteils berechenbar, wie er die gleichen Bewegungen durchging wie in der Nacht zuvor und alle anderen Nächte davor, so als würde er eine Rolle in einem Theaterstück proben, ohne Publikum und ohne Scheinwerferlicht.

Sie spielte ihre Rolle gut, gab vor, ihn zu wollen, Gefallen daran zu haben, sich an seinen Körper zu schmiegen, streichelte ihn mit eisigen, zitternden Fingern, während sie ihn fortwünschte, mehr, als sie sich je etwas gewünscht hatte.

Dann tat sie so, als würde sie einschlafen, damit sie sich, sobald er schlief, dieses Messer schnappen und seine erbärmliche Existenz beenden konnte. Doch er wachte die ganze Zeit über ihr, wie um sie vor unsichtbaren Gefahren zu beschützen.

Als das erste Tageslicht die Nacht zurückdrängte, stand er auf und zog sich an, und für einen Moment war der charismatische Mann, von dem sie einmal gemocht werden wollte, wieder da, seine Augen warm und zärtlich, das Lächeln aufrichtig.

Dann veränderte sich dieser seltsame, liebevolle Blick und er runzelte finster die Stirn. »Missachte verdammt nochmal nie wieder, was ich dir sage«, sagte er kühl, dann verschwand er ohne ein weiteres Wort.

Sie beobachtete, wie sein Auto die Auffahrt hinunterfuhr und atmete auf, als er auf die Hauptstraße bog und außer Sichtweite verschwand. Eilig rannte sie zum Herd und drehte ihn auf, doch die Kochplatten blieben kalt und dunkel. Mit klopfendem Herzen öffnete sie den Kühlschrank und sah, dass er dunkel und so gut wie leer war, die Luft roch bereits abgestanden.

Es gab keinen Strom. Keine Wärme. Kein Licht. Nichts.

Panisch durchsuchte sie die Schränke nach etwas zum

Anziehen, doch egal, was sie anfasste, immer wieder ließ sie dieselbe Frage ängstlich und angewidert zurückweichen. Welches Mädchen hatte diesen Sweater vor ihr getragen und wo war sie jetzt? War sie geflohen und zu ihrer Familie zurückgekehrt? Oder lag sie in irgendeinem dürftigen Grab im Wald hinter dem Haus, nicht weit von hier entfernt?

Schließlich gewann ihr Pragmatismus die Oberhand und sie zog sich dick an. Ob diese Mädchen tot oder am Leben waren, spielte keine Rolle – so oder so würde es ihnen nichts mehr ausmachen und Kirsten würde ohnehin bald das gleiche Schicksal ereilen.

Es gab keinen Ausweg.

Es sei denn, sie konnte das Blatt irgendwie gegen ihn wenden.

Anscheinend war er wie besessen von etwas. Die Dunkelheit, die Kälte, die unheimliche Duschroutine, die der Auftakt all ihrer endlosen gemeinsamen Nächte gewesen war. Vielleicht war sie da, um ihn an jemanden zu erinnern, genau wie all die anderen Mädchen.

Vielleicht gab es auch eine Möglichkeit, ihn dazu zu bringen, sich in sie zu verlieben. Wenn sie doch nur herausbekäme, zu wem sie werden musste.

Mit einem klaren Ziel im Kopf durchstreifte sie das Haus im schwindenden Nachmittagslicht. Da entdeckte sie das Bild eines jungen Mädchens in einer rosafarbenen Rüschenbluse und einem schlichten, schwarzen Bleistiftrock. Es hing an der Wand in dem Schlafzimmer, in das er sie jede Nacht gebracht hatte, und während sie in seinen Armen zu schlafen vorgab, war er wach geblieben und hatte den Blick nicht von diesem Bild abgewandt. Ihr fiel ein, wie er dem Porträt manchmal einen langen, sehnsüchtigen Blick zuwarf, kurz bevor er das Zimmer verließ, wie um sich zu verabschieden.

Kirsten sah diesem Mädchen ähnlich. Eine große, dünne Blondine mit langem Haar, genau wie ihres, und einem freundlichen, liebevollen, etwas schüchternen Lächeln. Ihre Nägel waren pink lackiert und ihre Lippen rosa geschminkt. Das wellige Haar hing ihr offen über die rechte Schulter, weshalb sie den Kopf leicht, ein wenig verspielt neigte.

Kirsten fuhr sich durchs Haar und legte es sich über die Schulter, dann ahmte sie das schüchterne Lächeln des Mädchens nach.

Sie konnte es schaffen. Sie konnte dieses Mädchen sein.

Kay war gerade auf dem Weg nach Redding, doch nachdem sie durchs Tal gefahren und am Gipfel des Hügels angekommen war, hielt sie auf dem Parkplatz des Katse Coffee Shops. Die Strahlen der tief stehenden Sonne waren bereits zu schwach, um gegen die Kälte anzukommen, die von den Berghängen ausging. Bald würde sie hinter dem Mount Chester verschwinden und schon zwei Stunden vor dem tatsächlichen Sonnenuntergang eine lange Dämmerung einläuten. Die Fahrt nach Redding und zurück würde wohl bis zum frühen Abend dauern und Kay hatte bereits das Mittagessen ausgelassen. Also wollte sie sich noch einen Becher Kaffee und ein frisches Croissant holen, wobei sie ihr schlechtes Gewissen damit besänftigte, dass sie während der Mittagspause arbeiten würde.

Die Sitzterrasse war zu dieser Jahreszeit schon geschlossen, die Tische waren aufeinandergestapelt und an den Zaun gekettet worden. Stühle gab es keine mehr, vermutlich wurden sie irgendwo drinnen gelagert. Da ihr also die Optionen auf einen ungestörten Arbeitsplatz für ihre Mittagspause ausgingen, ging sie schließlich doch nach drinnen.

Sie holte ihre Bestellung von der Theke ab und suchte sich

einen Tisch, doch das Café war überfüllt und das laute Geplapper der Leute übertönte ihre eigenen Gedanken. So würde sie nicht wie geplant arbeiten können, wurde ihr klar, also entschied sie sich für den SUV, setzte sich mit offener Tür hinters Steuer, atmete die frische Nachmittagsluft ein und biss genüsslich in das warme Buttercroissant. Die Croissants von Katse waren einfach unvergleichlich – knusprig, luftig, dünner Teig, wunderbar goldgelb und nicht zu süß. Durch die Windschutzscheibe konnte der Sonnenschein sie trotz der kühlen Luft ein wenig aufwärmen und ihre Stimmung heben, gab ihr frischen Mut, dass sie das Rätsel um das Mädchen von den Blackwater River Falls zu entwirren vermochte.

Wer war sie wirklich?

War sie Rose Harrelson? Wenn ja, warum war sie zu Alyssa Caldwell geworden und wie? Hatte sich jemand Rose geschnappt und mit ihr Alyssa ersetzt, ohne dass irgendjemand in der Familie – Eltern, Großeltern, Verwandte – den Unterschied bemerkt hatte? Warum würde jemand so etwas tun und was war mit der echten Alyssa Caldwell passiert?

Denn eine Sache war vollkommen klar: Selbst wenn Rose irgendwann zu Alyssa geworden war, hatte es ursprünglich zwei kleine Mädchen gegeben, die im Abstand von vier Monaten geboren worden waren. Von beiden gab es vollständige Krankenhausakten mit Fotos und allem Drum und Dran.

Sie blickte in die Ferne auf die schneebedeckten Gipfel des Mount Chester vor dem blauen Himmel und ließ ihre Gedanken schweifen, spielte mit möglichen Szenarien wie Kinder mit Legosteinen. Steckte sie zusammen, überlegte, ob ihr die Konstellation gefiel, ob es passte, dann nahm sie sie wieder auseinander und baute aus denselben Steinen etwas anderes.

Es gab einmal zwei kleine Mädchen, Alyssa und Rose.

Dann gab es nur noch eines.

Sie aß den letzten Bissen Croissant und streckte die Beine

nach draußen aus, wischte sich die Krümel von Hose und Sweater. Dann gab sie etwas Desinfektionsmittel aus der kleinen Flasche, die sie im zweiten Getränkehalter zwischen den Sitzen aufbewahrte, auf ein Taschentuch, wischte sich die Hände sauber und wedelte mit diesen in der Luft herum, um sie zu trocknen. Danach fuhr sie ihren Laptop hoch.

Erneut sah sie die Notizen in Rose Harrelsons Fallakte durch und betrachtete das verblichene Foto. Dann suchte sie im Internet eines der älteren Fotos von Alyssa heraus, aufgenommen auf der Feier zu ihrem vierten Geburtstag. An einem Ort wie Mount Chester hatte der Geburtstag der Erbin von Caldwell Farms beachtlichen Nachrichtenwert und das schon seit ihrer Geburt, was es noch unwahrscheinlicher machte, dass Alyssa mit Rose ausgetauscht worden war, ohne dass es jemand bemerkt hatte.

Nein ... Dieses ganze Gedankenspiel war dämlich, ein frei erfundenes Produkt ihrer Vorstellungskraft, weil sie die Wahrheit einfach nicht herausfand.

Obwohl die Mädchen sich schon irgendwie ähnlich sahen.

Das gleiche kastanienbraune Haar – oder zumindest fast das gleiche –, niedliche kleine Grübchen am Kinn und die gleichen braunen Augen. Zufall? Möglicherweise. Diese äußeren Merkmale hatten sie mit einem Großteil der Bevölkerung gemein und die beiden Mädchen waren auch sicher nicht die einzigen in Mount Chester mit Grübchen am Kinn. Was die Haar- und die Augenfarbe betraf, war keins von beidem einzigartig.

Kay seufzte. Sie hatte nichts.

Doch vielleicht hatten sich Shelley Harrelsons Weg und der der Caldwells einst gekreuzt. Sie hatte Carole danach gefragt, doch bevor sie antworten konnte, waren sie von Bill unterbrochen worden. Wenn sie die Entführung von damals aufklären wollte, dann musste sie den zeitlichen Ablauf sämtlicher Begegnungen von vor vierzehn Jahren ausarbeiten, und dafür brauchte sie eine Spur, der sie folgen konnte. Sie musste noch einmal die Caldwells besuchen, denn deren ungewöhnliches Verhalten war ein todsicheres Indiz für sorgsam behütete Geheimnisse, und eines davon war vielleicht die Antwort, nach der sie suchte.

Zurück bei ihrem imaginären Legospiel, brachte sie sämtliche Theorien, die sie erbaut hatte, zum Einsturz. Stattdessen ordnete sie die Fakten zwei Stapeln zu, einen für Rose und einen für Alyssa, und ließ dabei jegliche Spekulationen außen vor.

Was wusste sie über Rose Harrelson? Eines war sicher: Sie war entführt worden. Kein Elternteil war darin verwickelt gewesen, das war ebenfalls Fakt. Ein dritter Fakt war, dass die Ermittlung zu ihrem Verschwinden ein beispielloses Sinnbild der Inkompetenz war, in der nichts wirklich zu Ende gebracht worden war. Wesentliche Fragen waren nie beantwortet und entscheidende Zeugen nie befragt worden.

Sie nahm einen Stift aus dem Handschuhfach und machte sich rasch Notizen auf Roses Fallakte: *Wer hat sie entführt? Warum? Tatortbesichtigung wiederholen. Arbeitskollegen des Vaters befragen. Den Detective finden, der die Ermittlungen im Keim erstickt hat und ihm ein paar Fragen stellen. Reine Inkompetenz oder hatte er Hintergedanken? Shelleys DNA besorgen und die Identität des Mädchens in der Leichenhalle ein für alle Mal feststellen.*

Später am Abend würden sie es wissen. Doc Whitmore blieb sicher bereitwillig die ganze Nacht auf den Beinen, um die Probe zu analysieren.

Sie trank noch einen Schluck schwarzen Kaffee, dann legte sie Roses Akte auf den Beifahrersitz und ging wieder an den Laptop. Bevor sie sich nach Redding aufmachte, wollte sie ein bisschen mehr über Alyssa herausfinden, für ihren zweiten Faktenstapel.

Alyssa war vier Monate vor Rose geboren worden und

beide ihrer Elternteile waren noch am Leben. Sie war im Rampenlicht der Lokalpresse aufgewachsen, weshalb ihre Kindheit mit einer regelrechten Spur aus Bildern dokumentiert worden war. Und später war sie zu einem ganz normalen Teenager geworden, mit Social-Media-Accounts voller Selfies und Freunde – Freunde, die Kay befragen konnte, um mehr über Alyssa zu erfahren.

Sie klappte den Laptop zu und betrachtete erneut die Berggipfel. Die Farben des Nachmittags waren so strahlend, dass sie beinahe surreal wirkten: das dunkle Grün der Kiefern. Die leuchtenden Rot-, Orange- und Gelbtöne des Laubs. Und dort, in der Ferne, Schneeweiß auf grauem Stein vor einem strahlend blauen Himmel.

Vor vierzehn Jahren hatte Kay mit ihren eigenen Problemen zu kämpfen gehabt und jegliche Nachrichten, die sie damals über Roses Entführung oder auch Alyssa vielleicht mitbekommen hatte, waren längst vergessen. Doch all die Leute da draußen, Alyssas Facebookfreunde und diejenigen, die nichts Besseres zu tun hatten, als das Leben der Caldwells zu verfolgen, sollten ein guter Anfang sein.

Doch zuerst stand die wahre Identität des Mädchens an. Shelleys DNA würde schon bald offenbaren, was sie wissen musste.

Mit einem angespannten Lächeln auf den Lippen startete sie den Motor und bog nach links auf den Highway, Richtung Süden.

Immerhin war Nicole bei Jacob zu Hause sicher, gewöhnte sich ein, erlebte ihren ersten Tag als freie Frau. Die Anspannung in ihrem Lächeln löste sich ein wenig – es schien doch aufwärtszugehen.

EINUNDDREISSIG

EIN AUFTRAG

Deputy Herb Scott fuhr mit dem Streifenwagen an Hilltop Bar and Grill vorbei, drosselte die Geschwindigkeit, als er sich dem alten Gebäude näherte, doch er beschloss, stattdessen direkt nach Hause zu fahren. In seinem Kopf hämmerte es immer noch, der Kater ließ sich einfach nicht abschütteln. Ein Konterbier würde da Abhilfe schaffen, doch solang er noch doppelt sah, ertrug er das Gegröle in der Kneipe einfach nicht.

Zum Glück hatte er jede Menge Alkohol zu Hause und seine nichtsnutzige Frau würde ihm schon schleunigst ein randvolles Glas mit seinem besten Single-Malt-Whisky einschenken, den er sich extra für die Tage aufhob, an denen eben nur noch der beste Single-Malt-Whisky half.

Er bog auf die Auffahrt und parkte den Streifenwagen, war viel zu verkatert, um zu bemerken, dass die Lichter im Haus aus waren, obwohl die Sonne schon vor einer ganzen Weile untergegangen war. Das Licht auf der Veranda war auch aus und er fluchte laut, als er deshalb über die unterste Stufe stolperte und beinahe hinfiel. Dann schloss er die Tür auf und trat ein.

Nicht der Duft des frisch gekochten Abendessens schlug ihm entgegen, sondern nur die dunkle Stille im Haus. Er schaltete das Licht ein und rief ungeduldig: »Nicole!« Er stand mitten im Flur und wartete darauf, dass sie herbeigeeilt kam, von wo zum Henker auch immer sie steckte, um ihn zu umsorgen. Aber nichts passierte.

»Nicole!«, brüllte er erneut, doch das Echo seiner eigenen Stimme war alles, was er als Antwort erhielt. »Diese verdammte Frau«, grummelte er, löste seinen Dienstgürtel und legte ihn auf einem Stuhl ab. Dann zog er die Jacke aus und öffnete mit einem erleichterten Seufzer den Knopf seiner Hose. Der Bund seiner Uniform war in letzter Zeit immer enger und enger geworden, als wäre sein Alltag nicht schon so elendig genug.

Als er die Küche betrat und das Licht einschaltete, fand er nichts auf dem Herd vor. Aus reiner Gewohnheit sah er auch im Ofen nach, doch er war leer und ausgeschaltet. In der Spüle stapelte sich das dreckige Geschirr und der Tisch war seit dem Frühstück noch nicht abgeräumt worden.

»Faules Weib«, stöhnte er. »Wo zum Teufel steckst du?« Er fluchte erneut, als ihm einfiel, dass sie einkaufen gegangen sein könnte. Es gab einen guten Grund, warum sie das Haus nicht alleine verlassen durfte, und das wusste sie ganz genau. Wenn sie das vergessen hätte, würde er sie mit größtem Vergnügen daran erinnern, direkt nach seinem Whisky und dem Abendessen, das sie mal lieber schleunigst vorbereitete.

Als Nächstes sah er im Schlafzimmer nach, wo er die Schranktüren offen vorfand und einige ihrer Sachen fehlten. Der Koffer war weg, genau wie ihre Handtasche. Entgeistert stand er mitten im Zimmer und kratzte sich am Kopf. Wie betäubt fiel ihm ein, dass sie ein wenig Bargeld in einer Dose in ihrem Nachttischchen aufbewahrte – vermutlich dachte sie, er wüsste nichts davon. Doch er wusste über alles Bescheid, das war sein Job, seine Pflicht als Familienoberhaupt.

Er zog die Nachttischschublade auf und wühlte darin herum, suchte nach der Dose. Sie war weg, genau wie der Ehering ihrer Mutter, den sie darin aufbewahrte, jedoch nie trug, da ihre Finger zu dünn waren und sie ihn nicht verlieren wollte.

Die Schlampe war weg.

Sein Kater kehrte dröhnend zurück. Er ballte die Fäuste so fest, dass seine Knöchel knackten, und stieß ein wütendes Brüllen aus. Er rannte ins Wohnzimmer, wo er den Whisky aus der Hausbar nahm und einige Schlucke direkt aus der Flasche hinunterstürzte. Dann knallte er sie auf den Tisch, scherte sich nicht um die Tropfen, die auf der glänzenden, lackierten Tischplatte landeten.

Da sah er ihn.

Einen Umschlag, unverschlossen und gegen die Fernbedienung gelehnt, mit seinem Namen in handschriftlichen Druckbuchstaben darauf.

Er machte ihn auf und las, auch wenn ihm die Sicht verschwamm und die Buchstaben vor ihm auf dem Blatt Papier zu tanzen schienen.

Du wirst mich nie wieder sehen.
Such nicht nach mir.

Obwohl es nur zwei kurze Sätze waren, musste er den Brief zweimal lesen, um die Bedeutung zu verstehen.

Seine Frau hatte ihn verlassen.

Ihn!

Was für eine undankbare, dumme, respektlose Schlampe! Und ein Feigling noch dazu – ihm einen Zettel zu hinterlassen, anstatt ihn zu konfrontieren, es ihm ins Gesicht zu sagen. Der hätte er es aber gezeigt.

Sein Gesicht nahm einen dunkelroten Farbton an, die Adern an seinen Schläfen pulsierten im Einklang mit seinem donnernden Herzen, verstärkten seine Kopfschmerzen. Der Zorn in ihm wuchs, bis er nicht mehr geradeaus sehen konnte. Er brauchte etwas, worauf er einschlagen konnte, doch Nicole war weg, drückte sich feige vor der Lektion, die ihr bevorstand. Stattdessen schlugen seine Fäuste gegen die Wand. Die Trockenbauwand hatte keine Chance gegen seine ordentlich trainierten Arme. Am Rand des Lochs, das er hineinschlug, waren Blutflecken zu sehen, doch er nahm den Schmerz gar nicht war, nur seine Wut. Er stürmte zurück ins Schlafzimmer und riss ihre Kleider von den Bügeln, stampfte darauf herum, riss sie in Fetzen. Dann machte er bei den Bettlaken weiter und als er damit fertig war, kehrte er in die Küche zurück, das Geschirr in der Spüle sein nächstes Ziel. Er schleuderte es quer durch den Raum, sodass es gegen die gefliese Wand schlug und in Scherben und Splittern auf dem Boden landete.

»Aahh! Diese verfickte Hure!«, brüllte er, drehte sich auf der Suche nach noch mehr Dingen, die er zerstören konnte, um die eigene Achse. »Ich bring sie mit meinen eigenen Händen um, ja, das mache ich.« Ein Schmortopf flog quer durch die Küche, traf das Fenster, hinterließ einen Riss und landete in der Spüle. »Und wenn es das Letzte ist, was ich tue, ich bring diese Schlampe um, verdammt nochmal.«

Da klingelte sein Handy, die fröhliche Melodie passte so gar nicht in sein brüllendes und schepperndes Konzert.

»Zum Teufel nochmal«, schrie er, als ob der Anrufer ihn hören könnte. Er keuchte, war ganz außer Atem, wusste nicht, ob er den Anruf annehmen sollte oder nicht, wusste nicht, was er tun sollte. Noch nie in seinem Leben war er so wütend gewesen.

Dann sah er den Anrufer auf dem Display seines Handys, das aus seiner Jackentasche lugte. Statt eines Namens waren da drei Dollarzeichen zu sehen, deren Bedeutung nur er kannte. Er schluckte seinen Zorn herunter, schnappte sich das Handy und ging ran.

»Hallo«, sagte er schwer keuchend, rang nach Atem.

»Störe ich gerade?« Die Stimme des Anrufers war kalt und

unnachgiebig, der Mann hatte überhaupt keinen Bock, mit seinem Scheiß behelligt zu werden.

Scott war klar, dass er besser die Klappe hielt und sich nur darauf gefasst machte, Befehle entgegenzunehmen. »Nein, Sir«, antwortete er, wobei er es kaum schaffte, wieder zu Atem zu kommen. »Was kann ich für Sie tun?«

»Dieser neue Cop, Kay Sharp, ich will, dass Sie sie rund um die Uhr überwachen«, sagte er und hielt kurz inne, doch Scott war nicht schnell genug, etwas zu erwidern, weil er immer noch außer Atem war. »Ich will, dass Sie an ihr kleben wie eine Klette, haben Sie verstanden?«

»J-ja, Sir«, brachte Scott heraus, »aber sie kommt vom FBI. Jemanden vom FBI zu verfolgen ist gefährlich. Ich hab's schon ein paarmal gemacht, aber ...«

»Dann lassen Sie sich eben nicht erwischen«, entgegnete der Mann mit einem abschätzigen Schnauben. »Machen Sie einfach Ihren Job. Und wenn sie Ihnen zu nahekommt, werden Sie sie los.«

Er überlegte, ob das wohl der richtige Zeitpunkt war, ihn um mehr Geld zu bitten. Immerhin würde er Tag und Nacht arbeiten und ein gewaltiges Risiko eingehen. »Was das angeht«, begann er, »weil sie vom FBI ist und so, sollten wir, denke ich, nochmal über unsere Vereinbarung reden ...«

»Gefällt es Ihnen, am Leben zu sein? Gefällt Ihnen *diese* Vereinbarung?«, fragte der Mann ruhig und Scott lief ein Schauer über den Rücken. »Dann überlassen Sie mir das Denken«, fügte er ebenso ruhig hinzu, mit einer unmissverständlichen Entschlossenheit in der Stimme.

Er legte auf, noch bevor Scott es wagen konnte, seinen Gedanken zu Ende zu führen.

Er musste definitiv mehr Geld verlangen. Drei-Dollarzeichen hatte ihn bisher immer ordentlich bezahlt.

Eine FBI-Agentin zu verfolgen war gefährlich, doch eine zu töten, zog die Todesstrafe nach sich.

ZWEIUNDDREISSIG

DNA

Wie immer zu dieser Jahreszeit hatten sich die Farben des Himmels rasch verändert, Azurblau war nach und nach zu Violett geworden und dann zu einem mit Sternen gesprenkelten Kohlrabenschwarz. Über den kahlen Bäumen hing immer noch ein zunehmender Sichelmond und verlieh der Landschaft eine halloweenartige Stimmung, obwohl bereits der 4. November war.

Kay lag auf ihrem Weg zum Krankenhaus von Redding gut in der Zeit, wobei sie starrsinnig die Schmerzen ignorierte, die sich zwischen ihren Schultern eingenistet hatten und mit messerscharfen Stichen ihren Nacken hinaufwanderten. Immer wieder fuhr sie sich geistesabwesend mit der Hand über den Nacken, um die Verspannung zu lösen, die den stechenden Schmerz nur verstärkte. Unterdessen drehten sich ihre Gedanken unaufhörlich um Rose Harrelson und Alyssa Caldwell.

Welche von beiden lag in Doc Whitmores Leichenhalle? Schon bald würden sie es wissen und dieses Wissen würde den Verlauf ihrer Ermittlungen bestimmen. Dieses Wissen wäre die erste stichhaltige Spur, seit sie die Leiche des Mädchens im Wasser hinter dem Wasserfall gesehen hatte.

Einen kurzen Augenblick lang erwischte sie sich dabei, wie sie ihre Ermittlungen zu Serienmördern in ihrer Zeit als Profilerin beim FBI vermisste. Die Disziplin dabei, die Genauigkeit, die klaren und einfachen Abläufe. Viktimologie. Profiling. Geographie. Elliot würde vermutlich denken, dass ihr diese Fälle leicht vorkamen, weil sie ganz einfach gut in diesen Dingen war, doch sie wusste, dass da noch mehr dahintersteckte. Sie hatte in ihrer Ausbildung gelernt, die kriminelle Psyche nachzuvollziehen, sich in den UT hineinzuversetzen und seinen nächsten Schritt vorherzusehen. Und wenn sie einen Serienmörder schnappen konnte, dann bekam sie mit Sicherheit auch den UT zu fassen, der vor vierzehn Jahren eine Dreijährige entführt hatte, und auch denjenigen, der Alyssas Kehle hinter den Blackwater River Falls aufgeschlitzt hatte.

War es vielleicht ein und derselbe Täter? Als ihr der Gedanke kam, runzelte sie die Stirn. *Könnte das möglich sein?*

Das Problem an Alyssas Mordfall war ganz einfach, dass es zu viele Fragen und nicht annähernd genügend Antworten gab. Bei Roses Entführungsfall war es genau das gleiche Problem.

Immer diese merkwürdigen Zufälle.

Kay näherte sich mit gedrosselter Geschwindigkeit dem Krankenhaus. Es graute ihr vor dem Moment, in dem sie durch die Drehtür gehen und die Luft einatmen musste, die sie an die letzten Tage ihrer Mutter erinnerte, diese Mischung aus verschiedenen Gerüchen, die durch die Klimaanlage immer und immer wieder durch den Raum zirkulierten. Desinfektionsmittel, Jod, Waschmittel, Stärke, die muffigen Stoffüberzüge der Stühle und Sofas im Wartebereich, das zerschlissene Kunstleder der Sessel in der Eingangshalle und die Plastikmatratzenschoner in jedem Krankenzimmer, angewärmt von den Körpern, die darauf lagen.

Erst gestern war sie dort gewesen, hatte Shelley Harrelsons

Krankenwagen begleitet, in der Hoffnung, dass die Ärzte ihr Leben nach dem erneuten Schlaganfall noch retten konnten. Sie hatte nicht besonders viel Hoffnung, denn sie hatte Fälle wie Shelleys schon gesehen und kannte sich mit der Prognose aus. Doch ob sie noch bei Bewusstsein war oder nicht, ob sie sich daran erinnerte oder nicht, Kay hatte der trauernden Frau ein Versprechen gegeben, das sie unbedingt halten wollte. Und um dieses Versprechen zu halten, brauchte sie eine DNA-Probe von ihr.

Sie parkte den SUV am Straßenrand und zeigte dem Sicherheitsmann ihre Dienstmarke. »Ich brauche nicht lang«, erklärte sie und der finstere Blick des Mannes verflog.

Dann lief sie an ihm vorbei durch die Drehtür, zeigte ihre Dienstmarke noch einmal am Empfang vor und bekam eine Zimmernummer genannt. Kurz in den Aufzug und dann hatte sie Shelleys Zimmer auch schon gefunden.

Als Kay die Schiebetür aufschob und eintrat, wurde sie vom rhythmischen Piepen des Herzmonitors begrüßt. Neben Shelley überprüfte ein großer Mann in Krankenhauskleidung ihre Vitalwerte.

Shelleys Augen waren geschlossen und ein Schlauch verband sie mit einem Beatmungsgerät, denn ihre Lunge konnte nicht mehr selbstständig atmen. Ihr Kopf war in Verbandsmull eingewickelt. Sie mussten sie operiert haben, um den Hirndruck abzubauen, der durch den Schlaganfall entstanden war. Ihre Haut hatte eine gräuliche, leichenhafte Blässe angenommen, als hätte der Tod schon seinen Anspruch auf ihren schwachen Körper erhoben.

»Gehören Sie zur Familie?«, fragte der Mann freundlich. Auf seinem Namensschild stand »DR. FIELDMORE«. Er war jung, vermutlich aus der Gegend.

»Nein«, erwiderte sie und zeigte erneut ihre Dienstmarke vor. »Ich bin Dr. Sharp, von der Polizeiwache. Wie geht es ihr?«

Er blickte kurz zu Shelley, dann sah er auf sein Klemmbrett

und sagte: »Wir haben den intrakraniellen Druck abgebaut und die Blutung gestoppt, doch sie ist ins Koma gefallen. Sie wird vermutlich nie wieder aufwachen.« Er fuhr sich durchs Haar und seufzte. »Auf der Glasgow-Koma-Skala ist sie eine sieben. Sie wird nicht wieder aufwachen.«

Kay nickte. »Verstehe. Wie gehen Sie weiter vor?«

»Morgen früh ziehen wir den Stecker.«

Aus irgendeinem Grund bekam Kay bei dieser Vorstellung einen Kloß im Hals. »So früh schon?«

»Das ist das Standardprotokoll bei Staatsmündeln. Es gibt keine Familie und auch keine Hoffnung mehr.«

Kay schob den Asservatenbeutel, den sie in ihrer schwitzigen Hand umklammert hielt, zurück in die Tasche. Shelley hatte keine Haare mehr, sie konnte also keine einzelnen Haare mit Wurzeln herauszupfen, um so an ihre DNA zu kommen. Doch sie würde auch nicht mit leeren Händen hier rausgehen, sie war sich sicher, dass Shelley das nicht gefallen hätte.

»Könnte ich einen sterilen, einzeln verpackten Abstrichtupfer bekommen?«

Er sah sie neugierig an, fragte aber nicht weiter nach. Eigentlich verlangten Krankenhäuser eine Befugnis, ehe sie erlaubten, dass DNA-Proben von ihren Patienten genommen wurden, egal ob tot oder lebendig oder etwas dazwischen. »Hier in der Schublade finden Sie welche.« Er zeigte ihr die besagte Schublade, ließ sie einen Spalt breit offen stehen. »Brauchen Sie einen Moment?«

»Ja, danke«, erwiderte sie und schluckte schwer.

Er ging hinaus und schob leise die Tür zu.

Kay schnappte sich den Stuhl, auf dem der Arzt zuvor gesessen hatte, und zog ihn ans Bett. Erinnerungen an den Tod ihrer Mutter stürzten auf sie ein und einen langen, verwirrenden Moment lang fühlte sie sich Shelley nahe, zu ihr hingezogen, als wäre es ihre eigene Mom, die in diesem Bett lag und noch einmal von Neuem starb.

Sie nahm die kalte Hand der Frau in ihre und hielt sie eine Weile lang, kämpfte mit den Tränen und den Worten, die verlangten, ausgesprochen zu werden.

Dann kämpfte sie nicht mehr dagegen an, denn sie wusste, dass die winzige Chance bestand, dass Shelley sie hören konnte.

»Ich habe Ihnen versprochen, dass ich herausfinden werde, was mit Rose passiert ist«, begann sie, ihre Stimme nicht mehr als ein Flüstern. »Ich glaube, ich habe eine Idee, aber ich brauche Ihre Hilfe. Ich muss da sichergehen.«

Sie griff in die Schublade und holte den Abstrichtupfer heraus, öffnete die Verpackung und nahm den Deckel ab. Sanft schob sie die Spitze in Shelleys Mund, fuhr damit an der Innenseite ihrer Wange entlang und verschloss dann den Tupfer in seinem Behälter. Dann fischte sie den Asservatenbeutel wieder aus ihrer Tasche, steckte den Abstrich hinein und verschloss den Beutel, unterschrieb darauf und hielt Datum und Uhrzeit fest.

Anschließend nahm sie wieder Shelleys Hand in ihre.

»Danke«, wisperte sie mit tränenerstickter Stimme. Der Gedanke, dass das Schicksal einer Familie von einem einzigen verhängnisvollen Vorfall zerstört worden war, schnürte ihr die Kehle zu, ließ ihre Augen brennen und ihre Brust anschwellen. Es war einfach unerklärlich, sie war eine abgehärtete Kriminalbeamtin, bekam seit acht Jahren die grausamsten Tatorte zu sehen und schnappte die übelsten, gewalttätigsten Verbrecher. Doch es hatte etwas Herzzerreißendes, Shelley in diesem Krankenhausbett zu sehen, wo sie allein sterben würde.

»Ich habe Ihnen versprochen, denjenigen zu finden, der Ihnen das angetan hat, Ihrer ganzen Familie. Egal, wie lange es dauern wird ...« Sie stockte, denn ihr fiel wieder Shelleys ungewöhnliche Reaktion ein, bevor sie ihren zweiten Schlaganfall erlitten hatte.

Was hatte sie noch gleich gesagt?

Kay schloss die Augen, versuchte, es sich Wort für Wort ins Gedächtnis zu rufen. »Die ganze Zeit ... meine Kleine ...«, hatte Shelley am vergangenen Tag gesagt, kurz bevor ihr das Blut so heftig in den Kopf gerauscht war, dass Gefäße in ihrem Gehirn geplatzt waren, ausgelöst durch eine starke emotionale Reaktion auf ... Auf was genau? Auf die Nachricht von Alyssas Tod? Warum kümmerte sie das? Wer war Alyssa für Shelley Harrelson?

»Sie haben versucht, mir noch etwas anderes zu sagen, nicht wahr?«, flüsterte Kay. »Ich glaube, das haben Sie. Und ich glaube, ich weiß, was das war.«

Kay drückte die Hand der Frau und legte sie sanft auf dem Bett ab, dann verabschiedete sie sich von Dr. Fieldmore, der gerade wieder hereinkam. Sie dankte ihm und wandte sich zum Gehen, blieb dann aber im Türrahmen stehen und warf der Frau noch einmal einen langen Blick zu.

»Ich werde es herausfinden«, murmelte sie, dann eilte sie zurück zu ihrem Wagen. Während sie auf den Aufzug wartete, schrieb sie Dr. Whitmore noch eine kurze Nachricht:

Ich habe die Probe. Bin unterwegs.

DREIUNDDREISSIG
KOPIE

Nach einer Weile wussten sie es alle.

Nicht von Beginn an, denn die Hoffnung war ein dichter Schleier des Unglaubens und des Selbstbetrugs, durch den sie sich an den Gedanken klammerten, dass sie schon bald die Kontrolle über das zurückerlangen würden, was mit ihnen geschah.

Doch früher oder später wussten sie es alle und wenn ihnen endlich ihr Schicksal bewusst wurde, verloren sie schnell ihren Reiz und er musste sich zwingen, ihnen mehr Zeit zu geben. Mehr Chancen, mehr Nächte, um ihm Gesellschaft zu leisten. Er musste mehr Versuche zulassen, um zu sehen, ob es mit ihnen vielleicht doch noch funktionieren würde, obwohl er deren Ausgang bereits kannte.

Kirsten stand kurz davor, diese Erkenntnis zu haben, die ihre gesamte Haltung ihm gegenüber verändern würde. Er hatte das gespürt, an ihrem törichten Ungehorsam, an der Steifheit ihres Körpers neben ihm im Bett, an dem ungebändigten, hasserfüllten Schimmern in ihren Augen. Wahrscheinlich würde sie schon bei seinem nächsten Besuch anders und – genau wie schon andere vor ihr – mit irgendeiner Strategie bewaffnet sein, die ihr zur Flucht verhelfen sollte.

Das ging für keine von ihnen je gut aus.

Es verdarb ihm bloß die Nächte, da er von da an durchgehend wachsam bleiben musste, bereit, sich gegen einen Angriff zu wehren, der ohne jede Vorwarnung passieren konnte. Ihre Angst vor ihm reichte nur bis an einen gewissen Punkt, darüber hinaus würde sie, genau wie all die anderen, die an ihrer Stelle gewesen waren, beschließen, dass sie nichts mehr zu verlieren hatte.

Wie traurig.

Dabei könnte sie mit ihm zusammen ein Leben führen, von dem andere nur träumen konnten, ohne die geringste Sorge und von ganzem Herzen von ihm geliebt. Wenn ihre Augen doch nur aufhören würden, ihn regelrecht mit giftgetränkten Dolchen zu durchbohren, und stattdessen ein wenig weicher werden würden, nur so viel, um seine Träume von Mira zu nähren. Wenn sie doch nur lernen würde, etwas langsamer zu machen, sich in seinen Armen zu entspannen und mit den Fingern über sein Gesicht zu streichen, genau wie *sie*. Dann könnte er die Augen schließen und die Liebe, die er verloren hatte, wiedererleben, wenn auch nur für einen flüchtigen Moment, bis er wieder in die Realität zurückmusste, die sein Herz aushöhlte, es mit Todesschwingen berührte.

Doch nach einer Weile wurden sie müde und verzweifelt angesichts ihres wiederholten Scheiterns und wehrten sich nicht mehr gegen ihren Käfig, verloren langsam jeden Willen zu leben. Und die Erinnerung an seine geliebte Mira verschwand wieder, beschmutzt vom Trotz der Mädchen, von ihrer Ablehnung, ihrer Unfähigkeit oder ihrem Widerwillen, das heilige Traumbild mit einer lebenden Kopie der Frau zu ersetzen, die einmal sein Herz mit Freude erfüllt hatte.

Eine Kopie, niemals das Original. Selbst wenn die Kopie einstweilen versuchte, ihn zu belügen, ihn mit seiner eigenen

Fantasie zu berauschen, ihn in ein Netz der Täuschung einzuwickeln, das so dicht war, dass er jeden Bezug zur Realität verlor. Trotz all ihrer dürftigen Versuche, würde sie immer noch eine Kopie bleiben.

Niemals würde sie Mira sein, nicht in seinen Armen, niemals würde ihre Berührung wie die von Miras makelloser Haut sein, niemals würde sich ihr Atem an seiner Wange wie Miras anfühlen, wenn sie ihm liebevolle Worte ins Ohr flüsterte. Sie waren nur Kopien, die er eine Weile benutzte und dann beseitigte, wenn ihre höhnische Schändlichkeit das Bild besudelte, das ihm am heiligsten war, sich durch den Traum brannte wie Säure durch Papier.

Bald würde auch Kirsten dort ankommen, an diesem Punkt, ab dem es kein Zurück mehr gab. Es gab nichts, was er tun konnte, um das zu verhindern.

Kay hatte nicht genügend Geduld, um zurück nach Mount Chester zu fahren und erst dort nach den Informationen zu suchen, die sie brauchte, während die Probe in Doc Whitmores Labor im DNA-Extraktionsgerät herumgewirbelt wurde. Stattdessen kniff sie im schwindenden Licht und trotz der Kälte über Rose Harrelsons Fallakte die Augen zusammen, bis sie schließlich aufgab, ihre Taschenlampe einschaltete und über die Seiten hielt. Mit der anderen Hand blätterte sie eine nach der anderen um, nachdem sie sie aufmerksam studiert und jedes einzelne Wort gelesen hatte.

Das, wonach sie suchte, musste irgendwo dort drin sein. Hatte Shelley Harrelson Bill Caldwell oder jemand anderen aus der Familie Caldwell gekannt? Zwischen den beiden Familien lagen Welten, in jeglicher Hinsicht, von der gesellschaftlichen Stellung bis hin zu den Freundeskreisen und den Orten, an denen sie sich in ihrem Alltag aufhielten. Doch was wusste sie schon über Shelley Harrelsons Alltag, um sicher sagen zu können, dass sie den Caldwells nie über den Weg gelaufen war?

Nichts. Absolut gar nichts. Null Komma nichts.

Würde sie in einem Bundesfall des FBI ermitteln, stünden

ihr jetzt Datenanalysten und ein ganzes Team zu ihrer Unterstützung zur Verfügung. Sie würde sämtliche Arbeitsstätten, Wohnadressen, selbst die Bankaktivitäten aller Beteiligten bis ins kleinste Detail dokumentieren können und so direkt jeden Punkt ausmachen, an denen sich ihre Leben überschnitten. Doch sie war keine Profilerin mehr. Sie hatte sich wider Erwarten entschieden, nach Hause zurückzukehren und hier Detective zu werden, in Mount Chester, wo es auf dem gesamten Revier keinen einzigen Analysten gab. Nur einen Computerfreak, der hin und wieder ihre Passwörter zurücksetzte und die Drucker reparierte, vermutlich der Sohn von irgendjemandem, da er kein fester Angestellter war. Ihre Kleinstadtwache konnte sich keinen Vollzeit-ITler leisten und Mount Chester musste vermutlich erst einmal auf über eine halbe Million Einwohner kommen, damit der Sheriff es überhaupt in Erwägung zog, einen Analysten einzustellen.

Dennoch hätte die Info in der Akte sein sollen, in dem Bericht der schlechtesten Entführungsermittlung aller Zeiten. *Das könnte sogar für eine Goldmedaille auf nationaler Ebene reichen*, dachte sie erbittert. Das Bild von Shelley, die allein in diesem Krankenhauszimmer starb, verfolgte sie immer noch. Derjenige, der derart furchtbare Arbeit darin geleistet hatte, ihre Tochter zu finden, war genauso schuld an ihrem Tod wie Roses Entführer, zumindest nach Kays eigener Wertvorstellung.

Eigentlich sollte es eine Liste aller Personen geben, die für den Fall relevant waren. Von jedem, der in der Woche vor ihrem Verschwinden mit den Eltern und dem Mädchen in Kontakt gekommen war. Die Arbeitgeber und wichtige Arbeitskollegen der Eltern; jeder, der einen Groll gegen einen der Elternteile hegte; jeder, der ihr Haus regelmäßig oder in der Woche vor Roses Entführung besucht hatte; jeder, der sich um das kleine Mädchen gekümmert hatte. All diese Leute hätten klar und deutlich in einer Liste aufgeführt werden sollen, ebenso wie Notizen zu ihren Befragungen in der Akte sein sollten.

So gut wie nichts davon existierte in dem Bericht. Der Detective, der in dem Fall *gearbeitet* hatte – wenn man das denn so nennen konnte –, hatte ein paar Namen auf einen Zettel gekritzelt, der wohl aus einem Notizbuch herausgerissen worden war. Die Nanny des Mädchens. Die Nachbarin, die Elliot und sie am Tag zuvor getroffen hatten, Martha Duncan. Noch ein paar andere, die ihr nichts sagten.

Keinerlei Verweis auf einen der Caldwells, doch die Fallakte war alles andere als vollständig.

Da sie endgültig die Nase voll davon hatte, wie in diesem Fall ermittelt worden war, beschloss sie, die Nörgeleien sein zu lassen und stattdessen dem Detective einen Besuch abzustatten, der die meisten Papiere nur mit seinen Initialen unterzeichnet hatte: H. S. Dafür musste sie ihn bloß erst einmal identifizieren.

Sie blätterte zurück. Auf der ursprünglichen Vermisstenmeldung, direkt unter dem Bericht auf der zweiten Seite, stand der Name des Officers, der den Bericht erstellt hatte, und darunter der des Officers, der ihn genehmigt hatte. Sie erkannte beide Namen, es waren Deputies von ihrer Wache. Doch dann sah sie den Namen in dem Kästchen unter »Intern weiterleiten an«, das auf den Detective verwies, dem der Fall zugeteilt worden war.

Herbert Scott.

Sie las den Namen, doch begriff es im ersten Moment nicht. Der Herbert Scott, den sie kannte, war ein Deputy – ein Frauenschläger und ein Säufer, aber dennoch ein Deputy. Er hatte ihr keine andere Wahl gelassen, als seiner armen Frau Schutz bei ihr zu Hause zu bieten, um sie und das Baby vor den brutalen Wutanfällen dieses Mannes zu schützen. Jedoch war Deputy Scott diesem Bericht zufolge vor vierzehn Jahren ein Detective gewesen und hatte im Fall von Roses Verschwinden ermittelt und dabei einen beeindruckend miserablen Job gemacht.

Kay klappte die Fallakte zu und lehnte sich in ihrem Sitz zurück, zwang die Gedanken, die ihr im Kopf herumwirbelten, zur Ordnung, um sich ein klares Bild davon zu verschaffen, was das zu bedeuten hatte.

Sie hatte darüber nachgedacht, wie sie mit Scott wegen der häuslichen Gewalt verfahren sollte. Sie hatte schon einen Plan ausgeklügelt, der ihn ins Gefängnis bringen würde, ohne dass sie Nicole als Zeugin vor Gericht zerren musste, doch sie brauchte noch ein paar Tage, bevor sie ihn in die Tat umsetzen konnte. Vorher musste sie herausfinden, wer der Maulwurf auf der Wache war, die Person, die Nicoles Brief abgefangen und an ihren Mann weitergegeben hatte statt an den eigentlichen Empfänger. Sie würde diese Person regelrecht unter Anklagen begraben können: Von Briefdiebstahl bis hin zu Behinderung von Amtshandlungen, denn der Brief von Nicole war ja in der Absicht an Sheriff Logan adressiert worden, eine Straftat zu melden und zu unterbinden.

Und dann würde sie dafür sorgen, dass die Person sich gegen Scott wandte. Sie würde ihr einen Deal anbieten. Sie würde trotzdem noch einige Zeit in einem Bundesgefängnis absitzen müssen, denn allein der Gedanke daran, so eine Person frei herumlaufen zu lassen, ließ Kay die Galle in der Kehle aufsteigen. Im Gegenzug beinhaltete dieser Deal die Zeugenaussage dieser Person gegen Scott. Dann würde Scott selbst einen Deal annehmen und das bedeutete, dass Nicole und ihr Baby frei von ihm wären. Für immer.

Das war ihr sorgsam zurechtgelegter Plan gewesen, der nun von seinem Namen auf einer vierzehn Jahre alten Vermisstenmeldung in Stücke gerissen wurde.

Ein Gespräch mit ihm über den Harrelson-Fall ließ sich nicht aufschieben, doch gleichzeitig musste sie auch dem Sheriff reinen Wein einschenken.

Sie zog das Handy aus der Tasche, durchsuchte ihre Kontakte und tippte den Namen des Sheriffs an. Beinahe augenblicklich hob er ab.

»Detective«, sagte er mit klarer, schwungvoller Stimme, die den Hintergrundlärm und das Geplauder aus dem Großraumbüro übertönte. »Wie geht es mit der Ermittlung im Caldwell-Fall voran?«

Sie zwang sich, etwas Luft zu holen. »Was das angeht, Sir, könnten wir uns da mal ganz inoffiziell unterhalten?«

Einen Moment lang schwieg er. »Ähm, klar. Was hatten Sie sich vorgestellt?« Sein Ton war ernster geworden, leiser.

»Wann können Sie Feierabend machen?«, fragte sie, sah auf die Uhr und plante den Rest ihres Tages durch. Zunächst musste sie von Redding zurückfahren, dann musste sie die DNA-Probe bei der Leichenhalle vorbeibringen. Außerdem wollte sie beim alten Haus der Harrelsons vorbeifahren, um es sich noch einmal genauer anzusehen. Vielleicht gab es noch Beweismittel, die *Detective* Scott entgangen waren und die ihr bei dem Fall weiterhelfen konnten. Sie brauchte etwa zwei Stunden, wenn nicht mehr.

»Nicht vor sieben«, erwiderte der Sheriff. Das Stirnrunzeln und die unausgesprochenen Fragen in seiner Stimme waren nicht zu überhören.

Es war fast fünf Uhr. »Das passt perfekt«, antwortete sie. »Sagen wir halb acht bei Katse?« Kurz war in der Leitung nur der Hintergrundlärm zu hören. »Treffen wir uns doch auf der Außenterrasse. Die ist mittlerweile geschlossen und sollte dann komplett dunkel sein.«

Das lange Schweigen verriet Kay, dass Logan so seine Zweifel hatte und ihre Beweggründe infrage stellte – und vermutlich auch ihre Zurechnungsfähigkeit. Sie war erst seit weniger als einer Woche offiziell Teil seines Teams und hatte sich höchstwahrscheinlich noch nicht sein Vertrauen verdient.

»Und diese, ähm, Unterhaltung kann nicht auf meiner Wache stattfinden?«, fragte er schließlich.

»Ich fürchte nicht«, entgegnete sie. Dann gab sie ihm einen Augenblick Zeit, sich zu entscheiden.

»Okay, ja, das kriege ich hin«, sagte er schlussendlich und legte sofort danach auf.

Mehr gab es auch nicht zu sagen.

FÜNFUNDDREISSIG

EIN ULTIMATUM

Deputy Leach schlang seinen Burrito mit dem Appetit eines Wildschweins nach einem langen Winter herunter, nahm sich kaum die Zeit, die riesigen Bissen zu kauen, die er in Sekundenschnelle verputzte. Er sah aus, als könnte er alles essen, was ihn nicht zuerst aufaß – über seinem Dienstgürtel bildete sich langsam ein ganz schöner Bauch.

Elliot wartete geduldig, bis Leach mit seinem Mittagessen fertig war, schließlich würde es ohnehin nicht mehr allzu lange dauern. Seit sieben Uhr in der Früh war er diesen Abschnitt des Highways auf- und abgefahren, hatte das Verkehrsaufkommen beobachtet und auf die Transporter geachtet, die an der Stelle vorbeifuhren, an der Kirsten zuletzt gesehen worden war, nachdem Hazel Fuentes sie vor Caldwell Farms abgesetzt hatte.

Gegen zehn Uhr hatte er einen Anruf von Hazel bekommen, die sämtliche Lastwagenfahrer von Caldwell befragt hatte, ob sie das Mädchen gesehen hatten. So hatte sie das Zeitfenster für ihr Verschwinden weiter eingrenzen können: Der letzte ihrer Kollegen, der Kirsten gesehen hatte, war an dem Tag um 15:15 Uhr von der Farm losgefahren. Der erste, der sich sicher gewesen war, dass kein Mädchen bei der Ausfahrt herumgelungert hatte, war um kurz vor fünf für eine Lieferung Richtung Süden aufgebrochen.

Das bedeutete, dass wer auch immer Kirsten mitgenommen hatte, zwischen 15:15 und 17:00 Uhr am 28. Oktober vorbeigefahren war, vor genau einer Woche. Mit diesem Zeitrahmen im Kopf hatte er Leach um Hilfe gebeten. Der Deputy war jeden Tag auf diesem Abschnitt des Highways für die Geschwindigkeitskontrolle zuständig, nur montags und mittwochs hatte er frei. Da Kirsten zuletzt an einem Donnerstag gesehen worden war, hoffte Elliot, dass der Deputy ihm etwas dazu sagen konnte.

»Also, Detective, was kann ich für Sie tun?«, fragte Leach. Er wischte sich den Mund mit einer Papierserviette ab und stieß ein schweres, zufriedenes Seufzen aus, das stark nach scharfer Sauce und Guacamole roch, kaum zu unterscheiden von der stickigen, übel riechenden Luft im Diner. Er schob den leeren Teller beiseite, beugte sich vor und stützte die Ellbogen auf der fettigen Melamintischplatte ab. Nachdem er sich die gelblichen Zähne mit der Zunge gesäubert und ein paarmal gerülpst hatte, brachte er ein Lächeln zustande.

»Ich versuche, ein junges Mädchen ausfindig zu machen«, sagte Elliot und zeigte ihm das Foto von Kirsten auf seinem Handy. »Zuletzt wurde sie an der Ausfahrt bei Hilt gesehen, auf dem Weg nach Süden.«

Leach schüttelte den Kopf, betrachtete immer noch das Foto des Mädchens. »Nee, hab sie nicht gesehen.«

»Das war heute vor einer Woche«, erklärte Elliot genauer.

Erneut schüttelte Leach den Kopf. »Ich bleibe für gewöhnlich auf der Seitenstraße ganz unten im Tal, damit sie mich nicht sehen. An der Staatsgrenze ändert sich die Geschwindigkeitsbegrenzung und dann kommen sie alle den Hügel heruntergerast, direkt zu Papa.« Er lachte leise und rieb sich die Hände. »Letzten Monat hab ich mein Soll schon am 23. Oktober erfüllt, können Sie sich das vorstellen? Die Strecke hier zahlt sich wirklich aus.«

»Was für einen Verkehr haben Sie so beobachtet?«, fragte Elliot und verdrehte unter seiner Hutkrempe die Augen.

»Verkehr?«, fragte Leach mit dem Blick auf die Menütafel des Diners gerichtet.

»Irgendwelche ungewöhnlichen Fahrzeuge, die Ihnen aufgefallen sind? Irgendwen, den Sie angehalten haben und den ich befragen könnte?« Elliot hielt einen Augenblick lang inne, doch Leach starrte nur das Menü an und verzog die Lippen. »Kommen Sie schon, geben Sie mir etwas, das mich weiterbringt. Das Mädchen ist seit einer Woche verschwunden.«

»UPS fährt jeden Tag gegen vier vorbei«, meinte Leach, dachte augenscheinlich nach, doch Elliot war sich nicht sicher, ob er nicht einfach nur überlegte, ob er lieber einen zweiten Burrito oder doch Nachtisch bestellen sollte. »Ich sehe auch Transporter von Amazon Prime, aber die fahren nie zu schnell.«

»Warum holen Sie nicht einfach Ihre Notizen raus und zeigen mir die Nummernschilder der Fahrzeuge, die Sie vor einer Woche zwischen drei und fünf Uhr angehalten haben?«

Leach funkelte ihn an, hielt aber den Mund. Er lehnte sich zur Seite, um in seine rechte hintere Hosentasche greifen zu können, zog ein gewölbtes, in Leder gebundenes Notizbuch heraus und warf es auf den Tisch. »Bitte schön, werter Detective«, meinte er und spuckte Elliots Rang dabei förmlich aus.

Elliot nahm das Notizbuch. Es fühlte sich warm an und verströmte einen leichten Geruch, über den er lieber nicht genauer nachdachte. Er blätterte bis zur Seite vom 28. Oktober und fand keinerlei Einträge für den gesamten Nachmittag. Bloß ein Auto war am Abend, gegen sieben Uhr, zwölf Meilen zu schnell gefahren und hatte eine Strafgebühr von $238 bekommen.

»Das ist alles?«, fragte Elliot stirnrunzelnd.

»An diesem Nachmittag ist niemand zu schnell gefahren, Sir«, entgegnete Leach voller Sarkasmus, ohne mit der Wimper zu zucken. »Was soll ein guter Cop schon machen, wenn die Leute das Gesetz einfach nicht brechen?«

Vermutlich hatte er die ganze Zeit ein Nickerchen gehalten, völlig erledigt nach einem Mittagessen wie dem, das Elliot ihm gerade ausgegeben hatte, in dem Wissen, dass er sein Soll für den Monat bereits erfüllt hatte. Wenn irgendetwas von dem, was Leach sagte, stimmte, dann, dass er Kirsten nicht gesehen hatte. So etwas passiert nun einmal, wenn Menschen schlafen – sie sehen nicht gerade viel.

Elliot klappte das Notizbuch zu, legte es ruhig auf dem Tisch ab und stand auf. »Vielen Dank, Deputy. Ich hoffe, Ihnen hat das Essen geschmeckt.«

Er verließ das Diner und war froh, wieder die frische, kühle Abendluft einzuatmen. Über den Hügeln direkt hinter dem Highway würde bald die Sonne untergehen. Die Schatten wurden länger, so als würde die Dunkelheit langsam voranschreiten und hier und dort Flecken der Nacht verteilen, etwas dichter, wo sich die Schatten berührten und überlappten.

Elliot holte sein Handy heraus, hoffte, eine Nachricht oder einen verpassten Anruf von Kay vorzufinden, doch das konnte gar nicht sein. Er hätte ihren Anruf oder den Benachrichtigungston bei einer neuen Nachricht gehört. Er hatte den ganzen Tag mit gespitzten Ohren darauf geachtet und nichts hatte die Einsamkeit seiner vergeblichen Suche nach dem vermissten Teenager aus Oregon gestört.

Er widerstand dem Drang, Kay anzurufen und sie zu fragen, wo sie als Nächstes nach Kirsten suchen würde. Stattdessen überlegte er, was sie an seiner Stelle tun würde.

Bisher hatte niemand das Mädchen gesehen, niemand hatte auch nur das Geringste von einer Ausreißerin gehört. Das Einzige, was er wusste, war, dass sie nach San Francisco wollte. Sie könnte noch am selben Tag, letzten Donnerstag, an ihrem

Ziel angekommen sein, frühestens gegen sechs oder sieben am Abend. Er hatte keine Ahnung, was für ein Fahrzeug sie mitgenommen hatte oder wer es fuhr.

Er wusste nur, dass alle Fahrzeuge Sprit brauchten. Das, welches Kirsten mitgenommen hatte, könnte irgendwo auf dem Weg nach San Francisco angehalten haben, und vielleicht erinnerte sich noch jemand daran. Vielleicht hatte er sogar Glück und es gab Videoüberwachungsbilder, auf denen die Kennzeichen zu sehen waren. Oder vielleicht hatte jemand etwas gesehen, zum Beispiel einer der Lkw-Fahrer, die regelmäßig die Strecke abfuhren. Solche Fahrer hatten ihre Lieblingstankstellen und genau zu denen musste er hin.

Da Kirsten eine Ausreißerin war, konnte er leider keine Vermisstenmeldung über AMBER Alert absetzen. Doch eines konnte er immerhin tun: Flyer aufhängen.

Es kostete ihn nur fünfzehn Minuten und ein paar Dollar in einem UPS-Paketshop, die Flyer zu tippen, Kirstens Foto einzufügen und sie mit der Hinweistelefonnummer der Wache in riesigen, fett gedruckten Ziffern darauf auszudrucken. Dem Flyer war deutlich ihr letzter bekannter Aufenthaltsort inklusive Datum und Uhrzeit zu entnehmen. Jetzt musste er nur noch von Tankstelle zu Tankstelle gehen und sie bei den Toiletten aufhängen, an dem einen Ort, den kein Fahrer ausließ.

Draußen war es bereits dunkel, als er den ersten Tankstellenmitarbeiter befragt und den ersten Flyer aufgehängt hatte. Bei diesem Tempo würde er eine ganze Weile brauchen.

»Danke«, sagte er, nickte dem Kassierer zu und hielt ihm seine Karte hin. »Falls Sie noch etwas hören sollten.«

Der Kassierer nahm die Karte und ließ sie in die Kassenlade fallen, ohne sie auch nur einmal anzusehen. Dann bedeutete er dem nächsten Kunden in der Schlange vorzutreten und begann, die Waren einzuscannen. Das wiederkehrende Piepsen hallte laut in dem fast leeren Laden wider. Elliot tippte sich an die

Hutkrempe – auch wenn niemand diese Geste bemerkte – und trat nach draußen in die beißende Kälte.

Als sein Handy klingelte, dachte er zuallererst an Kay. Doch ein Blick auf den Bildschirm zeigte ihm stattdessen Sheriff Logans Namen. Elliot nahm den Anruf an und machte sich auf den Weg zum Auto.

»Sir«, grüßte er den Sheriff, schloss den SUV auf und setzte sich hinters Steuer. Er startete den Motor und drehte die Heizung auf. Die Temperaturen draußen sanken rapide und den Vorhersagen zufolge würden sie in der Nacht sogar bis unter den Gefrierpunkt abfallen. Er musste an Kirsten denken. Einen kurzen Moment lang fragte er sich, ob sie die Nacht an einem sicheren und warmen Ort verbrachte oder auf der Straße, so wie zahllose andere Ausreißer, zitternd, hungrig und verängstigt in irgendeiner dunklen Gasse.

»Wie sieht es mit dem Mädchen aus?«, fragte der Sheriff. »Irgendwelche Fortschritte?«

»Nun ja«, erwiderte Elliot. Er achtete darauf, die Enttäuschung in seiner Stimme zu verbergen. »Ich konnte ihre Bewegungen bis zur Ausfahrt bei Hilt zurückverfolgen.«

»Und von da aus?«

»Wir, ähm, ich weiß es nicht. Ich spreche zurzeit mit Langstreckenfahrern und Tankstellenangestellten. Morgen früh weiß ich mehr. Es könnten ein paar Anrufe über Ihr Hinweistelefon reinkommen.«

»Also haben Sie im Grunde genommen nichts«, stellte der Sheriff fest. »Brechen Sie das Ganze ab und kommen Sie morgen früh wieder zur Wache. Ich weise Ihnen einen anderen Fall zu.«

»Ich brauche mehr Zeit«, entgegnete Elliot aufgebracht. Der Sheriff gab dieses Mädchen viel zu einfach auf. »Ich könnte vielleicht ...«

»Wissen Sie, wie viele Kinder allein im letzten Jahr verschwunden sind? Siebzigtausend in ganz Kalifornien, davon dreihundertsiebzig allein in unserem County. Die meisten kehren zurück, wenn sie merken, dass es draußen zu kalt ist und dass das Essen von Mom doch gar nicht so schlecht war. Und manche werden eben nie wiedergefunden.«

Elliot ballte die Faust und schlug damit gegen das Lenkrad. Kirsten war nicht irgendeine Zahl. Sie war ein verängstigtes Mädchen, das vor Missbrauch davonlief.

»Ich brauche mehr Zeit«, wiederholte er mit gesenkter und scheinbar ruhiger Stimme.

Obwohl er die Antwort bereits kannte, fragte Logan: »Naja, haben Sie denn irgendwelche Spuren?«, um seine Entscheidung, die Ermittlungen abzubrechen, noch einmal zu untermauern.

»Noch nicht, aber ich hoffe, dass ich morgen um die Mittagszeit etwas habe. Ich brauche ein paar Tage. Ist ja nicht so, als würden sich bei uns die ungelösten Mordfälle nur so stapeln, oder?«, fragte er und bereute es sofort. Der Sheriff hatte, was die Einteilung der Aufträge anging, das letzte Wort und Elliot war nicht in der Position, seine Entscheidungen infrage zu stellen. Ihn auf die Palme zu bringen, würde Kirsten auch nicht weiterhelfen.

»Ihre Kollegin Dr. Sharp würde das vermutlich anders sehen. Aber ich gebe Ihnen vierundzwanzig Stunden. Danach schicken wir Ihren Bericht nach Oregon und überlassen das denen.«

»Ich brauche mehr Zeit«, sagte Elliot erneut, als er von der Tankstelle losfuhr und sich Richtung Süden auf den Weg zur nächsten machte. »Vierundzwanzig Stunden sind einfach nicht genug.«

»Bringen Sie mir eine Spur und wir können nochmal drüber reden.«

Er legte auf, noch bevor Elliot irgendetwas auf die Anweisung erwidern konnte.

Der Sheriff hatte ja recht. Wenn die Flyer und seine Befragungen an den Tankstellen keine Spur hervorbrachten, hatte er keine andere Wahl, als Kirsten aufzugeben. Vielleicht hatte ihre Mitfahrgelegenheit auf dem Weg nach San Francisco überhaupt nicht zum Tanken angehalten und sie war für immer verschwunden.

Kalt lief es ihm den Rücken hinunter und er drehte die Heizung im Auto auf, während er weiter über Kirsten nachdachte.

Wo war sie?

SECHSUNDDREISSIG

MARTHA

Das Haus der Harrelsons war im Dunkeln ein schrecklicher Anblick, selbst nachdem Kay es bereits bei Tageslicht gesehen hatte. Doch sie scherte sich nicht um die Waschbärenfamilie, die den Schuppen ihr Heim nannte, oder um jegliche andere Lebewesen, die sich in der verwaisten Ranch eingenistet hatten. Sie würde den Tatort so begehen, wie es vor vierzehn Jahren hätte geschehen sollen, in der Hoffnung, dass sie irgendetwas fand, irgendetwas, das übersehen worden war.

Sie blendete die Migräne aus, die sich langsam anbahnte, und testete ihre große Taschenlampe. Dann stieg sie aus dem SUV und machte den Kofferraum auf. Sie hatte ihren alten Spurensicherungskoffer dabei – wenn sie dienstlich unterwegs war, verließ sie nie ohne das Haus. Dr. Whitmore hatte ihr in ihrer ersten Woche auf der Arbeit in San Francisco gezeigt, wie man einen zusammenstellte. »Das spart Zeit, Lauferei und rettet Leben, nicht zwingend in dieser Reihenfolge«, hatte er gesagt und im Laufe der Jahre hatte er schon einige Male recht behalten.

Sie öffnete den Koffer und überprüfte den Inhalt: Fingerabdruckpulver, Pinsel, Folien, Asservatenbeutel, Luminol, eine

UV-Leuchte, eine gelbe Brille, mit der sie bei der Suche nach Blutflecken besser sehen konnte, verschiedene Abstrichtupfer und ein Probenentnahmekit, das sich an jedem Tatort als nützlich erweisen konnte. Für einen kompromittierten Tatort von vor vierzehn Jahren war das wohl etwas zu viel des Guten, doch sie wollte den Versuch wagen.

Sie klappte den Koffer zu und ging damit zur Haustür. Dann richtete sie den Strahl ihrer Taschenlampe auf die Holzfaserplatte, die vor den Türrahmen genagelt worden war. Die Nägel waren stark verrostet und als sie die Platte an den Seiten packte und daran zog, löste sie sich leicht.

Im hohen Scheinwerferlicht ihres Fords holte sie ihren Schlüsselbund heraus und schob den längsten Schlüssel direkt neben einem der Nägel zwischen Türrahmen und Holzplatte. Dann zog sie mit aller Kraft an der Platte. Das wiederholte sie an jedem Nagel in der Platte, froh darum, dass es nicht allzu viele waren. Der Wind hatte zugelegt und der Duft, den er von den Gipfeln des Mount Chester herbeiwehte, verhieß Schnee, ließ sie vor Kälte frieren und verstärkte ihre hämmernden Kopfschmerzen.

Als die Holzfaserplatte zu Boden fiel, wirbelte eine Staubwolke auf, die sogleich vom Wind davongetragen wurde. Der moderige Geruch nach Verfall hingegen, der vom Haus ausging, hielt sich trotz der starken Böen.

»Na sowas«, hörte sie hinter sich die Stimme einer Frau. Erschrocken wirbelte sie herum, die Hand auf der Waffe, und kniff im grellen Scheinwerferlicht die Augen zusammen, um

erkennen zu können, wer da war. »Kay, richtig?«, fragte die Frau mit kratziger, zaghafter Stimme und kam langsam auf sie zu.

Die Augen immer noch zusammengekniffen, erkannte Kay als Erstes die flauschigen Pantoffeln, das Gesicht war im blendenden Licht noch immer nicht zu erkennen. Kay atmete auf und nahm die Hand von ihrer SIG. »Martha, was machen Sie hier draußen in der Kälte?« Das war das zweite Mal, dass sich die Frau an sie herangeschlichen hatte – Heimlichtuerei lag ihr wohl trotz ihres Alters und ihres fülligen Körpers einfach im Blut.

Die Frau trat aus dem Scheinwerferlicht des Autos und lächelte breit. »Keine Sorge, Liebes, ich habe diesen Schal, hab ich selbst gestrickt.« Sie streckte eine zittrige Hand aus und Kay drückte sie. »Ich konnte Sie doch nicht gehen lassen, ohne Hallo zu sagen.« Sie starrte die Tür an, die noch gerade so in den Angeln hing, dann warf sie Kay einen neugierigen Blick zu.

»Sie sollten nicht hier draußen im Dunkeln herumlaufen«, mahnte Kay, doch sie wusste, dass ihre Worte auf taube Ohren stießen. Vergebene Liebesmüh bei einer Frau, die bereitwillig ihr Leben und ihre Gesundheit für den Nervenkitzel aufs Spiel gesetzt hatte, den Kays Anwesenheit hier für sie bedeutete. »Und Sie sollten sich nie an jemanden von der Polizei heranschleichen. Das kann gefährlich sein.«

»Sie gehen da rein, nicht wahr?«, fragte Martha und rieb sich die Hände – Kay war sich nicht sicher, ob das der Kälte oder ihrer Aufregung zuzuschreiben war. »Ich freue mich so«, meinte sie und wischte sich eine Träne aus dem Augenwinkel, die ihrer Aussage widersprach. »Endlich kümmert es tatsächlich jemanden, was mit der armen Rose passiert ist, der süßen Kleinen.«

»Wir werden nicht ruhen, bis wir herausfinden, was mit Rose passiert ist«, versicherte Kay sanft und dennoch bestimmt und deutete ein trauriges Lächeln an. Selbst ihre größten Bemühungen könnten noch zu wenig sein, zu spät kommen.

Kay öffnete die Tür und trat ein, erleichtert, dass der Geruch nicht viel schlimmer war als draußen. Moderig, kalt und ein Anflug von faulendem Holz und feuchte Erde, ähnlich wie der Geruch frisch gesammelter Pilze. Mit der Taschenlampe leuchtete sie den Raum ab, überprüfte jede Ecke, hielt nach Tieren Ausschau, die sich auf sie stürzen könnten, und nach Anzeichen, dass das Gebäude womöglich einstürzen würde, doch es sah so aus, als könnte sie sicher eintreten.

Langsam und vorsichtig ging Kay jedes Zimmer ab, nahm jeden Gegenstand zur Kenntnis, jedes Möbel- oder Kleidungsstück, alles, was zurückgelassen worden war.

»Sie hat ihre Sachen nicht mitgenommen, die arme Shelley«, sagte Martha und erschreckte Kay damit aufs Neue. Sie hatte gedacht, dass sie die Frau draußen beim Auto zurückgelassen hatte, doch sie war hier, einen Schritt hinter ihr, und beobachtete sie leise bei der Arbeit. »Eines Tages ist sie zusammengebrochen und danach war es das. Man hat das Haus einfach dicht gemacht und sich nicht weiter darum gekümmert. Ich habe noch den Kühlschrank leergeräumt und den Müll rausgebracht, weil ich dachte, dass sie nur eine Weile fortbleiben und dann zurückkommen würde. Ich hätte nie gedacht, dass sie ...« Ein ersticktes Schluchzen schnürte ihr die Luft ab. »Ich vermisse sie, wissen Sie. Ihre Mutter war meine beste Freundin. Shelley war wie eine Tochter für mich.«

In der Küche stapelte sich noch immer das dreckige Geschirr in der Spüle und der Strahl von Kays Taschenlampe versetzte einige Insekten in Aufruhr, die schleunigst hinter den Kanten der Arbeitsfläche verschwanden. Einige der Küchenschränke standen immer noch offen, so als wäre Shelley gerade dabei gewesen, das Abendessen zu kochen, als sie weggebracht worden war.

Auf dem Sofa im Wohnzimmer lag Kleidung verstreut und der Esstisch war übersät mit alten Rechnungen, einem Schlüsselbund und einem roten Schal, der zu klein war, um einem Erwachsenen gehört zu haben.

»Der hat Rose gehört«, erklärte Martha, als sie sah, dass der Schein ihrer Taschenlampe darauf verweilte. »Shelley hat ihn für sie genäht. Sie, ähm, hatte gehofft, dass die Polizei die Hunde herbringen würde, um sie aufzuspüren, doch die kamen nie. Sie wollte einen der Polizeihunde an dem Schal schnüffeln lassen, weil Rose ihn an diesem Abend vor dem Zubettgehen noch getragen hatte. Sie mochte den glänzenden Stoff und hat den Schal überall getragen, selbst im Sommer.«

»Welches Zimmer war das von Rose?«

»Das hier«, antwortete Martha und klang dabei etwas munterer, offenbar freute sie sich, helfen zu können. Kay öffnete die Tür, auf die sie gezeigt hatte, und suchte wie zuvor jede Ecke nach möglichen Gefahren ab. Dann trat sie ein und drehte sich zu Martha um. »Lassen Sie mich hier zuerst meine Arbeit machen, dann können Sie auch reinkommen.«

»In Ordnung«, erwiderte Martha. »Ich weiß, warum. Ich schau immer Krimisendungen im Fernsehen.«

Das Kinderzimmer zeugte noch immer davon, wie sehr Shelley und Elroy das kleine Mädchen geliebt hatten. Das Bett war mit einem mit Zeichentrickfiguren bedruckten Deckenbezug und dazu passenden Kissen bezogen, mit der Zeit verblichen und zerschlissen. Wenn Kay sie berührte, würden sie vermutlich zu Staub zerfallen. Auf eine der Wände war Mickey Mouse gemalt worden, die runden Ohren der Figur wirkten ganz flaumig von den Spinnweben, die in den Ecken der Zimmerdecke hingen. Von der Deckenlampe hing ein Baby-Mobile mit Tierfiguren daran, vermutlich von Shelley selbst gebastelt.

»Sie hat dieses Mobile geliebt«, erklärte Martha von der Tür aus. »Shelley wollte es weggeben, doch Rose hat sich geweigert.«

Kay ging auf das Fenster zu, wo Reste des Fingerabdruckpulvers von einer dicken Staubschicht bedeckt waren. Detective Scott – oder wer auch immer die Spurensicherung an diesem Tatort durchgeführt hatte – hatte bloß den inneren Fenstersims überprüft, nicht den äußeren.

Kay streifte sich ein Paar Gummihandschuhe über und entriegelte das Fenster. Der Schieberahmen ließ sich mit Leichtigkeit hoch- und runterschieben, wirbelte im Schein ihrer

Taschenlampe Staub auf. Hinter der Glasscheibe war ein Fliegengitter angebracht, dessen Rahmen von der Holzfaserplatte, die das Fenster von außen abdeckte, fixiert wurde.

Kay ging nach draußen und entfernte die Platte vom Kinderzimmerfenster, dann richtete sie den Lichtstrahl auf den Rahmen des Fliegengitters. Er wurde gerade so an Ort und Stelle gehalten und sie konnte ihn mit nur zwei Fingern herauslösen. Genauso mühelos ließ er sich auch wieder einrasten.

Wenn sie das Kind, das in diesem Zimmer schlief, hätte entführen müssen, wäre es nur zu einfach gewesen. Das Fliegengitter ließ sich mit Leichtigkeit herausnehmen, das Fenster problemlos hochschieben. Shelley hatte sich noch daran erinnert, dass sie das Fenster einen Spalt breit offen gelassen hatte, es war also nicht einmal verriegelt gewesen. Der Entführer hatte lediglich wissen müssen, in welchem Zimmer Rose schlief.

Sie betrachtete den äußeren Teil des Fenstersimses, der genau wie der Rest des Hauses mit einer dicken Staubschicht überzogen war. Sie holte tief Luft und blies den Staub weg. Das musste sie noch ein paarmal wiederholen, bis ein Großteil des Staubes beseitigt war und freigelegt wurde, wo der Fingerabdruckpinsel seine schwarzen Pulverspuren hinterlassen hatte.

Auf der Innenseite des Simses waren keine Fingerabdrücke gefunden worden. Die Pulverspuren bestätigten, was in der Fallakte stand. Auf der Außenseite hatte sich niemand die Mühe gemacht nachzuprüfen.

Mit ein paar wirbelnden Pinselstrichen trug sie das dunkle Pulver auf die Außenseite auf, doch es gab keine Fingerabdrücke, die sie hätte abnehmen können. Das hatte nichts mit der Zeit zu tun, die vergangen war – in der Geschichte der Kriminalistik hatte es Fälle gegeben, bei denen Fingerabdrücke, die vierzig Jahre lang Luft und Staub ausgesetzt gewesen waren, erfolgreich gesichert worden waren. Zudem hatte die Holzfaserplatte das Sims vor den Elementen geschützt, was also nur eine einzige Schlussfolgerung zuließ. Es gab überhaupt keine Fingerabdrücke.

Nicht einmal von Rose.

»Martha«, rief Kay und blickte durch das offene Fenster zu der Frau hinüber, »hat Rose manchmal Zeit am Fenster verbracht und hinausgesehen?«

»Das hat sie geliebt!« Martha zappelte auf ihrem Platz herum, wollte unbedingt das Zimmer betreten, hielt sich aber dennoch an die Grenze, die sie nicht überschreiten sollte. »Sie stand immer da und hat sich die Autos angesehen, die vorbeifuhren. Elroy hatte ihr die ganzen Markennamen beigebracht und sie hat dann immer vor Freude gequietscht und in die Hände geklatscht. Ich weiß nicht, ob sie wirklich zwischen einem Chevrolet und einem ...«

»Hat sie dabei je das Sims angefasst?«, fragte Kay und betrachtete stirnrunzelnd die Schicht Fingerabdruckpulver, die auf dem gesamten Sims an keinerlei Fettflecken haften geblieben war.

»Hm?«, machte Martha nur, doch dann fügte sie hinzu: »Ständig. Sie hat es immer so angefasst.« Mit zitternden Händen demonstrierte sie es, wobei ihr der Schal zu Boden fiel. »Oh, du liebe Güte«, murmelte sie, hob ihn rasch wieder auf, schüttelte ihn kräftig aus und legte ihn wieder um.

Es gab nur eine mögliche Erklärung dafür, dass keinerlei Fingerabdrücke auf dem Sims waren.

Jemand hatte es abgewischt, nachdem Rose entführt worden war.

Schwungvoll klappte Kay ihren Koffer zu und machte sich auf den Weg zum Auto. »Ich bin hier fertig, Martha, danke Ihnen!«

Als sie ihre Hände gesäubert und den Koffer im Auto verstaut hatte, hatte Martha sie schon eingeholt.

»Haben Sie etwas gefunden?«, fragte Martha mit dem Blick auf Kay gerichtet und griff sie wie bereits zuvor am Ärmel.

»Bisher nicht«, erwiderte Kay und wandte sich zum Gehen. Es hatte keinen Sinn, der alten Frau von ihren Theorien zu erzählen. Martha ließ ihren Ärmel los und schlurfte ein paar Schritte zur Seite. »Eine Frage hätte ich aber noch.«

Martha eilte erneut auf sie zu und blieb wenige Schritte vor ihr lächelnd stehen. »Ja, Liebes, was gibt es?«

»Wissen Sie, ob Shelley jemals Bill Caldwell oder jemand anderes aus der Familie Caldwell kennengelernt hat?«

»Oh ja«, erwiderte sie und tätschelte Kay den Arm, so als würde sie ihr gleich den neuesten Tratsch verraten. »Sie hat jahrelang für die Caldwells gearbeitet. Sie gehörte zum Reinigungspersonal, denn bei einem so großen Haus braucht man wohl mehr als nur eine Frau.«

Kay spürte eine Welle der Aufregung durch ihre Adern rauschen, wovon ihr ganz warm wurde und sich ihre Migräne verflüchtigte. Sie hatten sich tatsächlich gekannt! Das war die fehlende Information, nach der sie gesucht hatte, das Teil, das sie brauchte, um das Puzzle zu lösen.

»Wissen Sie zufällig noch wann oder wie lange Shelley für sie gearbeitet hat?« Selbst wenn Martha sich nicht daran erinnern konnte, wusste sie jetzt immerhin, wonach sie suchte, und konnte Shelleys Personalakte anfordern. Das würde zwar etwas dauern, doch sie hatte endlich eine Spur.

»Hm, mal überlegen«, erwiderte Martha und zählte an den Fingern ab. »Nach der Highschool war Shelley ein paar Jahre lang mit Elroy zusammen und in dem Jahr, bevor sie Rose bekommen haben, haben sie geheiratet.« Ein düsterer Ausdruck huschte ihr über das Gesicht.

»Was? Was ist?«

»Äh, vielleicht ist es nichts«, erwiderte Martha und wandte den Blick von Kay ab, stattdessen betrachtete sie lieber ihre Pantoffeln.

»Alles, was Sie mir erzählen, könnte sich als nützlich erweisen. Das wissen Sie, oder, Martha?« Kay griff nach ihrer Hand und drückte sie ermutigend.

Sie nickte, dann sprudelte es nur so aus ihr heraus, so als hätte sie sich kaum zurückhalten können, das lang behütete Geheimnis der Tochter ihrer besten Freundin zu enthüllen. »Shelley hatte schon seit ein paar Jahren für die Caldwells gearbeitet, als eines Abends etwas passierte. Ich weiß noch, dass Edna und ich uns deswegen nächtelang Sorgen gemacht haben. Edna war Shelleys Mutter, Gott behüte ihre Seele«, erklärte Martha, als sie Kays Gesichtsausdruck sah.

»Was ist passiert?«

»Eines Tages kam Shelley weinend von der Arbeit nach Hause und hat sich in ihrem Zimmer eingeschlossen.« Martha senkte ihre Stimme zu einem Flüstern, als ob jemand in der Nähe wäre, der sie hören könnte. »Sie hat sich ein paar Tage lang krankgemeldet und nur geweint, die arme Maus, hat Tag und Nacht geweint. Nicht einmal Elroy wollte sie sehen.« Sie schüttelte den Kopf, um ihren Worten Nachdruck zu verleihen. »Ihre Mutter und ich haben uns solche Sorgen gemacht, das können Sie sich gar nicht vorstellen. Es sei denn, Sie sind selbst Mutter, Liebes. Haben Sie Kinder?«

Kay lächelte und schüttelte sanft den Kopf. »Mir bleibt noch etwas Zeit.« Der Gedanke ans Kinderkriegen war ihr schon seit Jahren nicht mehr in den Sinn gekommen, nicht, seit sie sich bewusst dagegen entschieden hatte, Kinder zu bekommen, weil sie ihre Arbeit für eine Mutter nicht für geeignet hielt. Doch das war eine andere Geschichte. »Wissen Sie, was damals mit Shelley los war? Haben Sie das je herausgefunden?«

Martha neigte ihren Kopf näher zu Kay. »Nach einer Weile hat sie ihre Verzweiflung hinter sich gelassen und ist wieder mit Elroy ausgegangen. Ein paar Monate später waren sie verheiratet. Doch«, fügte sie hinzu und senkte ihre Stimme noch weiter, »genau neun Monate nach dieser seltsamen, tränenreichen Phase wurde Rose geboren.«

Kay hielt kurz inne, dachte nach, ließ ihre Legobausteine sich mit den neu hinzugekommenen Informationen zusammenfügen. Ja, Shelley hatte die Caldwells gekannt. Doch was hatte Shelleys extreme Reaktion auf die Nachricht von Alyssas Tod ausgelöst? Selbst wenn sie bei den Caldwells als Haushälterin gearbeitet hatte, sich vielleicht sogar mal um Alyssa gekümmert hatte, rechtfertigte das dennoch nicht ihre Reaktion, die in ihrem zweiten Schlaganfall geendet hatte.

Es sei denn ...

Es gab noch einen Grund für Shelleys Reaktion, den Kay noch nicht kannte.

»Martha«, sagte Kay und legte flehend die Fingerspitzen aneinander. »Wenn Sie raten müssten, was an diesem Tag mit Shelley passiert ist, was würden Sie sagen, was es war?«

Martha sah Kay einen langen, gespannten Moment lang an. Als sie sprach, war ihre Stimme voller Kummer. »Ich bin mir sicher, dass es etwas Schreckliches war. Das arme Kind hat nie ein Wort darüber verloren und immer, wenn ich nachgefragt habe, wurde sie ganz blass und war den Tränen nahe. Nach einer Weile habe ich aufgehört nachzufragen, genau wie ihre Mutter, aber ...« Sie verstummte allmählich, so als würde sie immer noch abwägen, ob sie Kay an ihren Gedanken teilhaben lassen sollte.

»Bitte, reden Sie weiter«, beharrte Kay. »Sie sind die Einzige, die uns noch Einzelheiten über diesen Tag verraten könnte.«

Martha seufzte, offenbar immer noch unschlüssig. Dann schüttelte sie leicht den Kopf und senkte die Stimme, so als fürchtete sie, jemand könnte ihre Worte mithören. »Ich würde sagen, dass Shelley an diesem Tag vergewaltigt wurde und dass Rose das Kind dieser Vergewaltigung war.« Sie hielt sich die zitternden, knorrigen Finger vor den Mund. Ihre Augen glänzten im Scheinwerferlicht des Autos.

Kay griff in ihre Jackentasche und tastete nach dem Asservatenbeutel mit Shelleys DNA. Noch vor dem Morgengrauen am nächsten Tag würde sie es wissen.

Sie würde wissen, ob das Mädchen in der Leichenhalle Alyssa oder Rose war.

Wenn das Mädchen letzten Endes doch Rose war, dann wäre sie Bill Caldwells Tochter und womöglich ein Vergewaltigungskind, das er später entführt hatte und mit dem er seine eigene Tochter ersetzt hatte.

Aber warum?

»Eine Frage noch, Martha, wenn ich darf. Danach fahre ich Sie nach Hause«, meinte Kay, denn sie hatte ein schlechtes Gewissen dabei, die alte Frau in der Kälte stehen zu lassen.

»Unsinn, ich wohne doch direkt dort drüben, Liebes«, entgegnete sie und deutete auf den linken Rand des Grundstücks. »Sagen Sie schon, was wollen Sie wissen?«

»Was wissen Sie noch über Alyssa Caldwell, Bills Tochter?«

»Nicht gerade viel«, erwiderte Martha und kratzte sich an der Stirn. »Shelley hat aufgehört, für die Caldwells zu arbeiten, nachdem Rose verschwunden ist, verständlicherweise. Die arme Maus. Doch ich erinnere mich noch, wie sie vorher einmal erzählte, dass das Schicksal diese Familie schwer getroffen hatte. Evangeline, Bill Caldwells Frau, war sehr krank. Ich glaube, sie hat MS oder so, ich bin mir nicht sicher. Und dann ist ihre kleine Tochter noch krank geworden, ernsthaft krank, wissen Sie, sie haben um ihr Leben gebangt.«

Sowas, dachte Kay und ihr Instinkt sagte ihr, dass sie da etwas auf der Spur war. *Zufälle gibt es nicht. Oder?*

»Was hatte sie?«

Martha lächelte entschuldigend. »Ich weiß es nicht mehr ... Es ist schon eine Weile her und ich bin auch nicht mehr die Jüngste.«

Kay bedankte sich bei Martha und bestand darauf, sie bei ihr zu Hause abzusetzen. Dann, als Martha ihr von ihrer hell beleuchteten Veranda aus zugewinkt und die Tür hinter sich geschlossen hatte, sah Kay auf die Uhr und stellte fest, dass sie nicht einmal mehr zwölf Minuten hatte, um zu ihrem Treffen mit Sheriff Logan bei Katse zu fahren.

Das würde sie nicht pünktlich schaffen.

Sie schrieb ihm eine Nachricht mit einer kurzen Entschuldigung und der Uhrzeit, zu der sie voraussichtlich ankommen würde, dann bog sie auf den Highway und gab Vollgas.

Ihr Legogebilde nahm langsam Gestalt an und die DNA würde das schon bald bestätigen.

Das hatte sie im Gefühl.

Wenn sie die Augen schloss, konnte sie die Fotos der beiden kleinen Mädchen deutlich vor sich sehen. Sie hatte gedacht, dass sie sich ähnlich sahen, mit dem welligen kastanienbraunen Haar und dem Grübchen am Kinn, doch sie hatte den Gedanken verworfen und als Zufall verbucht, statt in Betracht zu ziehen, dass sie Schwestern sein könnten.

Und wenn das stimmte, war eines klar.

Das Mädchen in Kühlzelle Nummer sechs war Rose Harrelson.

SIEBENUNDDREISSIG

IN SICHERHEIT

Es ist schon Jahre her, dass wir Besuch hatten, dachte Jacob, während er sich in der Küche zu schaffen machte. Er räumte den Esstisch frei und befüllte die Spülmaschine. *Bevor Kay eingezogen ist, habe ich schon wie ein Mönch gelebt, und jetzt sind wir zu zweit in unserem Mönchsdasein.*

Es wäre so viel besser, wenn die Umstände anders wären und der Gast am Tisch nicht so still dasitzen würde, zu beschämt, um ihm in die Augen zu sehen, so als ob sie verdiente, was mit ihr geschehen war.

Bereitwillig hatte er das Zimmer ihrer Eltern für ihren Gast gesaugt und auf Vordermann gebracht. Es wurde aber auch Zeit, dass jemand diese vier Wände mal von ihren Spinnweben befreite, auch wenn Kay im Haus schon ordentlich klar Schiff gemacht hatte. Seine Aufräumaktion war da eher symbolisch. Er hatte viel zu lange in einem leeren Haus gewohnt und freute sich jetzt einfach über die Gesellschaft.

Für mehr als nur eine Person zu kochen, fühlte sich mit Sicherheit besser an, obwohl er dennoch eine Niete darin war. Da es aber schon so spät war und die arme Frau vermutlich hungrig und müde war und endlich allein sein wollte, ging er das Risiko lieber nicht ein. Also gab es etwas so Einfaches, dass nicht einmal er es vermasseln konnte: im Ofen gebackene Kartoffelwedges, dazu ein Käseomelette und saure Gurken. Ein ganz schönes Junggesellenessen, aber immerhin eines, das einem Sonntagabend würdig war, nicht nur einem Donnerstag.

Der Wasserkocher gab ein Pfeifen von sich und die Frau zuckte zusammen. Mit großen Augen sah sie sich um wie ein verletztes Reh, kurz bevor es sich niederlässt. Wäre ihr nichtsnutziger Ehemann jetzt hier, würde Jacob ihn mit bloßen Händen erwürgen. Stattdessen stellte er rasch den Wasserkocher ab und das Pfeifen verstummte.

»Tut mir leid«, sagte er mit einem schüchternen Lächeln. »Kay hat den gekauft. Soll modern sein, aber pfeift immer noch so wie die alten Teekessel, die man in britischen Filmen sieht.« Er holte zwei saubere Tassen aus dem Schrank und goss heißes Wasser hinein, dann zog er die Schublade auf, in der Kay ihre Kräutertees aufbewahrte. »Ich hätte Kamille, Pfefferminze und was auch immer das hier ist.« Er drehte einen der Teebeutel herum und las von der Verpackung ab: »Grenzenlose Gelassenheit.« Er hielt den Tee in die Luft, als enthielte er irgendwelche Gefahrenstoffe. »Vielleicht ist der ja gut. Wollen Sie den probieren?«

Sie nahm ihm den Tee ab, riss die Verpackung auf und ließ den Beutel ins Wasser sinken. »Danke schön«, flüsterte sie und warf ihm ganz kurz einen Blick zu, sah dann aber rasch wieder zu Boden.

Sie schlang ihren Cardigan enger um den dünnen Körper, dann legte sie beide Hände um die Tasse und atmete tief den wohlriechenden Wasserdampf ein. Der Duft nach Zitrone und einer Spur Kräuter, die er nicht ganz zuordnen konnte, erfüllte die Luft in der Küche und passte so gar nicht zu dem köstlichen Geruch nach buttrigen Kartoffeln. Neugierig geworden, schnappte er sich die Verpackung und sah sich die Inhaltsstoffe an.

»Zitronengras und Lindenblüten«, las er vor, dann warf er die Verpackung in den Müll. Auch wenn er sich nicht sicher war, ob das angebracht war, schaltete er das Radio ein – vielleicht würde es sie etwas aufheitern. Bei ihm funktionierte das immer. Vielleicht erzählte der Moderator einen Witz oder die Countrymusik war nicht trübsinnig, sondern lustig, so wie dieser Song über den roten Plastikbecher, den er früher den lieben langen Tag vor sich hingesummt hatte. Von Toby Keith war der.

Die Wedges brauchten noch etwa zwanzig Minuten, bevor er das Abendessen servieren konnte, und die Stille machte ihm zu schaffen, vor allem wenn er nichts zu tun hatte und nur herumstand. Er hatte bereits ihr Zimmer eingerichtet, das Bad geputzt, die Spülmaschine eingeräumt und alles andere erledigt, was ihm noch eingefallen war, um die Zeit totzuschlagen, bis das Essen fertig war. Der Radiomoderator plapperte irgendetwas über die Top-Songs der Woche, anstatt endlich mal etwas Musik abzuspielen.

»Meine Schwester ist bald zu Hause«, sagte er schließlich. Sie hob kurz den Blick, sah ihn aus geröteten Augen an und lächelte schüchtern. »Wir müssen mit dem Essen auch nicht auf sie warten. Wenn Sie möchten, kann ich uns das Omelette auch jetzt gleich machen.«

Sie sagte kein Wort, sondern zuckte nur mit den dünnen Schultern, die durch den Cardigan knochig hervorstachen. Wenn sie eine Weile bei ihnen bleiben sollte, würde er zusehen, dass sie mal etwas auf die Rippen bekam und sich richtig erholte. Seinetwegen konnte sie auch den ganzen Tag lang schlafen, er würde sich schon um sie kümmern.

»Ich heiße übrigens Jacob«, meinte er und wollte ihr die Hand hinhalten, steckte sie dann stattdessen aber verlegen in die Hosentasche.

Ihr Lächeln wurde breiter und diesmal sah sie ihn etwas länger an. »Ich weiß, das haben Sie mir schon gesagt.«

»Oh«, machte er und drehte sich zur Spüle um, als würde ihn das Besteck, das darin einweichte, plötzlich ganz brennend interessieren.

»Ich bin Nicole«, stellte sie sich immer noch lächelnd vor, obwohl ihr Tränen in den Augen standen. »Ich glaube, das hab ich noch nicht gesagt.«

»Ein schöner Name«, erwiderte er und begann, den Tisch für drei zu decken. Wie sie vor ihm zurückwich, als er die Teller und Servietten auf den Tisch legte, rief in ihm Erinnerungen an seine Mutter wach, die jedes Mal zusammenzuckte, wenn sein Vater an ihr vorbeiging. »Alles wird gut«, meinte er und kratzte sich am Bart. Dann wischte er sich die schweißnassen Hände hinten an seiner Jeans ab. Er wusste nie so recht, wie er sich vor anderen Menschen verhalten sollte, und wenn er unsicher wurde, bekam er furchtbar schwitzige Hände. »Kay wird nicht zulassen, dass Ihnen etwas passiert.«

»Danke«, murmelte sie und senkte wieder den Blick.

»Und Sie können hierbleiben, so lange Sie wollen.«

Eine Träne rollte ihre Wange hinunter und sie wischte sie rasch mit dem Finger fort.

»Sie haben Ihr eigenes Zimmer und alles. Sie bekommen das große Schlafzimmer, also wenn Sie mal ins Bad müssen, ist das direkt nebenan.«

Endlich spielte dieser verdammte Radiosender etwas Musik ab und erlöste ihn von seinem Bedürfnis, die Stille zu füllen. Das Lied handelte von neu entdecktem Lebenswillen nach erlittenem Herzschmerz.

Wie passend.

Endlich verkündete ihm der Timer auf seinem Handy, dass die Wedges fertig waren. Erleichtert, dass die Warterei vorbei war, stürzte er an Nicole vorbei zum Ofen. Dabei streifte er mit dem Arm ihre Schulter, ein bloßes Versehen, mehr nicht, eine flüchtige Berührung, die die meisten Leute wohl ignorieren oder gar nicht erst bemerken würden.

Nicole kreischte erschrocken auf, sprang auf die Füße und hastete rückwärts bis zur Wand, den Arm erhoben, um ihr Gesicht zu schützen.

Er hatte dieses Bild schon einmal gesehen, in derselben Küche, nur mit seiner Mutter an Nicoles Stelle. Bestürzt und sprachlos blieb er stehen und hob die Hände, so als würde er sich der Polizei ergeben.

»Tut mir leid«, brachte er hervor, nachdem das Hämmern seines Herzens nachgelassen hatte und er wieder zu Atem kam. »Ich würde Ihnen nie etwas antun, das schwöre ich.«

Sie keuchte immer noch, doch sie ließ den Arm sinken und wirkte beschämt, als hätte sie sich einer Todsünde schuldig gemacht.

»Wenn Ihnen das lieber ist, kann ich auch draußen warten, bis Kay wieder da ist. Was immer Sie wollen, Hauptsache, Sie fühlen sich sicher.« Er ging seitlich auf die Nebentür zu. »Tut mir leid«, wiederholte er. »Ich weiß, dass Sie denken, Sie können mir nicht vertrauen, aber ich bin so aufgewachsen, wir beide sind das. Mein Dad hat meine Mom geschlagen und ich ...« Er unterbrach sich, als ihm bewusst wurde, dass er beinahe zu viel sagte. »Ich könnte Ihnen niemals auch nur ein Haar krümmen. Lassen Sie mich eben noch die Wedges aus dem Ofen holen, dann gehe ich raus und warte im Wagen.«

Er wandte sich um und machte den Ofen auf, zog das Blech heraus und legte es zum Abkühlen auf dem Herd ab. Sobald Kay nach Hause kam, würde er das Omelette machen. Oder vielleicht sollte er Nicoles jetzt schon mal machen, damit sie essen konnte. Was nützte es, sie warten zu lassen?

Er schnappte sich eine kleine Pfanne, gab einen Würfel Butter hinein und stellte sie auf den Herd. Er wollte gerade die Eier aus dem Kühlschrank holen, als er die kalte, zögerliche Berührung ihrer Finger an seinem Unterarm spürte.

»Niemand ist je so gut zu mir gewesen«, murmelte sie mit schwacher, erstickter Stimme. »Tut mir leid ... Ich sehe ihn immer wieder in jeder Ecke stehen, wie er sich gleich auf mich stürzt und mich wieder schlägt.« Kurz hob sie den tränenverschleierten Blick und sah ihm in die Augen, dann lehnte sie ihre Wange an seine Brust.

»Schon okay«, flüsterte er und schlang die Arme um ihre Schultern. »Wir passen schon auf Sie auf.«

Seine Worte nährten ihre Tränen nur und schon bald bebte sie vor Schluchzen, das Gesicht an seiner Brust vergraben. Wo war Kay, wenn er sie mal brauchte? Sie würde wissen, was sie sagen musste, um Nicole den Kummer zu nehmen.

Unsicher und aus Angst, etwas Falsches zu sagen oder zu tun, stand er so still wie möglich da und tröstete sie, bis ihr Schluchzen verebbte.

»Ich habe solche Angst«, flüsterte sie und klammerte sich an seinem Hemd fest, griff mit den Händen in den Stoff und vergrub ihr Gesicht darin. »Ich weiß, dass er mich umbringen wird. Ich kann es spüren.«

ACHTUNDDREISSIG

DER SHERIFF

Das Neonschild in Form einer Kaffeetasse über dem Katse leuchtete immer noch, flackerte weiß vor dem tiefschwarzen Himmel, das genaue Gegenteil dessen, was der Name bedeutete: *schwarz*, in der Sprache des indigenen Pomo-Stammes. Aus dem Schornstein direkt hinter dem Schild stiegen Rauchschwaden auf, wodurch es so aussah, als dampfte der Kaffee in der Neontasse – das Schild war auffällig und einladend, werbetechnisch ein kleiner Geniestreich.

Auf dem Parkplatz standen immer noch ein paar wenige Autos, was zu dieser Uhrzeit etwas überraschend war. Immerhin war es nach sieben an einem Wochentag im November; die Sommerurlauber waren fort und die Wintersaison hatte noch nicht begonnen.

Kay fuhr auf den schotterbedeckten Parkplatz und kam mit knirschenden Reifen jäh zum Stehen. Sheriff Logans SUV parkte etwas näher an der dunklen, leeren Terrasse. Mit dem Rücken zu ihr lehnte er an der Motorhaube, den Reißverschluss seiner Bomberjacke hatte er bis zum Kinn hochgezogen, die Hände tief in den Taschen vergraben.

Entweder hatte er sie nicht gehört oder er gab vor, sie nicht zu sehen, als sie den Abstand zwischen ihnen verringerte. Dennoch rannte sie förmlich auf ihn zu, konnte es gar nicht abwarten, dieses Treffen hinter sich zu bringen.

Ganz außer Atem kam sie neben ihm zum Stehen. »Danke, dass Sie diesem Treffen zugestimmt haben. Mir ist klar, dass das nicht die übliche ...«

»Kommen Sie schon zur Sache, Dr. Sharp, meine Frau hat Kalbsbraten im Ofen.« Mit langsamen, bedachten Bewegungen holte er eine Zigarre hervor und zündete sie an, wie bei einem Ritual.

»Es geht um den Entführungsfall von Rose Harrelson«, platzte Kay heraus, immer noch außer Atem, obwohl sie keine fünfundzwanzig Meter gerannt war. Es war einfach ein langer Tag gewesen und sie hatte sich nur von Kaffee und Croissants ernährt.

Logan stieß eine dichte Rauchwolke aus, die ihn einen Augenblick lang wie ein Heiligenschein umgab, dann aber im beißenden Wind verflog. »Ich dachte, Sie arbeiten an dem Mord an Alyssa Caldwell. Was ist mit dem Harrelson-Fall?«

Sie schlug die Fallakte auf der zweiten Seite der Vermisstenmeldung auf und tippte mit dem Finger darauf. »Er wurde damals einem gewissen Detective Herbert Scott zugeteilt.«

»Ah«, machte Logan und runzelte sogleich die Stirn. »Verstehe. Und Ihre Frage ist?«

Kay betrachtete einen kurzen Moment lang sein Gesicht. Sein Blick hielt ihrem unbeirrt stand, seine Züge waren entspannt, abgesehen von den Furchen, die sich noch immer über seine Stirn zogen. Seine Mundwinkel waren ein wenig gespannt, wenn er nicht gerade an seiner Zigarre zog.

»In Ihrem Team gibt es einen Deputy Scott, aber keinen Detective mit diesem Namen. Ist er ...«

»Derselbe Kerl«, entgegnete er, Rauch waberte mit seinen Worten auf. »Doch das wussten Sie bereits«, fügte er mit dem Anflug eines Lächelns in den Augen hinzu. »Sonst würde ich nämlich gerade mit meiner Frau Kalbsbraten essen, anstatt mir hier mit Ihnen den Hintern abzufrieren.«

Sie sah kurz weg, dann wieder zu ihm. Er lächelte.

»Warum bin ich hier, Dr. Sharp?«

Sie war kurz davor, ihm anzubieten, sie Kay zu nennen, so wie alle anderen auch, doch entschied sich, das lieber bei einer anderen Gelegenheit zu tun.

»Ich frage das nur ungern, aber ich muss wissen, was passiert ist. Wie kam es, dass er jetzt Deputy ist, obwohl er zuvor Detective war?«

Er schnaubte, dann lachte er leise und zog noch einmal ausgiebig an seiner Zigarre, dann erst erwiderte er: »Jetzt, da Sie die Akte gelesen haben, sollte die Frage doch eigentlich lauten: Wie kommt es, dass Deputy Scott immer noch für mich arbeitet? Wie kommt es, dass er für diese unfassbar schlampige Arbeit nicht gefeuert wurde?«

Sie nickte und stellte den Kragen ihrer Jacke auf, zog den Reißverschluss bis oben hin zu. Der Wind griff mit eisigen Fingern nach ihrem Hals, ließ sie am ganzen Körper erschaudern und ihre schmerzhaft verkrampften Schultern sich noch weiter versteifen.

»Danke, dass Sie es so vorsichtig ausgedrückt haben, Dr. Sharp«, fuhr er fort und stieß mit einem Seufzen eine weitere Rauchwolke hervor. »Nur mal unter uns, also genau wie Sie es beabsichtigt haben, als Sie mich hierher bestellten: Es hat außerordentlich schlechte Arbeitsleistungen gebraucht, um Scott vor die Wahl zu stellen – entweder er wird gekündigt oder zum Deputy degradiert, behält aber seine Rente, vorausgesetzt er zieht die ganzen zwanzig Jahre durch, ohne sich selbst einen Strick zu drehen oder irgendjemanden umzubringen.«

»Gab es leistungstechnisch irgendwelche Auffälligkeiten?«, fragte sie. Sie hörte auf ihr Bauchgefühl, denn es musste mehr hinter Scotts Handlungen stecken als nur Desinteresse und Trägheit.

Logan atmete langsam aus, stieß warmen Rauch in seine Handflächen und nahm die Zigarre in die andere Hand. »Gelinde gesagt war er pflichtvergessen und hatte nicht die Motivation, Fälle abzuschließen, neigte aber gleichzeitig dazu, gewalttätig zu werden, hat Tatverdächtige oftmals verprügelt und Zeugen bedroht. Er hat sich vieles zu einfach gemacht und ständig schlampig gearbeitet.« Er murmelte einen Fluch, den sie nicht verstand. »Der Kerl ist ein ganz schönes Stück Arbeit. Von allen Seiten hagelte es Beschwerden – fehlende Beweismittel, schlecht ausgefüllte Formulare, falsch abgeheftete Berichte, Zeugen, die schikaniert und beleidigt wurden, alles Mögliche. Jetzt macht er nur noch Verkehrskontrollen, aber selbst da schafft er es hin und wieder, Mist zu bauen.«

Kay trat von einem Fuß auf den anderen, denn es graute ihr vor der Frage, die sie nun stellen musste, obwohl sie die Antwort bereits zu kennen glaubte.

»Sind Sie privat mit ihm befreundet?«

»Was?« Er betrachtete sie eindringlich und auf seiner Stirn bildeten sich weitere Furchen, tiefe V-förmige Linien an seiner Nasenwurzel.

»Sie wissen schon, Feierabendbier mit dem Team, im Hilltop abhängen, sowas in der Art.«

»Ich? Mit dem Kerl? Auf keinen Fall.« Er richtete den Kragen seiner Jacke, wie um seine gekränkte Ehre wiederherzustellen. »Um ehrlich zu sein, überrascht es mich, dass Sie das überhaupt fragen mussten.« Er hustete in seinen Ellbogen, dann sagte er mit gesenkter Stimme: »Hören Sie, wenn die Gewerkschaften nicht wären, wär der Kerl schon längst weg. Kann ich jetzt endlich nach Hause und mich aufwärmen?«

Er wandte sich zum Gehen, doch sie hielt ihn am Ellbogen fest. »Noch nicht, tut mir leid. Aber ich mach es kurz.« Tief atmete sie die kalte Luft mit den Überresten des Zigarrenrauchs ein. »Ich bin derzeit zusätzlich für das FBI im Einsatz.«

Sein Blick wurde verärgert. »Himmel nochmal, Dr. Sharp,

danke, dass Sie mir das auch schon mitteilen.« Sie bemerkte, wie sich seine Schultern und sein Kiefer versteiften – er ging doch tatsächlich in die Defensive. »Geht es dabei um Scott?«

»Ja«, antwortete sie rasch, froh, dass er die richtige Frage gestellt hatte.

»Was hat er jetzt angestellt, dass er die Aufmerksamkeit des FBI auf sich gezogen hat?«

»Er hat seine schwangere Frau fast zu Tode geprügelt, im vergangenen Jahr mindestens dreimal«, sagte sie mit einem Kloß im Hals. »Sie hat versucht, mit Ihnen Kontakt aufzunehmen, hat es aber nicht geschafft. Sie wurde ...«

»Warum hat sie es nicht geschafft? Ich bin doch jeden Tag auf der Wache«, meinte er und ging wütend vor seinem SUV auf und ab.

»Das ist eine lange Geschichte, in der Zeit würde Ihr Braten ganz trocken werden«, sagte sie in dem Versuch, die aufgeladene Stimmung zwischen ihnen etwas aufzulockern. Doch er funkelte sie nur an, lächelte nicht, sagte nicht ein Wort. »Bis Ende der Woche werde ich das aufklären. Kurz gesagt, jemand von der Wache hat nach Lust und Laune Ihre Post umgeleitet.«

»Und sie an ihren Mann verraten?« Er schlug sich mit den Händen seitlich auf die Oberschenkel und blickte nach oben in den Sternenhimmel. »Einer meiner Cops hat das getan?«

»Ich ... ja, und ich verspreche Ihnen, ich arbeite daran, herauszufinden, wer das war. Geben Sie mir bitte einfach noch ein paar Tage, damit ich das auf die richtige Art und Weise abschließen kann. Es gibt so viele Risiken zu beachten, wenn Cops in Fälle von häuslicher Gewalt verwickelt sind.«

Er nickte.

»Was denken Sie, wie weit wird er gehen?«, fragte Kay. »Wenn man ihn in die Enge treibt?«

Er wandte sich ihr zu und schob die Hände tief in die

Taschen. »Scott? Der Mann ist ein Pulverfass, das jederzeit hochgehen kann.«

»Verstehe«, erwiderte sie. Nun war sie diejenige, die das Gesicht verzog. Logan hatte bloß ihre schlimmsten Befürchtungen bestätigt und dazu noch neue gesät. Sie hatte nur wenig Zeit mit Scott verbracht, doch es war genug, um zu wissen, dass der Mann auf irgendetwas aus war, sie wusste nur noch nicht auf *was*. Doch seine Pflichtvergessenheit war nicht einfach ein Versehen. Dafür war er zu kontrollierend,zu beharrlich, zu erbittert. Wenn sie die Schichten dieser faulen Zwiebel eine nach der anderen abzog, würde sie vielleicht herausfinden, was ihn dazu angetrieben hatte, seine Karriere als einziger Detective der Wache von Mount Chester wegzuschmeißen, nur um das ganze Jahr über zu schnell fahrende Touristen anzuhalten. »Ich halte Sie auf dem Laufenden, Sir«, versprach sie und griff nach dem Schlüsselbund in ihrer Jackentasche. Als sie die Hand wieder hervorholte, hielt sie darin sowohl ihre Schlüssel als auch den Asservatenbeutel mit der DNA-Probe von Shelley.

»Nicht so schnell, Dr. Sharp«, mahnte Sheriff Logan mit einem Tonfall, der so scharf war wie der kalte Wind. »Ich würde gerne wissen, ob Sie wirklich für mich arbeiten. Oder war das nur vorgetäuscht?«

Mit großen Augen starrte sie ihn an.

»Sind Sie im Einsatz des FBI hier?«, fragte er noch einmal mit erhobener Stimme, sodass ihr klar wurde, wie wütend er war. »Das ist eine berechtigte Frage, finden Sie nicht?«

Beinahe musste sie lächeln, doch sie verkniff es sich, sonst würde der Sheriff womöglich noch an die Decke gehen. »Ich verspreche Ihnen, dass diese FBI-Sache nur vorübergehend und in ein paar Tagen abgeschlossen ist. Ich arbeite für Sie, seitdem Sie mir das Angebot gemacht haben und ich es angenommen habe.«

»Warum haben Sie mir dann nicht von Scott erzählt?« Sein Tonfall war erhoben, spiegelte seinen zunehmenden Missmut wider. »Ich schätze, Sie haben mir entweder nicht vertraut und mich deshalb zuerst wie nach Lehrbuch verhört, um erst dann Ihre Absichten preiszugegeben, oder Sie waren von Anfang an nie Teil meines Teams.«

»Sir, ich habe den Fall erst gestern Abend zugeteilt bekommen«, erklärte sie. »Und ja, ich habe Sie verhört und ich entschuldige mich dafür, aber ich habe da nunmal eine misshandelte Frau, die schwört, Briefe direkt an Sie geschickt zu haben, die ihr Mann dann aber direkt am nächsten Tag wieder mit nach Hause gebracht und als Anlass für die nächste Tracht Prügel gesehen hat.« Sie sprach mit solcher Inbrunst, dass ihre Stimme ein wenig zittrig wurde. Sie zwang sich, tief die kalte Luft einzuatmen, und wappnete sich.

Langsam und gelassen klatschte er in die Hände, der Anflug eines Lächelns blitzte in seinen Augen auf. »Ich habe es schon einmal gesagt und ich sage es nochmal: Ich würde mich freuen, wenn Sie hierbleiben. Und ich hoffe, dass dieser FBI-Einsatz bald vorbei ist und Sie dafür sorgen können, dass ich diesen Dreckskerl los bin.«

»Ich gehe nirgendwohin«, versicherte sie und sah ihm dabei direkt in die Augen, die Schlüssel und die DNA-Probe immer noch in der Hand.

Er grinste. »Was ist das?«, fragte er.

»Eine DNA-Probe von Rose Harrelsons Mutter«, antwortete sie. »Ich bring sie auf dem Heimweg bei der Leichenhalle vorbei.«

»Das kann ich erledigen«, bot er an und sie lächelte und nahm das Angebot mit einem dankbaren Nicken an. Er kratzte sich über das raspelkurze Haar, als versuche er sich an etwas zu erinnern, das er noch zu tun hatte. »Ich sollte Ihnen wohl sagen, dass Scott angerufen hat, um sich ein paar Tage freizunehmen. Er sprach von familiären Problemen.«

Sie starrte ihm nach, als er in den SUV stieg und davonfuhr. Besorgt dachte sie an Nicole. Gut, dass sie mit Jacob zu

Hause in Sicherheit war. Scott war vermutlich gerade auf der Suche nach ihr und würde nicht ruhen, bis er sie gefunden hatte und sie dafür bezahlen ließ, dass sie davongelaufen war.

Es war an der Zeit, dieser Bestie einen Maulkorb zu verpassen.

Du wirst mich nie wieder sehen.
Such nicht nach mir.

Scott starrte den handgeschriebenen Zettel an, Wut pulsierte durch seine Adern.

»Einen Teufel werde ich tun«, brummte er, trat über zerbrochenes Zeug und zerrissene Kleider und packte sich eine kleine Sporttasche mit Sachen zusammen, die er für längere Observierungen brauchte. »Und auch noch diese FBI-Tante verfolgen? Am Arsch.«

Als wenn er nicht wüsste, was Kay Sharp im Schilde führte … jedenfalls nichts Gutes. Er hatte gar keine Gelegenheit gehabt, Drei-Dollarzeichen zu fragen, warum er sie verfolgen sollte, anstatt sie einfach so schnell wie möglich auszuschalten. Der Mann war noch nie so schroff zu ihm gewesen und jemanden wie ihn wollte Scott nicht zum Feind haben.

Mit der Reisetasche in der Hand trat er in den Hausflur und versuchte, eine Entscheidung zu treffen. Sollte er nach Nicole suchen und ihren bedauernswerten Hintern wieder dorthin schleifen, wo er hingehörte? Immerhin hätte sie hier einiges an Unordnung zu beseitigen, während er weg war. Oder sollte er lieber tun, was ihm aufgetragen worden war, und sich an diese FBI-Tante hängen, bevor sie noch wer weiß was anstellte und alles vermasselte?

Ein Blick auf sein Handy verriet ihm, dass es beinahe sieben Uhr war. Wer weiß, wann Nicole weggegangen war ...? Die Schlampe konnte mittlerweile überall sein. Obwohl sie auch nicht viele Orte hatte, wo sie hinkonnte. Vielleicht wollte sie zu ihrer Mutter nach Tennessee. Wenn er sich beeilte, schaffte er es vielleicht noch zur Fernbushaltestelle, bevor der letzte Bus abfuhr. Nicole war nicht mutig genug, um bei irgendeinem Trucker per Anhalter mitzufahren, nein, sie war schon immer ein Angsthase gewesen, eine feige kleine Schlampe.

Er ging in die Küche, schaltete das Licht ein und ließ die Reisetasche auf das zerbrochene Geschirr und die Essensreste auf dem Tisch fallen. Er durchwühlte die Vorratskammer, schnappte sich eine Handvoll Energieriegel, eine Packung salzige Cracker und ein paar Dosen Cola, dann stopfte er alles in die Tasche. Zufrieden zog er den Reißverschluss zu und ging nach draußen. Die Tür knallte er so fest hinter sich zu, dass die Fenster wackelten und der Türrahmen an der Ecke einen Riss bekam.

Mit Warnlichtern und Sirenengeheul fuhr er eilig in Richtung Bushaltestelle, auch wenn er eigentlich nicht im Dienst war und er gar keinen Code bekommen hatte. Doch wer würde schon einen Cop im Notfalleinsatz anhalten? Er grummelte, fluchte unaufhörlich vor sich hin und umklammerte das Lenkrad so fest, dass seine Fingerknöchel knackten, während ihm Schweißperlen auf die Stirn traten.

Wenige Minuten später hielt er an der Bushaltestelle an und lachte leise in sich hinein, als er sah, wie sich einige Leute beim Anblick der roten und blauen Warnlichter in den Wald flüchteten. Allesamt vorbildliche Bürger, da war er sich sicher. Nicole war nirgendwo zu sehen und eine kurze Nachfrage am

Ticketschalter verriet ihm, dass sie an diesem Abend weder ein Ticket gekauft hatte, noch gesehen worden war, wie sie in einen der früheren Busse einstieg, die auf ihrem Weg Richtung Süden, nach San Francisco und Los Angeles, nur kurz in Mount Chester hielten.

Wo konnte die Schlampe hin sein? Hatte sie Hilfe?

Der Gedanke, dass sich jemand anderes in seine Angelegenheiten eingemischt haben könnte, ließ ihn auf halbem Weg zu seinem Streifenwagen abrupt stehen bleiben. Warum war er da nicht schon vorher draufgekommen? Je mehr er darüber nachdachte, desto mehr Sinn ergab es. Sie konnte ihre eigene Flucht nicht selbst organisiert haben, dazu hatte sie nicht das Zeug. Er hingegen hatte Menschenkenntnis, er hatte mehr Täter befragt und mehr Verbrecher gefasst als viele andere Cops in ihrer gesamten Laufbahn, weil er eben genau wusste, wie er ihre Schwachstellen ausmachte, wie er genau dort wie mit einem Messer zustach und darin herumbohrte.

Jemand anderes steckte mit drin. Es konnte gar nicht anders sein.

Nicole hatte nicht einmal ein Auto. Jemand anderes musste sie von zu Hause abgeholt und irgendwohin gefahren haben, mit Gepäck und allem. Es musste ein Mann gewesen sein – wer sonst würde seine Zeit für diese betrügende, verlogene und auch noch schwangere Schlampe vergeuden, wenn nicht irgendein Kerl, der sie flachlegen wollte?

Das Einzige, was er zu bewerkstelligen hatte: er musste einen möglichst einfachen Weg finden, Nicoles geheimen Macker für den Rest seiner Tage in den Knast zu stecken, was lächerlich einfach war. Eine Verkehrskontrolle, dazu ein unauffällig platziertes Gramm Heroin in seinem Wagen, und dann würde der Typ sich auch noch der Festnahme widersetzen. Scott könnte Widerstand gegen die Polizei vortäuschen, selbst wenn seine Bodycam – Logans neueste beschissene Richtlinie – eingeschaltet war, und jeder würde es ihm abkaufen. Dann könnte er sogar noch einen drauflegen und eine Waffe im Kofferraum seines Wagens finden, eine, die er vorher auf der Straße kaufen und bei sich tragen würde, bis sich der richtige Moment ergab. Noch besser, eine Waffe, die polizeilich gesucht wurde, die vor Kurzem bei irgendeinem Mord in San Francisco benutzt worden war und deren Patronen sichergestellt worden waren. Er hatte Kontakte, die ihm gutes Geld dafür zahlen würden, eine solche Waffe irgendeinem armseligen Loser unterzuschieben, und bei Nicoles geheimem Typen würde er das mit Vergnügen machen.

Viel. Zu. Einfach.

Wenn der Mistkerl die Verhaftung überleben sollte, reichte ein Anruf und das Arschloch würde hinter Gittern mit einem Messer Bekanntschaft machen, und schon wäre Nicoles Liebesgeschichte vorbei. Geschah ihm recht, wenn er seine Frau vögelte, oder nicht?

Dann würde er einfach warten, bis Nicole wieder bei ihm angekrochen kam und ihn um Vergebung anflehte. Das würde nicht allzu lange dauern, einen Tag, vielleicht zwei.

Dann würde er ihr die Lektion erteilen, die sie verdiente.

Langsam atmete er aus, um seine angespannten Nerven zu beruhigen, jetzt, da er einen Plan hatte, jetzt, da er wusste, was sie getan hatte. Es würde ein wenig Arbeit erfordern, die zwei Turteltauben ausfindig zu machen, und jetzt war nicht der richtige Zeitpunkt dafür. Morgen, wenn diese FBI-Tante mit irgendetwas beschäftigt war, würde er ein wenig herumfragen, würde Telefonverbindungsdaten abfragen und so Nicole und ihren geheimen Macker finden.

Er stieg hinters Steuer und packte einen Energieriegel aus. Die ganze Anstrengung hatte ihn hungrig gemacht, als hätte der Frust ein Loch in seinen Magen gebohrt. Wenn er die Zeit hätte, wenn er nicht Kay nachstellen müsste, würde er beim Fitnessstudio vorbeifahren und so lange Gewichte stemmen, bis er seine Arme nicht mehr spürte.

Er sah erneut auf die Uhr. Fast halb acht. Wo konnte die FBI-Schlampe stecken?

Zehn Minuten später war er an der Wache, doch ihr SUV war nicht da. Um diese Uhrzeit war sie vermutlich schon zu Hause. Eine kurze Recherche an seinem Laptop verriet ihm ihre Adresse.

Es war nicht weit.

Schnell, aber diesmal ohne Warnlichter, fuhr er hin. Als er sich Kays Haus näherte, stellte er auch die Scheinwerfer aus. Auf der anderen Straßenseite, etwa fünfzig Meter in westlicher Richtung von ihrem Haus entfernt, umgab eine dichte Hecke ein in Dunkelheit gehülltes Grundstück. Daneben parkte er, denn hinter ein paar Eichen und einigen Mülltonnen, die bereits für die Müllabfuhr am nächsten Morgen an den Bordstein gezogen worden waren, war sein Wagen von der Einfahrt aus kaum zu erkennen.

Dann ging er zu Fuß zurück zum Ranchhaus der Sharps und vergewisserte sich, dass Kays SUV nicht da war. In der Küche jedoch brannte Licht. Er entdeckte ein gutes Versteck, von dem aus er durchs Küchenfenster spähen konnte, ohne zu riskieren, von der FBI-Tante gesehen zu werden, sollte sie ausgerechnet in diesem Moment in die Einfahrt fahren.

Von den Berghängen heulte wütend der Wind und trug den Geruch nach frischem Schnee von den Gipfeln herunter. Die Temperatur war unter null gefallen und sein Atem bildete kleine Nebelwolken in der Luft. Er huschte hinter den Stamm einer dicken Eiche und hielt den Blick auf das hell erleuchtete Küchenfenster gerichtet, hoffte, dort drinnen Kay zu entdecken. Dann wüsste er, dass sie bereits zu Hause war, und könnte die Observierung im Auto fortsetzen, könnte die Heizung und das Radio einschalten, um sich die Nacht über wachzuhalten.

Im gelblichen Licht der Küche war gerade ein Mann dabei, den Tisch zu decken. Er trug Teller und Besteck aus den Küchenschränken herüber und platzierte sie auf dem Tisch.

Scott konnte nur einen Teil seiner Bewegungen erhaschen, wenn er an dem schmalen Fenster vorbeiging, doch irgendwann drehte er sich um und Scott sah, dass er redete.

Er erkannte den Kerl: Das war Jacob Sharp, Kays Bruder. Doch mit wem sprach er?

Nachdem er sich vergewissert hatte, dass keine Scheinwerfer in Sichtweite waren, näherte er sich vorsichtig dem Haus und schaffte es so, etwas mehr von der Küche zu sehen. Doch er konnte immer noch nicht erkennen, wer bei dem Mann war.

War es Kay? Hatte sie den SUV in der Garage geparkt?

Er lugte hinter einer Mülltonne hervor und verfolgte jede von Jacobs Bewegungen. Er ging immerzu zwischen der Spüle, den Küchenschränken und dem Tisch hin und her, anscheinend richtete er das Abendessen an. Dann geschah etwas: Vielleicht erzählte er einen Witz oder so etwas, denn er blieb wie angewurzelt stehen und hob die Hände, sagte hastig etwas und trat zurück. Doch er lachte nicht, er wirkte eher ernst, besorgt. Hatte jemand eine Waffe auf ihn gerichtet?

Scott konnte von der Seite sehen, wie sich Jacobs Lippen bewegten, doch er konnte kein Wort hören und verstand deshalb nicht, was da vor sich ging. Nach einer Weile ließ Jacob die Hände sinken und machte sich wieder hektisch ans Abendessen, öffnete den Ofen und holte das Blech heraus.

Dann kam eine Frau auf ihn zu und schmiegte sich weinend an seine Brust, er streichelte ihr übers Haar und schlang die Arme um sie.

Sein Herz begann zu rasen, Blut rauschte ihm so schnell in den Kopf, dass ihm schwindelig wurde.

Das war nicht Kay Sharp in den Armen dieses Mannes. Das war Nicole.

Seine Nicole.

Augenblicklich übermannte ihn die Wut und all seine

Pläne waren vergessen. Er rannte zum Nebeneingang, trat mit einem kräftigen Stoß die Tür ein und ging hinein.

Nicoles Schrei schürte seinen Zorn und diese Flachpfeife, die sich mit seiner Hühnerbrust vor sie stellte, war einfach nur ein Witz. Das sollte Nicoles Macker sein? Kays Bruder?

Jacob besaß auch noch die Frechheit, ihm zu sagen: »Bitte gehen Sie, dann wird es keine Konsequenzen geben.« Nicole kauerte derweil hinter ihm wie ein in die Enge getriebenes Tier und schluchzte laut, so wie immer, wenn sie wusste, dass sie so richtig Scheiße gebaut hatte.

»Das ist eine Sache zwischen mir und meiner Frau«, entgegnete Scott ruhig, sein Tonfall war leise und bedrohlich, seine Worte folgten einem Rhythmus, wie die Geschosse eines Maschinengewehrs, die in Zeitlupe abgefeuert wurden. Er blähte die Nasenlöcher, ballte fest die Fäuste und stimmte sich schon einmal auf das Gefühl ein, Jacobs Kiefer zu brechen.

»Und das hier ist mein Haus und Sie sind hier nicht willkommen«, meinte Jacob und trat einen kleinen Schritt vor.

Der kleine Pisser hatte echt Mumm, doch er hatte keine Zeit zu verlieren. Er hob die Fäuste an die Brust und führte einen rechten Haken, zielte auf das Gesicht des Typen ab. Schnellfüßig sprang Jacob zur Seite und schnappte sich eine Pfanne vom Herd, hielt sie mit beiden Händen schlagbereit vor sich.

»Bitte, Herb, es ist nicht so, wie du denkst«, flehte Nicole, unterbrochen von unbändigem Schluchzen. »Seine Schwester ist meine Freundin.«

Fünf simple Worte und es war, als hätte Nicole ihm einen Eimer Eiswasser über den Kopf geschüttet. Seit wann machte Nicole gemeinsame Sache mit dem FBI? Wer weiß, welche Lügen Nicole dieser Schlampe aufgetischt hatte?

Seine Lippen zu einer dünnen, unnachgiebigen Linie zusammengepresst, zog er seine Waffe und drückte zweimal den Abzug. Beide Kugeln trafen ihr Ziel, den Torso von Nicoles

Macker. Nicole kreischte auf und Jacob starrte ihn einen kurzen Augenblick lang bloß ungläubig an. Dann brach er zusammen, die Pfanne schepperte neben ihm zu Boden.

Ruhig und zum ersten Mal an diesem Tag mit einem zufriedenen Gefühl steckte er seine Waffe ins Holster und trat mit zwei großen Schritten auf Nicole zu, nahm lächelnd ihre Angst in sich auf, die ungeheure Furcht in ihren Augen. Er packte sie bei den Haaren und zerrte sie aus der Küche hinaus in die kalte Dunkelheit. Ihre Schreie hallten in der nächtlichen Stille.

Dann verstummte sie und erstarrte in seinen Händen.

VIERZIG

EIN ZEUGE

Elliot war so gut wie durch mit den Tankstellen an der Interstate, etwa zwanzig Meilen südlich von Mount Chester. Er hatte ganz schön lange gebraucht, stellte er mit einem missmutigen Blick auf die Anzeige über dem Kassenschalter der Chevron fest. Beinahe eine Stunde für fünf Tankstellen, vier kleinere und ein Autohof, an dem die großen Sattelschlepper tankten und die Fahrer auch eine warme Mahlzeit bekamen und heiß duschen konnten.

Er hatte seine Flyer in den Toilettenbereichen aufgehängt und sich für zwischendurch einen Hotdog von einem dieser Rollengrills geholt, in denen die Würstchen warmgehalten wurden, angelockt von dem Geruch wie ein ausgehungerter Kojote, der um einen Mülleimer kreiste. Zu diesem Zeitpunkt hatte der Hotdog gut geschmeckt, der Hunger hatte seine Geschmacksnerven täuschen können, doch der Nachgeschmack, der ihm im Mund zurückblieb, war wohl der Inbegriff dessen, was man Tankstellenatem nannte.

Als er den Hotdog und noch ein Döschen Minzpastillen bezahlte, tat er so, als würde er das aufreizende Lächeln der Kassiererin nicht bemerken. Sie war jung und hatte eine sportliche Figur, vielleicht ein wenig zu dünn, und im Neonlicht wirkte sie recht blass. Das glatte blonde Haar reichte ihr bis zu den Schultern und der Lippenstift auf ihren schmalen Lippen schimmerte beim Sprechen. Sie neigte den Kopf und scherzte mit ihm, wobei sie geflissentlich die finsteren Blicke und das ungeduldige Getuschel in der immer länger werdenden Schlange hinter ihm ignorierte. Sie versprach ihm, ihn persönlich anzurufen, falls sie irgendetwas über das vermisste Mädchen hörte, und bedauerte es, nicht mehr auf die Leute geachtet zu haben, die in den Laden kamen, doch das waren immerhin tausende am Tag.

Als er sich an den Hut tippte, wurde das Lächeln des Mädchens noch breiter, was ihn aus irgendeinem Grund an Kay erinnerte, obwohl sie seiner Partnerin nicht im Geringsten ähnlich sah. Kay war größer, ihre Stirn höher, ihre Lippen voller. Ihr langes blondes Haar ging ihr bis über die Schultern und wellte sich in den Längen. Nein, dieses Mädchen ähnelte Kay nicht im Entferntesten.

Und er machte sich immer mehr zum Idioten.

Er tippte sich erneut an den Hut und wandte sich zum Gehen um. »Ehrlich jetzt?«, kommentierte eine ältere Frau schnippisch, als er an ihr vorbeiging, doch Elliot ignorierte sie. Er verließ den Laden und genoss die frische Abendluft, obwohl ihm die Kälte bis in die Knochen drang und er wegen des Windes seinem Hut über das gesamte Tankstellengelände hinterherjagen musste, sehr zur Unterhaltung einiger Trucker, die gerade beim Tanken waren.

Er war nur noch eine Ausfahrt von San Francisco entfernt, wo dann alle Hoffnungen endgültig dahin wären. Noch vier Tankstellen, eine davon ebenfalls ein Autohof.

Er war nur wenige Minuten unterwegs, als ihn ein Anruf erreichte, der dem eigens eingerichteten Klingelton nach aus der Zentrale der Polizeiwache kam. Über das Mediensystem des Autos nahm er ihn an.

»Detective Young«, gab er sich zu erkennen, da sämtliche Anrufe aus der Zentrale aufgezeichnet wurden. »Was gibt's?«

»Hier ist ein Lkw-Fahrer in der Leitung, sagt, er hat Ihre Flyer gesehen oder so etwas«, sagte Deputy Farrell. Die jüngeren Deputies aus dem Team übernahmen immer abwechselnd Schichten in der Zentrale.

»Stellen Sie ihn zu mir durch«, erwiderte er. Im Bruchteil einer Sekunde war seine Müdigkeit verflogen, er war hellwach und konzentriert, seine Sinne geschärft.

»Hallo?«, fragte ein Mann mit heiserer Stimme.

»Ja, hier ist Detective Elliot Young. Sie haben einen Hinweis für mich?«

»Ich denke, ich hab das Mädchen gesehen, nach dem Sie suchen«, sagte er und musste dann husten, doch das Geräusch war gedämpft, so als würde er den Telefonhörer zuhalten.

Geduldig wartete Elliot, dann fragte er: »Haben Sie der Zentrale Ihren Namen und Ihre Telefonnummer hinterlassen, für den Fall, dass die Verbindung abbricht?«

»Ja, na klar.«

»Wie darf ich Sie nennen?«

»Ben.« Er röchelte, dann fügte er hinzu: »Eigentlich heiße ich Benjamin, aber Sie können mich Ben nennen.«

»Also, Ben, sagen Sie mir, was haben Sie gesehen?«

»Kennen Sie den Grenzübergang zwischen Oregon und Kalifornien direkt auf dem Highway?«

»Ja, ich weiß genau, welchen Sie meinen.«

»An der ersten Ausfahrt danach hab ich das Mädchen, das Sie suchen, gesehen, wie sie in eine schicke Limousine stieg.« Er räusperte sich, dann trank er den Geräuschen nach einen Schluck Wasser. »Das war ein dunkelgrauer Lincoln Continental, ein Modell aus dem letzten Jahr.«

»Das ist ja ganz schön detailliert, dafür dass Sie es nur zufällig gesehen haben«, bemerkte Elliot, der sich fragte, warum sich jemand diese ganzen Einzelheiten merkte. Benutzte er womöglich Kirstens Verschwinden, um jemandem etwas anzuhängen?

»Ich fahre einen großen Kühllaster mit Gefrierfleisch von Mexiko nach Seattle, fahr die Strecke jetzt seit sieben Jahren. So vertreibe ich mir die Zeit, ich seh mir Autos an. Ich kenne Autos, bin schon mein ganzes Leben von Autos umgeben. Aber dieses ist mir besonders aufgefallen.«

»Warum das?«

»Irgendwann, da waren wir noch in Oregon, fuhr ich mit meinem Sattelschlepper direkt hinter dem Lincoln. Dann hat er Gas gegeben und ich hab ihn aus den Augen verloren, aber dann, direkt hinter der Grenze, bin ich fast in das verdammte Ding reingefahren.« Er hielt einen Augenblick inne und Elliot hörte das Rascheln von Plastikfolie und das Klicken eines Feuerzeugs. »Die Leute verstehen einfach nicht, dass man so einen Sattelschlepper nicht mal eben so bremsen kann. Der Kerl hat mit seinem Lincoln am Straßenrand angehalten, hat die rechte Spur blockiert und das Mädchen ist auf der Beifahrerseite eingestiegen. Der hat sich nicht mal die Mühe gemacht, eben auf den Seitenstreifen zu fahren.« Er stieß eine Rauchwolke aus, was durchs Telefon als leises Zischen zu hören war. »In dem Moment ist gerade ein anderes Auto an mir vorbeigefahren, direkt nach der Kurve, also musste ich ordentlich auf die Bremse gehen. Beinahe hätte ich mich quergestellt und uns alle umgebracht. Deshalb erinnere ich mich noch an den Kerl und sein schickes Auto.«

»Ben, bitte, retten Sie meinen Tag und sagen Sie mir, dass Sie sich das Kennzeichen gemerkt haben«, sagte er und hielt den Atem an.

»Nee, sorry, Mann. Ein bisschen was müssen Sie wohl noch selbst machen«, meinte er lachend. »Aber ich kann Ihnen sagen, dass es kalifornische Kennzeichen waren.«

»Alles klar. Danke, Ben, das hilft mir wirklich weiter«, erwiderte Elliot. »Die Zentrale hat Ihre Nummer, falls ich noch irgendwelche Fragen habe?«

»Ja, genau. Ach, eins hab ich noch vergessen: Ich glaube nicht, dass sie von der Grenze aus noch viel weiter gefahren sind.«

»Wie kommen Sie darauf?«

»Sie wissen doch, dass für Lkw in Kalifornien eine niedrigere Geschwindigkeitsbegrenzung gilt, nicht wahr? Klar wissen Sie das«, fügte er hinzu und lachte leise. »Der Lincoln ist danach nicht nochmal an mir vorbeigefahren. Ich bin ohne Pause bis San Francisco durchgefahren, doch er ist nicht nochmal an mir vorbeigefahren, dabei hätte er das eigentlich tun müssen.« Er zögerte, dann fügte er hinzu: »Irgendwie hatte ich gehofft, dass er nochmal vorbeifährt, damit ich ihn nochmal ordentlich anhupen und ihm ein bisschen Schiss machen kann, Sie wissen schon.«

Elliot runzelte die Stirn, dann bedankte er sich bei Ben, bat ihn, ihn direkt anzurufen, wenn ihm noch etwas einfiel, und legte auf. Das war seine erste richtige Spur, genug, um ihm beim Sheriff etwas mehr Zeit zu verschaffen.

Wie weit waren die erste und die zweite Ausfahrt auf dem Highway voneinander entfernt? Wenn Ben mit seinem Sattelschlepper nach kalifornischem Staatsrecht auf fünfundfünfzig Meilen pro Stunde hatte abbremsen müssen und der Lincoln mit fünfundsechzig oder mehr fuhr, wann würde der Lincoln den Sattelschlepper dann einholen?

Hätte er doch im Matheunterricht mal besser aufgepasst. Er fragte sich, ob der Lincoln wohl die nächste Ausfahrt genommen hatte und warum. War er ein Anwohner? Konnte es so einfach sein? Nicht viele Kalifornier hier auf dem Land fuhren einen Lincoln. Eine kurze Recherche würde ihm da schon weiterhelfen. Oder vielleicht hätte der Lincoln an einer Tankstelle zum Abendessen gehalten oder war einfach an Ben vorbeigefahren, ohne dass er es bemerkt hatte.

Ein weiterer Anruf unterbrach seine Gedanken. Doch der Name auf dem Display zauberte ihm ein Lächeln auf die Lippen.

»Kay«, sagte er, doch er bekam gar keine Gelegenheit, noch irgendetwas anderes zu sagen.

Sie war völlig außer Atem, schaffte es kaum zu sprechen. »Elliot, ich brauche dich.« Ihre Worte waren kaum zu verstehen, schnell und abgehackt zwischen lauten, unregelmäßigen Atemzügen. »Er hat auf ihn geschossen«, sagte sie und hatte hörbar Mühe, zusammenhängend zu reden und nicht zu weinen. »Herbert Scott hat auf meinen Bruder geschossen.« Dann brach die Verbindung ab.

Elliot trat heftig auf die Bremse und schaltete seine Sirene und das Warnlicht ein, dann suchte er sich eine Stelle, an der er den Mittelstreifen überqueren konnte, ein unebener, etwa fünfunddreißig Meter breiter Abschnitt. Sobald er auf der Interstate in Richtung Norden war, gab er Vollgas und der Motor lief genau wie seine Gedanken auf Hochtouren.

Warum sollte Herbert Scott auf Jacob Sharp schießen? Was zum Henker ging hier vor sich?

EINUNDVIERZIG

HALLOWEEN

Er war vor ein paar Stunden gegangen.

Kirsten hatte nicht viel anderes zu tun, als nachzudenken. Darüber, wie sie nur in diese Lage geraten war. Wie es dazu gekommen war, dass sie hier, in diesem Horrorhaus, gelandet war, das sie an Dickens' *Große Erwartungen* erinnerte, ein Ort, der in der Zeit stehen geblieben war, wie eingefroren, ohne jegliche Wärme. Welcher Mann hielt sich so ein Haus, unverändert seit dem Zeitpunkt, an dem er – warum auch immer – durchgedreht war, nur um Mädchen wie sie einzusperren?

Sie kannte die Antwort auf diese Frage, doch sie hatte zu große Angst, die Worte auszusprechen, nicht einmal in der intimsten Ecke ihres Verstandes. Tief in ihrem erschütterten Innersten wusste sie, was er war und wie ihre eigene Halloweengeschichte enden würde.

Es war Halloween und sie wurde seit vier Tagen gefangen gehalten. Ganz egal, wie sehr sie es versucht hatte, welche Mittel sie auch benutzt hatte, sie hatte es nicht geschafft, aus diesem verlassenen Ort auszubrechen. Die Fenster waren unzerstörbar, selbst einem Küchenstuhl, den sie mit aller Kraft dagegen warf, hielten sie stand, ohne auch nur einen einzigen

Kratzer davonzutragen. Die Tür, der auf der Innenseite ein Griff fehlte, war mit mehreren Türriegeln verbarrikadiert. Selbst die Angeln waren festgelötet worden, damit sie auch ja nicht die Nägel darin herausziehen konnte.

Und seit letzter Nacht hatte sie auch nichts mehr zu essen.

Zu Anfang hatte er sich noch um ihr Wohlergehen gekümmert, hatte sie mit Essen versorgt, ihr eigenhändig Sandwiches geschmiert. Doch dann, nachdem er sie dabei erwischt hatte, wie sie ihm nicht gehorchte, hatte er den gesamten Strom im Haus abgestellt und den Kühlschrank nicht mehr aufgefüllt. Die Heizung funktionierte nur, solang er da war, genau wie das Licht. Sobald er ging, herrschten Dunkelheit und eisige Kälte, und sie kauerte sich unter muffigen Decken zusammen, in Kleidung, die anderen wie ihr gehört hatte, und zitterte unaufhörlich. Sie konnte nicht sagen, ob es die Kälte war, die ihren Körper erschaudern und ihre Zähne klappern ließ, oder die Angst, schreckliche Angst, die sie gepackt hatte, während sie auf der Seite lag und sich die eine Frage zu beantworten versuchte, die sie die vergangenen Nächte wachgehalten hatte.

Wie würde sie sterben?

Es gab keinen Zweifel daran, wie ihre Tortur enden würde – der Mann würde Mädchen wie sie nicht einfach davonlaufen lassen und riskieren, dass sie die Cops für einen Besuch beim Höllenhaus vorbeibringen würden. Nein ... Sie würde durch seine Hand sterben. Doch wie?

Manchmal kam ihr die Aussicht zu sterben beinahe angenehm vor, wie eine Erlösung, ein Ausweg aus ihrem Gefängnis. Der Tod bedeutete, dass er sie nicht mehr anrühren würde. Sie würde nie wieder das Gewicht seines Körpers ertragen müssen, das sie erdrückte, den Geruch seines Atems, das Gefühl seiner rastlosen Hände auf ihrer kalten, feuchten Haut.

Der Tod bedeutete, dass ihr nicht länger kalt wäre.

Sie schloss die Augen und gestattete sich, sich einen Moment lang der Realität zu entziehen, doch dann wurde sie von ihren eigenen Gedanken schlagartig zurückgerissen, war wieder hellwach. Sie starrte die kupfernen Hähne an, die an der Wand hingen, Andenken aus einer anderen Zeit, einer Zeit voller karierter Tischdecken und Rüschen und lächerlich kitschiger Wanddekoration. Die Hähne hatten keine Antworten für sie, obwohl sie vermutlich Zeugen geworden waren, wie viele andere wie sie den Tod fanden.

Würde sie leiden? Würde sie schreien, so wie in den vergangenen Nächten, wenn der Schmerz unerträglich geworden war? Stumm betete sie für eine Kugel in den Kopf, doch das Bild dieses großen Messers, das er immer mit sich herumtrug, drängte sich immer wieder in ihre erschöpften Gedanken.

Doch immerhin wäre sie frei ... Und würde irgendwann ihre Mutter wiedersehen.

»Mom«, wimmerte sie und ihre Augen füllten sich mit Tränen, von denen sie gedacht hatte, dass sie längst versiegt wären. »Es tut mir so leid ... Ich hätte am Krankenhaus vorbeigehen sollen. Dieses Mal hättest du mir geglaubt. Das weiß ich.«

Das Geräusch ihrer eigenen Stimme erfüllte die kalte Stille, ein winziger Beweis, dass sie noch am Leben war. Vielleicht konnte ihre Mutter sie irgendwie hören, konnte ihre Worte spüren und verstand, dass sie sich verabschiedete.

Es gab keine Hoffnung mehr.

Letzte Nacht hatte sie ihren letzten Trumpf ausgespielt: Sie hatte sich so gekleidet wie das Mädchen auf dem Foto, hatte sogar ihre Nägel in der gleichen Farbe lackiert, den Nagellack hatte sie in einer Schublade gefunden. Und sie hatte einen Lippenstift aufgetragen, der vermutlich ihr gehört hatte – das Etikett war mit der Zeit vergilbt, doch unter der rissigen obersten Schicht duftete der Lippenstift immer noch nach Erdbeere. Sie hatte sich das Haar genau wie sie über die rechte

Schulter gekämmt und ihren Kopf ein klein wenig zur Seite geneigt.

Sie hatte gedacht, dass sie ihn vielleicht dazu bringen könnte, sich in sie zu verlieben, in Kirsten, so wie er sich in das Mädchen auf dem Foto verliebt hatte. Sie würden zusammen zu Abend essen, genau wie in ihrer ersten Nacht. Er würde ein wenig länger bleiben, selbst wenn es ihr bei dieser Vorstellung kalt den Rücken hinunterlief, doch so hätte sie zumindest Wärme und Licht. Sie würden zusammen fernsehen und sie würde ihm zuhören, wie er von seinem Tag erzählte. Sie würden Händchen halten und irgendwann würde er mit ihr spazieren gehen. Dann würde sie weglaufen. So schnell sie konnte, ohne auch nur einen Blick zurückzuwerfen, bis sie den Highway erreichte, bis sie Menschen fand, die ihr helfen konnten.

Dann hatte sie auf ihn gewartet.

Als er sie letzte Nacht erblickte, war er für eine Weile wie verwandelt gewesen. Sein Mund stand offen, sein Blick war auf sie geheftet, als wäre sie eine Erscheinung jenseits der Realität. Er hatte die Arme um sie geschlungen und ihr sinnlose Worte ins Ohr geflüstert. »Mira, oh, Mira«, hatte er gesagt, »wie ich dich vermisst habe.« Er war zu ihren Füßen auf die Knie gegangen und sie hatte die Hände auf seinen Kopf gelegt, hatte sanft sein Haar berührt, hatte versucht, seine Illusion aufrechtzuerhalten. Er hatte ihre Hände genommen und geküsst, hatte den Duft ihrer Haut eingesogen, ihre Berührung ausgekostet.

Dann hatte er ihr in die Augen gesehen. Innerhalb von Sekunden erstarb die überwältigende Liebe auf seinem Gesicht und nur noch Wut blieb zurück. Er schob sie mit einer solchen Wucht von sich, dass sie auf den Rücken fiel.

»Du bist nicht Mira!«, schrie er, packte sie bei der Schulter und zog sie zurück auf die Füße, als wäre sie eine Stoffpuppe. »Wer zur Hölle bist du?« Dann hatte er auf dem Absatz kehrtgemacht und die Tür hinter ihm ins Schloss geknallt. Sobald er weg war, versank das Haus wieder in Dunkelheit.

Ihr Versuch, dieses Mädchen zu sein, war ein fürchterlicher Fehler gewesen. Jetzt blieb nur noch eine Frage offen.

Wie würde er sie umbringen?

Kay überwachte die Notfallsanitäter, die Jacob stabilisierten, mit Adleraugen. Sie hinterfragte ihre Arbeit nicht und stellte auch keine unnötigen Fragen – sie wollte, dass sie sich darauf konzentrierten, sein Leben zu retten. Hin und wieder wischte sie sich die Tränen aus den Augen, doch sie blieb fokussiert, wachsam, bereit einzugreifen.

Jacobs Leben hing am seidenen Faden, hing von einer Reihe von Faktoren ab, die die Sanitäter genau nach Priorität behandelten, nach dem ABCDE-Schema: Atemwege, Atmung, Kreislauf und so weiter. Jacob war bereits intubiert und an Monitore angeschlossen worden. Die Blutung war mit speziellen Kompressen gestoppt worden und sein Blutdruck hatte aufgehört abzufallen.

Er hatte Glück gehabt – soweit man bei jemandem, der zwei Schüsse in den Oberkörper abbekommen hatte, von Glück reden konnte. Beide Kugeln hatten das Herz und die Hauptschlagadern verfehlt, daher hatte er noch Überlebenschancen, wenn auch sehr geringe. Eine Kugel hatte den oberen Teil seiner rechten Lunge durchdrungen, die andere hatte ihn im Unterleib getroffen. Da sie wusste, wie es damit um Jacobs

Chancen stand, wimmerte Kay nur so, sie zitterte stark, konnte sich kaum auf ihren wackligen Beinen halten.

Sie hörte, wie der Fahrer über Funk verkündete: »Hier RTW 5, verlasse die Einsatzstelle mit Patient, männlich, zwei Schusswunden im Oberkörper, Richtung Franklin Medical Center. Traumazentrum soll sich bereit machen. Voraussichtliche Ankunft in fünf Minuten.«

Kay stürzte zur Fahrertür und hämmerte gegen das Fenster, bis der Fahrer es herunterließ. Finster sah er sie an, doch als er ihre Dienstmarke sah, wurde sein Ausdruck etwas milder. »Dr. Sharp, von der Polizeiwache. Die Klinik von Franklin County hat nur ein Traumazentrum der Stufe III, dort kann mein Bruder nicht entsprechend operiert werden. Fahren Sie nach Redding.«

»Tut mir leid, Ma'am, aber so sind unsere Vorschriften. Ich bin mir sicher, Sie verstehen das. Im Franklin Medical wird er stabilisiert und dann, *falls* das nötig ist, verlegt.«

Wie sicher war sie sich, dass Jacob nach Redding gebracht werden sollte? Was, wenn er die längere Strecke nicht überlebte? Sollte sie sich wirklich gegen das System und die Vorschriften stellen, damit sie für ihn eine Ausnahme machten? Sie war Psychologin und keine Chirurgin, sie war eine Seelenklempnerin, die sich darauf verstand, Mörder zu schnappen.

Kurz ließ sie den Kopf hängen, woraufhin der Fahrer murmelte: »Dachte ich mir«, und das Fenster wieder hochkurbelte.

Sie eilte zum hinteren Teil des Krankenwagens, wo sie gerade die Türen schließen wollten, doch sie kletterte nicht neben die Trage. Eine schwere Entscheidung und doch die einzig mögliche, angesichts der Umstände. Jacob hatte hier Profis, die sich um ihn kümmerten, und ein Traumazentrum der Stufe III reichte hoffentlich aus, um sein Leben zu retten. Doch Nicole hatte niemanden. Außer Kay wusste niemand, dass

Nicoles Leben in Gefahr war, und somit hatte sie keine andere Wahl.

Sie streckte die Hand nach Jacob in dem Krankenwagen aus und berührte ihn am Bein. »Es tut mir so leid«, flüsterte sie, »doch ich weiß, dass du das verstehen würdest.« Tränen rannen ihr die Wangen herunter, doch sie bemerkte sie gar nicht. Sie bedachte ihren Bruder mit einem langen Blick und drückte seinen Knöchel. »Halt durch, kleiner Bruder. Du schaffst das.« Dann knallte sie die Tür zu und klopfte zweimal ans Fenster, damit der Fahrer losfuhr.

Rote Warnlichter und durchdringendes Sirenengeheul erfüllten die Nacht. Kay beobachtete, wie der Rettungswagen auf den Highway verschwand. Sie bebte, die Schluchzer brachen nun nur so aus ihr heraus, nachdem sie sie so lange zurückgehalten hatte.

Starke Arme schlangen sich um sie und hielten sie fest. Die Wärme, die von Elliots Körper ausging, ließ ihr die Knie weich werden. Sie klammerte sich an ihn, suchte seine Augen und fand darin, wonach sie suchte: seine Stärke, seinen Mut, einen Partner, auf den sie sich verlassen konnte. »Ich war das, Elliot. Wegen mir wurde Jacob angeschossen«, sagte sie unter Tränen. »Wenn er stirbt ...« Sie verstummte, als sich diese undenkbare Möglichkeit in ihrem Kopf festsetzte.

»Was ist passiert?«, fragte Elliot, der sie immer noch sanft festhielt. »Willst du ihnen hinterherfahren?«

»Ich kann nicht«, sagte sie, fürchtete, die Worte würden ihr im Halse stecken bleiben. Sie zwang sich, tief die kalte Luft einzuatmen und ignorierte die Gänsehaut, die sich auf ihrem Körper ausbreitete. »Er hat Nicole und er wird sie umbringen.«

Für den Bruchteil einer Sekunde starrte er sie nur vollkommen verwirrt an. Elliot hatte keine Ahnung, wer Nicole war. Sie ließ seinen Arm los und stieg in seinen SUV. Kurz darauf startete er den Motor und fuhr in Richtung Highway, während sie ihn mit wenigen Worten auf den Stand der Dinge brachte.

»Er wird sie umbringen, Elliot, ich weiß es. Wir müssen sie finden.« Sie gab ihm Scotts Adresse. »Es ist unwahrscheinlich, aber vielleicht hat er sie zurück nach Hause gebracht.«

Er gab Gas, mit Warnlichtern und heulender Sirene. Währenddessen gab Kay eine Fahndung nach Scotts privatem Wagen sowie nach seinem Streifenwagen heraus. Jetzt würde überall nach ihm gesucht werden.

»Wir haben erst gestern Abend miteinander gesprochen, aber es fühlt sich an, als wäre eine Ewigkeit vergangen«, meinte Elliot. Obwohl sie gerade überlegte, wo ein Mann wie Scott seine Frau hinbringen würde, um sie umzubringen, bemerkte Kay die Traurigkeit in Elliots Stimme. Sie sah ihn an, doch konnte seine Miene durch ihre tränenverhangenen Augen nicht deuten. »Ich hätte für dich da sein sollen.«

»Das ist nicht dein Job, Elliot«, gab sie zurück, obwohl ihr bei seinen Worten warm ums Herz wurde.

»Wenn es nicht die Aufgabe deines Partners ist, dir Rückendeckung zu geben, wessen ist es denn dann?«

Sie gab ihm keine Antwort. Die Sekunden zogen sich wie Stunden dahin und als sie endlich bei Scotts Haus ankamen, war es vollkommen dunkel. Keine Spur von dem Streifenwagen des Deputys.

»Und jetzt? Wo kann er hin sein und wie finden wir ihn?«, rief sie aus. Die Verzweiflung schnürte ihr die Kehle zu. Noch nie hatte sie sich so machtlos gefühlt. Sie konnte nichts tun. Nicole konnte inzwischen bereits tot sein. Oder vielleicht blieben ihr nur noch wenige Minuten. Kay hatte gesehen, was Scotts Zorn anrichten konnte. »Wir schaffen es niemals rechtzeitig«, sagte sie niedergeschlagen, als wäre bereits alles verloren.

Ohne ein Wort zu sagen, suchte Elliot über das Mediensystemdes Wagens eine Telefonnummer heraus und tippte sie an. »Ich hab eine Idee«, meinte er, während es läutete.

Auf dem Display stand der Name »DEPUTY HOBBS«.

»Ja«, ging Hobbs mürrisch ran. Vermutlich hatte der Anruf ihn bei irgendetwas gestört.

»Wir brauchen Ihre Hilfe«, sagte Elliot und fuhr dann, ohne eine Erwiderung abzuwarten, fort: »Ich weiß, dass Sie Zeit mit Herb Scott verbringen. Sie zwei gehen fast jeden Abend zusammen etwas trinken.«

»Na, das ist nach Feierabend und ich denke nicht, dass das irgendjemanden etwas ...«

»Es ist mir egal, was Sie mit ihm tun oder nicht tun«, unterbrach Elliot ihn kühl. »Ich will, dass Sie mal gründlich nachdenken und mir sagen, ob Sie einen Ort kennen, an den Scott gehen würde, wenn er sich verstecken müsste oder Ärger hätte.«

Schwere Stille machte sich im Auto breit, nur unterbrochen von den Hintergrundgeräuschen aus Hobbs Leitung, kleine Kinder beim Spielen, das Bellen eines Hundes.

»Denken Sie scharf nach«, sagte Elliot, diesmal mit tieferem, beinahe bedrohlichem Tonfall. »Ihre Antwort wird jetzt entweder Ihre Karriere retten oder Ihnen einen Aufenthalt im Gefängnis bescheren, wenn Scott seine Frau umbringt und Sie ihn hätten aufhalten können.«

»Ist ja gut, ist ja gut«, erwiderte Hobbs und fluchte leise. »Herrje, Detective, wir arbeiten immer noch zusammen. Um Himmels willen, wir sind auf der gleichen Seite!« Er räusperte sich, dann sagte er: »Scott hat eine Fischerhütte am See, direkt an der Mündung des Blackwater River.«

Als Hobbs mit seiner Wegbeschreibung fertig war, waren sie längst unterwegs. Elliot fuhr schneller, als sie es je erlebt hatte, seine Reifen quietschten bei jeder engen Kurve der Bergstraße, die zum Silent Lake führte.

Als sie sich der Hütte näherten, schaltete Elliot zunächst

die Warnlichter und die Sirene und schließlich auch das Scheinwerferlicht aus. Er bog auf einen Waldweg ab und fuhr nervenaufreibend langsam weiter, ihre einzige Lichtquelle der untergehende Mond und die Sterne. Etwa neunzig Meter weiter sahen sie es.

Es war ein kleines Häuschen aus runden Holzstämmen, vermutlich Eiche, die im Laufe der Jahreszeiten fast schwarz verwittert waren. Auf beiden Seiten der Tür war je ein kleines Fenster, gesprungen und heruntergekommen, doch sie taten immer noch ihren Dienst. Mächtige Bäume standen dicht an dicht um die Hütte herum, ihre kahlen Kronen ineinander verschränkt. Wind rauschte mit einem unheilvollen Pfeifen durch sie hindurch, das Laub am Boden wurde von den gnadenlosen Böen raschelnd in Richtung See geweht.

In der kleinen Hütte brannte Licht und durch die Fenster war Bewegung zu sehen, hauptsächlich Scott, doch Kay glaubte, auch einen Blick auf Nicole zu erhaschen.

Sie war noch am Leben.

»Bist du bereit?«, fragte Elliot. Dann forderte er über sein Handy Verstärkung und einen Krankenwagen an – sie konnten sich nicht sicher sein, ob Scott nicht den Polizeifunk verfolgte.

Kay überprüfte und lud ihre Waffe, dann stieg sie aus dem SUV. »Schnappen wir uns das Arschloch.«

»Die Verstärkung kommt erst in acht Minuten«, sagte Elliot. »Wir sollten warten …«

In diesem Moment durchdrang Nicoles spitzer Schrei die Stille des Waldes.

Ohne ein Wort eilten die beiden gleichzeitig zur Hütte und positionierten sich je auf einer Seite der Tür, die Waffen gezogen und schussbereit. Elliot trat die Tür auf, ging hinein und sicherte den Raum. Nicole lag blutend am Boden und Scott war gerade durch einen schmalen Flur in den hinteren Bereich der Hütte verschwunden.

Kay war direkt hinter Elliot, suchte jeden Zentimeter des

Raumes ab, bereit zu schießen. Elliot gab ihr ein Zeichen, dass er die anderen Zimmer überprüfen würde, während sie bei Nicole blieb. Sie zeigte ihm einen erhobenen Daumen und kauerte sich neben Nicole, hielt sie an, still zu bleiben.

Sie war schon wieder geschlagen worden. Ihre Lippe war geschwollen und aufgeplatzt, das Blut an ihrem Kinn verschmiert. An ihrem rechten Wangenknochen bildete sich ein neuer Bluterguss und ihre Kleider waren zerrissen und dreckig, so als hätte er mit seinen Schuhen auf ihrem ganzen Körper herumgetrampelt.

Den Blick auf die Tür gerichtet, die zum hinteren Teil der Fischerhütte führte, flüsterte Kay: »Wie viele Zimmer gibt es da noch?«

»Zwei«, sagte Nicole wimmernd, »und ein Badezimmer.« Sie schluckte schwer und ihre Augen glänzten. »Sie haben nach mir gesucht.«

Kay nickte. »Gibt es noch einen anderen Ausgang?«

Stumm schüttelte sie den Kopf. »Jacob?«, flüsterte sie mit schmerzerfüllter Stimme. »Es tut mir so leid.«

Kay zögerte. »Im Krankenhaus.« Sie presste die Lippen zu einer dünnen Linie zusammen, dann hob sie den Finger an den Mund und ermahnte Nicole zur Stille. Dafür war später noch Zeit.

Scott saß im hinteren Bereich der Hütte fest und Kay hatte keinerlei Möglichkeit, Elliot zu warnen, dass es keinen weiteren Ausgang gab. Doch sie konnte Scott zu sich locken – hier, hinter dem kleinen Sofa, mit der Waffe in der Hand, war der ideale Ort für einen Hinterhalt.

»Nicole«, flüsterte sie, »Sie müssen mir vertrauen.« Die arme Frau nickte und blinzelte die Tränen fort. »Rufen Sie nach Scott. Sagen Sie ihm, dass die Polizei weg ist, dass sie im Wald nach ihm suchen oder so etwas.«

Heftig schüttelte sie den Kopf. »Nein, nein, bitte verlangen

Sie das nicht von mir«, wimmerte sie. Aus ihrer aufgeplatzten Lippe quoll frisches Blut.

»Wenn Sie jemals von ihm frei sein wollen, müssen Sie mir vertrauen.«

Nicole starrte sie eine gefühlte Ewigkeit lang an, doch Kay sah ihr unverwandt in die Augen, beruhigte sie, ohne ein Wort zu sagen. Schließlich nickte Nicole und holte tief Luft.

»Herb? Sie sind weg«, rief sie. »Ich hab ihnen gesagt, dass es eine Hintertür gibt, und sie haben mir geglaubt.«

Kay hielt den Atem an, lauschte aufmerksam auf jedes Geräusch, eine knarzende Holzdiele, Schritte, alles. Doch da waren nur Stille und Nicoles flacher, schneller Atem.

»Kannst du mir jetzt vergeben?«, flehte sie und klang dabei zumindest in Kays Ohren überzeugend. »Ich weiß, dass es meine Schuld ist, aber, bitte, Baby, ich flehe dich an, lass uns nach Hause gehen.«

Jemand näherte sich. Die Schritte waren so leise, dass Kay eher seine Gegenwart spürte, als dass sie ihn kommen hörte. Dann erschien Scott in der Tür, das Hemd befleckt von Schweiß und Nicoles Blut, die Augen blutunterlaufen, die Pistole auf Kays Brust gerichtet.

Für den Bruchteil einer Sekunde zögerte sie, befürchtete, dass Elliot irgendwo hinter Scott sein und an seiner Stelle die Kugel abbekommen könnte. Dieses Zögern reichte aus, dass seine Kugel vor ihrer abgefeuert wurde. Und ihre verfehlte ihr Ziel.

Kay schrie auf und ging zu Boden, der Schmerz in ihrer Schulter war so heftig, dass es sich anfühlte, als wäre sie mit glühend heißem Metall beschossen worden. Sie nahm die Waffe in die andere Hand und drehte sich um, doch Scott war verschwunden. Die Eingangstür stand weit offen im peitschenden Wind, wurde fast aus den Angeln gerissen.

Elliot stürzte zur Tür, um Scott in den Wald hinaus zu folgen, blieb dann aber abrupt stehen.

»Geh schon, ich komm schon zurecht«, sagte Kay mit zittriger, belegter Stimme. Es war merkwürdig, sie klang gar nicht wie ihre eigene.

»Ich lasse dich nicht zurück«, sagte Elliot ruhig, immer noch mit der Waffe in der Hand. Er trat die Tür mit dem Fuß zu, dann verriegelte er sämtliche Fenster und zog die Vorhänge zu. »Wir schnappen ihn gemeinsam, wir beide.«

Kay atmete tief ein, als ihr das Adrenalin aus dem Körper wich und nichts als Schmerz und erschöpfte Glieder zurückließ. Die Verstärkung brauchte nur noch wenige Minuten und die konnte sie abwarten. Einen Moment lang sah sie auf die blutende Wunde herunter. Der Anblick ihres eigenen Bluts fühlte sich unwirklich an, als gehörte es jemand anderem. Sie verzog das Gesicht und zwang sich, die Schmerzen durchzustehen.

Sie wandte sich zu Nicole um und drückte ihre Hand. »Sind Sie in Ordnung?«, fragte sie.

Die junge Frau legte die Hand auf ihren Bauch, streichelte darüber, wie um das Baby, das in ihr heranwuchs, zu beruhigen. »Er hat mich getreten«, flüsterte sie. »Er hat befürchtet, dass ich sein verdammtes Geld genommen habe, aber das würde ich niemals anrühren«, fügte sie hinzu und schüttelte nachdrücklich den Kopf. Sie sah Kay direkt in die Augen. »Es war Blutgeld. Ich weiß es einfach.«

Kay runzelte die Stirn, nahm all ihre Willenskraft zusammen, um ihre Müdigkeit abzuschütteln und nachdenken zu können. »Welches Geld?«

Nicole senkte den Kopf und blickte auf ihre mit Blutergüssen übersäten Beine. Dann zog sie die Beine unter den Körper und zog den Saum ihres Kleids herunter, um sich etwas besser zu bedecken. »Er hat immer wieder gesagt, dass nur Idioten sich den Arsch für die Karriere und Ehre aufreißen. Er sei der einzig Schlaue«, sie schnaubte, »weil er bloß Geld wollte.«

Elliot trat an die beiden Frauen heran und reichte Kay die Hand, doch sie lehnte seine Hilfe ab. Sie blieb lieber neben Nicole auf dem Boden sitzen. In der Ferne näherte sich leise Sirenengeheul. Elliot wühlte derweil in den Schubladen herum, bis er ein sauberes Handtuch fand. »Der Krankenwagen ist unterwegs«, sagte er und drückte das gefaltete Handtuch fest gegen Kays Wunde. »Wir müssen die Blutung stoppen.«

»Fahren Sie fort, Nicole, das ist vielleicht wichtig«, sagte Kay und verzog vor Schmerz das Gesicht. Einen Moment lang schloss sie die Augen, spürte die Erschöpfung und die Übelkeit in Wellen über sich hereinbrechen, hatte Mühe, sich auf ihre Worte zu konzentrieren. »Erzählen Sie weiter.«

»Es fing vor langer Zeit an, als irgendein Kind verschwand«, begann Nicole. Auf der Stelle war Kays Müdigkeit verschwunden, ihr Kopf war wieder hellwach und aufnahmefähig. »Er hat diesen Fall zugeteilt bekommen, immerhin war er der einzige Detective. Ein paar Tage später hat er mir betrunken erzählt, dass er einen Haufen Kohle gemacht hat. Dafür musste er nur den Fall begraben.« Sie fuhr sich mit der Hand über die Stirn, ein Zeichen von Scham, von Verlegenheit. »Deshalb glaube ich, dass es Blutgeld ist, und würde es niemals anrühren. Aber ich weiß, wo er es aufbewahrt.«

Kay schloss die Augen. Ihre Legosteine wirbelten wieder durcheinander, wollten sich einfach nicht zu Formen zusammenbauen lassen, die Sinn ergaben.

Zufälle gab es in ihrem Beruf nur sehr selten, man konnte eigentlich mit Sicherheit sagen, dass es so gut wie gar keine gab. Wenn es einen Zufall gab, dann war er für gewöhnlich eine Spur, die nur darauf wartete, aufgedeckt zu werden. Wie viele Entführungsfälle hatte Herbert Scott noch begraben? War er von jemandem bestochen worden, damit er Rose Harrelsons Entführungsfall begrub? Es hatte allen Anschein. Dafür konnte nur der Entführer ein Motiv haben. Wenn sie das Geld zurückverfolgen würde, könnte sie ihn finden.

»Wissen Sie noch, welcher Fall das war?«, fragte Kay und hoffte, den Namen zu hören, der ihr seit den Blackwater River Falls nicht mehr aus dem Kopf ging.

Nicole schüttelte den Kopf und warf Kay einen entschuldigenden Blick zu. »Nein, tut mir leid. Das ist schon so lange her.« Eine Weile starrte sie an die vor Zigarettenrauch verfärbte Decke. »Es war eine Woche nach meinem Geburtstag, in dem Jahr, in dem mein Vater gestorben ist.« Sie murmelte vor sich hin und bewegte leicht ihre Finger, so als würde sie im Kopf nachrechnen. »Ähm, das war letzten Juli vierzehn Jahre her.«

Er war sie leid.

Seit ein paar Tagen freute er sich nicht mehr darauf, zum Haus zurückzukommen. Seit er sie als Mira verkleidet vorgefunden hatte, seit sie versucht hatte, wie sie auszusehen, sie zu sein.

Wie konnte sie es wagen …

Seit Mira fort war, war er nicht mehr derselbe gewesen, und der würde er auch nie wieder sein, nicht ohne sie wieder in seinen Armen zu halten. Und das würde nie geschehen, ganz egal, wie sehr er es sich wünschte oder was er zu tun bereit war, um diesen Traum zur Realität zu machen.

Sie war wunderschön, seine erste und einzige Liebe, seine Mira. Sie war schüchtern und liebevoll und bereit, Schmerz zu ertragen, nur um ihm Lust zu bereiten. Sie lebte für diese verstohlenen Nächte, die sie eng umschlungen verbrachten. Ihr Geheimnis war zugleich furchterregend und aufregend, die Gefahr unermesslich, und doch hielt sie das nie auf. Wenn sie voneinander getrennt waren, litt sie genauso sehr wie er, zählte die Sekunden, bis sie wieder zusammen sein konnten. Wenn er in ihre Augen blickte, sah er, wie tief ihre Liebe ging, sah ihre

Hingabe, ihre Bereitwilligkeit, ihm bis ans Ende der Welt zu folgen.

Dann war sie fort, war ihm für immer genommen worden, für immer verloren. Obwohl seitdem Jahrzehnte vergangen waren, hatte er Miras liebevollen Blick nie vergessen, den Anblick ihrer schönen Lippen, die von ihrer Liebe zu ihm flüsterten, das Gefühl ihres Körpers, der sich an seinen schmiegte, der zu ihm passte wie kein anderer.

Und dieses Mädchen, dieses Straßenkind, diese Kirsten oder wie auch immer sie hieß, sie hatte es gewagt, Mira nachzuahmen. Sie hatte sich Kleider angezogen, die Miras Stil nahekamen, und ihr Haar so gekämmt wie sie früher, doch ihre Augen waren kalt und voller Verachtung gewesen, voller Hass und Angst. Da war keine Liebe in diesen Augen gewesen, keine Zärtlichkeit in ihrer Berührung. Er konnte spüren, wie ihr Körper sich verkrampfte, wann immer er sich ihr näherte, wann immer seine Finger ihre eisige Haut berührten.

Sie hatte das nur getan, um ihn zu manipulieren, um ihn zu jemandem zu machen, den sie herumschubsen konnte, wie es ihr gefiel.

Ganz egal, wie viel Mühe er sich gab, sich Mira in seinen Armen vorzustellen, das Wesen, das er an ihrer statt hielt, war gefährlich und hasserfüllt, eine Schlange, die nur den richtigen Moment abwartete, um ihre Fangzähne in seinen Halsadern zu versenken und ihn auf der Stelle zu töten.

So war sie von Beginn an gewesen, diese Streunerin, die er am Straßenrand aufgegabelt hatte. Genau wie andere vor ihr hatte sie gegen ihn angekämpft, hatte ihn mit zornerfüllten Blicken durchbohrt, wenn er sie berührte, hatte geschrien, getreten, hatte alles für ihn ruiniert, selbst wenn er ihr die Augen verbunden und sie an die Bettpfosten gefesselt hatte. Er hatte gewartet und gehofft, dass sie seine Routine erlernen und respektieren würde. Dass sie lernen würde, ihn ein wenig zu lieben, nur genug, damit er die Augen schließen und glauben konnte, dass Mira wieder da war, wenn auch nur für einen flüchtigen Augenblick.

Nicht mit ihr.

Unzählige Tage, nachdem er sie zum alten Haus gebracht hatte, war sie immer noch ungebändigt, immer noch bereit, sich bis zum Tod gegen ihn zu wehren.

Sie war nicht gut für ihn.

Doch es würde andere geben, schon bald, und dann würde er die Einsamkeit seiner Nächte nicht länger nur mit der Erinnerung an Mira neben ihm ertragen müssen, mit einem Geist, einer himmlischen Fantasie, die er nicht in seinen sehnsüchtigen Armen halten konnte.

Es würde eine andere geben, eine Bessere, ein Mädchen, das dankbar wäre, sein Bett und sein Leben mit ihm zu teilen, eine, die ihn mit Augen voller Liebe ansehen würde. Eine, die den Rest ihres Lebens mit ihm verbringen wollen würde. Und vielleicht würde die Erinnerung an Mira dann verblassen und ihm nicht länger wehtun. Dann würde er das Leben in Miras betrügerischem Herzen auslöschen, mit seinen eigenen zwei Händen, damit er endgültig frei von ihr war. Damit er wusste, dass sie nie zu ihm zurückkommen würde, ganz egal, wie lange er wartete.

Er saß hinterm Steuer seines Autos, betrachtete das alte Haus und wusste, dass die Zeit gekommen war, einen Entschluss zu fassen.

Kirsten musste verschwinden. Er hatte es satt, es zu versuchen.

VIERUNDVIERZIG
ERLEDIGT

Kay erwachte von misstönendem Piepen und Bimmeln. Zurück in der Realität, wurde sie sofort unsanft daran erinnert, dass sie angeschossen worden war. Der pochende Schmerz in ihrer Schulter veranlasste sie, sich anders hinzulegen, doch das war genauso unbequem. Die Bewegung weckte sie endgültig auf und als ihre diffusen Erinnerungen nach und nach zurückkehrten, jede mit einer ganz eigenen Art von Schmerz verbunden, fiel ihr wieder ein, wo sie die Nacht verbracht hatte.

Nicole und sie hatten sich einen Krankenwagen geteilt, während Elliot zurückgeblieben war und die Fahndung nach Scott organisiert hatte. Im Franklin Medical Center angekommen, hatte sie verlangt, im Zimmer ihres Bruders einquartiert zu werden, selbst wenn das bedeutete, dass sie die Nacht auf einer aus dem Wartezimmer geklauten Besuchercouch verbringen müsste. Schlussendlich hatten sie ein zweites Bett hineingeschoben – zwar widerwillig, doch die Beziehung der Klinik zur örtlichen Polizei war wohl wertvoll genug, um sie als Trumpfkarte auszuspielen.

Sie hatten sie zusammengeflickt und mit Schmerzmitteln vollgepumpt, aber sie hatte dennoch nach Nicole gesehen. Ihr und dem Baby ging es gut. Wenigstens eine gute Nachricht. Dann hatte sie sich in das Zimmer ihres Bruders, das jetzt wohl auch ihres war, zurückgezogen und eine ganze Stunde lang flüsternd mit ihm geredet, hatte ihm gesagt, wie sehr sie ihn liebte, wie sehr sie ihn brauchte, dass er kämpfen musste, zu ihr zurückkommen musste. Wie mutig er gewesen war, als er Nicole verteidigt und so sein Leben für eine vollkommen Fremde riskiert hatte. Wie stolz ihre Mutter wäre, wenn sie sehen könnte, wie gut sie ihn erzogen hatte.

Er war nicht bei Bewusstsein, wurde beatmet, das gleichmäßige Piepen auf dem Monitor eine düstere Erinnerung daran, dass sein Leben am seidenen Faden hing. Doch immerhin schlug sein Herz – dieser Gedanke vermittelte ihr Hoffnung und so war sie schließlich von der Erschöpfung und den Schmerzmitteln übermannt worden, hatte sich auf das zweite Bett gelegt und war eingeschlafen, noch bevor sie sich hatte zudecken können.

Das hatte Elliot später getan, sanft und darauf bedacht, sie nicht aufzuwecken. Aber sie war dennoch gerade wach genug geworden, um sich zu vergewissern, dass er da war, dass er in Sicherheit war und über sie wachte. Sie hatte eine Frage nach Scott gemurmelt, doch er hatte sie nur beruhigt und gesagt, sie solle weiterschlafen. Wäre Scott geschnappt worden, hätte Elliot es ihr gesagt.

Jetzt setzte sie sich an der Bettkante auf, stützte sich dabei mit ihrer unverletzten Hand ab und kämpfte gegen den Schwindel an. Dann ging sie schweren Schrittes zum Bett ihres Bruders hinüber, überprüfte die Notizen auf seinem Überwachungsblatt und die Vitalwerte auf den Monitoren.

Die Zimmertür glitt auf und ein großer Mann in Krankenhauskleidung trat ein. Auf seinem Namensschild stand nach dem »Dr.« ein sehr langer Name asiatischen Ursprungs.

Hinter ihm erhaschte sie einen Blick auf Elliot, der inzwischen mit dem Hut ins Gesicht gezogen auf einer Besuchercouch schlief, die viel zu kurz für ihn war, weshalb seine Füße in der Luft hingen.

»Guten Morgen, Dr. Sharp«, sagte der Arzt mit einem kurzen, professionellen Lächeln. »Ich bin der behandelnde Arzt Ihres Bruders und, nebenbei bemerkt, auch Ihrer.«

»Wie geht es ihm?«, fragte sie. Ihre Kehle fühlte sich ausgetrocknet an, ihr Atem brannte. Ihr knurrte der Magen und ihr Körper fühlte sich kraftlos an, was wohl ihrem schier endlosen Tag ohne jegliche Nahrung zuzuschreiben war.

»Seine Vitalwerte sind stabil und er erholt sich gut. Er ist noch nicht über den Berg, aber er hat drei Konserven Blut transfundiert bekommen und die OP ist ohne Komplikationen verlaufen. Keine lebenswichtigen Organe wurden wesentlich beschädigt. Glücklicherweise hat die untere Kugel seine Leber um wenige Zentimeter verfehlt.«

Sie fühlte sich schwach und wackelig auf den Beinen, also setzte sie sich lächelnd auf die Bettkante. »Danke«, flüsterte sie.

»Er wird noch mindestens zwölf Stunden weiter intubiert werden und nicht bei Bewusstsein sein.« Rasch kritzelte er etwas auf das Überwachungsblatt, dann hängte er es zurück in die Halterung. »Das gibt Ihnen etwas Zeit, wieder auf die Beine zu kommen. Sie haben zwar nur eine Fleischwunde erlitten, aber Sie brauchen dennoch Ruhe und eine ordentliche Mahlzeit.«

Kays Handy gab ein stotterndes Läuten von sich, als zwei Nachrichten zur beinahe selben Zeit zugestellt wurden. Sie schaltete es aus und nickte. »Da gebe ich Ihnen recht, mein gesamter Körper gibt Ihnen recht. Aber der Mann, der meinen Bruder in dieses Bett verfrachtet hat, ist immer noch auf freiem Fuß. Ich muss gehen.« Der Arzt blickte sie verständnisvoll, aber auch mit einem Anflug von Missfallen an. »Bitte rufen Sie mich an, wenn es irgendetwas Neues zu meinem Bruder gibt, egal ob gut oder schlecht.«

Er nickte und trat zur Seite, um ihr Platz zu machen. Sie

suchte nach ihren Schuhen und fand sie unter dem Bett. Ihre Füße waren nackt und durch den kalten Boden ganz eisig und sie fragte sich, wo ihre Socken bloß hin waren. Dann sah sie auf und erblickte Elliots blaue Augen, die sie besorgt betrachteten.

»Hey, wie sieht's aus?«, fragte sie und tätschelte ihm den Arm. »Danke, dass du da bist«, fügte sie hinzu, noch bevor er etwas erwidern konnte.

»Jederzeit«, antwortete er mit einem flüchtigen Lächeln und nickte. »Scott ist immer noch wie vom Erdboden verschluckt. Logan ist heute Morgen vorbeigekommen. Er hat eine Hundestaffel aus Redding angefordert.«

Sie stöhnte auf und ließ sich von ihm stützen, als sie in ihre noch zugebundenen Schuhe schlüpfte. »Das hat überhaupt keinen Zweck. Er wird nicht lange zu Fuß unterwegs sein. Mittlerweile ist er bestimmt schon über alle Berge. Was ist mit dem Geld?«

»Es war genau dort, wo Nicole gesagt hatte, in einem Schließfach an der Fernbushaltestelle. Beinahe eine halbe Million Dollar.«

»Für eine Entführung?«, fragte Kay auf dem Weg in Richtung Ausgang. »Nee ... Das ist zu viel für nur einen vertuschten Fall. Wer sowas einmal macht, macht es auch wieder. Ein korrupter Cop zu sein, ist kein einmaliger Ausrutscher, das ist eine Grundeinstellung. Wir sollten alle ungelösten Fälle, an denen er gearbeitet hat, und all seine Festnahmen noch einmal unter die Lupe nehmen.«

»Er hat wirklich nichts anbrennen lassen«, sagte Elliot mit einer solch unverhohlenen Abscheu in der Stimme, dass sein texanischer Akzent noch deutlicher zum Vorschein kam. »Ich muss noch schnell im System nach einem Fahrzeug suchen. Ein Zeuge hat Kirsten gesehen, das vermisste Mädchen aus Oregon, wie sie am Tag ihres Verschwindens in einen Lincoln stieg.«

»Ich muss noch meine Nachrichten lesen«, meinte Kay, der gerade wieder das Konzert aus Benachrichtigungstönen einfiel, das sie geweckt hatte. Eine davon informierte sie über die Hundestaffel, die nach Scott ausgeschickt wurde. Die nächste ließ sie wissen, dass es Nicole soweit gut ging. »Oh«, entfuhr es ihr, als sie eine Nachricht von Dr. Whitmore anklickte, und ihr Puls schoss sogleich in die Höhe. »Die DNA-Ergebnisse sind da. Das Mädchen am Grund des Blackwater River war tatsächlich Shelley Harrelsons Tochter ... aber *auch* Bill Caldwells.«

»Sie war also doch Rose Harrelson?«

»Jepp. Und durch irgendeine seltsame Verstrickung des Schicksals und irgendwelche kriminellen Machenschaften war sie auch Alyssa Caldwell.«

Er nahm kurz seinen Hut ab, lange genug, um sich mit den Fingern durch das widerspenstige Haar zu fahren. »Ich war doch nur einen Tag weg, verdammt nochmal. Anscheinend hab ich ganz schön was verpasst. Wie zum Henker kann das passieren? Und was bedeutet das? Das verändert alles.«

»Ja, nicht wahr?«, erwiderte Kay, die immer noch darüber nachdachte, was das alles für ihren Fall bedeutete. Die beiden Fälle, die Entführung von Rose Harrelson vor vierzehn Jahren und der Mord an Alyssa Caldwell hatten sich zu einem einzigen, verworrenen Rätsel zusammengefügt, das noch lange nicht entwirrt war. Es musste einfach eine Verbindung zwischen den beiden Verbrechen geben – die gab es immer. »Wir werden das aufklären, Partner. Und ich glaube, ich weiß, wo wir damit anfangen.«

Beim Anblick von Elliots verwirrtem Gesichtsausdruck, als sie das Krankenhaus verließen und er voraus zu seinem SUV ging, musste sie leise lachen. Ihr Arm befand sich in einer Schlinge, darunter trug sie ein Einweg-Krankenhaushemd, das sie sich in die Jeans gestopft hatte. Im hellen Sonnenlicht, das ihr Gesicht trotz des kalten Nordwinds wärmte, wurde sie furchtbar verlegen. Sie schämte sich – wie sie bloß aussehen musste. »Es war ein langer Tag«, gab sie zu, »und ich muss dringend mal wieder was Frisches anziehen. Kannst du mich bitte bei mir zu Hause absetzen?«

»Klar«, meinte er, fuhr vom Parkplatz und bog auf die Straße. »Was hast du danach vor?«

»Ich denke, es wird Zeit, dass Bill uns zwei Fragen beantwortet«, erwiderte sie und blickte aus dem Fenster auf die Gipfel des Mount Chester, die scharfen Konturen des schwarzen Felsens und des weißen Schnees vor dem azurblauen Himmel. Dieser Aussicht konnte man wohl niemals überdrüssig werden. »Zuerst einmal sollte er uns erzählen, was es mit seiner Beziehung zu Shelley auf sich hatte. Eine Zeugin – Martha, an die erinnerst du dich doch noch? Sie meinte, dass Shelley womöglich vergewaltigt wurde und dass daraus Rose entstanden ist.«

»Okay, das ist mal eine Entwicklung«, meinte Elliot und warf ihr einen kurzen Blick zu. »Du warst ja echt fleißig.«

»Die zweite Frage ist: Wie wurde Rose Harrelson zu Alyssa? Was ist mit Alyssa passiert? Ist Bill somit Roses Entführer?« Sie stellte diese Fragen, so wie sie ihr gerade in den Sinn kamen – der neue Tag und die neuen Beweismittel in Form der DNA-Ergebnisse verschafften ihr etwas Klarheit. Die Legosteine nahmen erneut Gestalt an. Diesmal war das Gebilde stabiler und ließ eine Schlussfolgerung zu: Bill Caldwell stand im Zentrum des gesamten Falls und er hatte so einige Fragen zu beantworten.

»Das sind ja eher fünf Fragen«, erwiderte Elliot, als er gerade in ihre Auffahrt bog und hinter ihrem SUV zum Stehen kam. »Sonst noch was?«

»Ich bin am Verhungern«, meinte sie. Zum ersten Mal, seit sie hinter den Wasserfall des Blackwater River getreten war, verspürte sie Optimismus.

Sie kletterte aus Elliots Wagen und ging auf die Tür zu. Er

musste bemerkt haben, dass sie Mühe damit hatte, die Tür zu öffnen, denn er schaltete den Motor aus und kam ihr zu Hilfe. Kurze Zeit später kamen sie wieder aus dem Haus. Kay war der Appetit vergangen, als sie die eingetrocknete Blutlache auf dem Küchenboden gesehen hatte, die ungewollte Erinnerungen heraufbeschwor, alte wie neue. Der Raum zeugte von dem Kampf, der vergangene Nacht dort stattgefunden hatte. Blutflecken an den Wänden und auf dem Tisch, zertrümmerte Möbel, die Seitentür, die nur noch in einer Angel hing, und herumliegendes Geschirr sprachen Bände über eine entsetzliche Nacht, die sie wohl nie vergessen würde.

Sie hatte Mühe, Atem zu holen und nicht zu weinen, als sie das alles hinter sich ließ und in Elliots SUV stieg. Sie fand eine Flasche Wasser im Getränkehalter zwischen den Sitzen und versuchte, den Kloß in ihrem Hals mit einigen Schlucken hinunterzuspülen.

Während er in Richtung Caldwell Farms fuhr, startete Kay auf dem Laptop die Suche nach dem grauen Lincoln Continental. Sie tippte nur mit einer Hand und jedes Mal, wenn sie sich bewegte oder ihren Rücken auch nur ein kleines bisschen neigte, durchzuckte sie der Schmerz.

In ihrer Gegend war kein Lincoln Continental gemeldet. In den größeren Städten gab es reichlich davon, in San Francisco über hundertfünfzig Stück, siebenundzwanzig nachdem sie den Farbfilter angewandt hatte. Doch in Franklin County war keiner gemeldet.

»Er könnte sie überall hingebracht haben«, sagte Elliot hörbar enttäuscht. »Ich werde das Mädchen nie finden. Das ist eine Nadel im Heuhaufen und der Heuhaufen ist so groß wie Dallas.«

»Größer«, erwiderte Kay mit einem kurzen Lächeln. »Im Silicon Valley leben etwa drei Millionen Menschen, in Dallas hingegen ...«

»Halb so viele«, murmelte er, »ja, schon klar. Danke, jetzt

fühl ich mich besser. Wenn wir noch den Rest von Kalifornien dazunehmen, sind wir endgültig aufgeschmissen.«

Sie wandte sich zu ihm um, auch wenn sie dabei vor Schmerz das Gesicht verzog. »Wir finden sie, Elliot. Du und ich. Wir finden Kirsten, das verspreche ich dir.«

Einen kurzen Moment lang blickte er sie nur an, die Betroffenheit in seinen blauen Augen bedurfte keinerlei Worte. Dann fragte er: »Wie?«

FÜNFUNDVIERZIG
EVANGELINE

Dieselbe Haushälterin öffnete ihnen die Tür, als die Klingel gerade verstummte. Sie erkannte Kay augenblicklich und musterte Elliots Dienstmarke voller Argwohn. Sie stand im Türrahmen und weigerte sich, sie reinzulassen, ihre Lippen zu einer dünnen Linie zusammengepresst, parallel zu den Falten auf ihrer Stirn.

Kay schüttelte den Kopf und hielt ihrem Blick stand. »Müssen wir das jetzt alles noch einmal durchgehen?«, fragte sie und deutete vielsagend auf ihr Handy. »Muss ich Sie daran erinnern ...«

»Wen möchten Sie dieses Mal sprechen, Ma'am?«, fragte sie, ihre Höflichkeit eine starre, durchschaubare Fassade. Sie hielt den Türgriff immer noch fest in der Hand, die andere hatte sie gegen den Türrahmen gestützt, wodurch sie ihnen den Durchgang versperrte.

»Bill Caldwell«, erwiderte Kay beinahe erleichtert. Die mittelalte Frau schien wenig Lust auf eine Auseinandersetzung mit ihr zu haben. Oder vielleicht hatte Bill Caldwell ihr genaue Anweisungen gegeben, für den Fall, dass noch einmal die Polizei vorbeikam.

Ihre Lippen verzogen sich zu einem kühlen Lächeln, ein Anflug von Genugtuung blitzte in ihren Augen auf. »Mr. Caldwell ist zurzeit nicht im Haus. Soll ich ihm etwas ausrichten?«

Kay betrachtete die Frau eingehend. Log sie womöglich? Nein ... Sie wirkte froh über die Nachricht, die sie überbringen konnte, und das lag daran, dass sie die Wahrheit sagen *und* ihnen den Zugang zu ihrem Arbeitgeber verwehren konnte.

»Fährt er immer so früh weg?«, fragte Elliot. »Es ist noch nicht einmal neun.«

Sie verzog keine Miene. »Er ist hin und wieder auf Geschäftsreisen oder verbringt die Nacht in der Stadt.«

»Welches von beidem ist es denn?«, fragte Kay.

»Tut mir leid, Ma'am, aber Mr. Caldwell ist nicht dazu verpflichtet, mich über seinen Verbleib zu informieren.«

»Was Sie nicht sagen«, entgegnete Elliot, der Sarkasmus in seiner Stimme scharf, jedoch wirkungslos. Das Gesicht der Frau blieb wie versteinert.

Kay hatte wenig Lust, wieder umzukehren, ohne die Antworten auf ihre Fragen bekommen zu haben. Sie blickte in die unnachgiebigen Augen der Frau, die die Tür bewachte, und zögerte. Vielleicht gab es da noch jemand anderen, der ihnen Aufschluss darüber geben konnte, was passiert war. Wenn das Mädchen in der Leichenhalle Rose war, sie aber seit ihrer Entführung als Alyssa weitergelebt hatte, dann war eine der Fragen: Warum? Was hatte Bill Caldwell, der offenbar als Einziger wusste, dass er der Vater von Shelleys Tochter war, dazu veranlasst, seine rechtmäßige Tochter zu ersetzen? War es, weil Alyssa krank gewesen war, so wie Martha gesagt hatte? War sie in diesem Jahr gestorben? Wer würde noch davon wissen?

»In diesem Fall müssen wir wohl mit Mrs. Caldwell sprechen«, sagte Kay in einem Tonfall, der keinerlei Widerrede zuließ.

»Welche?«, fragte die Frau kühl.

»Bill Caldwells Frau.«

»Ich fürchte, das ist nicht möglich«, entgegnete die Frau. »Mrs. *Evangeline* Caldwell empfängt niemanden. Sie ist schwer krank.« Sie betonte den Namen voller Verachtung für Kays Unwissen.

»Nun gut«, meinte Kay und entsperrte ihr Handy. »Dann hol ich mir die Befugnis. Die Kollegen holen sie womöglich für eine offizielle Befragung direkt aufs Revier, statt dass wir zwei ihr diskret an ihrem Bett ein paar Fragen stellen. Aber das ist Ihre Entscheidung.«

Endlich trat die Frau beiseite. Ihre Mundwinkel zuckten, als wären die Flüche, die sie zurückhielt, kurz davor herauszubrechen. »Folgen Sie mir.«

Ohne jede Eile stieg sie die Treppe in den ersten Stock hinauf, dann führte sie sie zu einem Schlafzimmer auf der linken Seite am Ende eines langen Flurs. Sie klopfte zweimal an, dann öffnete sie die Tür und ließ sie eintreten.

Das Schlafzimmer war eine Mischung aus klassischer, luxuriöser Einrichtung und Dekoration sowie moderner Krankenhaustechnik. Wo vermutlich einmal ein Himmelbett gestanden hatte, stand nun ein komplett verstellbares Krankenhausbett, umgeben von Monitoren und medizinischen Gerätschaften auf Rollwagen. Es war, als endete die Welt an der Tür und als würde in diesem Zimmer alles, was mit der Realität von Evangelines Krankheit in Berührung kam, verändert. Die Vorhänge waren bis auf einen schmalen Spalt zugezogen und tauchten das Zimmer beinahe vollständig in Dunkelheit. Nur in der hinteren Ecke durchbrach ein Sonnenstrahl die Finsternis und traf auf die gegenüberliegende Wand. Der schwache Geruch nach Desinfektionsmittel und Medikamenten stieg Kay in die Nase und erinnerte sie an die anderen Krankenzimmer, die sie in den letzten Tagen besucht hatte. Doch hier brachte der Geruch noch einen Hauch von Lufterfrischern und Waschlotion mit sich.

Neben dem Bett, im Licht einer kleinen Lampe, las eine Pflegerin in Krankenhauskleidung einen Roman, den sie hastig beiseitelegte, als sie eintraten. Sie eilte auf sie zu. »Was kann ich für Sie tun?«, fragte sie flüsternd.

Kay zeigte ihre Dienstmarke vor. »Detectives Sharp und Young. Wir haben ein paar Fragen an Mrs. Caldwell.«

Die Pflegerin legte die Hände vor dem Körper zusammen. »Ich fürchte, das ist nicht möglich«, erwiderte sie. »Mrs. Caldwell ruht sich aus und darf nicht gestört werden.«

Kay trat einen Schritt vor, doch die Pflegerin wich nicht von der Stelle. »Ich fürchte, ich muss darauf bestehen. Das ist eine offizielle polizeiliche Angelegenheit.«

»Und ich fürchte, ich kann das nicht zulassen«, entgegnete die Pflegerin. Sie war in ihren Vierzigern, rothaarig und hatte Sommersprossen. »Meine einzige Pflicht gilt dem Wohlergehen meiner Patientin.«

»Lassen Sie sie reinkommen, Gina«, sagte da Mrs. Caldwell, ihre Stimme ein heiseres Flüstern. Mit einer gebrechlichen Hand winkte sie sie zu sich herüber. Dann fand sie eine Fernbedienung in den Falten ihrer Decke und drückte einen Knopf. Surrend brachte das Bett sie in eine aufrechte Position.

Evangeline Caldwell war ausgemergelt, ihre blasse Haut wirkte im schwachen Licht beinahe bläulich. Hohe Wangenknochen zeichneten sich kantig unter ihrer Haut ab, ließen ihr abgezehrtes Gesicht fast skelettartig erscheinen, nur noch verstärkt durch die dünnen, trockenen Lippen und die ausdruckslosen blauen Augen. Ihr Arm erinnerte an einen Stock und ihre langen, zittrigen Finger wirkten viel zu zerbrechlich, um die Fernbedienung zu betätigen.

Rasch gingen sie auf sie zu und blieben an der Seite des Bettes stehen. Evangeline wandte ihnen den Blick zu, doch sie stellte keinen Augenkontakt her. Kay runzelte die Stirn und warf der Pflegerin einen fragenden Blick zu. Die schüttelte nur mit zusammengepressten Lippen den Kopf.

Evangeline Caldwell war blind.

In dem flüchtigen Blick, den Elliot Kay zuwarf, lag eine unausgesprochene Feststellung. Sie nickte, verstand genau, was er dachte. Evangelines Blindheit konnte erklären, warum Rose unter demselben Dach wie ihre Tochter gelebt und sie es nicht bemerkt hatte. Eine Mutter hätte jeden noch so kleinen Unterschied in ihrer Haarfarbe bemerkt, in der Rundung ihrer Lippen, wenn sie lächelte, oder in der Art, wie sich ihre Grübchen beim Lachen vertieften.

»Danke, dass Sie mit uns sprechen«, sagte Kay ruhig und freundlich. Sie musste aufpassen, dass sie sich nicht verriet – sie konnte verstehen, warum Bill Caldwell die Nachricht von Alyssas Tod vor seiner sterbenden Frau geheim gehalten hatte. Also erklärte sie zunächst einmal, warum sie da waren: »Wir ermitteln in der Entführung eines Mädchens, das im Alter ihrer Tochter ist, Rose Harrelson.«

Die Pflegerin atmete langsam, hörbar erleichtert aus und nickte Kay dankbar zu. Offensichtlich wusste sie über Alyssas Tod Bescheid – vermutlich war Evangeline die Einzige im Haushalt, die das nicht tat.

Evangeline hob die Hand, ließ sie dann aber gleich wieder auf die Decke fallen. »Eine Freundin von Alyssa?«

»Die Entführung ist vierzehn Jahre her«, stellte Kay klar, woraufhin Evangeline offenbar das Interesse verlor. »Aber ja, Alyssa und Rose könnten damals womöglich Freundinnen gewesen sein.«

Der Anflug eines Lächelns huschte Evangeline über die ausgedörrten Lippen. »Vor vierzehn Jahren? Da war Alyssa drei Jahre alt.« Ihr Gesicht verfinsterte sich, doch sie sagte kein Wort.

»Erzählen Sie mir von Alyssas Kindheit«, bat Kay. Es war gar nicht so einfach, an die richtigen Antworten zu kommen, ohne die richtigen Fragen stellen und den Kontext erläutern zu können. »Hatte sie Freunde? Mit wem hat sie gespielt?«

Evangelines Augen füllten sich mit Tränen und sie wandte den Blick ab. »Ich bin bettlägerig, seit Alyssa ein Jahr alt war. Ich habe die gesamte Kindheit meiner Kleinen verpasst. Ich habe nie mit ihr gespielt und nie ihre Freunde kennengelernt. Und ich dachte, schlimmer geht es nicht mehr, aber als sie drei war, ist sie beinahe gestorben.« Sie stockte, hatte Mühe, zu Atem zu kommen. Gina passte ihre Sauerstoffzufuhr an und Evangeline beruhigte sich wieder.

»Was ist passiert?«, fragte Kay, als die Frau nicht fortfuhr. Kay spürte, dass sie kurz davor waren, ein wichtiges Puzzleteil aufzudecken.

»Alyssa ist an einer schlimmen viralen Meningitis erkrankt«, erklärte sie. »Die Ärzte hier haben ihr Bestes gegeben, aber sie wäre dennoch gestorben. Dann hat mein lieber Bill das Unmögliche geschafft ... Er hat ein Flugzeug gechartert und hat sie in eine schicke Klinik irgendwo an der Ostküste gebracht. Dort haben sie sie gerettet.«

»Erstaunlich«, erwiderte Elliot. »Hatte sie durch die Krankheit irgendwelche Langzeitfolgen?«

»Nein«, flüsterte Evangeline, ein schwaches Lächeln huschte ihr über die Lippen. »Sie waren eine ganze Weile fort, doch die besten Experten auf dem Gebiet haben sie behandelt und mir mein liebes Mädchen zurückgegeben.« Sie schluckte schwer und Gina brachte ihr rasch ein Glas Wasser, samt Deckel und Strohhalm.

In Kays Kopf nahm langsam ein zusammenhängendes Bild Gestalt an. Alyssa lag mit viraler Meningitis im Sterben und starb dann schließlich auch. Aus irgendeinem Grund hatte Bill daraufhin beschlossen, Rose Harrelson zu entführen und mit ihr Alyssa zu ersetzen – aber warum? Für das Erbe? Und wie hatte er das Ganze zustande gebracht? Vielleicht hatte Evangelines Sehvermögen wegen der MS ja damals schon nachgelassen oder war gänzlich vergangen, aber was war mit dem Rest des Haushalts? Das Personal, die Familie, hatte wirklich niemand bemerkt, dass es nicht dasselbe Mädchen war? Wie lange musste ein Kind fortbleiben, damit die Leute die Einzelheiten wie die Locken seines Haars, die Art, wie es bestimmte Worte aussprach, oder den Klang seiner Stimme einfach vergaßen?

»Eine wirklich herzerwärmende Geschichte«, meinte Kay mit einem breiten Lächeln. »Wie lange waren sie fort?«

»Ich weiß es nicht mehr ... ein paar Monate. Vier, vielleicht auch sechs. Die Zeit vergeht langsam, wenn man ans Bett gefesselt ist. Ich wünschte ...« Sie hielt inne und kniff die Augen zu, Tränen rollten ihr über die Wangen. »Ich hätte schon vor langer Zeit sterben sollen. Dass ich weiterlebe, nützt niemandem etwas, und doch tue ich es.«

»Vielen Dank für Ihre Zeit«, sagte Kay. »Anscheinend hat Alyssa Rose Harrelson doch nicht gekannt.«

»Nein. Ich kann mir nicht vorstellen, dass meine Tochter irgendetwas über dieses vermisste Mädchen weiß, sie hatte damals keine Freunde. Das konnte sie gar nicht. Selbst als sie wieder hier war, hat sie sehr viel geschlafen. Ihre Genesung war lang und beschwerlich.«

Oder das kleine Mädchen war ruhiggestellt worden, bis sich allmählich alle so an sie gewöhnt hatten, dass ihnen keinerlei Unterschiede zu dem Mädchen, das sie einst als Alyssa gekannt hatten, mehr auffielen.

SECHSUNDVIERZIG
TAGESLICHT

Kirsten hatte die ganze Nacht über auf ihn gewartet, hatte sich selbst dafür verachtet, ihn herbeizusehnen, weil er Wärme und Licht und Nahrung brachte. Weil sie leben wollte. Dennoch graute es ihr vor dem, was seine Ankunft bedeuten würde: Das Duschritual, das ihn offenbar anmachte, seine Hände auf ihrem nassen Körper, der grenzenlose Schmerz, den sein verqueres Verlangen mit sich brachte.

Als der Himmel langsam grau wurde und er immer noch nicht aufgetaucht war, hatte sie sich der Kälte und dem Hunger ergeben und sich auf der Couch zusammengerollt, eingewickelt in die muffigen, kratzigen Decken, die einem anderen Zeitalter angehörten. Sie wünschte, sie könnte auch nur für eine Stunde lang einschlafen. Die Angst hielt sie nun schon seit Tagen wach, hatte sie nur wenige Augenblicke lang, wenn sie es am wenigsten erwartete, eindösen lassen. Doch dann schreckte sie immer rasch wieder hoch, hellwach, bereit, um ihr Leben zu kämpfen, und einfach nur unendlich erschöpft.

Sie wusste, dass er sie irgendwann umbringen würde, da gab es für sie keinen Zweifel. Sie fühlte sich machtlos ihm gegenüber, mit seinem riesigen Messer und der Fernbedienung und was immer sich sein hinterhältiger Verstand als Nächstes ausdenken würde. Sie wusste, dass sie sterben würde. Sie wünschte sich nur, dass es schmerzlos wäre, und bald, damit ihr Leid ein Ende hatte.

Als die Tür aufging, sprang sie auf die Füße, obwohl sie nur ein paar kurze Minuten geschlafen hatte. Er hatte sie noch nie am Tag besucht. Ihr gefror das Blut in den Adern, als ihr klar wurde, dass der Moment ihres Todes näher sein könnte als erwartet.

»Nein«, wimmerte sie, blickte ihm ins Gesicht, versuchte, seine Gedanken darin abzulesen. Sie stand mitten im Zimmer, eine Decke immer noch um die Schultern geschlungen, und er sah sie ohne jede Gefühlsregung an, als wäre sie nichts weiter als ein Problem, das er lösen musste. Seine Züge waren entspannt; die Eleganz darin hatte sie zu Anfang noch anziehend gefunden, ein unpassendes Merkmal, täuschend und trügerisch. Stattdessen hätte man mal lieber eine Warnung auf dieses charismatische Gesicht kleistern sollen. »Nein, bitte nicht«, wisperte sie, trat einen Schritt auf ihn zu und wollte nach seiner Hand greifen.

»Nicht«, sagte er und ihre Hand erstarrte mitten in der Luft.

Hinter ihm stand die Tür offen, Sonnenlicht strömte herein, traf auf den kupfernen Hahn an der Wand und reflektierte ein Mosaik aus Farben an die Wände. Wenn sie jetzt losrannte, konnte sie es schnell genug an ihm vorbei nach draußen schaffen?

»Denk gar nicht erst daran«, sagte er, als hätte er ihre Gedanken gelesen. Mit stählernem Griff packte er sie am Arm. »Gehen wir.«

Sie wollte sich von ihm losreißen, doch sein Griff verstärkte sich nur, zerquetschte ihren Arm und sie schrie auf. »Bitte, ich will nicht gehen«, flehte sie mit tränenerstickter Stimme. »Ich werde auch brav sein, versprochen.«

Er lächelte, ein seltsames, schiefes Grinsen, bei dem es ihr kalt den Rücken hinunterlief. »Du wolltest doch immer spazieren gehen. Da hast du deinen Wunsch ... Gehen wir.«

Er zerrte sie zur Tür und sie stemmte sich dagegen, kämpfte mit aller Kraft gegen ihn an, trat ihm zwischen die Beine, zielte auf seinen Schritt ab, verpasste ihn aber jedes Mal.

Ihre Schuhe hatte sie bei der Couch stehen lassen und sie warf ihnen einen bedauernden Blick zu. Mit ihnen würde sie schneller rennen können, wenn sie denn die Chance dazu bekam. »Bitte, lass mich nur eben meine Schuhe anziehen.«

Er lachte und zerrte erneut an ihrem Arm. »Wo wir hingehen, brauchst du keine Schuhe.«

Sie verstummte und hörte auf, sich zu wehren. Sie konnte nicht gegen ihn ankommen.

Er schleifte sie aus dem Haus und machte sich nicht einmal die Mühe, die Tür hinter sich zu schließen. Sie hatte erwartet, dass er sie zum Auto bringen würde, doch er ging ums Haus herum und führte sie in den Wald.

Es war also letztendlich doch der Wald, genau wie sie es sich Nacht für Nacht vorgestellt hatte. Er würde sie an irgendeinen Ort zerren, wo er die Leichen begrub, und sie dann erschießen oder erstechen oder erwürgen. Beinahe hoffte sie, erschossen zu werden – die Aussicht, eine Kugel in den Kopf oder ins Herz zu bekommen, kam ihr von all den Möglichkeiten, die sie sich ausmalte, noch am verlockendsten vor, der gnädigste Tod.

Doch der Mann, der sie immer tiefer und tiefer in den Wald schleifte, war nicht gnädig. Das hatte er wieder und wieder unter Beweis gestellt, wenn er sie gefesselt hatte und dabei zugesehen hatte, wie ihr feuchter Körper in der Dunkelheit dieses eisigen Zimmers nur so zitterte, wie sie sich in ihren Fesseln wand, sich zu befreien versuchte. Wenn er ihren Tod wollte, dann hatte er sich sicherlich etwas unerträglich Schmerzhaftes ausgedacht.

Sie kreischte auf, als sie auf einen scharfkantigen Stein trat, doch er ging einfach weiter, ihr dünner Körper kaum eine Last für seine kräftige Statur. Er hielt nicht an und ließ sich durch ihren Schrei überhaupt nicht aus der Fassung bringen. Kirsten klapperten die Zähne, obwohl die Sonne bereits bis über die Bäume aufgegangen war und die Luft ein klein wenig wärmte. Der kahle Wald war unheimlich still, das Laub am Boden dämpfte jegliches Geräusch. Keinerlei Vögel zwitscherten, so als hätte der bevorstehende Winter ihnen ihre Stimmen genommen.

Der Wald lichtete sich. Sie traten auf eine grasbewachsene Lichtung am Rande einer tiefen Schlucht, steil und felsig, gesäumt von moosbedeckten Felsbrocken. Ein paar Wacholdersträucher und knorrige Zypressenbäume hingen von den Felsen, hatten sich trotz des unwirtlichen Bodens, den ihre Samen gefunden hatten, behauptet. Am Grund der Schlucht, etwa dreißig Meter in der Tiefe, kreisten Kojoten auf dem dunklen Boden, ihr gelegentliches Heulen hallte unheilvoll von den steilen Felswänden wider. Das mussten dieselben Kojoten sein, die sie durch das Wohnzimmerfenster gesehen hatte, aber nie hatte hören können. Jetzt, da sie es konnte, verhieß ihr bellendes Heulen nichts Gutes, und sie wünschte, sie hätte es nie gehört.

Als sie hinabsah, musste sie gegen den Schwindel ankämpfen. Am Grund der Schlucht erkannte sie dutzende weiße Fleckchen, wie ausgeblichene Streichhölzer, die überall verstreut lagen. Die Kojoten hielten immer wieder an und schnüffelten daran oder hoben sie auf, legten sich hin, hielten sie zwischen den Pfoten und nagten daran herum.

Knochen.

Ausgeblichen vom Wetter und vollständig abgenagt von den Kojoten.

Ein kehliges, ersticktes Wimmern brach aus ihrer Brust, als

seine Hand sich von ihrem Arm löste und stattdessen seitlich ihren Nacken packte, um sie in den Abgrund zu stoßen.

Mit beiden Händen umklammerte sie seinen Arm, versuchte, seinen Griff zu lösen, schaffte es aber nicht. Sie wehrte sich so gut sie konnte, stemmte sich gegen ihn, während er sie nach vorn schob, ihre Zehen krallten sich unmittelbar vor dem Abgrund in den Boden.

»Ich reiße dich mit mir nach unten, du kranker Mistkerl«, murmelte sie, der Entschluss war befriedigend. Unverwandt starrte sie ihm in die Augen und griff mit beiden Händen nach seiner Kehle. Während er sie weiter nach vorne schob, ließ sie sich von seinem Hals hängen, brachte ihn so aus dem Gleichgewicht. Ihre Füße baumelten in der Luft über dem Abgrund. Dann schüttelte er sie ab, schubste sie mit der einen Hand, die immer noch ihren Nacken umklammert hielt, und sie fiel.

Sie schrie, ruderte mit den Armen und bekam die Kante des Abgrunds zu fassen. Wild strampelte sie mit den Füßen, suchte verzweifelt nach Halt. Sie spürte, wie ihre Hände von dem moosbedeckten Felsen abrutschten, verlor den Halt und fiel wieder. Dann bekam sie den Zweig eines Wacholderstrauchs zu fassen, der ihrem Gewicht standhielt.

Wenige Meter über ihr, am Rand der Schlucht, stand er und sah zu ihr nach unten. Er zog sein Sakko glatt und fuhr sich mit einem zufriedenen Grinsen auf den Lippen durchs Haar.

Ihre Hände rutschten Zentimeter für Zentimeter an dem Wacholderzweig nach unten, bald würde er unter ihrem Gewicht nachgeben. Schwer keuchend suchte sie nach etwas anderem, an dem sie sich festklammern konnte, doch sie fürchtete sich auch davor loszulassen.

Als der Wacholder schließlich nachgab, schrie sie für den Bruchteil einer Sekunde auf, dann würde ihr die Luft aus der Lunge gepresst, als sie mit dem Gesicht nach unten auf einer breiten Zypresse landete, die zwischen zwei Felsbrocken wuchs.

Die Füße nah bei der Felswand, den Kopf über dem Abgrund, war das Einzige, was sie noch hielt, ein biegsamer, knorriger Ast, der unter ihrem Gewicht nur so knackte und ächzte.

Sie schlang die Beine um den Ast und hielt den Atem an, bis die Zypresse nicht mehr wackelte. Mit beiden Händen packte sie fest zu. Sie konnte nur nach unten blicken, auf den Grund der Schlucht, wo die Kojoten an Knochen nagten, knurrten und jaulten, zu ihr aufsahen und nur auf sie warteten.

Nichts würde mehr ihren Sturz abfangen, wenn sie erneut den Halt verlor. Nichts war da noch an der Felswand außer Moos und Vogelmist.

Wie gelähmt schrie sie: »Hilf mir, bitte!« Sie wartete einen Moment, ihre Muskeln zitterten vor Anstrengung, während sie sich an den Ast klammerte. »Bitte! Ich tue, was immer du willst!«

Der Mann lachte. Sein Lachen hallte noch in der Dunkelheit wider, als er schon gegangen war, brachte die kreisenden Tiere unten zum Verstummen.

Dann begannen die Kojoten zu heulen.

SIEBENUNDVIERZIG

EIN ZUFALL?

Kay und Elliot stiegen rasch die Treppe ins Erdgeschoss hinunter, der dicke, edle burgunderrote Teppich schluckte ihre Schritte. Der Besuch bei Evangeline Caldwell hatte ihnen Antworten und eine neue Theorie verschafft: Eine mögliche Erklärung dafür, wie Rose Harrelson Alyssa Caldwell ersetzen und mit ihrem Namen und ihrer Rolle in der Familie aufwachsen konnte.

Die Frage nach dem Warum war hingegen noch nicht beantwortet.

Wenn Alyssa mit drei Jahren an ihrer Krankheit verstorben war, warum griff Bill dann auf einen solch ausgeklügelten Plan zurück, um seine eheliche Tochter mit einem unehelichen Kind zu ersetzen? Welchen Grund könnte er dafür gehabt haben? Ein Mann in seinem Alter hätte problemlos noch unzählige weitere Kinder zeugen können, selbst wenn er mit Evangeline verheiratet bleiben wollte. Warum riskierte er stattdessen eine Gefängnisstrafe und entführte ein Kind?

Am Fuß der Treppe wartete Carole Caldwell auf sie. Sie trug einen schwarzen Rollkragenpullover und eine dreireihige Perlenkette, genau wie am Tag zuvor. Doch beides war anders, beides verlieh ihr eine strenge, erhabene Ausstrahlung, nüchtern und korrekt.

Mit versteinertem Blick sah sie Kay an und sagte: »Sie sprechen bitte mit niemandem mehr aus dieser Familie, ohne dass unsere Anwälte anwesend sind.« Ihre Worte waren eiskalt, mit einer schneidenden Endgültigkeit.

Kay wechselte einen raschen Blick mit Elliot. Diese Reaktion hatten sie erwartet. Es wunderte Kay eher, warum es so lange gedauert hatte, bis sie zum Gehen gebeten wurden.

»Ihre Haushälterin kann bestätigen, dass wir hereingebeten wurden«, stellte Kay klar. »Wo ist sie?«

»Jedenfalls nicht mehr auf meiner Gehaltsliste«, erwiderte Carole trocken. »Bitte gehen Sie.«

»Haben Sie etwas zu verbergen?«, fragte Kay, obwohl sie nur allzu gut wusste, dass sie, seit dem Moment, in dem Carole Anwälte erwähnt hatte, nichts mehr tun konnte. Dem Gesetz nach durfte sie nun keine einzige Frage mehr stellen, und doch hatte sie es getan.

Carole verzog voller Verachtung die Lippen. Dann machte sie eine vielsagende Geste in Richtung Tür und verschränkte die Arme vor der Brust. »Wohlhabende Familien haben allein durch simple Missverständnisse schon viel zu verlieren. Es ist meine Aufgabe, dafür zu sorgen, dass es keine davon gibt.«

Elliot hielt Kay die Tür auf und schloss sie dann leise hinter ihnen. Kay blieb auf der Veranda stehen und blickte gedankenverloren aufs Haus.

»Sie hat die Frau wirklich gefeuert, weil sie uns mit Evangeline hat sprechen lassen?«, fragte Elliot und pfiff durch die Zähne.

»Wahrscheinlich«, erwiderte Kay. »Sie hat gute Gründe, uns nicht in der Nähe ihrer Familie haben zu wollen.« Sie wandte sich zum Gehen und überlegte, wo sie Bill wohl finden könnten. Bis sie das herausgefunden hätten, wüsste er vermutlich schon über ihren Besuch und ihr Gespräch mit Evangeline

Bescheid. Er könnte schon längst über alle Berge sein. »Diese Familie hat viele Geheimnisse zu verbergen.«

Das Geräusch eines heranfahrenden Autos ließ sie aufhorchen. Beide drehten sich um und sahen einen grauen Lincoln Continental vor der Haustür halten.

»Was für ein Zufall«, flüsterte Elliot Kay zu.

»Mhm«, stimmte Kay ihm zu, als Bill Caldwell aus dem Wagen stieg und die Tür für einen jungen Diener offen stehen ließ, damit er das Auto woanders parken konnte.

Am Rande der Auffahrt bepflanzten Landschaftsgärtner ein wellenförmiges Blumenbeet, das sie aus dem fein säuberlich gemähten Rasen ausgehoben hatten, mit Rosen. Sie arbeiteten zügig, gruben Löcher, gossen Wasser aus einem Schlauch, steckten die Pflanzen einzeln in die Erde, schütteten die Löcher wieder zu und klopften die Erde mit bloßen Händen fest. Sie beobachteten Kay, Elliot und Bill – so ein bisschen Unterhaltung während der Arbeit war ja wohl immer willkommen.

Bill ignorierte die Gärtner und wandte sich den beiden Detectives zu. Als er Kay erblickte, zog er die Brauen zusammen und sein Blick verfinsterte sich. Seine Aufmerksamkeit verweilte etwas länger auf Kays Armschlinge, aus irgendeinem Grund zogen sich seine Brauen bei dem Anblick noch mehr zusammen. Mit federndem Schritt kam er auf sie zu und blieb unmittelbar vor Kay stehen. »Gibt es etwas Neues zum Mord an meiner Tochter? Haben Sie den Dreckskerl gefunden, der ihr das angetan hat?«

»Noch nicht«, antwortete Kay ruhig, »aber wir hätten noch ein paar Fragen, falls es Ihnen nichts ausmacht.«

Die Tür ging auf und Carole stand im Rahmen. Sie hielt das Telefon so fest umklammert, dass ihre Knöchel unter der trockenen Haut weiß hervortraten – augenscheinlich hatte sie gerade ihre Anwälte angerufen. »Ich habe Sie gewarnt. Nicht ohne unseren rechtlichen Beistand. Nicht ein Wort, Bill!«, befahl sie. »Die Befragung ist hiermit beendet.«

»Warum?«, fragte er und wandte sich wütend zu ihr um. »Weil du das so beschlossen hast?« Sein erhobener Tonfall veranlasste die Gärtner, neugierig hinter den Rosenbüschen hervorzulugen. »Ich weiß nicht, wie es dir geht, Mutter, aber ich würde gern wissen, wer meine Tochter umgebracht hat. Also lass sie doch ihre verdammten Fragen stellen.«

»William Earnest Caldwell, ich warne dich«, zischte Carole ihren Sohn an.

Er verzog keine Miene. Stattdessen wandte er sich Kay zu und sagte: »Schießen Sie los.«

Kay holte tief Luft. Vielleicht war es von Vorteil, nicht um den heißen Brei herumzureden. Also stellte sie die Frage, die ihr schon den ganzen Tag über, wenn nicht länger, nicht mehr aus dem Kopf ging: »Mr. Caldwell, haben Sie vor vierzehn Jahren Rose Harrelson entführt, um Ihre tote Tochter zu ersetzen?«

Carole schnappte nach Luft; der erstickte Laut wurde übertönt vom Scheppern des Telefons, das ihr aus der Hand geglitten war und auf dem Marmorboden in seine Einzelteile zerbrach. Trotz des Schocks bemerkte sie die offenen Münder und neugierigen Blicke der Gärtner und trat zurück ins Haus.

»Besprechen wir das lieber drinnen.«

ACHTUNDVIERZIG
ABFLUG

Vierzehn Jahre zuvor

Der Vollmond schien von einem vollkommen klaren Himmel. Der kühle Wind brachte frische Bergluft und kühlte die Felsen nach einem Sommertag mit strahlendem Sonnenschein. Hier und dort hingen Nebelschwaden und sammelten sich am Boden nach und nach zu einem dichten Nachtnebel, hielten den betäubenden Geruch nach verbranntem Kerosin fest.

Die Schalter des kleinen Flughafens waren bereits vor Stunden, um sieben Uhr, geschlossen worden, und die meisten Lichter waren ausgeschaltet. Im Vorbeifahren nickte Bill dem Angestellten zu, der als Einziger zurückgeblieben war und leise über diese selbstherrlichen Leute fluchte, die nicht zu normalen Betriebszeiten fliegen konnten und dachten, die ganze Welt drehe sich nur um sie. Er hatte Bill Caldwells Auto und das der Nanny auf das Rollfeld gewinkt und Bill dabei unter einer schweißbefleckten Baseballkappe hervor angefunkelt, auf der das Logo der San Francisco Giants abgebildet war. Dass der Mann am Abend eines Spiels Überstunden machen musste, war dem Charterflugzeug zuzuschreiben, dessen Motoren gerade vor den großen Hangars warmliefen und in dessen Cockpit bereits Licht brannte.

Bill würde den frustrierten Angestellten wohl ebenfalls bestechen müssen, sonst würde sich der Dummkopf morgen noch den ganzen Tag über ihn auslassen. Über ihn, über den kurzfristig gecharterten Flug und darüber, dass er deshalb irgendeinen Wurf oder einen Home-Run verpasst hatte, der Geschichte geschrieben und sein Leben verändert hätte, wenn er sich doch nur vor dem Fernseher hätte volllaufen lassen und die Eier kraulen können, anstatt noch Überstunden machen zu müssen. Zehn Riesen und dazu eine deutliche Drohung, ja den Mund zu halten, würden das wohl richten.

Der Jet rollte langsam auf sie zu und kam dann nur knapp zehn Meter vor Bills Auto zum Stehen. Der Pilot drückte die Tür auf, stieg die sechs Stufen herunter und kam auf ihn zu.

Bill ließ das Fenster herunter.

»Ihr Flieger ist bereit, Sir«, sagte der Pilot und salutierte mit zwei Fingern am Schirm seiner Mütze.

»Wir gehen sofort an Bord«, antwortete Bill. »Seien Sie in drei Minuten zum Start bereit.« Er betrachtete das Gesicht des Piloten, seine Augen, suchte nach Anzeichen, dass er Bills Motiven misstraute oder ihn übers Ohr hauen und die Cops rufen würde. Doch der Blick des großen Mannes war ehrlich und direkt, sein Auftreten professionell, tadellos. Er hatte keine dreißig Sekunden gebraucht, um die fünfseitige Verschwiegenheitserklärung, die man ihm vorgelegt hatte, zu unterschreiben. Er hatte das Dokument nicht gelesen, was zeigte, dass er diese Erklärungen in seinem Job sehr häufig unterschrieb und für zukünftige Geschäfte auf Empfehlungen setzte – er würde nie irgendetwas tun, was den Klienten verärgerte.

Perfekt.

»Das wär's fürs Erste, danke«, fügte Bill hinzu und bedeutete ihm mit einem Handwinken zu gehen.

»Ja, Sir«, antwortete er und lief rasch zurück zum wartenden Flugzeug.

Bill wartete, bis der Pilot zurück im Cockpit war, und stieg dann aus dem Auto. Er machte die hintere Tür auf und hob ein Mädchen heraus.

Sie rührte sich nicht.

Das lange, wellige Haar war unter der Decke, in die sie gewickelt war, hervorgerutscht und wehte im frischen Wind. Der winzige Körper war vollkommen reglos, leblos und kalt.

Vorsichtig trug er sie zum Flugzeug, ihr Gesicht hinter dem Rand der Decke verborgen. Dann stieg er an Bord und setzte sie auf einen der Sitzplätze. Er schnallte sie an und betrachtete den eingewickelten Leichnam einen langen Moment, dann ging er zurück zum Auto der Nanny.

Die Nanny, eine leicht übergewichtige, rothaarige Frau mittleren Alters, die im Franklin Medical Center als Pflegerin arbeitete und sich nebenher gelegentlich um Rose Harrelson kümmerte, wartete neben dem Auto auf ihn und hielt ein weiteres Mädchen in den Armen. Dieses schlief trotz der nur wenige Meter von ihrem Kopf entfernten rotierenden Motoren tief und fest.

»Wie ist es gelaufen?«, fragte Bill.

»Genau wie wir es besprochen haben«, erwiderte die Frau. »Ich hab ihnen Abendessen gemacht und dabei genügend Phenobarbital untergemischt, um sie für zehn Stunden ins Land der Träume zu entführen. Sie werden gar nicht wissen, wie ihnen geschehen ist.«

»Haben Sie irgendwelche Spuren hinterlassen?«

Die Frau wirkte durch die Frage beleidigt, sie schnaubte und blickte finster drein. »Ich bin, genau wie Sie mir gesagt haben, durchs Fenster eingestiegen. Auch wenn sie tief und fest geschlafen haben und ich einen Haustürschlüssel besitze, aber was soll's«, meinte sie seufzend. »Ich habe all Ihre Anweisungen ganz genau befolgt.« Mit einem ungeduldigen Kopfnicken forderte er sie zum Weiterreden auf. »Ich hab das Fliegengitter abgemacht, bin rein, hab das Mädchen genommen, dann hab ich die Fingerabdrücke am Sims abgewischt, das Fenster wieder runtergeschoben und das Fliegengitter wieder drangemacht. Dann bin ich direkt hierhergefahren. Niemand ist mir gefolgt.« Mit einem zufriedenen Grinsen fügte sie hinzu: »Ich hab nachgesehen. Also, haben Sie mein Geld?«

Bill ging zurück zu seinem Auto und kam mit einer kleinen Reisetasche zurück. Er zog den Reißverschluss auf und zeigte ihr den Inhalt: bündelweise Bargeld, sorgsam mit farblichen Banderolen mit den entsprechenden Nennwerten gekennzeichnet, so wie es von der Bank ausgegeben wurde.

»Dreihunderttausend in kleinen Scheinen, nicht zurückverfolgbar, so wie Sie es wollten. Sie verschwinden, bevor das Ganze publik wird?« Er zog den Reißverschluss wieder zu und stellte der Frau die Tasche vor die Füße.

Sie übergab das Mädchen in Bills Arme, dann schnappte sie sich die Geldtasche. Sie hielt die Griffe mit beiden Händen fest umklammert, als würde ihr Leben davon abhängen, und ihr Gesicht strahlte. »Mein Mann und ich haben für morgen früh Flugtickets nach Venezuela«, antwortete sie mit einem breiten Lächeln. »Wenn sie aufwachen, sind wir längst fort. Es ist ein Direktflug von San Francisco. In einer Stunde fahren wir los.«

Doch Bill hörte der Frau gar nicht mehr zu, er betrachtete nur das Gesicht des Mädchens. Sie schlief tief und fest, ihr Mund stand leicht offen und sie atmete ruhig. Das wellige kastanienbraune Haar wehte im Wind, hin und wieder streiften lose Strähnen ihr Gesicht. Es war wie ein Déjà-vu. Das Grübchen an ihrem Kinn und die Rundung ihrer Unterlippe erinnerten Bill an Alyssa und auch an ihn selbst, als er noch ein kleiner Junge war. Gut so.

»Was ist mit den Medikamenten?«, fragte er und sah sich aufmerksam um, ob auch niemand ihre Unterhaltung mitbekam. Diese ganze Sache dauerte viel zu lange. Jeden Moment könnte sie jemand entdecken.

»Ach ja«, meinte die Frau mit einem verlegenen Lächeln. »Das hätte ich beinahe vergessen.« Sie stellte die Tasche auf dem Beifahrersitz ihres Autos ab und kehrte mit einer kleinen Papiertüte zurück, in der es bei jeder Bewegung klapperte. Sie holte zwei große Tablettenbehälter hervor, einen orangen und einen blauen. Den blauen hielt sie hoch. »Das hier sind Schlaftabletten, Temazepam. Verabreichen Sie die nach Ihrer Rückkehr zweimal am Tag. Damit sollten Sie sechs Monate auskommen.« Sie steckte den Behälter zurück und zeigte Bill den orangen, in dem zweifarbige Kapseln zu sehen waren. »Das hier ist eine Spezialzubereitung, Valium mit ein wenig Ketamin. Damit bleibt sie betäubt und verliert ihr Gedächtnis, wenn Sie es täglich verabreichen. Danach geben Sie es ihr in größeren Abständen und sie wird nicht mehr wissen, wer sie ist, es sei denn, Sie sagen es ihr. So erschaffen Sie ihre neue Identität. Damit kommen Sie auch sechs Monate aus, aber seien Sie vorsichtig und missbrauchen Sie es nicht. Sie könnte sterben.«

Die Frau redete mit ihm, als wäre er dumm.

Er hielt Rose auf einem Arm und schob sich die Tablettendosen in die Hosentasche, wobei er dem Piloten einen raschen Blick zuwarf. Hoffentlich hatte er die Medikamentenübergabe nicht gesehen. Doch augenscheinlich war er in irgendetwas auf einem kleinen Klemmbrett vertieft, auf dem er sich vereinzelt Notizen machte.

Als er sich zum Gehen wandte, ließ das Mondlicht etwas am Hals des Mädchens aufblitzen. »Was ist das?«, fragte er. Er verlagerte Roses Körper auf nur einen Arm, nahm den kleinen Gegenstand mit zwei Fingern hoch und nahm ihn in Augenschein. Es war ein seltsames, lackiertes Holzmedaillon, das an einer silbernen Kette um den Hals des Mädchens lag. »Was macht das hier?«, wollte er wissen. Er würde den Anhänger wohl wegwerfen, sobald sie an der Ostküste gelandet waren.

Die Nanny warf einen Blick auf das kleine, glänzende Medaillon. »Das hat ihre Mutter für sie gemacht. Wenn sie es nicht umhat, schreit sie wie am Spieß. Ich dachte mir, Sie sollten es haben. Vielleicht kann sie es eine Weile behalten, bis sie ihre Vergangenheit vergessen hat. Aber darin ist ein Bild ihrer Eltern, das sollten Sie sie nicht sehen lassen.«

»Ja, meinetwegen«, erwiderte er. Er würde das Foto mit einem von Evangeline austauschen müssen, sobald er in dem Haus in Florida ankam, das er gemietet hatte. So könnte sich das Medaillon schlussendlich sogar als nützlich erweisen.

Er verharrte auf den Stufen des Jets, bis die Frau vom Rollfeld gefahren und den Flughafen verlassen hatte. Dann stieg er an Bord und schnallte Rose auf ihrem Sitz an. Er eilte noch einmal aufs Rollfeld zurück, um den frustrierten Flughafenangestellten zu bestechen und so seinen Tag zu versüßen. Danach betrat er das Cockpit.

»Wir können jetzt starten«, sagte Bill. Der Pilot lächelte und nickte bestätigend.

»Irgendwelche Änderungen im Flugplan?«, fragte er, betätigte einige Schalter und brachte die Motoren auf Touren.

»Nein, wir fliegen nach Jacksonville. Ich bringe meine Töchter zur Mayo-Klinik.«

»Ja, Sir.« Der Pilot rollte auf die Startbahn zu, der Asphalt vor dem Flieger schimmerte im Mondlicht. »Wir landen voraussichtlich in etwa sechs Stunden in Florida.«

Bill ging zurück in die Kabine, nahm gegenüber von Rose Platz und schnallte sich an. Er lehnte den Kopf gegen die Wand, froh über die kühlende Plastikverkleidung an seiner erhitzten Schläfe.

Alyssa war tot. Und es gab nichts, was er dagegen tun konnte. In den vergangenen Monaten hatte er alles Menschenmögliche getan, um ihr Leben zu retten, doch es war vergeblich gewesen. Die Götter waren wütend auf ihn und hatten ihm seine Tochter genommen.

Doch er hatte noch eine und es gab keinen Grund, warum die Welt wissen sollte, was in dieser Nacht geschehen war. Es war das Einzige, was er tun konnte, um den Familiennamen fortzuführen und ihren Besitz in den richtigen Händen zu wissen. Ansonsten würde Dylan, dieser kleine Bastard, schon bald seinen Anspruch anmelden und damit könnte Bill sich niemals abfinden.

Er schloss die Augen und dämmerte ein, als das Flugzeug gerade auf die Startbahn fuhr und sich zum Abheben bereitmachte.

Draußen, verborgen in den Schatten des Flughafengebäudes, beobachtete eine Frau, wie der Flieger beschleunigte, abhob und in der Nacht verschwand. Sie verfolgte den vom Mond beschienenen Flugzeugrumpf mit den blinkenden Lichtern an den Seiten, bis sie sie nicht mehr sehen konnte. Dann wischte sie sich eine Träne weg und verschwand, ungesehen, ruhigen Schrittes und erhobenen Hauptes. Ihr langes, blondes Haar wehte im kräftigen Wind.

NEUNUNDVIERZIG

MUTTER UND SOHN

Carole schloss die Tür mit zitternden Händen, die sie danach rasch hinter dem Rücken verbarg. Das Blut war ihr aus dem Gesicht gewichen, wodurch ihre Haut einen kränklichen, blassen Grauton angenommen hatte. Sie stand mitten in der Eingangshalle und bedachte Bill mit einem unerbittlichen und zugleich zutiefst verletzten Blick.

»Wovon reden diese Leute?«, fragte Carole, ihre Stimme nur ein bebendes Flüstern.

Ein schiefes Grinsen legte sich auf Bills Lippen und in seinen Augen funkelte ein Hauch von Belustigung. »Die Verjährungsfrist ist bereits um, Mutter. Sie können gar nichts tun.« Als er den Blick von Carole ab- und Kay zuwandte wurde sein Lächeln breiter, voller Stolz. »Also, ja, ich habe Rose Harrelson entführt und Sie können deswegen nichts mehr tun. Da, ich hab's gesagt.« Er unterstrich seine Worte mit einer vielsagenden Handgeste, dann ging er ruhigen, gemessenen Schrittes in der Eingangshalle auf und ab.

In Bills Miene spiegelten sich keinerlei Anzeichen von Unehrlichkeit, auch nicht von Angst. Der Mann war ein einziges Mysterium, seine Beweggründe mussten auf jeden Fall noch weiter untersucht werden. Doch hatte er seine Tochter umgebracht?

Mit zwei wütenden Schritten trat Carole auf Bill zu und ergriff ihn am Ärmel, brachte ihn zum Stehen. »Du hast die Tochter einer Haushälterin entführt und in mein Haus gebracht?« Caroles Stimme war zu einem schrillen Kreischen angeschwollen, ihre Worte durchbrochen von Keuchen.

Bill sah sie unverwandt an und schloss die Distanz zwischen ihren Gesichtern, bis ihre Augen nur noch wenige Zentimeter voneinander entfernt waren. »Sie war *meine* Tochter.« Er kochte vor Wut. »Meine!«

Es war, als wäre Carole zu Stein erstarrt. Sie atmete nicht mehr, als hätte sie Bills Worte aufgenommen und erstickte nun daran, als würde sie ihre Bedeutung nicht verstehen. »Wie konntest du nur?«, flüsterte sie. Die Abscheu in ihrem Gesicht war unverhohlen, beinahe greifbar. »Wie konnte ich das nicht bemerken?« Sie wandte sich von Bill ab, als würde ihr bei seinem Anblick schlecht werden. »Die süße Kleine ist an Meningitis gestorben, nicht wahr?« Ihr hitziger Blick durchbohrte Bill geradezu, doch der hielt dem unbeeindruckt stand. »Es war diese Reise zur Mayo-Klinik, nicht wahr? Da hast du die Tochter der Haushälterin zurückgebracht und hast mich – uns alle – sie wie unser eigen Fleisch und Blut aufnehmen lassen!« Ohne Vorwarnung verpasste sie Bill eine kräftige Ohrfeige, ihre knochigen Finger hinterließen einen roten Abdruck auf seiner Wange. »Du bist nicht mein Sohn.«

Bills Lächeln verzog sich zu einem Grinsen. »Oh, und wie ich das bin, Mutter. Ich bin genau das, zu dem du mich gemacht hast, dein Fleisch und Blut, dein Mumm, deine Boshaftigkeit. Und Rose war meine Tochter, ob's dir gefällt oder nicht.«

Kay beobachtete das Hin und Her und wechselte zwischendurch immer wieder einen Blick mit Elliot, als ihre Fragen nach und nach beantwortet wurden. Doch sie verstand immer noch nicht, warum Bill Alyssa mit Rose ersetzt hatte. Was könnte ihn dazu angetrieben haben? Es ging nicht nur um die reine Logistik, ein Mädchen zu klauen und einen ganzen Haushalt dazu zu bringen, sie als ein anderes zu akzeptieren, obwohl das allein schon ein ganz schönes Kunststück gewesen sein musste. Doch seine eigene Trauer im Zaum zu halten, die ganze Zeit über?

Es sei denn ...

Mit schiefgelegtem Kopf betrachtete Kay den Mann erneut, als sähe sie ihn zum ersten Mal. Elliot starrte sie mit unausgesprochenen Fragen in den Augen an, doch sie wandte ihre Aufmerksamkeit nicht von Bill Caldwell ab.

Könnte er ein hochfunktionaler Psychopath sein? Das würde erklären, warum er keinerlei Angst oder Reue oder auch nur den Anflug eines Gewissens zeigte, wenn er über die Entführung sprach, die Roses Eltern das Leben gekostet hatte. Die Beweggründe eines Psychopathen waren genau das ... ganz allein seine, so brutal und verzerrt, dass sie für den Verstand anderer nicht begreifbar waren. Hatte er all das getan, um die Kontrolle über das Unternehmen zu bekommen? Carole hatte diese lächerliche Regelung eingeführt, durch die die Erbschaft wie in Königsfamilien gehandhabt wurde. Damit war sie auf ihre eigene Weise ebenso mitverantwortlich.

Doch Bills Motive schienen über das Finanzielle hinauszugehen: Hier spielten auch Emotionen eine Rolle, ungehemmte Gefühle, die zum Vorschein kamen, wenn in der hitzigen Diskussion die richtigen Worte fielen. Zwischen Mutter und Sohn bestand eine erbitterte Feindseligkeit, die auf Gegenseitigkeit beruhte und für beide gleichermaßen verheerend war. Doch Kay war aufgefallen, dass in Caroles Verbitterung eine tiefsitzende Abscheu mitschwang, während Bills Zorn hingegen von Trauer geschürt wurde. Wie sich seine Augen verdunkelten, wenn er sich seiner Mutter entgegenstellte. Wie er sich verkrampfte, die Lippen zu einer harten Linie zusammenpresste, wie um die Worte in seiner Brust einzusperren. Wie launenhaft seine Traurigkeit in heftige Wutausbrüche umschlug, wie er sich kurz darauf wieder beruhigte und in sich zurückzog, umgeben von einer Aura unendlichen Leids.

Er hatte gerade seine Tochter durch ein Gewaltverbrechen verloren – das allein war Grund genug zu trauern. Selbst Psychopathen lieben ihre Kinder, wenn auch auf ihre eigene, besitzergreifende und nicht empathische Weise. Doch die Traurigkeit, die Bill zeigte, schien älter zu sein als der Tod seiner Tochter, sie war sichtbar tief in ihm verwurzelt, fast als wäre sie ihm in Fleisch und Blut übergegangen. Das bezeugten auch die Reaktionen seiner Familie auf seinen Zorn – für sie war das nichts Neues. Worum auch immer Bill trauerte, sie alle wussten, was es war, und sie alle übten sich dahingehend in Verschwiegenheit. Das Geheimnis musste so entsetzlich sein, dass ein Blick von Carole oder von Blanche genügte, um Bills Zorn zu bändigen, zu löschen wie ein Feuer mit Wasser.

Doch hatte Bill Rose getötet? Und welchen Grund konnte er gehabt haben, ein Mädchen mit dem anderen zu ersetzen? Es musste doch noch andere Möglichkeiten gegeben haben, um seinen Einfluss im Familienunternehmen zu sichern – einfachere, legale Möglichkeiten.

Kay ging auf Bill zu und legte ihm bestimmt die Hand auf den Unterarm. »Wir müssen Sie festnehmen, Mr. Caldwell.«

»Wofür?«, fragte er, ohne jede Spur von Angst in den Augen. Da war nur Neugierde, so als fragte er sich, wo in seinen gut durchdachten Plänen er einen Fehler begangen hatte.

»Die Entführung mag verjährt sein, aber für Vergewaltigung gibt es in Kalifornien keine Verjährungsfrist.«

Ihm klappte der Mund auf. »Was?«

Es gab keinen Grund, Bill von Martha und ihrer Aussage zu erzählen, damit würde er sich nur widersetzen, würde behaupten, das wäre bloß Hörensagen. Und so weiter. Da kam sie besser zur Sache und holte sich mit einem Bluff sein Geständnis.

»Shelley Harrelson hat ausgesagt, dass Sie sie vor achtzehn Jahren vergewaltigt haben. Ihre Tochter, Rose, war ein Vergewaltigungskind.«

Elliot warf ihr einen raschen Blick zu – ihm war klar, dass sie log, doch das war während der Befragung eines Tatverdächtigen ihr gutes Recht.

Carole, die eben noch kurz davor gewesen war, Bill mit ihren perfekt manikürten Händen den Kopf abzureißen, trat nun auf ihn zu, stellte sich an seine Seite und nahm seinen anderen Arm. »Kein Wort mehr, Bill. Nicht, bevor die Anwälte hier sind. Ich hol dich aus diesem Schlamassel wieder raus. Die ermitteln doch nur ins Blaue hinein. Das machen Cops bei reichen Leuten gerne mal so«, fügte sie hinzu und funkelte Kay einen langen, gespannten Moment an.

Ihr Sohn erwiderte nichts. Sein Gesicht war wie in Stein gemeißelt, ausdruckslos, bar von Angst oder jeglicher anderer Emotion, abgesehen von diesem Hauch der Trauer, der ihn wie ein Heiligenschein umgab.

»Na schön«, erwiderte Kay und ließ Bills Arm los. »Wir können hier auf Ihren Anwalt warten, bevor wir Sie festnehmen.«

»Ist mir so oder so egal«, sagte er ausdruckslos, mit leerem Blick.

»Nur aus Neugier«, meinte Kay, »und das können Sie auch ohne Ihren Anwalt beantworten, weil es die Entführung betrifft, die nicht länger strafbar ist ... Warum? Warum haben Sie Alyssa mit Rose ersetzt? Das muss doch die Hölle für Sie gewesen sein, Ihre Trauer zu verbergen, zu befürchten, erwischt zu werden, sollte irgendjemand bemerken, dass das Mädchen anders war.«

Daraufhin handelte Kay sich einen fassungslosen Blick von Elliot ein – sie hatte Bills Rechte missachtet. Sie hatte ihn weiter befragt, nachdem er ausdrücklich nach einem Anwalt verlangt hatte. Obwohl, wie ihr mit dem Anflug eines Lächelns klar wurde, nicht *er selbst* einen Anwalt gefordert hatte, sondern seine Mutter. Und ihre Forderungen waren vor dem Gesetz nicht von Belang. Wie dem auch sei, sie würde sicherlich nicht aufhören, nach Antworten zu suchen, nur weil diese alte, überhebliche Hyäne nicht wollte, dass sie ihre Familiengeheimnisse aufdeckte.

Bill senkte kurz den Blick, dann sah er Kay ganz offen an, so als hätte er nichts zu verbergen. Dieser kurze Moment, in dem er weggesehen hatte, reichte für einen Psychopathen aus, um in seine Rolle zu schlüpfen, um seinen Geist und seinen Körper für seine nächste Manipulation bereit zu machen.

»Meine Frau ist seit sechzehn Jahren krank. Ihre Krankheit wird, wie Sie sicherlich wissen, durch Stress und schwere Umstände nur verschlimmert. Ihr zu sagen, dass Alyssa den Kampf gegen die Meningitis verloren hat, hätte sie umgebracht. Sie weiß es bis heute nicht.«

Als hätte sie sich verbrannt, ließ Carole Bills Arm los und trat von ihm weg. »William Earnest Caldwell, das ist ja wohl die größte Lüge, die ich je gehört habe! War deine Sorge um diesen erbärmlichen kleinen Schwächling, der einfach nicht schnell genug sterben kann, etwa Grund genug, dass du es für nötig gehalten hast, mich die Tochter einer Haushälterin als meine Erbin aufziehen zu lassen?« Ihre Selbstbeherrschung war dahin, ihre Worte trieften nur so vor Gehässigkeit, doch damit traf sie bei Bill ins Schwarze, denn er kochte nur so vor Wut und war kurz davor zu explodieren. »Ich glaub's einfach nicht!«, brüllte sie. »Es ging ums Geld, nicht wahr? Du wolltest es nur für dich haben.« Sie trat noch einen Schritt auf ihn zu, dann senkte sie ihre Stimme zu einem verschwörerischen Flüstern: »Es hätte dich umgebracht, wenn das Vermögen an Blanches Sohn gegangen wäre, nicht wahr, mein Lieber?« Ihre Nasenlöcher bebten, während sie Bill unverwandt in die Augen sah. »Tja, weißt du was? Genau das wird es.«

Bills Pupillen weiteten sich vor Zorn. Er ballte die Fäuste

und machte einen Schritt auf sie zu. Kay ging dazwischen, packte ihn am Arm und zog ihn von Carole fort. Die beiden würden sich noch umbringen, wenn sie sie nicht auseinanderhielt.

Doch Carole gab ebenfalls keine Ruhe. Offenbar verschaffte es ihr Befriedigung, ihren Sohn zu verletzen, so sehr sie nur konnte, obwohl sie ihm erst vor wenigen Augenblicken noch ihre Unterstützung versprochen hatte. »Eine Erbin zu haben, war deine einzige Möglichkeit, dich Dylan in den Weg zu stellen«, fuhr sie fort. »Du dachtest wohl, du hast gar keine andere Wahl, als das Kind einer Haushälterin ins Haus zu holen.« Sie hielt inne und sah sich um, so als würde sie nach etwas suchen, womit sie Bill bewerfen konnte, doch die riesige Eingangshalle war leer, bis auf die Gemälde an den Wänden und einen kleinen, leeren Konsolentisch. Frustriert stampfte sie mit dem Fuß auf dem Marmorboden auf, das Klacken ihres Absatzes hallte wie ein Schuss in der angespannten Stille wider. »Für dich war selbst die Tochter einer Haushälterin besser als Dylan. Du solltest dich schämen.«

»Das ist lächerlich«, platzte er heraus. »Ich hätte ganze Armeen von Kindern haben können. Ich war damals erst vierzig. Wovon redest du bitte?«

»Nun, wir wissen doch alle, dass du das nicht konntest«, sagte Carole leise, »oder etwa nicht, mein Lieber?« Durch die faltigen, perfekt rot geschminkten Lippen stieß sie ein langes Seufzen aus. Dann richtete sie sich gerade auf und schob das Kinn vor. Als sie sprach, war ihre Stimme kalt und sachlich, bar jeden Gefühls, als hätte sie es irgendwie geschafft, jeglichen Ballast loszuwerden. »Ich will nicht, dass dieser Skandal den Familiennamen in den Dreck zieht. Deshalb werde ich sicherstellen, dass du die beste Verteidigung bekommst, die man mit Geld erkaufen kann. Doch damit endet das hier. Ich werde die notwendigen Vorkehrungen treffen und du wirst mit sofortiger Wirkung vollständig aus dem Unternehmen ausgeschlossen.«

Bill senkte nicht den Blick, reagierte nicht so, wie Kay es erwartet hatte. Nur diese unbestimmbare Trauer überschattete sein Gesicht, seine Augen. Er hatte das erwartet, die Reaktion seiner Mutter überraschte ihn nicht. Vermutlich war sein ganzer Plan in sich zusammengefallen, als Rose umgebracht worden war.

Und das konnte nur eines bedeuten. Trotzdem fragte Kay nach: »Wenn das stimmt, Mr. Caldwell, warum haben Sie Rose dann umgebracht?« Aufmerksam achtete sie auf jegliche Mikroexpressionen in seinem Gesicht, obgleich Psychopathen davon weitaus weniger zeigten als der Durchschnittsmensch.

Er blinzelte nicht, seine Pupillen weiteten sich nicht, seine Hände verharrten reglos. In seinen Augen stand einen Moment lang immer noch dieselbe Trauer, dann verschwand sie.

»Ich habe meine Tochter nicht umgebracht«, sagte er ruhig. In diesem Moment betrat Blanche, gefolgt von Dylan, das Zimmer und kam rasch auf sie zu. »Ich schwöre, das habe ich nicht.«

»Und ich glaube ihm«, sagte Blanche, blieb neben ihm stehen und ergriff mit beiden Händen seinen Arm. »Dafür verbürge ich mich. Bill hat seine Tochter nicht umgebracht.«

FÜNFZIG

VERRÜCKT

Der Wind war stärker geworden, eisige Böen wehten von den Berghängen herunter und braustem den Rand der Schlucht entlang. Manche waren so stark, dass sie durch die Nadeln der Zypresse pfiffen und den Ast, der noch immer Kirstens Gewicht standhielt, zum Wanken brachte. Jedes Schwanken versetzte sie in Schrecken und so klammerte sie sich mit aller Kraft an dem Ast fest, sodass ihre Muskeln vor Anstrengung schmerzten und ihr das Herz in der Brust hämmerte.

Von Zeit zu Zeit, wenn sie es wagte, tief Luft zu holen und zu schreien, rief sie um Hilfe. Ihre bebende Stimme hallte von den Wänden der Schlucht wider und ließ Tiere und Vögel gleichermaßen verstummen. Niemand antwortete und schon bald darauf nahm die Natur ihr Konzert wieder auf. Unten nagten die Kojoten an den Knochen, die überall am Boden des Abgrunds verstreut lagen, hin und wieder zankten sie um einen, an dem noch ein wenig Fleisch hing.

Wimmernd zuckte sie zusammen, als eine heftige Böe den Ast zum Wanken brachte und drohte, sie wie ungewollten Ballast abzuschütteln. Irgendwann ließ das Schwanken nach, der Ast nun in einer beinahe waagerechten Position. Peu à peu gab der Baum unter ihr nach, als würde er von ihrem Gewicht langsam niedergerungen, erodiert. Bald würde er sich nach unten neigen und dann würde sie abrutschen, gegen die Schwerkraft kam sie nicht an.

Allmählich wurden die Schatten länger. Seit Sonnenaufgang klammerte sie sich nun schon an dem Ast fest und den Schmerzen in ihren Muskeln nach würde sie nicht mehr viel länger durchhalten. Sie wusste, dass der Augenblick kommen würde, in dem sie losließ, entweder weil sie von der Anstrengung übermannt wurde oder weil eine Windböe sie hinunterriss. Ein paarmal war sie beinahe eingedöst, doch dann hatte sie sich ermahnt, sich zusammenzureißen und wieder aufzuwachen, hatte ihren Griff neu angesetzt, obwohl die Rinde in ihre Haut einschnitt.

Sie hatte die Oberschenkel um den Ast geschlungen und war näher an den dickeren Stamm herangerückt, einen mühevollen Zentimeter nach dem anderen, voller Angst loszulassen und doch verzweifelt bemüht, von der schwingenden Spitze wegzukommen. Dann hatte sie erschöpft verharrt, keuchend und wimmernd, geradezu wahnsinnig vor Angst. Vom Blick nach unten war ihr ganz schwindelig.

»Ist da jemand?«, rief sie, doch ihre Stimme war schwach, die Müdigkeit forderte trotz des Adrenalins, das durch ihren Körper rauschte, ihren Tribut. »Hilfe!«

Sie lauschte, doch niemand antwortete ihr. »Kann mir bitte irgendjemand helfen«, rief sie erneut, doch ihr Ruf endete in einem tränenerstickten Wimmern.

Ein weiterer Windstoß ließ ihr den Atem in der Lunge stocken. Noch einmal korrigierte sie ihren Griff um den Ast und ihre Arme und Beine zitterten nur so vor Anstrengung, waren längst über ihre Grenzen hinaus, angetrieben von ihrem verzweifelten Willen zu überleben. Sie würde alles tun, um zu leben, um zurück nach Oregon gehen und ihre Mom noch einmal umarmen zu können. Danach würde sie ohne Umwege zur Polizei gehen und ihnen von dem Haus und dem Mann erzählen, der schon so viele andere Mädchen vor ihr umgebracht hatte.

Über ihr kreiste ein Bussard, segelte und schlug mit den mächtigen Schwingen. Sie spürte den Luftzug an ihrem Gesicht, noch bevor sie ihn näherkommen sah, mit ausgestreckten Krallen, um an einem Ast Halt zu finden.

»Nein, nein«, schrie sie. Sie hatte zu große Angst, loszulassen und den Greifvogel mit dem Arm wegzuscheuchen.

Er landete auf dem Ast über ihrem Kopf, die Zypresse schwankte und ächzte unter dem zusätzlichen Gewicht.

Sie schrie auf und klammerte sich an dem Ast fest, versuchte verzweifelt, ihre Position zu halten, hielt den Atem an, bis das Wanken schließlich nachließ. Doch dann erfüllte der Geruch des Vogels zusammen mit der Verheißung des Todes ihre Nase.

Der Bussard stocherte mit dem Schnabel durch die Zypressennadeln und stach ihr in die Schulter. Sie kreischte auf, der stechende Schmerz schürte ihre Wut.

»Noch nicht«, rief sie, »ich bin noch nicht tot!« Dann schrie sie, hoffte, dass sie ihn so verscheuchen konnte, und fürchtete sich gleichzeitig vor dem Moment, in dem er abhob und die Zypresse erneut erschütterte. Dann schlugen ihre Gedanken eine andere Richtung ein, verloren den Bezug zur Realität. Sie stellte sich vor, wie sie zu Hause, zurück auf den Straßen von Creswell, Oregon, ihren Freunden von ihrer Tortur hier erzählte. Sie würden lachen und ihr sagen, dass sie durchgedreht war, würden ihr kein Wort glauben. Sie würden sagen: »Was zum Teufel hast du geraucht, Mädel? Bist du auf Crack oder so? So ein Mist passiert doch keinem!«

Sie lachte laut auf, ihre Stimme hallte seltsam von den felsigen Wänden der Schlucht wider.

Sie wurde verrückt. Und schon bald würde sie loslassen müssen. Sie hielt es nicht mehr aus.

Am Abgrund, der sich unter ihrem erschöpften Körper auftat, knurrten und jaulten zwei Kojoten, die erbittert um einen Knochen kämpften.

EINUNDFÜNFZIG

UNTERSCHLUPF

Entgegen Scotts Erwartungen hatte Drei-Dollarzeichen ihn nicht hängen lassen.

Scott hatte ihn angerufen, nachdem er aus der Fischerhütte geflohen war, obwohl es schon nach Mitternacht gewesen war. Der Mann hatte ihm gehörig den Arsch aufgerissen, hatte ihn wegen seiner Inkompetenz in die Mangel genommen, wegen seiner Unfähigkeit, diese neugierige FBI-Tante-Schrägstrich-Detective aufzuhalten. Sie zur Strecke zu bringen.

Er ahnte ja nicht, dass Scott sich nicht im Geringsten um diese FBI-Schlampe scherte, auch wenn er ihr nur zu gerne den Hals umgedreht hätte. Er würde das Geräusch ihrer wie Zweige berstenden Knochen genießen, würde zusehen, wie ihr das Leben aus dem Körper wich, wie sie sich wand, dann zuckte und schließlich reglos liegen blieb. Aber nein, seine Gedanken drehten sich nur um sein hart erarbeitetes Geld.

Was hatte ihn vor all den Jahren nur geritten, Nicole von seinem Versteck zu erzählen? Eine ganze Menge Alkohol, wenn er sich recht erinnerte, doch eigentlich war er immer stolz darauf gewesen, so viel zu vertragen und doch noch den Mund halten zu können. Jetzt band Nicole vermutlich gerade den

Cops ihr Wissen auf die Nase, schickte sie los, damit sie jeden einzelnen Cent einsackten, den er in über zwanzig Jahren harter Arbeit gehortet hatte.

Eines Tages würde er sie schnappen und sie dafür bezahlen lassen, für alles. Wenn er eines bereute, dann, dass er sie in der Hütte nicht umgebracht hatte, sodass sie endlich das Maul hielt.

Er war aus der Hütte geflohen und durch den Wald gerannt, hatte über die Schulter zurückgeblickt und erwartet, Young und den Rest der Wache hinter ihm aufholen zu sehen, doch er hatte es davongeschafft, ohne irgendjemanden zu treffen. Er hatte sein Auto gefunden und war rasch hinters Steuer gestiegen; dann war er losgefahren, war über den matschigen, laubbedeckten Boden geschlittert und hatte Dreck und Steinchen aufgewirbelt.

Sobald er auf dem Highway war, hatte er Drei-Dollarzeichen angerufen. Er konnte nirgendwohin, wollte aber auch nicht die Gegend verlassen, solang es noch überall ungelöste Probleme gab, die sich um ihn herum nur so auftürmten wie ein Berg dreckiger Wäsche im Badezimmer einer Studenten-WG. Er hätte zur Haltestelle laufen und sein Geld retten können, doch er hatte zu große Angst, erwischt zu werden. Vielleicht wurde der Ort bereits von den Cops überwacht. Konnte er es mit dem gesamten Team aufnehmen, wenn es ihn mit gezückten Waffen umzingelt hatte, und da lebend wieder rauskommen? Keine Chance. Obwohl er es schon genossen hätte, so manchem von ihnen die verräterische Fresse zu polieren. Wer sonst hatte der FBI-Tante von seiner Hütte erzählt, wenn nicht einer von ihnen, einer von den Männern, die er für seine Brüder gehalten und auch schon mal übers Wochenende zum Angeln und auf ein paar Bierchen dorthin eingeladen hatte?

Ausgerechnet Nicole war seine einzige Hoffnung. Vielleicht war sie klug genug, ihre große Klappe zu halten, weil sie hoffte, sich das Geld selbst krallen zu können. Vielleicht dachte sie auch gar nicht daran, denn immerhin waren vierzehn Jahre vergangen, seitdem er es erwähnt hatte – danach hatte er seine betrunkene Unüberlegtheit nicht noch einmal wiederholt.

Doch jetzt musste er erst einmal untertauchen und da hatte Drei-Dollarzeichen genau das richtige Versteck für ihn.

In einem schroffen Tonfall voller Verachtung hatte er ihn angewiesen, nach Norden zu fahren und die drittletzte Ausfahrt vor der Grenze zu Oregon zu nehmen. Dann sollte er auf einer Nebenstraße etwa zwei Meilen Richtung Westen fahren, wo er dann auf der linken Seite am Ende einer langen Auffahrt ein verlassenes Farmhaus finden würde.

Die Wegbeschreibung des Mannes hatte ihn ohne Probleme hergeführt. Doch seine Anweisungen gingen noch weiter: Er sollte zum Sicherungskasten in der Garage gehen und ein paar Schalter umlegen, die Scott im schwachen Licht seiner Taschenlampe die Stirn runzeln ließen. Irgendwer hatte in dem Sicherungskasten am Schaltkreis herumgebastelt, um einige Sicherungen zu umgehen und den Rest zu einem Schalter zusammenzuführen, an den der Empfänger für eine Fernbedienung gekoppelt war. Warum zum Teufel machte man so etwas?

Doch reiche Menschen waren eben anders als Leute wie er und sie konnten tun, was immer sie wollten, weil sie es sich einfach leisten konnten. Wie zum Beispiel dieses Farmhaus in der frischen Novemberkälte unbeheizt und unbeleuchtet zu lassen, sodass es in der feuchten Dunkelheit wie ein alter Kadaver vor sich hinfaulte und nach Moder und Schimmel roch.

Der Mann hatte Scott angewiesen, das Haus zu betreten und die Heizung anzustellen. Bevor er aufgelegt hatte, hatte er ihn noch ermahnt, im Wohnzimmer zu bleiben und ja keinen Fuß in eines der Schlafzimmer zu setzen und seine Nase aus jeglichen Angelegenheiten rauszuhalten, die ihn nichts angin-gen. Zum Schluss hatte Drei-Dollarzeichen ihm noch einmal gedroht: Scott hätte nicht mehr lange zu leben, wenn er seine Regeln nicht befolgte.

Und Scott glaubte ihm. Er hatte den Mann ein paarmal getroffen und hatte in ihm klar und deutlich den Killer

wiedererkannt, der auch in ihm selbst steckte. Er wusste, dass der Mann sein Leben beenden könnte, ohne auch nur mit der Wimper zu zucken.

Doch er war ja gar nicht hier, um ihn überwachen zu können.

Scott betrat das eiskalte Haus, schaltete das Licht ein und vergewisserte sich, dass die Heizung heiße Luft durch die Schächte im Boden blies. Das Haus war nicht nur was die Temperatur anging wie zu Eis erstarrt. Auch die Zeit schien hier wie eingefroren, als wäre er ein paar Jahrzehnte in die Vergangenheit gereist. Beim Anblick der kupfernen Hähne in der Küche schnaubte er. Seine Großmutter hatte auch so etwas gehabt.

Während die Wände dank der warmen Luft ächzend wieder zum Leben erwachten, streifte er durchs Haus, öffnete jede Tür, schaltete die Lichter ein, vergewisserte sich, dass in den dunklen, von Spinnweben bedeckten Ecken keinerlei Überraschungen auf ihn warteten. Doch da war nichts. Nur ein Haus, das in der Zeit stehengeblieben war. Das Einzige, was von der Gegenwart zeugte, waren die Toilettenpapierrollen im Bad und die Käsescheiben im Kühlschrank, die er sich direkt mal reinzog – sie waren immer noch gut, obwohl der Strom wer weiß wie lange abgestellt gewesen war.

Doch eines der Schlafzimmer erregte seine Aufmerksamkeit. Es war genauso in der Zeit stehengeblieben wie der Rest des Hauses, der Schrank voller altmodischer Klamotten und Schuhe, aber das Bett war nicht gemacht, die zerknitterten Laken waren feucht und ein großes Duschhandtuch, ebenfalls feucht und zerknittert, lag darauf, als wäre jemand aus der Dusche direkt ins Bett gegangen. Das Kissen war klatschnass, die Feuchtigkeit in der Füllung war in der Kälte nicht getrocknet.

»Was zur Hölle?«, murmelte er und hielt die Nase ans Kissen. Es roch nach frischem Fliedershampoo, als hätte gerade erst jemand in dem Bett geschlafen und sich in dem kalten, gruseligen Haus nicht um das nasse Haar geschert.

Mit einem Achselzucken tat er es ab und ging aus dem Zimmer, schaltete das Licht aus und schloss die Tür, wobei er darauf achtete, alles so zurückzulassen, wie er es vorgefunden hatte. Dann schlief er auf der Couch unter ein paar Decken ein, die dort gelegen hatten, als wäre jemand aus dem Schlaf hochgeschreckt und hätte sie Hals über Kopf beiseitegeworfen.

Das Letzte, was er wahrnahm, bevor er in einen tiefen Schlaf glitt, war der Geruch nach alten Decken, muffig, moderig, mit einem Hauch von Lavendelshampoo.

ZWEIUNDFÜNFZIG

DAS GEHEIMNIS

Blanche führte ihren Bruder ins Wohnzimmer. Carole folgte widerwillig, ihre Miene spiegelte Entsetzen, seit sie erfahren hatte, dass Rose Harrelson als Erbfolgerin des Familienunternehmens aufgezogen worden war. Zwei Schritte dahinter bildete Dylan das Schlusslicht der Prozession. Blanches Sohn war ein faszinierender Mann. Ordentlich in einen dunkelgrauen Anzug und ein weißes Hemd gekleidet, hielt er sich aus dem Familiendrama raus, schwieg und sah gelegentlich aufs Handy, wirkte desinteressiert. Den Furchen auf seiner Stirn und seinen nervösen Gesten nach zu urteilen, verspürte er wohl nicht die gleiche Hingabe für Bill wie seine Mutter. Das konnte man auch kaum erwarten, denn immerhin ließ Bill keine Gelegenheit aus, den jungen Mann als Bastard oder sonst wie zu beschimpfen. Dass seine Mutter für den Mann, der ihn durchweg beleidigte, so viel übrighatte und für ihn Partei ergriff, musste Dylan ganz schön verletzen und aufbringen, doch er ließ sich nichts anmerken.

Kay folgte der Familie ins Wohnzimmer, Elliot an ihrer Seite. Ihr Partner überließ ihr die Führung, doch sie konnte ihm ansehen, dass er Bill unbedingt nach dem vermissten Mädchen aus Oregon fragen wollte, das zuletzt dabei gesehen worden war, wie es in einen Lincoln genau wie Bills stieg. Wie passte dieses Mädchen in das Ganze? Oder war es nur ein merkwürdiger Zufall? Machte sich das Schicksal einen Spaß daraus, ihnen einen vermeintlichen Hinweis vor die Füße zu werfen, nur damit sie am Ende doch bloß Schatten nachjagten und ihre Zeit vergeudeten? In Kalifornien waren mindestens tausend solcher Fahrzeuge gemeldet.

Das Wohnzimmer war riesig, mit einer Gewölbedecke und Panoramafenstern, die das Sonnenlicht hereinließen. Es war geschmackvoll in Weiß mit schwarzen Akzenten eingerichtet und spiegelte so vor allem Caroles Persönlichkeit wider – nüchtern und beherrscht und sorgsam hergerichtet, alles aufeinander abgestimmt. Die Porträts an der Wand bildeten, soweit Kay das sehen konnte, die Familiengeschichte ab. In der Mitte, über dem Kamin, hing ein Gruppenfoto von Carole und ihrem Mann in jüngeren Jahren, umgeben von ihren vier Kindern. Bill musste auf dem Bild um die zwanzig Jahre alt gewesen sein, Blanche war ein junger Teenager und die anderen beiden waren noch etwas jünger. Irgendetwas an dem Bild zog Kays Aufmerksamkeit auf sich, doch sie konnte nicht sagen, was es war. Ihr Bauchgefühl sagte ihr, dass irgendetwas nicht stimmte, aber was? Sie betrachtete das Foto weiter aus der Ferne und wünschte, sie könnte kurz die Zeit anhalten, um sich das Porträt von Nahem anzusehen, um herauszufinden, was genau sie stutzig gemacht hatte.

Immerhin gab es dutzende Dinge, die an den Caldwells eigenartig waren. Die Liste war lang und beträchtlich. Sie begann mit Caroles absurder Art und Weise, das Erbe zu regeln, und endete mit was auch immer es war, das die Luft wie elektrisch aufzuladen schien, sobald Blanche den Raum betrat.

Niemand setzte sich auf die weiße, lederne Sofalandschaft oder die dazu passenden Sessel in der Mitte des Wohnzimmers. Die Caldwells blieben lieber stehen, hatten sich in einem engen

Kreis versammelt, so als wären sie fest entschlossen, die beiden Polizisten aus ihren Familienangelegenheiten rauszuhalten. Kay ging auf Bill zu und legte ihm eine Hand auf die Schulter.

»Mr. Caldwell, ich hoffe, Ihr Anwalt stößt bald zu uns. Sie sind verhaftet.«

Mit vor Zorn verzerrtem Gesicht starrte Bill Kay an. »Ich habe meine Tochter nicht umgebracht und ich weiß auch nicht, wer es war. Wenn ich das wüsste, würde seine Leiche irgendwo, wo Sie sie niemals finden könnten, in der Sonne verrotten.« Seine Worte klangen aufrichtig und kalt, eine Tatsache, ausgesprochen von einem Mann, dessen Familie tausende Hektar Land besaß.

»Du liebe Zeit«, sagte Carole und ließ sich rasch in einen der Sessel sinken. Ihre eiserne Fassung bekam allmählich Risse. Plötzlich wirkte sie wackelig auf den Beinen, weshalb sie nach der Armlehne tastete und sich mit weiß hervortretenden Knöcheln daran festhielt.

Beschützerisch zog Blanche ihren Bruder von Kay weg. Ihre blauen, angsterfüllten Augen suchten Kays. Ihre Hände, mit denen sie Bills Arm fest umklammert hielt, zitterten leicht.

»Ich werde das jetzt mal so durchgehen lassen und als die Worte eines trauernden Vaters verbuchen«, sagte Kay. »Doch das ändert nichts. Wir nehmen Sie fest. Ihnen werden andere Verbrechen zur Last gelegt, unter anderem die Vergewaltigung von Shelley Harrelson.«

Dieser Satz ließ die Luft im Raum augenblicklich abkühlen. Blanche ließ den Arm ihres Bruders los und trat zurück. Sie betrachtete ihn weder mit Abscheu noch mit Enttäuschung, sondern mit Traurigkeit und Mitgefühl, mit Mitleid. Bill senkte beschämt den Blick, dann sah er seine Schwester entschuldigend an.

Kay beobachtete diese Interaktion voller Unglauben. Die Dynamik zwischen den beiden Geschwistern war vollkommen eigenartig und führte somit die Liste an Dingen, die bei den

Caldwells Fragen aufwarfen, nahtlos fort. Es wäre wohl nicht besonders klug, Bill jetzt dort hinaus und aufs Revier zu schleifen, wo er ruhig und wieder gefasst wäre und sich hinter seinem überteuerten Anwalt verstecken konnte. Nein ... Wenn sie aufklären wollte, was auch immer in dieser Familie vor sich ging, sollte sie sich lieber nicht von der Stelle rühren, beobachten und gelegentlich mit den richtigen Fragen das Feuer schüren, um ihre Geheimnisse aufzudecken.

Blanche streckte erneut die Hand nach Bills Arm aus, als hätte sie ihm bereits vergeben, doch ihr Blick suchte Kays. »Ich kann Ihnen beweisen, dass mein Bruder nichts mit dem Tod seiner Tochter zu tun hatte.«

Kay runzelte die Stirn. »Beweisen? Wie?«

»Alyssa – naja, das Mädchen, das wir alle als Alyssa kannten – kam zu mir, als sie das zweite Foto in ihrem Medaillon entdeckte.«

»Da war ein zweites Foto in dem verdammten Ding?«, fuhr Bill auf. »Von wem?«

»Von Shelley Harrelson.« Blanche senkte ihre Stimme, sodass sie kaum noch ein Flüstern war, und wandte den Blick nicht von ihrem Bruder ab.

»Du hast es gewusst?«, fragte Bill und richtete seine gesamte Aufmerksamkeit auf sie, als wäre der Rest der Welt um sie herum verschwunden.

Blanche hielt einen Moment inne, dann wischte sie sich eine Träne aus dem Augenwinkel. »Ich habe dich in dieser Nacht gesehen, auf dem Rollfeld. Ich wollte mich von dir verabschieden, weil ich dachte, du hättest genug von dieser Scharade, hatte Angst, du würdest uns für immer verlassen.« Langsam schüttelte sie den Kopf und senkte den Blick. »Ich wusste nicht, wer das zweite Mädchen war. Später habe ich von der Entführung gehört, doch, naja, ich konnte nichts sagen. Nicht zu dir, nicht zu irgendjemandem.« Sie sah Bill auf eine ganz bestimmte Weise an, genau wie bereits zuvor, und seine Züge entspannten sich, als hätte der Blick seiner Schwester den Aufruhr in ihm einfach davongespült.

Was lief da zwischen den beiden? Welche Art von Macht hatte Blanche über ihren Bruder? Alles an ihrem Umgang miteinander war eigenartig und doch konnte Kay es nicht genau benennen, genau wie bei dem Familienporträt. Und doch hielt ihr Bauchgefühl sie dazu an, dieses Foto bei jeder sich bietenden Gelegenheit zu betrachten.

Mit Bedauern löste Blanche den Blickkontakt und wandte sich, nach einem raschen Blick zu Elliot, wieder Kay zu. »Sie kam zu mir, weil sie nach Antworten suchte, über die Frau in ihrem Medaillon, über ihre Vergangenheit. Ich habe ihre Neugier ausgebremst so gut ich konnte, doch sie war fest entschlossen, es herauszufinden.«

Bill runzelte erneut die Stirn, an seiner Nasenwurzel bildeten sich tiefe Furchen. »Ich glaube dir nicht. Sie hat nie etwas zu mir gesagt. Sie war ein glückliches Kind, ohne jede Sorge.«

»Sie war ein kluges Mädchen und sie hatte ihren eigenen Kopf«, entgegnete Blanche. »Als sie das letzte Mal mit mir sprach, ein paar Tage vor ihrem Tod, meinte sie, dass sie mit dem Detective reden wolle, der in Roses Verschwinden ermittelt hat.«

»Woher wusste sie von Roses Verschwinden?«, fragte Kay.

»Sie hat herausgefunden, wer Shelley war, mit dem Foto in ihrem Medaillon. Einer der Angestellten muss es ihr gesagt haben. Ich denke mal, sie hat das Foto überall herumgezeigt und gefragt, ob sie wüssten, wer die Frau ist. Dann hat sie wohl online nach ihr recherchiert und die Artikel über Rose gefunden.«

Eine weitere Welle des Zorns brandete in Bill auf. »Du lügst, um deinen nichtsnutzigen Bastard zu beschützen«, brüllte er, dann schubste er sie weg. Sie strauchelte, schaffte es aber, ihr Gleichgewicht zurückzuerlangen – die physische

Gewalt schien sie mehr verletzt zu haben als seine Worte. Elliot trat mit einem raschen Schritt heran und stellte sich an Bills andere Seite, um wenn nötig eingreifen zu können.

Bills Blick bohrte sich in Dylan, der aus einem gewissen Abstand alles mit undurchdringlicher Miene beobachtete. Lag es daran, dass er der neue Erbfolger war und sich nun nicht mehr um die angespannte Stimmung scherte, da er sich nun sicher sein konnte, Caroles abscheuliches Spielchen gewonnen zu haben? Es musste Spuren an dem jungen Mann hinterlassen haben, dass er vor allen so wild beschimpft wurde, und doch schien es ihm ganz egal zu sein. Vielleicht war es schon sein ganzes Leben über so gewesen. Vielleicht hatte er sich daran gewöhnt einzustecken, was auch immer Bill ihm an den Kopf warf. Warum der Einunddreißigjährige sich nicht gegen Bills Beleidigungen auflehnte, war ein weiteres Rätsel. Er hielt dem hitzigen Blick seines Onkels gelassen stand, nur seine Mundwinkel zuckten leicht verächtlich.

Ohne Vorwarnung zog Bill eine Waffe und richtete sie auf seinen Neffen. Die Miene des jungen Mannes verwandelte sich von Gelassenheit in Fassungslosigkeit, die Augen waren weit aufgerissen und der Mund stand ihm offen, doch es kamen keine Worte heraus. Bevor Bill abdrücken konnte, packte Elliot ihn und stieß ihn zur Seite, doch er feuerte dennoch ab. Die Kugel traf Dylan am Hals. Blanche schrie auf und der junge Mann ging zu Boden, presste krampfhaft die Hand an den blutenden Hals, in seinen Augen stand vollkommene Bestürzung.

»Du hast auf mich geschossen, du kranker Wichser«, stöhnte Dylan.

Elliot hatte Bill entwaffnet, auf die Knie gebracht und ihm die Hände vor dem Körper in Schellen gelegt. Der Vorschrift nach hätten dem Tatverdächtigen die Hände eigentlich hinter dem Rücken in Schellen gelegt werden sollen, doch Kay hatte Elliot signalisiert, eine Ausnahme zu machen. Sie wollte, dass

Bills Hände – durch Gesten und durch Reflexbewegungen – so viele seiner Geheimnisse verrieten wie möglich.

Bill beobachtete erschüttert, wie Blanche an der Seite ihres Sohnes schluchzte. Er trauerte mit ihr, als wäre es jemand anders gewesen, der gerade den Abzug gedrückt hatte. Dann wandte Blanche sich ihm zu, schloss den Abstand zwischen ihnen, bis sie über ihm aufragte. Sie ballte die kleinen Fäuste vor der Brust und senkte ihr vor Zorn entstelltes Gesicht, bis es seines fast berührte.

»Du dummer, arroganter Narr. Dylan ist dein Sohn. Deiner und meiner!«

DREIUNDFÜNFZIG
DIE ERSTE NACHT

Einunddreißig Jahre zuvor

Sie zogen um.

Bills Mutter hatte beschlossen, ein neues Haus zu bauen, das mindestens dreimal so groß war wie das alte, und das Zuhause seiner Kindheit zurückzulassen. Sie hatte ein großes Stück Land an einem sanften Abhang ausgewählt, das näher am Highway war, mit alten Bäumen darauf, die dem Haus im Sommer Schatten spenden würden. Es war wie immer: Wenn seine Mutter etwas entschieden hatte, dann war es so. Beschlossene Sache.

Im Juni dieses Jahres hatten sie den ersten Spatenstich gemacht. Tag für Tag verbrachten seine Eltern immer mehr Zeit auf dem Grundstück ihres neuen Zuhauses, beaufsichtigten die Installation von Armaturen und Geräten, gaben Anweisungen und trieben Leute in den Wahnsinn. Seine Mutter hatte den Ausdruck »Kontrollfreak« praktisch erfunden, was den Reichtum seiner Familie zum reinsten Paradox machte. Denn wie er in seinem Betriebswirtschaftsstudium gelernt hatte, waren Unternehmen, die von solch kontrollierenden, launenhaften und inkompetenten Führungskräften geleitet wurden, zum Scheitern verurteilt. Bloß war ihres das nicht, was Bill auch alles andere, was er im Unterricht gelernt hatte, anzweifeln ließ.

Ein paar Kurse hatte er noch vor sich, doch im Herbst würde er mit einem Bachelor in Betriebswirtschaftslehre abschließen, beinahe ein Jahr früher als vorgesehen. In seiner gesamten Zeit als Student hatte er zu Hause gewohnt, was für so einiges Stirnrunzeln gesorgt hatte – sowohl bei seinen Eltern, die es begrüßt hätten, wenn ihr Sohn die Gelegenheit genutzt hätte, um an der Stanford wohlhabende junge Frauen kennenzulernen, als auch bei seinen Kommilitonen, die nur zu gerne Zeit mit dem gutaussehenden jungen Mann verbracht hätten, der ein schwarzes Porsche-Cabriolet fuhr.

Bloß fuhr er damit lieber jeden Abend nach Hause.

Niemand wusste warum und Bill erklärte sich auch nicht.

Der Tag des Umzugs rückte näher und Carole hatte die beiden Jüngsten ins Zeltlager geschickt, damit sie ihr ständiges Gezanke darüber, wer das größte Zimmer bekäme, ob sie ihren eigenen Fernseher haben würden oder wie ihre Sachen transportiert werden würden, nicht länger ertragen musste. Bill und Blanche blieben als Einzige zurück, denn beide hatten sich bereiterklärt, ihren Eltern beim Umzug zu helfen.

Schlussendlich beaufsichtigten sie nur die Möbelpacker dabei, die wenigen auserwählten Dinge, die Carole mitnehmen wollte, herauszusuchen. Der Großteil ihrer Sachen würde zurückbleiben, selbst die kupfernen Hähne in der Küche, ein Geschenk von Bills Urgroßeltern, deren Abbild es bis aufs Logo des Unternehmens geschafft hatte. Die Möbel, der Fernseher, das Gros ihrer Kleidung, alles würde zurückgelassen werden, und Carole scherte sich nicht im Geringsten darum, was daraus wurde. »Es gehört zu einer anderen Ära«, erklärte sie, wenn man sie danach fragte, und ließ da auch nicht mit sich reden. In ihrem neuen Zuhause würde alles neu sein.

Diese Nacht würden ihre Eltern im neuen Haus verbringen, um die Lieferung und Montage der maßgefertigten Möbel zu beaufsichtigen. Bill blieb im alten Haus, um ein paar Aufgaben für sein Volkswirtschaftsprojekt fertigzustellen. Blanche hingegen war einfach froh, in Ruhe auf dem Sofa vor dem großen Panoramafenster mit Blick auf den Wald lesen und fernsehen zu können.

Als er mit seinen Aufgaben fertig war, ging Bill ins Wohnzimmer, wo Blanche las und Musik hörte. Er schlug vor, einen Film zu gucken und Mikrowellenpopcorn zu machen, und sie quietschte vor Freude auf, bat ihn aber, ihr noch eben Zeit zum Duschen zu geben. Sie huschte ins Bad und kurz darauf hörte er das Wasser rauschen und Blanche mit ihrer wohlklingenden Stimme einen bekannten Popsong summen, den sie beide mochten.

Dann wurde alles dunkel.

Der Strom war ausgefallen. Blanche schrie auf und Bill sprang vom Sofa auf und eilte zur Badezimmertür. Er klopfte, doch Blanche schrie bloß weiter, unterbrochen von Schluchzen. Für den Bruchteil einer Sekunde zögerte er, dann öffnete er die Tür und ließ sich im Stockdunkeln von Blanches Schreien zu ihr leiten.

Sie stand in der Wanne und zitterte unter dem prasselnden heißen Wasser am ganzen Körper. Er streckte den Arm aus und drehte den Hahn ab, wobei er versehentlich ihre Brust streifte. Sie klammerte sich mit beiden Händen an seinen Arm.

»Schon gut, Blanche, es ist nur ein Stromausfall, sonst nichts.«

»Ich hab solche Angst«, wimmerte sie. »Ich kann nichts sehen. Ich kann nicht ...«

»Schh ... ist schon gut«, beruhigte er sie, schnappte sich ein Handtuch von der Ablage und hielt es ihr hin.

»N-nein«, erwiderte sie mit zitternder Stimme, ließ seinen Arm nicht los. »Mach du's.«

»Ich bin doch hier. Ich gehe nirgendwohin.«

Sie bebte vor unbändigem Schluchzen. »Ich hab Angst, dass ich hinfalle.«

Das war nun einmal Blanche, sensibel und zart, ihre lebhafte Fantasie ihr größter Feind.

Er ließ sie sich an seiner Hand festhalten und schaffte es, ihr das Handtuch um die Schultern zu legen, doch sie rührte sich immer noch nicht. Sie zitterte und ihr klapperten die Zähne, obwohl es gar nicht so kalt war.

»Komm schon, steig aus der Wanne. Ich lass dich nicht fallen.«

Sie wimmerte nur. »Ich hab Angst. Ich bleib einfach in der Wanne sitzen, bis du eine Taschenlampe gefunden hast.«

»Angsthase«, zog er sie auf, »Angsthase, Pfeffernase, meine Schwester ist ein feiger Hase«, improvisierte er, dann musste er laut lachen. Tränenerstickt stimmte sie in sein Lachen mit ein. »Komm schon, sei nicht so eine Nervensäge.«

Sie löste eine Hand von seinem Arm, um ihm auf die Schulter zu schlagen. »Ich bin keine Nervensäge. Ich hab nur Angst im Dunkeln. Aber verrat das niemandem. Maddie wird mich nur auslachen und Kendall wird bei jeder Gelegenheit das Licht ausschalten.« Ihre Zähne klapperten. »Mir ist eiskalt. Glaubst du, die Heizung funktioniert noch?«

Sie würde sich noch erkälten. Sie war ganz nass, ihr langes Haar triefte nur so und der Stromausfall könnte noch eine ganze Weile anhalten. Ohne Vorwarnung hob er sie in seine Arme und trug sie aus dem Bad. Sie quiekte auf und schlang die Arme um seinen Hals.

Er wusste nicht so recht, wohin er sie bringen sollte, also blieb er mit ihr im Arm im Hausflur vor dem Badezimmer stehen. Silbriges Mondlicht schien ins Wohnzimmer, gerade genug, um das Schimmern in ihren blauen Augen zu sehen, die Hitze darin, die ein Feuer in ihm entfachte. Er versuchte, gleichmäßig zu atmen, zu denken, vernünftig zu bleiben, dochihre nassen Brüste, die sich an ihn schmiegten, zerstreuten auch das letzte bisschen Verstand, das ihm noch blieb.

Einen Augenblick lang schloss er die Augen, hielt weiter ihren zitternden Körper und schreckte auf, als ihre schmalen Finger seine Lippen berührten.

»Nein«, flüsterte er. »Hör auf.« Er musste sie absetzen und gleich draußen im kühlen Bergwind eine Runde laufen gehen. Also trug er sie vom Mondlicht geleitet in ihr Zimmer und legte ihren feuchten Körper sanft auf den Seidenlaken ihres Bettes ab. Dabei löste sich das Handtuch und entblößte ihren vollkommenen Körper.

Sie umfasste seinen Nacken und zog ihn zu sich herunter. »Bleib bei mir«, flehte sie, »bis der Strom wieder da ist. Bitte.« Sie streichelte seine Wange, dann fuhr sie mit dem Daumen über seine Unterlippe und damit war es um ihn geschehen.

Er dachte, er würde sich zurückziehen, doch er wurde zu ihr hingezogen, verzehrte sich danach, ihren feuchten Körper an seinem zu spüren, das Shampoo in ihrem nassen Haar zu riechen, wusste, dass er sie in seinen Armen wärmen und beschützen konnte. Bevor er sich mit ihr vereinigte, wurde ihm bewusst, dass er sie schon immer auf diese Weise geliebt hatte. Nicht wie eine Schwester, sondern wie eine Geliebte, auf die er gewartet hatte. Sie war der Grund, warum er jeden Abend nach der Uni nach Hause gefahren war und jeden Morgen um sechs Uhr aufgestanden war, um wieder zurückzufahren. Sie zu sehen, wenn auch nur beim Abendessen, war der Grund seiner Existenz.

Und dennoch, sie war seine Schwester. Bei dem Gedanken daran, was er im Begriff war zu tun, wurde ihm schwindelig und übel, doch er konnte auch nicht aufhören. Er streckte die Hand nach ihr aus, berührte ihre Lippen mit der Spitze seines Daumens, fragte sich, ob sie von ihm geküsst werden wollte. Sie erzitterte unter seiner Berührung, ihr Körper näherte sich seinem, drängte sich an ihn. Es war, als hinge ihre gesamte Existenz davon ab, dass Blanche und er eins wurden.

Und das wurden sie.

Diese Nacht brannte sich als strahlende Erinnerung in sein Gedächtnis, an die er noch Jahre später zurückdenken würde. Sie war in seinen Armen eingeschlafen, atmete leise, ihre Brust hob sich kaum merklich. Er hingegen wagte es nicht zu schlafen, weil er keinen einzigen Augenblick verpassen wollte. Sie war seiner Berührung begegnet, hatte sich genauso nach ihm verzehrt wie er nach ihr, es war wie eine unbezwingbare und tödliche Sucht. Sie war schüchtern und war noch nie zuvor berührt worden, doch ihre Instinkte drängten sie unerbittlich zu ihm, ihr weicher Körper wand sich an seinem, fügte sich perfekt mit seinem zusammen.

Der Strom kehrte zurück, kurz bevor seine Eltern wieder nach Hause kamen. Er schaffte es kaum in sein Zimmer. Am liebsten hätte er das Abendessen ausfallen lassen, wäre da nicht diese Sehnsucht gewesen, sie wieder zu sehen, ihren Blick zu suchen und darin abzulesen, ob sie Reue verspürte oder nur überschäumende Freude. Doch sie war wie immer. Manchmal fragte er sich sogar, ob er alles nur geträumt hatte, doch dann lächelte sie ihn wieder auf diese ganz bestimmte Art und Weise an.

Er war süchtig, gehörte für immer ihr.

Sie war die Eine, die Einzige für ihn, und sie verliebte sich ebenso heftig in ihn. Eine Weile stahlen sie sich immer wieder in das Zimmer des anderen, achteten darauf, ja nicht erwischt zu werden, und dachten dabei niemals an die Zukunft, geschweige denn redeten sie darüber. Ihre Eltern waren von ihren Tagen am neuen Haus so erschöpft, dass sie sie überhaupt kaum wahrnahmen.

Es war der beste Sommer seines Lebens. Sie unternahmen gemeinsam Tagesausflüge. Nach Big Sur, zum Miramar Beach, nach Half Moon Bay, Inverness, zur Drakes Bay. Sie spazierten über verlassene Strände und beobachteten die wilden Wellen des Pazifiks, die gegen die felsige Küste schlugen. Es war ganz allein ihr Geheimnis, denn niemand würde es verstehen.

Eines Tages nahm das alles ein Ende. Carole kam spät nach Hause, Bill schlief auf dem Sofa und eine blasse, weinende Blanche übergab sich im Badezimmer. Carole sperrte sich mit ihrer Tochter im Schlafzimmer ein und kam stundenlang nicht wieder heraus. Danach verkündete sie ihre Entscheidungen in einem Ton, dem niemand zu widersprechen wagte.

»Blanche wird von nun an ein Internat an der Ostküste besuchen.« Caroles Worte trafen ihn wie ein Messer in den Bauch, nahmen ihn aus, ließen ihn atemlos zurück. Er suchte Blanches Blick, doch sie wich seinem aus. »Dort wird sie die Highschool abschließen und danach vielleicht noch an eine Elite-Uni gehen. Morgen früh bricht sie auf.« Dann wandte sie ihre Aufmerksamkeit ihm zu. »Mein Lieber, es wird Zeit, dir eine Frau zu suchen, eine, die dir Glück und dieser Familie Wohlstand schenkt. Da kannst du dich auf mich verlassen«, fügte sie hinzu und tätschelte ihm die Schulter. Die Berührung seiner Mutter brannte auf seiner Haut und einen Moment lang stellte er sich vor, wie er ihr diesen Arm brach und den Hals umdrehte. Doch Blanche war nicht länger für ihn da, sie sah weg, wich seinem Blick aus, distanzierte sich von ihm.

In dieser Nacht, Stunden nachdem er seine Zimmertür geschlossen hatte und den Tränen erlegen war, die ihm in den Augen brannten und ihm mit jedem Atemzug die Kehle zuschnürten, kam Blanche ein letztes Mal zu ihm. In ihrer Umarmung lagen Feuer und Schmerz, und während sich ihre Tränen vermischten, machten sie einander Versprechungen. Sie würden sich schreiben. Sie würden unter falschen Namen Schließfächer bei der Post mieten und einander heimlich Briefe schicken. Sie würden sich treu bleiben, selbst wenn Carole Bill zum Heiraten zwang. Sobald er zu Geld kam, würde er nach ihr suchen.

Sie hatte diese Versprechen nie eingehalten – ihr erster Treuebruch. Sie war einfach aus seinem Leben verschwunden, ließ sein Postfach leer und sein Herz gebrochen zurück. Im nächsten Sommer kehrte sie nicht zurück und in dem danach erzählte sie allen, sie ginge stattdessen nach Europa.

Sie war weg.

Im gleichen Jahr machte er seinen Abschluss, cum laude, und sein Vater fragte ihn, was er als Geschenk haben wolle. Er musste wohl etwas anderes erwartet haben, denn als Bill ihn bat, das alte Haus behalten zu dürfen, klappte dem Mann der Mund auf. Er und Carole wechselten einen kurzen Blick, dann zuckte seine Mutter mit den Schultern.

Dort hatte er dann eine ganze Weile mit seiner neuen Frau Evangeline gewohnt. Jeden Tag fühlte er sich wie ein Vogel in einem goldenen Käfig, endlose Stunden zogen sich eine nach der anderen langsam dahin, während er eine Lüge lebte und vorgab, sich für sein zukünftiges Kind und die Fremde, die es in ihrem Schoß trug, zu interessieren. Evangelines Schwangerschaft war eine Erleichterung für ihn gewesen, eine willkommene Ausrede, sich von ihrem Bett fernzuhalten. Als sie eine Fehlgeburt erlitt, war er insgeheim dankbar für die aufgeschobene Gnadenfrist und schlief weiterhin im Zimmer nebenan.

Als Blanche plötzlich zurückkehrte, war sie fünf Jahre lang weggewesen. Kendall hatte es ihm gesagt und er war wie ein Wahnsinniger zum neuen Haus gefahren, um sie zu sehen. Als er ins große Wohnzimmer stürzte, stand sie da, mittlerweile eine erwachsene Frau und atemberaubend schön. Ihr langes blondes Haar war wellig und weich und wenn sie ihn ansah, waren ihre blauen Augen warm und liebevoll,

ein Flackern des alten Feuers glimmte darin auf.

Er nannte sie bei dem Namen, den er ihr gegeben hatte, flüsterte ihn, sodass nur sie ihn hörte: »Mira, meine wunderschöne Mira.« Und sie hatte gelächelt.

Dann sah er das Blag, das sie an der Hand hielt, und sein Herz verkümmerte. Ihr zweiter Treuebruch.

»Das ist Dylan«, stellte Carole ihn rasch vor. »Er ist drei Jahre alt.« Sie hielt inne und lächelte Blanche liebevoll an. »Deine Schwester hatte in Europa ein kleines Abenteuer mit einem Franzosen und, nun, das ist Dylan«, beendete sie lachend. Sie zerzauste dem Blödmann das Haar und fügte dann hinzu: »Ist er nicht ein süßer kleiner Junge?«

An diesem Abend fuhr er voller Zorn davon, wusste nicht, wohin er gehen konnte, um das flammende Inferno in seiner Brust zu ersticken. Wie hatte sie ihn derart betrügen können? Sie war seine Mira, die einzige Frau, die er je geliebt hatte, die einzige, die er je lieben würde. Ein Franzose? Wozu machte das Mira, wenn nicht zu einer betrügenden Schlampe? Und dennoch hätte er alles für eine weitere Nacht in ihren Armen getan.

Er konnte nicht aufhören zu fahren, wusste nicht wohin. Seine Ziellosigkeit brachte ihn nach Redding, wo er im Rotlichtbezirk ein junges Mädchen entdeckte, dessen blondes Haar und schmaler Körperbau ihn an die Mira erinnerten, die er einst kannte. Er nahm sie mit sich, suchte nach einem Ort, an dem er seine beste Erinnerung nachbilden und seine erste Nacht mit Blanche wiedererleben konnte.

In dieser Nacht beschloss er, dass Evangeline ins neue Haus ziehen musste, genau wie er.

Das alte Haus gehörte Mira und ihm.

Für immer.

»Detective Kay Sharp hier, Polizeiwache Franklin County, ich brauche hier augenblicklich einen Krankenwagen. Männlich, einunddreißig Jahre, Schusswunde im Hals. Sofort!«

»Wo brauchst du mich?«, fragte Elliot, der Bills Arm fest gepackt hielt. Caldwell kniete auf dem Boden und streckte sich nach Dylan aus, doch Elliot hielt ihn zurück.

Kay hatte Blanche und Carole weggeschoben, die schluchzend an Dylans Seite geeilt waren, doch die Zeit zu trauern war noch nicht gekommen. Die Kugel hatte Dylans Hals gestreift und die Halsschlagader und die Jugularvene verfehlt, aber dennoch genügend kleinere Adern zerfetzt, dass er zu verbluten drohte.

Kay übte Druck auf Dylans Hals aus und hatte gleichzeitig Mühe, ihn unten zu halten. Sie musste an Jacob denken, wie sie ihn auf dem Küchenboden liegend gefunden hatte; wimmerte bei der noch frischen Erinnerung an sein Blut, das zwischen ihren zitternden Fingern hervorquoll. Mit einem Ruck riss Dylan sie wieder in die Gegenwart, kratzte an ihren Händen, um an seine Wunde zu gelangen, schlug wild um sich, machte es mit jedem beschleunigten Herzschlag, der mehr Blut aus seinem Körper fließen ließ, nur noch schlimmer.

»Hier«, erwiderte sie und sah kurz in Elliots Richtung. »Hilf mir, ihn festzuhalten.«

Elliot wandte sich Bill zu. »Ich werde jetzt Ihren Arm loslassen, um Ihrem Sohn zu helfen. Eine Bewegung, ein Wort und Sie sind ein toter Mann, verstanden?«

Bill nickte, den Blick auf Dylans schmerzverzerrtes Gesicht gerichtet, auf das Blut, das zwischen Kays Fingern hervorquoll, während sie weiter Druck auf seine Wunde ausübte.

»Halt seine Beine fest, aber sachte«, wies Kay Elliot an. »Wir müssen die Blutung stoppen.« Elliot ging in die Hocke und drückte Dylans Beine sanft nach unten, doch der glänzende Hartholzboden war rutschig und Dylans Strampeln brachte ihn fast aus dem Gleichgewicht. Also setzte er ein Knie ab und packte die Knöchel des jungen Mannes.

Kay, die weiter Druck auf die blutende Wunde ausübte, sah Dylan mit einer beruhigenden Zuversicht an, die sie selbst nicht verspürte. »Sie müssen Ihren Puls beruhigen«, erklärte sie ihm bestimmt. »Sie müssen drei Sekunden lang einatmen, vier Sekunden die Luft anhalten, und dann fünf Sekunden lang ausatmen. Können Sie das für mich tun?«

Er wimmerte, die Augen vor Angst weit aufgerissen. »I-Ich versuch's.«

Kay atmete mit ihm, die Vagusnervstimulation beruhigte seinen Puls sofort. »Gut so«, flüsterte sie und warf Bill einen Seitenblick zu.

Er war vor Blanche auf die Knie gegangen, schluchzte schwer, seine Schultern bebten. »Mira ... mein Sohn ... unser Sohn. Warum hast du mir das nicht gesagt?«

Blanche wischte sich eine Träne weg. »Du hast ihn von dem Moment an gehasst, als du ihn zum ersten Mal gesehen hast. Du hast nie auch nur gefragt. Und dann hat sie ...«

Sie sah kurz zu Carole hinüber, die blass und würdevoll,

aber dennoch geschockt dastand, die zitternde Hand vor dem offenen Mund. War es, weil sie Gefahr lief, den letzten Erben ihres kostbaren Nachlasses zu verlieren? Oder war das unverzeihliche Geheimnis, das sie so lange gehütet hatten, das jetzt ans Licht gekommen war, eine Bedrohung, die sie nicht kontrollieren konnte?

Doch Carole riss sich zusammen und bedachte ihren Sohn mit einem kühlen Blick. »Es war das Richtige, mein Sohn. Es war das einzig Richtige.«

In Bills Augen stand jetzt glühender Hass. »Zum Teufel mit dir, Mutter. Du hast unser Leben ruiniert!«

Rettungssanitäter eilten herein und sechs angespannte Minuten lang, in denen sie Dylan stabilisierten und auf die Trage legten, sprach niemand – das Geheimnis, das sie hüteten, war so ungeheuerlich, dass es selbst die heftigsten Emotionen erstickte, zum Schweigen brachte.

»Wo bringen Sie ihn hin?«, fragte Blanche, als die Sanitäter Dylan zum Rettungswagen schoben.

»Ins Franklin Medical Center, Ma'am.«

Sie drückte Dylans Hand und versprach ihm, gleich da zu sein. Dann fanden sie sich wieder im großen Wohnzimmer zusammen, wo das Bild über dem Kamin immer noch Kays Bauchgefühl regte.

Plötzlich wurde ihr klar, was sie übersehen hatte. Dabei war es die ganze Zeit direkt vor ihrer Nase gewesen. Fasziniert ging sie auf das Foto zu und betrachtete es von Nahem. Dann drehte sie sich mit einem mitfühlenden Lächeln zu Carole um.

»Ich verstehe, warum Sie die beiden voneinander ferngehalten haben, warum Sie ihre Affäre beendet und wegen Dylan gelogen haben. Sie waren immerhin Geschwister, nicht wahr? Inzest ist in Kalifornien illegal und das schon seit einer ganzen Weile.« Carole nickte, der Anflug eines schmerzlichen Lächelns zupfte an ihren Mundwinkeln. »Ganz zu schweigen davon, was für ein Skandal das gewesen wäre. Das hätte Sie alle zerstört.«

»Ganz genau«, erwiderte Carole. »Mir blieb keine andere Wahl.«

Dann legte Kay das aufgesetzte Lächeln ab und ihre Stimme wurde eiskalt. »Bloß waren sie gar keine Geschwister, nicht wahr?«

Ihre Frage schlug ein wie eine Bombe, erfüllte die Luft mit Spannung so dicht wie Nebel an einem Herbstmorgen.

»Was?«, fragte Bill. Er war die ganze Zeit auf Knien gewesen, doch nun sprang er auf die Füße und ging auf Kay zu. Im Bruchteil einer Sekunde packte Elliot seinen Arm, fest genug, dass er das Gesicht verzog.

»Waren sie Geschwister, Mrs. Caldwell?«, drängte Kay weiter, wobei sie Bill ignorierte und sich ganz auf Carole fokussierte. Die Frau hatte Bills und Blanches Leben zerstört. Was nun auf sie zukam, geschah ihr nur recht.

Carole drehte sich um und ging. Doch dann wurde ihr vermutlich klar, dass die Angelegenheit sich nicht von selbst in Luft auflösen würde, wenn sie sie ignorierte, denn sie kam auf Kay zu und nahm ihre Hand in ihre. »Ich habe keine Ahnung, wovon Sie reden, meine Liebe. Doch ich bitte Sie, diese Familie hat genug durchgemacht. Es ist an der Zeit, dass Sie gehen, selbst wenn Sie Bill dann ohne rechtlichen Beistand mitnehmen müssen. Unser Anwalt war in San Francisco, als ich ihn angerufen habe, deshalb die Verzögerung. Doch er wird auf dem Revier zu Ihnen stoßen. Jetzt gehen Sie bitte oder ich lasse Sie von meinem Grundstück eskortieren.«

»Sie wussten es«, entgegnete Kay ruhig. »Sie wussten, dass sie nicht miteinander verwandt waren, und Sie haben es totgeschwiegen, um Ihren eigenen Ruf nicht zu gefährden.«

»Das reicht. Sie gehen jetzt, sonst ...« Sie ging zum Telefon und nahm den Hörer ab, dann wählte sie rasch eine Nummer. Noch bevor der Anruf entgegengenommen werden konnte, riss

Blanche ihr das Telefon aus der Hand und knallte es zurück auf die Station.

»Ich will es wissen«, sagte Blanche, stellte sich an Bills Seite und funkelte ihre Mutter an. Dann wandte sie sich mit flehender, tränenerfüllter Stimme an Kay: »Es ist unser Recht, es zu wissen.«

Kay nickte langsam. Was Carole ihren Kindern angetan hatte, sollte gesetzlich verboten sein, fand sie. Sie hatten ihr ganzes Leben mit der Last der ungeheuren Schuld und der Scham für ihre Liebe gelebt, waren gezwungen gewesen, sich selbst und alle um sie herum anzulügen, einschließlich ihres Sohnes.

Kay sah Carole an, ahnte, welcher Ausdruck gleich in ihren Augen stehen würde, als sie sagte: »Sehen Sie dieses Kinngrübchen, das sowohl Sie als auch Ihr Mann haben?« Kay deutete auf das Foto über dem Kamin. Bill fasste sich geistesabwesend ans Kinn. »Das nennt man Kinnspalte und die wird in der großen Mehrheit der Fälle vererbt, es sei denn, sie ist nur durch eine Gewalteinwirkung entstanden. Das Gen, das die Spalte trägt, ist dominant.« Sie hielt einen Moment lang inne. Carole war kreidebleich geworden, Blanche und Bill hingegen wirkten verwirrt. »Das bedeutet, dass beide Eltern es weitervererben würden.« Sie wandte sich zu Blanche und deutete auf ihr Kinn. »Blanche ist nicht Ihre Tochter und auch nicht die Ihres Mannes.«

»Oh Gott«, flüsterte Blanche und begann zu weinen.

Bill ballte die Fäuste, funkelte seine Mutter wütend an und brüllte: »Ich bringe dich um!« Elliot hatte große Mühe, ihn zurückzuhalten, als er sich zu befreien versuchte, um sich auf Carole zu stürzen. »Und wenn es das Letzte ist, was ich tue, ich werde dein erbärmliches Leben beenden. Du hast uns zerstört«, schluchzte er, zitternd und schwer atmend, sein Zorn zerfloss zu Ohnmacht und Niedergeschlagenheit. Dann streckte er seine in Schellen gelegten Hände zu Blanche aus. »Mira ... Es

tut mir so leid. Ich hätte es wissen müssen. Ich habe gefühlt …
Wir beide haben es gefühlt. Unsere Liebe war echt.«

Blanche wich das Blut aus dem Gesicht und sie packte
Carole am Arm. »Bin ich adoptiert? Warum hast du das
verheimlicht?«

Carole betrachtete die beiden mit grenzenloser Verachtung.
»Ich schulde euch keine Erklärung«, sagte sie, schob das Kinn
vor und presste die Lippen zusammen. »Ich habe getan, was ich
tun musste, um euer Vermächtnis zu schützen.«

»Was für ein Vermächtnis?«, schnaubte Bill. »Es ist eine
verdammte Farm! Wenn der Wind von Süden weht, stinkt dein
kostbares Vermächtnis nach Mist! Du bist nichts weiter als eine
Wichtigtuerin, eine überhebliche, vornehme und größenwahn-
sinnige Landwirtin. Du bist erbärmlich.« Er spuckte Carole vor
die Füße, doch die alte Frau wich nicht zurück. »Ich beneide
Blanche dafür, nicht dein Blut in den Adern zu haben.«

»Bitte erzähl es mir«, flehte Blanche. »Bitte. Ich habe das
Recht, es zu wissen.«

Kay betrachtete die grenzenlose Arroganz in Caroles
Gesicht. Es lag keinerlei Mitgefühl darin, für keinen von ihnen,
keinerlei Reue angesichts des Schadens, den sie angerichtet
hatte. »Es wird ohnehin im Prozess ans Licht kommen«, sagte
Kay. »Dort werden Sie unter Eid stehen und keine andere
Wahl haben, als zu antworten. Jetzt gerade ist es in Ihrem
eigenen besten Interesse zu kooperieren.«

Die alte Frau senkte den Kopf, scheinbar niedergeschlagen,
zumindest für den Moment. »Mein Mann hatte eine Affäre«,
krächzte sie. »Die übliche schmutzige Geschichte, nichts
Außergewöhnliches. Seine Assistentin, eine Blondine mit
kurzen Röcken und ohne jegliche Sittlichkeit, die nur hinter
seinem Geld her war, hatte ihn um den Finger gewickelt. Ein
paar Monate später stand sie mit dir vor unserer Tür.« Sie
deutete auf Blanche. »Wir haben ihr eine Barabfindung für ihr
Schweigen geboten; sie hat dich billig verkauft.« Sie schüttelte

den Kopf, ganz in ihre Erinnerungen versunken. »Doch dann, als du langsam älter wurdest, sind mir einige Dinge aufgefallen. Wir sind alle dunkelhaarig, du bist blond. Unsere gesamte Familie auf der Seite meines Mannes hat braune Augen, doch deine blieben blau. Ich habe deine und Williams DNA testen lassen, da wusste ich es.« Sie seufzte und schloss einen langen Moment die Augen. »Ich wusste es, seit du zwei Jahre alt warst.«

»Warum habt ihr mich behalten? Du musst mich doch unglaublich gehasst haben.« Blanche war totenbleich und ihre Lippen bebten.

Carole zuckte mit den Achseln. »Es ging nicht um dich. Das ging es nie. Mein lieber William verdiente die Gewissensbisse, die er jedes Mal bekam, wenn du und ich im selben Raum waren«, sagte sie voller Gehässigkeit. »Wenn ich ihn dann angesehen habe, hat er jedes Mal den Blick gesenkt, wie der treulose Dreckskerl, der er nunmal war. Er hat sich den Rest seiner Tage für seinen Treuebruch geschämt. Und er hatte jede Minute davon verdient.«

Ein Schauer ließ Blanches schmale Schultern erbeben und ihr Blick wurde einen Moment lang leer.

»Warum dann?«, fragte sie. In ihrer Stimme lag unermessliches Bedauern. »Warum hast du unsere Beziehung zerstört? Nur um ihn zu bestrafen?«

Carole stellte sich gerade hin, schüttelte jegliche Schuld ab, die an ihr zu nagen begonnen hatte. »Kannst du dir den Skandal vorstellen, wenn die Leute herausgefunden hätten, dass mein Mann mir das Kind einer Schlampe ins Haus gebracht hat?«

»Wer hätte das wissen sollen? Und wen hätte das interessiert?«, fragte Kay, die neugierig geworden war, wie Caroles Verstand funktionierte. Nur selten bekam sie die Gelegenheit, eine soziopathische Narzisstin aus den Fugen geraten zu sehen.

»Leute wie Sie würden das niemals verstehen«, erwiderte

sie und spuckte dabei jedes Wort voller Boshaftigkeit aus. »Und ich will doch meinen, dass ich Sie gebeten habe zu gehen. *Jetzt,* bitte.«

Kay ignorierte Caroles Aufforderung und starrte weiter das Familienfoto über dem Kamin an. Ihr Bauchgefühl regte sich immer noch – da war noch etwas anderes auf diesem Foto, das sie entdecken musste, etwas Wichtiges. Sie betrachtete es, sah wie Bill und Blanche nur Augen füreinander hatten, Stirn an Stirn, wie am Tag zuvor, als sie ihm die Tränen aus dem Gesicht gewischt hatte.

Dann sah Kay wieder zu Carole, die nach einem Haushälter gerufen hatte und aufgebracht auf und ab lief. Vermutlich versteckten sich die Angestellten vor ihr, zumal sie ja beim kleinsten Fehler mit ihrem Zorn rechnen mussten.

Die ganze Situation kam ihr auf eine merkwürdige Art und Weise bekannt vor, so als hätte sie sie schon einmal gesehen, bloß aus weiter Entfernung. Wie? Was versuchte ihr Bauchgefühl ihr zu sagen?

Einen Moment lang schloss sie die Augen und ordnete das, was hier gerade ans Licht gekommen war, was sie über die Akteure erfahren hatte. Carole war eine Narzisstin, eine maligne, und eine Soziopathin. Sie hatte ihre Kinder seelisch misshandelt, vor allem Bill. Sie hatte sie alle ihre Spielchen spielen lassen, nur die beiden Jüngsten hatten sich selbst gerettet und Abstand zwischen sich und ihre Mutter gebracht, auch wenn damit ihr Erbrecht verwirkt war. Kluge Entscheidung. Bill und Blanche waren geblieben, von Schuldgefühlen überwältigt, aber immer noch ineinander verliebt. Bills erste Liebe war von Carole gnadenlos im Keim erstickt worden, sie hatte ihn ja praktisch entmannt. Er war voller Verachtung für sie aufgewachsen, hatte sich nie von dem Trauma erholt, dass er durch sie erlitten hatte, hatte jahrzehntelang die Last der Schuld und der Scham mit sich herumgetragen.

Und so hatte er bereits in jungen Jahren ein kriminelles

Verhalten entwickelt: Er hatte Shelley Harrelson vergewaltigt. Dann hatte er sich ihre Tochter geschnappt, als es ihm gerade gelegen kam, ohne jegliche Reue oder Bedenken bezüglich der Familie, die er zerstört hatte. Wie die Mutter, so der Sohn.

Jetzt hatte sich bestätigt, was sie zuvor nur vermutet hatte: Bill Caldwell war ein Psychopath und da konnte er sich bei den Genen und der Erziehung seiner Mutter bedanken, für sein Trauma, für das Leben voller Lügen, das sie für ihn errichtet hatte. Doch die Art seines Traumas, seine Fixierung auf Blanche, seine wechselhaften Launen und sein reizbares Gemüt, das er zu Genüge gezeigt hatte, zeichneten das Bild eines Serienmörders. Einer, der es selbst noch nicht wusste, der noch nicht getötet hatte.

Als ihr ein weiterer Gedanke kam, keuchte Kay auf und es lief ihr eiskalt den Rücken hinunter. Was wenn er doch schon getötet hatte?

»Zeig mir nochmal das Foto«, sagte sie zu Elliot, ohne den Blick vom Porträt abzuwenden. »Dein vermisstes Mädchen aus Oregon.«

Elliot holte sein Handy hervor, wobei er mit der anderen Hand immer noch Bills Arm festhielt, suchte Kirstens Foto heraus und zeigte Kay den Bildschirm. Sie sah wieder auf das Porträtfoto und Elliot folgte ihrem Blick. Sie bekam eine Gänsehaut.

»Ich fass es nicht, sie sieht genauso aus wie Blanche«, flüsterte Elliot.

Hatte das irgendetwas zu bedeuten? War das ein weiterer Zufall, als wäre Bills grauer Lincoln nicht schon genug? Vielleicht, doch die Wahrscheinlichkeit, dass das ein Zufall war, war gerade gen null gesunken.

Als hätte er ihre Gedanken gelesen, tippte Elliot rasch etwas in sein Handy ein und kurz darauf verkündete ein Läuten eine neue Nachricht. Er tippte erneut den Bildschirm an, um sie zu öffnen, dann zeigte er sie Kay.

Der Lincoln, den Bill Caldwell eben gefahren hatte, war in San Francisco unter dem Namen der Firma gemeldet. Deshalb war er in ihrer ersten Suche nicht angezeigt worden.

Es wurde immer unwahrscheinlicher, dass es sich um einen Zufall handelte. Sie musste wohl noch ein wenig mehr Bewegung in das Ganze hier bringen.

»So unerfreulich das Familiendrama, das wir hier erlebt haben, auch ist«, sagte Kay und erhob dabei ihre Stimme, damit alle ihr ihre Aufmerksamkeit zuwandten. »Der Grund für unseren Besuch hier ist die Ermittlung im Tod von Bills Tochter.«

Bill wich von Blanche zurück und sah Kay an, als fiele es ihm schwer, sich daran zu erinnern, dass er mal eine Tochter gehabt hatte. Er wirkte, als wäre er aus einer Trance erwacht, sein Blick war leer und ungeheuer müde, abgespannt, am Boden zerstört.

»Wo ist er?«, fragte Kay, die auf Bill zuging und sich zwischen ihm und Blanche positionierte und ihn somit zwang, sich auf sie zu konzentrieren. »Sie haben ihn bezahlt, nicht wahr? Sie haben ihn bezahlt, damit er den Entführungsfall begräbt.«

Bill nickte, dann senkte er den Kopf und starrte auf den glänzenden Hartholzboden.

»Wo ist er?«, fragte Kay erneut, packte seinen anderen Arm und schüttelte ihn leicht, zwang ihn zurück in die Realität. »Als Ihre Tochter das Medaillon gefunden und das Foto gesehen hat, muss sie den Kontakt zu ihm gesucht haben, um ihm Fragen zu stellen. Sie muss irgendwie herausgefunden haben, wer der Detective im Entführungsfall Rose Harrelson gewesen ist, richtig?« Langsam hob er den Blick und sah sie mit der unausgesprochenen Bitte an, ihn in Ruhe trauern zu lassen. »Doch Scott wurde die Sache dann zu brenzlig, nicht wahr?«, drängte Kay weiter, spürte, dass sie nah dran war. Seine Schultern waren nicht länger angespannt, sie waren herabgesunken – ein

Zeichen des Aufgebens, der Niederlage. Sie senkte den Kopf, um ihm in die Augen sehen zu können, hielt seinem Blick entschieden stand. »Es passt«, meinte sie. Ihre Worte waren teils auch an Elliot gerichtet, obwohl sie den Blickkontakt mit Bill nicht brach. »Scott hat eine Vergangenheit beim Militär und ist in der Lage, ohne jedes Zögern eine Kehle aufzuschlitzen. Machen Sie keinen Fehler: Der Cop, den Sie vor vierzehn Jahren bestochen haben, ist der Mörder Ihrer Tochter. Und Sie schützen ihn.«

Er schwieg weiter, scheinbar in Gedanken versunken.

Dann zeigte Elliot ihm das Foto von Kirsten. »Was ist mit ihr?«, fragte er. Der Zorn in seiner Stimme wurde von seiner gedehnten, texanischen Sprechweise nicht gemildert. »Sie wurden gesehen, wie Sie sie in Ihrem Auto mitgenommen haben, und danach ist sie verschwunden. Wo ist sie, Bill?«

Carole und Blanche waren sprachlos. Kurz sahen sie einander an, ihre bisherige Unruhe war bei Elliots Worten dahin.

Kay beugte sich näher an Bill heran und flüsterte direkt neben seinem Ohr: »Sie sieht genauso aus wie Blanche, als sie in ihrem Alter war, nicht wahr?« Er versteifte sich ein wenig, doch er presste die Lippen zusammen und sagte kein einziges Wort. »Es muss sich angefühlt haben, als wären Sie in der Zeit zurückgereist, als hielten Sie Mira wieder in den Armen und ließen die besten Nächte Ihres Lebens wieder aufleben.«

»Mira«, sagte er und streckte die Hände nach Blanche aus, als hätte Kays Erwähnung ihres Namens ihn an sie erinnert.

Immer noch flüsternd setzte Kay ihre Ansprache fort: »Blanche hat Sie immer geliebt, Bill. Sie waren die Liebe ihres Lebens, genau wie sie Ihre war. Sie haben einen Fehler damit begangen, Ihrer Liebe nicht zu vertrauen, sich nicht in Dylan wiederzuerkennen, doch das war verständlich und sie hat Ihnen bereits vergeben. Sehen Sie sie nur an ... sie ist genau hier, an Ihrer Seite statt an Dylans.«

Bei ihren Worten bekam Bill ganz feuchte Augen. Er senkte den Kopf, doch sonst machte er keinen Hehl aus seinen Tränen. »Und jetzt begehen Sie einen weiteren schrecklichen Fehler. Sie lassen den Mörder Ihrer Tochter frei herumlaufen.«

Als er zu Kay aufsah, überlief sie ein Schauer. Es war, als blickte sie in die Augen eines Toten. Als er sprach, lag in seinen Worten eine Endgültigkeit, die sie nicht verstand.

»Ich bringe Sie zu ihm.«

FÜNFUNDFÜNFZIG
SCOTT

Kay wartete ungeduldig draußen vor der sperrangelweit offenen Haustür und konnte den Bick nicht von Bill abwenden. Die Endgültigkeit in seiner Stimme, als er zugestimmt hatte, sie zum Mörder seiner Tochter zu führen, und der Ausdruck in seinen eingesunkenen Augen verwirrten Kay. Sie beobachtete, wie Bill Blanches Hand an die Lippen hob und sanft küsste. Derweil streichelte sie ihm das Gesicht und flüsterte ihm etwas zu, das Kay nicht verstehen konnte. Dann zog er sich zurück und sie ließen einander los, ihre Hand fiel schlaff herunter. Sie kniff die Augen zusammen, in denen Tränen standen.

Dann ließ Bill sich in Kays SUV bugsieren und Elliot setzte sich ans Steuer. Bill hatte eine Ruhe, eine Art innerer Frieden überkommen, und Kay fragte sich, wie das möglich war. Niemand konnte den Verstand eines Psychopathen so wirklich nachvollziehen, doch sie kam schon sehr nah heran. Da lief gerade irgendein mentaler Prozess ab, irgendetwas, das ihm half, mit allem, was gerade geschah, zurechtzukommen. Er kannte zwar weder Reue noch Angst, doch Kummer und Verlust verspürte er wie jeder andere auch, vielleicht sogar noch stärker.

»Fahren Sie auf den Highway und nehmen Sie die nächste Ausfahrt«, wies er in ruhigem, gefasstem Ton an. »Ich glaube, ich weiß, wo er ist.«

Kay suchte in seinen Augen nach Anzeichen, dass er mit ihnen spielte, dass er sie hinters Licht führte, doch da war nichts in diesen glasigen Augen außer unermesslicher Trauer und dieser unerträglichen Ruhe.

»Sie hatten keine Ahnung, dass Scott Ihre Tochter umgebracht hat, nicht wahr?«, fragte sie.

»Nein«, flüsterte er bloß.

Es ergab Sinn. Wenn er nicht gewusst hatte, dass Rose ihre wahre Identität herausgefunden hatte oder zumindest kurz davorstand, konnte er nicht dahintergekommen sein. Für ihn kam der Tod seiner Tochter vollkommen überraschend.

»Haben Sie Scott seit damals vor vierzehn Jahren noch einmal gesehen?«, fragte sie und folgte dabei einer Ahnung, die so gering war, dass sie kaum zu greifen war.

Kurz schwieg er. »Ja. Ich habe ihn hin und wieder gebeten, Dinge für mich zu erledigen«, sagte er dann und warf ihr einen unverhohlenen, frustrierten Blick zu. »Manches davon hat er nicht so gut hinbekommen.« Sein Mundwinkel zuckte in der Andeutung eines schiefen Grinsens. »Er sollte Sie umbringen.«

Sie zog erstaunt die Augenbrauen hoch. »Wirklich? Warum?«

Durch den Rückspiegel funkelte Elliot Bill mit einer stummen Drohung in den Augen an.

»Sie sind mir fast auf die Spur gekommen«, seufzte er. »Er hat es bloß verbockt, nehme ich an. Heutzutage ist es nicht so einfach, vernünftige Unterstützung zu bekommen.«

Verblüfft versuchte sie sich zu erinnern, ob sie Scott irgendwo in ihrer Nähe bemerkt hatte. Dann wurde ihr klar, dass er so Nicole gefunden haben musste. Er hatte nach ihr gesucht und stattdessen auf Jacob geschossen, als er ihn mit Nicole vorgefunden hatte.

Sie ignorierte den Schmerz in ihrer Schulter und drehte sich zu Bill um. »Eines haben Sie uns noch nicht gesagt«, stieß sie zwischen vor Wut zusammengebissenen Zähnen hervor, da ihr nun bewusst wurde, dass sie wegen dieses Mannes womöglich ihren Bruder verlor. »Warum haben Sie Shelley Harrelson vergewaltigt? Sie sieht Blanche doch gar nicht ähnlich, oder?« Kay vermied es, in der Vergangenheitsform von Shelley zu sprechen. Und was den Dreckskerl anging, zeigte sie keinerlei Rücksicht auf Verluste – das geschah ihm nur recht.

Bill schloss die Augen und einen kurzen Moment lang war sein Gesicht vor Wut verzerrt. Als er sie wieder öffnete, waren seine Augen frei von jeglicher Emotion. »Eines Tages haben meine Mutter und ich uns gestritten«, sagte er langsam und gelassen, so als erzählte er gerade bei Kaffee und Kuchen eine längst vergessene Geschichte. »Evangeline war schwanger und ich war nicht ...« Er schluckte und sah kurz weg. »Wir hatten keinen Sex mehr. Aber ich denke nicht, dass es dabei überhaupt um Sex ging. An dem Tag hat meine Mutter mich zur Weißglut getrieben mit ihren perversen Plänen für meine noch ungeborene Tochter, ihre kostbare Erbin, deren Leben sie von vorne bis hinten kontrollieren wollte. Als ich aus unserem Meeting raus bin, hab ich ein paar Gläser Bourbon getrunken und bin dann in mein Schlafzimmer, wo die Harrelson gerade geputzt hat oder so.« Er hielt kurz inne und sah aus dem Fenster auf die düstere Herbstlandschaft. »Es ist einfach passiert ... Das Nächste, an das ich mich erinnere, ist, wie ich meine Hose wieder zugeknöpft hab, während sie am Boden weinte.«

Kay kochte vor Wut und gab sich ein paar Sekunden lang alle Mühe, sich zurückzuhalten, doch sie schaffte es nicht. »Vergewaltigungen passieren nicht einfach so, Sie kranker Mistkerl!«, schrie sie. »Was haben Sie danach getan?«

Er schnaubte und zuckte leicht mit den Schultern, nicht im Geringsten beeindruckt von Kays Ausbruch. Wenn überhaupt, wirkte er amüsiert. »Nichts Besonderes. Ich hab sie nach Hause geschickt und geduscht. Was hätte ich sonst tun sollen?« Er atmete ruhig, vollkommen gleichgültig angesichts dessen, was er da erzählte. Keine Spur von Mitgefühl oder einem schlechten Gewissen, was Kays ursprüngliche Einschätzung bestätigte.

Bill Caldwell war ein Psychopath.

»Sie machen mich krank«, murmelte Kay und drehte sich auf ihrem Sitz wieder nach vorne, um das Ziehen in ihrer verletzten Schulter zu lindern. Zudem ertrug sie es nicht länger, ihn anzusehen. Ohne ein Wort drückte Elliot ihre Hand und sie atmete aus, seine warme Berührung löste die eiserne Faust, die sich um ihr Herz gelegt hatte.

Im Augenwinkel sah sie, wie der Anflug eines Lächelns an Bills Mundwinkeln zupfte. »Biegen Sie hier ab und fahren Sie etwa zwei Meilen geradeaus. Dann sehen Sie auf Ihrer Linken eine lange Einfahrt.«

»Alles klar«, bestätigte Elliot.

Mit dem Arm in der Schlinge hatte Kay einige Mühe dabei, ihre Waffe zu überprüfen und ins Holster zu stecken. Am liebsten hätte sie die Schlinge abgenommen, doch ihr Arm schmerzte bei jeder Bewegung. Sie musste Geduld haben.

»Was ist das für ein Haus?«, fragte sie, als Elliot links abbog und sie das Haus in der Ferne erblickte. In einem Fenster brannte blasses, gelbliches Licht.

»Unser altes, Miras und meines«, erklärte Bill mit einem Anflug des Kummers in der Stimme, der aber gleich darauf verschwand. »Er hat mir erzählt, dass Sie hinter ihm her seien, also habe ich ihm erlaubt, dort unterzukommen, bis er den Job erledigt hat, den ich ihm aufgetragen habe.«

»Und der war?«, fragte sie, obwohl sie es sich bereits denken konnte. Doch sie wollte sichergehen.

»Sie umzubringen«, erwiderte er ruhig.

»Wow«, flüsterte sie, doch dieser allgemeingültige Ausdruck des Entsetzens konnte ihre Gefühle nicht annähernd wiedergeben. Er saß einfach da, in Handschellen auf der Rückbank eines

Polizeiwagens, und gestand mehr Verbrechen, als ihr je Anklagegründe hätten einfallen können. Und er machte einfach weiter, offenbar interessierten ihn die Konsequenzen seiner Geständnisse überhaupt nicht. Doch wieso? Er war doch nicht dumm.

Elliot drosselte das Tempo und kam etwa zehn Meter vor der Haustür zum Halten, dann stellte er den Motor aus. Er rief Verstärkung, dann wandte er sich zu Kay und meinte: »Zwölf Minuten bis sie da sind.« Doch er war fest entschlossen, Scott sofort nachzusetzen, ohne Verzögerung.

Mit gezogener Waffe stieg Kay aus dem SUV. »Sie bleiben hier«, wies sie Bill an.

Er nickte. »Klar.« Er schloss die Augen und lehnte sich in seinem Sitz zurück, offenbar kurz davor einzudösen.

Er war viel zu ruhig. Irgendetwas erregte wieder ihr Bauchgefühl, doch sie tat es ab und konzentrierte sich auf die anstehende Aufgabe. Sie nahmen ihre Positionen auf je einer Seite der Haustür ein. Sie fühlte sich unsicher, wie sie die Waffe unbeholfen in der linken Hand hielt, durch ihren unbeweglichen Arm aus dem Gleichgewicht gebracht.

»Bereit«, flüsterte sie und Elliot trat die Tür ein.

»Keine Bewegung!«, schrie er, als er Scott sogleich im Fadenkreuz hatte.

Doch der Mann hörte nicht auf ihn. Mit einem wütenden Brüllen stürzte er vor und hob Elliots Arm, gerade als dieser den Abzug löste. Die Kugel traf in die Decke, dann verdrehte Scott Elliot den Arm, bis er die Waffe losließ. Klappernd fiel sie zu Boden und Scott trat sie mit einem breiten Grinsen zur Seite.

»Jetzt sind wir quitt, Arschloch«, meinte er und trat zwei Schritte zurück. Er langte über einen Tisch und zog ein großes Militärmesser aus dem Holster. »Und jetzt nicht mehr.« Er stürmte auf Elliot zu, dem kaum genug Zeit blieb, dem tödlichen Hieb auszuweichen.

»Stehen bleiben!«, rief Kay, die Waffe auf Scott gerichtet. Sie versuchte, zum Zielen ihre Atmung zu verlangsamen, wusste, dass sie mit ihrer schlechteren Hand auf keinen Fall das Ziel verfehlen durfte. Sonst könnte sie stattdessen Elliot treffen. Bei dem Gedanken ließ ihre Haltung nach und ihre Hand zitterte.

Als hätte er ihre Gedanken gelesen, lachte Scott auf. Dann schlug er Elliot in die Magengrube. Er krümmte sich und der zweite Schlag traf ihn genau ins Auge.

»Schieß endlich«, sagte Elliot und sie nahm erneut ihr Ziel ins Visier. Sie holte Luft, dann stieß sie den Atemzug zur Hälfte wieder aus und drückte den Abzug. Scott fiel auf die Seite und hielt sich mit beiden Händen den rechten Oberschenkel. Sie zielte erneut, war bereit abzufeuern, wenn er auch nur falsch atmete. Dieses Stück Dreck verdiente es nicht zu leben.

»Alles okay, Partner?«, fragte sie mit mehr Sorge in der Stimme, als sie Elliot hören lassen wollte.

Elliot stöhnte. »Ich werd's überleben.«

»Warten Sie«, rief Scott. »Was, wenn ich Ihnen alle beide ausliefere?« Er keuchte. Blut trat zwischen seinen Fingern aus der Wunde hervor. »Carole und Bill? Ich kann Ihnen beide geben.«

Sie lachte. »Was können Sie mir schon geben, wenn Bill derjenige ist, der uns hergebracht hat?«

Scott blickte finster drein. »Dieser verdammte Mistkerl«, murmelte er. »Dann Carole«, versuchte er weiter zu verhandeln.

»Kein Interesse«, erwiderte sie. »Sie gehen für den Rest Ihres Lebens ins Gefängnis. Ohne Deal.«

»Ich könnte bezeugen, dass sie mich auf Sie angesetzt hat.« Scott grinste schief.

»*Sie* war das?«, fragte Kay beinahe belustigt. »Ich dachte, das war Bill.«

»Sie beide«, entgegnete Scott. »Ist ja nicht so, als könnte ich das doppelte Geld nicht gebrauchen. Und ich musste ihnen ja nicht erzählen, was der jeweils andere vorhatte, nicht wahr?« Er grinste, offenbarte schiefe, gelbliche Zähne. »Haben wir jetzt einen Deal? Ich sterbe hier gerade, Sie dumme Schlampe.«

»Das reicht nicht einmal annähernd.« Sie würde Carole schon auf eine andere Weise zu einem Geständnis bringen. Sie wollte nicht, dass der Mann, der ihren Bruder fast zu Tode geschossen hatte, je wieder das Tageslicht zu sehen bekam. Doch er konnte immer noch ein paar Fragen beantworten.

»Warum haben Sie Alyssa getötet?«

Er stöhnte, dann biss er die Zähne aufeinander. »Das können Sie unmöglich mir anhängen«, schrie er. »Es war Bills Job, den Entführungsdeal von damals unter Verschluss zu halten. Das hat er ja echt toll gemacht«, fügte er hinzu und spuckte blutigen Speichel auf den Boden. »Das Mädel ist ausgerechnet auf dem Revier aufgetaucht und hat jedem auf die Nase gebunden, dass sie Fragen zu einem vor langer Zeit entführten Mädchen hatte. Sie hatte meinen Namen. Mir blieb keine andere Wahl. Und das ist alles Bills Schuld.« Er hielt kurz inne, um sich den Mund mit dem Ärmel abzuwischen und sein Gewicht zu verlagern, woraufhin er vor Schmerz das Gesicht verzog. »Ich hab sie mir einfach geschnappt und hab sie zu den Blackwater River Falls gebracht. Um acht Uhr morgens ist da sonst nie jemand. Es hätte sie niemand finden sollen – ich bin gut in dem, was ich tue.«

Entsetzt und mit erhobenen Brauen starrte Kay den Mann an. Er betrieb ja regelrecht Werbung für seine Fähigkeiten als Auftragskiller. Nur jemandem mit vollkommen verdorbenem, krankem Verstand kam so etwas vor anderen Cops in den Sinn, und das ohne eine von einem Staatsanwalt unterschriebene Vereinbarung.

»Kein Deal«, sagte sie langsam, kostete jedes Wort aus. »Sie werden im Gefängnis sterben.«

Ohne Vorwarnung stürzte er sich auf sie. Sein Gewicht war

zu viel für sie und sie ging zu Boden, schrie vor Schmerz in der verletzten Schulter auf, der Atem wurde ihr aus der Lunge gepresst. Sie hielt immer noch den Griff ihrer Waffe umklammert, aber unter seinem Körper begraben konnte sie nicht abfeuern. Doch sein Gewicht löste sich von ihr, als Elliot ihm den Arm auf den Rücken drehte. Er wand sich aus dem Griff und schlug Elliot mit der Rechten heftig in die Seite.

Auf dem Boden liegend feuerte Kay ab. Die Kugel traf ihn schräg in den Hinterkopf und trat über seinem Ohr wieder aus, wo sie Elliot nur knapp verfehlte. Sie atmete aus, als sie die Kugel in die Deckenlampe krachen hörte und im Halbdunklen Glasscherben auf sie herabregneten.

Kurz darauf kehrten sie zum SUV zurück. Elliot ging gekrümmt und kühlte sein anschwellendes Auge mit einem improvisierten Kühlpack aus Eiswürfeln, die sie im Tiefkühlschrank gefunden und in ein kleines Handtuch gewickelt hatte. Als sie durchs Autofenster nach Bill sah, stockte ihr der Atem.

Er war weg.

SECHSUNDFÜNFZIG
DIE SCHLUCHT

»Er ist weg«, rief sie und sah sich verzweifelt um. Er konnte nicht weit sein. Sie waren inmitten eines weitläufigen Feldes, die Gräser hingen durch den Frost schlaff herab. Wäre er in Richtung Highway gerannt, hätte man ihn von Weitem sehen können, er hätte sich nirgendwo verstecken können. In der Ferne, hinter dem Haus, zog sich der Waldrand meilenweit in einer geraden Linie, parallel zur Straße dahin.

Im Augenwinkel erhaschte sie eine leichte Bewegung. »Da ...« Sie deutete auf den Wald, wo sie Bills große Gestalt zwischen den kahlen Bäumen hatte verschwinden sehen. Er war nicht gerade gut zu erkennen, sein dunkler Anzug hatte im schwindenden Licht der Dämmerung beinahe die gleiche Farbe wie feuchte Baumrinde.

Im Sprint hefteten sie sich an seine Fersen, rannten beide gekrümmt und gelegentlich strauchelnd hinter ihm her. Ihre Schulter schmerzte jedes Mal, wenn ihre Füße auf den Boden schlugen, doch sie hielt nicht an. Ihre Gedanken rasten, sie drehte und wendete Thesen und Theorien. Deshalb war er so ruhig gewesen. Sein Plan war bereits gefasst gewesen, seine Fluchtstrategie klar. Doch wo wollte er hin?

Er gewann an Vorsprung, aber schon bald lichtete sich der Wald und sie erreichten eine flache, grasbewachsene Ebene. Bills Silhouette stand immer noch etwa fünfzig Meter vor ihnen in einer seltsamen Haltung wie erstarrt da.

Er hatte aufgehört zu rennen. Er stand ganz ruhig da, sah nach vorn und kümmerte sich gar nicht um sie. Wieder regte sich dieses nervige Gefühl in ihrem Bauch.

»Ist da drüben eine Schlucht oder so?«, fragte sie völlig außer Atem. Dann, ohne eine Antwort abzuwarten, stürzte sie vor, rannte so schnell sie konnte. Elliot hielt mit ihr mit, seine Schritte waren schwer, hin und wieder ächzte er.

Sie wusste, wo sie diese unheimliche Ruhe schon einmal gesehen hatte. In Leuten, die sich das Leben nehmen wollten. In den suizidgefährdeten Menschen, mit denen sie während ihrer Famulatur im Krankenhaus gearbeitet hatte.

Sie war nur ein paar Meter entfernt, als er sprang, als er mit dem Kopf voraus und in vollkommener Stille in den Tod stürzte. Kay erreichte den Rand gerade rechtzeitig, um ihn am Grund der tiefen, felsigen Schlucht aufschlagen zu sehen.

Dann durchdrang der gellende Schrei einer Frau die Luft.

AM SEIDENEN FADEN

Die Sirenen der beiden Feuerwehrfahrzeuge verstummten, als sie auf die grasbewachsene Ebene fuhren. Mit dem Arm in der Luft dirigierte Kay sie dicht an die Schlucht heran. Elliot eilte derweil zum ersten Wagen, um mit dem Fahrer zu sprechen. Die blinkenden, roten Lichter ließen die Dunkelheit unwirklich erscheinen, verfälschten die Farben der Landschaft und blendeten sie, wenn Kay in ihre Richtung sah.

In der Stille, die die Sirenen zurückließen, hörte sie ein Wimmern von unten.

»Hilfe! Hilfe, bitte«, rief das Mädchen, ihre Stimme ganz schwach von der langen Anstrengung, sich an den Zypressenast zu klammern, der ihr Gewicht über dem Abgrund hielt.

Kay hastete zum Rand der Schlucht und kniete sich ins feuchte Gras. »Wir sind gleich hier, okay?«, schrie sie hinunter, damit ihre Stimme das Mädchen auch erreichte. »Nur noch ein paar Minuten, mehr nicht. Ich verspreche dir, es dauert nicht länger«, versicherte sie ihr, während die Sorge tiefe Furchen in ihre Stirn grub.

Von unten kam ein ersticktes Wimmern. Kay kniff die Augen zusammen, konnte in der Dunkelheit jedoch nicht viel erkennen – die blinkenden roten Lichter waren da eher hinderlich, als dass sie halfen. Doch diese Warnlichter zeigten dem Mädchen auch, dass Hilfe gekommen war. »Halte durch, okay? Du hast das so gut gemacht, wie du das überlebt hast, wie du dich festgehalten hast«, fügte Kay hinzu und zwang sich, überzeugend zu klingen. Doch sie fürchtete, dass das Adrenalin im Körper des erschöpften Mädchens langsam nachließ, ihre Muskeln schwächte und ihre Entschlossenheit auflöste. »Wie heißt du?«

»I-ich kann nicht ...«, erwiderte das Mädchen stammelnd, dann verstummte sie.

»Doch, das kannst du«, beharrte Kay und erhob sich, um den Feuerwehrmann zu begrüßen, der mit Elliot an der Seite auf sie zukam.

»Ich bin Chief Hopper«, stellte sich der Feuerwehrmann vor. Sie schüttelte ihm die Hand und nickte, doch ihre Frage war an das Mädchen unter ihnen gerichtet: »Wie heißt du?«

Einen langen Moment herrschte Stille um sie herum, dann antwortete sie mit schwacher, kaum hörbarer Stimme: »Kirsten.«

»Gut«, erwiderte Kay mit Blick auf Elliot. »Ich bin Kay. Mein Partner und ich haben schon überall nach einem Mädchen namens Kirsten gesucht. Sie kommt aus Oregon.«

»Oh Gott«, rief sie aus, dann begann sie zu schluchzen. »Ich kann nicht ... ich kann mich nicht mehr halten.«

»Eine Minute noch, Kirsten«, bat Kay sie bestimmt. »Zähl mit mir zusammen. Zähl die Sekunden, jede dritte davon. Eins«, begann sie. Dann lauschte sie, doch sie hörte nichts. »Vier«, zählte sie weiter, laut und mit Nachdruck.

»Sieben«, drang Kirstens schwache Stimme herauf und Kay zeigte mit einem breiten Lächeln einen Daumen hoch.

Die Feuerwehrkräfte stellten Scheinwerfer auf, die den Schauplatz mit grellem Licht fluteten. Einer von ihnen kam mit einer Wärmebildkamera auf sie zu und zeigte ihnen auf einem

Tablet das Bild des Mädchens, das sich in Rot-, Grün- und Blautönen an den Ast klammerte.

»Zehn«, zählten Kay und Kirsten im Einklang, nachdem weitere drei Sekunden vergangen waren, diesmal ein wenig lauter.

»Ja, genau so«, feuerte Kay sie an, »mach weiter. Wir sind gleich bei dir.«

»Wir müssen zuerst den Baum sichern«, sagte der Mann mit der Wärmebildkamera. Auf seiner Einsatzkleidung stand der Name »BOONE«. »Er könnte nachgeben, wenn wir es am wenigsten erwarten. Es ist erstaunlich, dass er so lange gehalten hat.«

Eines der Feuerwehrfahrzeuge hatte über der Schlucht die Drehleiter ausgefahren. Daran war an einer Haspel ein Rettungskorb befestigt, gesteuert vom Fahrer in der Kabine. Im Korb hielt sich ein junger Mann mit beiden Händen an der Brüstung fest, dessen Helm zu groß für seinen schmächtigen Körper wirkte. Aus der Nähe wirkte der Korb groß genug für drei Leute, doch wenn er so über dem Abgrund in der Luft baumelte, wirkte er winzig und einfach wie eine ganz schlechte Idee.

»Dreizehn«, schrie Kay, im selben Moment, in dem sie es Kirsten sagen hörte. »Weiter so.« Sie biss die Zähne zusammen und sagte: »Holt den Korb zurück. Ich gehe da runter.«

Chief Hopper trat zwei Schritte auf sie zu. »Bei allem Respekt, Detective, aber Sie können da nicht runter. Wir wissen, was wir tun. Und Sie können nicht auf sich selbst aufpassen«, fügte er mit einem langen Blick auf ihren ruhiggestellten Arm hinzu.

»Sechzehn«, sagte Kirsten schwach.

»Ja«, erwiderte sie anerkennend, dann wandte sie sich an den Feuerwehrmann. »Und ich sage Ihnen, dass ich runtergehe«, entgegnete sie, ihr ungeduldiger Blick bohrte sich in seinen. »Sie ist erschöpft, hält sich noch gerade so fest und ist kurz davor loszulassen. Sie brauchen da unten einen Seelendoktor. Bitte.«

»Neunzehn«, zählte Kirsten, doch diesmal würdigte Kay es nicht.

Chief Hopper schüttelte den Kopf und wandte sich dann hilfesuchend zum Sheriff um, der gerade eingetroffen war.

»Sie haben sie gehört«, meinte der Sheriff. »Befolgen Sie lieber ihren Rat.«

Für den Bruchteil einer Sekunde presste Hopper die Lippen zusammen, dann gab er die Anweisung über das Funkgerät an seinem Schutzanzug durch: »Holt den Korb zurück.«

»Zweiundzwanzig«, sagte Kirsten mit bebender Stimme. »Wann kommen Sie?«

»Jetzt, Süße«, erwiderte Kay. »Ich bin da, noch bevor du bei vierzig angekommen bist.«

Kirsten wimmerte und kurz darauf, während Elliot ihr in den Korb half, zählte sie: »Fünfundzwanzig.«

Der Korb war massiv, aus dicken Metallstreben geschweißt, doch er wirkte besorgniserregend wackelig. Der Feuerwehrmann neben ihr befestigte mit einem großen Karabiner die Schnur eines Sicherheitsgurts am Rand des Korbs, den er ihr dann umlegte und kräftig festzurrte.

»Wie heißen Sie? Ich bin Kay«, meinte sie und fragte sich, ob der Mann ihr die Angst wohl ansehen konnte. Doch der Feuerwehrmann konnte kaum zwanzig Jahre alt sein und schien sich nicht im Geringsten darum zu kümmern, dass der Korb am Ende eines Stahlseils baumelte und langsam heruntergelassen wurde.

»Mike«, erwiderte er und lächelte verlegen. Er trug eine Zahnspange, seine Zähne waren immer noch ein wenig schief, aber weiß. »Sie hätten dort oben bleiben sollen, Ma'am«, fügte er immer noch lächelnd hinzu. »Eine in Panik geratene Zivilistin können wir hier drin mal gar nicht gebrauchen.«

»Ich verspreche Ihnen, ich werde nicht in Panik geraten«,

entgegnete sie, wobei sie sich im selben Moment fragte, ob sie dieses Versprechen auch halten konnte. Beim Schaukeln des Korbs wurde ihr etwas flau im Magen. Sie kämpfte gegen den Brechreiz an und umklammerte mit der unverletzten Hand eine der Metallstreben, bis ihr die Knöchel wehtaten.

»Gehen Sie leicht in die Knie und lassen Sie das Schaukeln zu«, riet Mike ihr. »Dann wird es besser.«

Sie nickte dankbar und zugleich beschämt.

Der Korb wurde noch ein Stück heruntergelassen, dann kam er bei der Zypresse an. Im hellen Licht von oben konnte sie Kirstens Körper erkennen. Das zweite Feuerwehrfahrzeug war mit eingeschalteten Scheinwerfern auf der anderen Seite positioniert und die zugehörige Besatzung machte einen weiteren Korb bereit.

»Ich bin hier«, sagte Kay, »siehst du?« Sie wollte dem Mädchen zuwinken, doch sie traute sich nicht, die Brüstung loszulassen. Angesichts ihrer eigenen, lähmenden Angst – und das obwohl sie mit einem Sicherheitsgurt sicher an dem Korb festgeschnallt war – wurde ihr noch einmal überdeutlich bewusst, welche Qualen das Mädchen durchstehen musste.

»Lassen Sie mich nicht fallen«, rief Kirsten und wandte ihr den Kopf zu. Sie lag flach auf dem Bauch, die Arme und – näher am Stamm – auch die Beine fest um den Ast geschlungen. Der Ast gab allmählich unter ihrem Gewicht nach, die Spitze zeigte nicht länger nach oben, sondern nach unten.

Sie könnte jeden Moment abrutschen.

Kay vergaß ihre eigene Angst und packte Mike am Arm, um ihn darauf aufmerksam zu machen, doch er gab bereits seinen Befund per Funk durch.

Zu ihrer wie auch zu Kirstens Überraschung stieg der Korb langsam wieder auf.

»Bitte lassen Sie mich nicht hier zurück«, weinte das Mädchen. »Sie haben es versprochen!«

»Was zur Hölle?«, fragte sie Mike, immer noch den steifen

Stoff seines Schutzanzugs umklammert.

»Wir müssen von oben an sie heran«, erklärte er. »Keine Sorge, ohne sie gehen wir hier nicht raus.« Er entzog sich ihrem Griff und öffnete einen großen Einsatzkoffer. Daraus holte er eine kleine batteriebetriebene Kettensäge und ein paar feinsäuberlich verstaute Gurte hervor, die auf der einen Seite mit Karabinern und auf der anderen mit verstellbaren Schnallen versehen waren.

Kay wandte sich wieder Kirsten zu. »Wir lassen dich nicht zurück, versprochen«, sagte sie, wobei sie ihr Bestes gab, die panische Angst nicht durchklingen zu lassen, die sie ergriffen hatte, seitdem sie gesehen hatte, wie zerbrechlich dieser Ast wirkte, der sich langsam unter dem Gewicht des Mädchens neigte. Zwischen den Felsen war ein Teil der Wurzeln des Baumes zu erkennen, die sich aus dieser kargen Stelle, an der sie über die Jahre gewachsen waren, hervorwanden.

Der Korb hielt in seinem Aufstieg an und schwebte nun langsam seitwärts, bis er über der Zypresse hing. Mike kniete sich mit der Kettensäge in nur einer Hand auf den Boden.

»Was machen Sie da?«, fragte Kay entsetzt. »Sie wollen doch wohl nicht den Baum zersägen, während sie noch darauf ist. Ein Fehler und ...«

»Wir haben keine andere Wahl«, erwiderte Mike. Seine Stimme klang ernst, reifer, als wäre er plötzlich ein paar Jahre gealtert. »Wir müssen ein paar von den oberen Ästen wegschneiden. So wird die Wurzel entlastet und wir kommen mit den Gurten an sie heran. Wenn Sie können, beruhigen Sie sie in der Zeit.«

Ihr Herz pochte und Wellen der Übelkeit wechselten sich mit Schauern ab, die ihr den Rücken hinunterliefen. Sie sah Mike dabei zu, wie er einen der Gurte um einen Ast Schlang und am Korb sicherte. Dann schob er die kleine Kettensäge zwischen den Streben des Korbs hindurch und begann zu sägen.

In dem Moment, in dem die Kettensäge losbrummte, schrie Kirsten auf und Mike musste aufhören.

»Kirsten«, sagte sie mit beruhigender, fester Stimme. »Du musst jetzt mit mir zusammenarbeiten. Du musst jetzt ruhig bleiben und ...«

»Bleiben *Sie* doch ruhig!«, fuhr Kirsten sie an. Dann schluchzte sie. »Ich kann nicht mehr ... Bitte helfen Sie mir.«

»Wir holen dich hier raus. Und dann gönnen wir zwei uns ein richtig schönes Abendessen«, bot Kay an. »Dein Lieblingsessen, so viele Fritten bis wir platzen, und Eiscreme.« Ihr Schluchzen war ein wenig leiser geworden und Kay bedeutete Mike weiterzumachen. »Er sägt nur ein paar Äste ab, das ist alles. Sonst kommen wir nicht an dich ran.«

»Mhm-mhm«, machte sie wimmernd. »Ich hab Angst«, fügte sie über dem Klang der Kettensäge kaum vernehmbar hinzu. Als Mike den Ast durchgesägt hatte, sackte er an dem Gurt herab und verfing sich in einem weiteren Ast darunter. Mike griff danach, hob ihn hoch und warf ihn aus dem Weg.

»Das weiß ich, Süße«, antwortete Kay. »Bald ist das alles hier vorbei, nur eine schlechte Erinnerung. Wir rufen deine Eltern an ...«

»Nein!«, schrie Kirsten. »Versprechen Sie mir, dass Sie das nicht machen.«

»Versprochen«, sagte Kay rasch. »Wenn du das nicht willst, machen wir's nicht. Dann lass uns jetzt erstmal unser Abendessen planen. Hast du Hunger?«

Kirsten erwiderte nichts. Sie lag einfach da und wagte es nicht, zu Kay aufzusehen, wagte es nicht, auch nur die kleinste Bewegung zu machen. Der Klang der Kettensäge schwoll immer wieder an und ab, während Ast für Ast entfernt wurde. Kay lauschte eine Weile gespannt, hoffte auf eine Antwort von Kirsten, doch sie konnte nichts hören. Kein Wimmern, kein Wort.

»Rede mit mir, Süße«, flehte Kay. »Erzähl mir etwas,

irgendetwas. Weißt du, ich hab auch ein wenig Angst hier oben.«

Das Mädchen blieb still, doch Kay konnte im hellen Scheinwerferlicht sehen, wie ihr glitzernde Tränen über das Gesicht strömten. »Versprechen Sie mir, dass Sie mich nicht zurück nach Hause bringen«, sagte sie schließlich. »Sie haben keine Ahnung ...«

»Versprochen«, sagte Kay rasch, denn sie wusste, dass sie Kirstens Konzentration auf positive Gedanken lenken musste, auf ihren Willen zu überleben.

»Wir sind so weit«, verkündete Mike. Er drückte einen Knopf und sprach in sein Funkgerät: »Senk ihn ganz langsam herab, Zentimeter für Zentimeter.« Unglaublich langsam wurde der Korb heruntergelassen, streifte auf seinem Weg ein paar der verbleibenden Äste. Kirsten wimmerte. Jede Bewegung drohte, sie aus dem Gleichgewicht zu bringen.

Kay hämmerte das Herz in der Brust, das Blut rauschte ihr in einem beinahe panikartigen Zustand in den Adern, während sie Mike dabei zusah, wie er zwei Gurte ausrollte und am Korb befestigte. Dann warf er beide über Kirsten. Nachdem er sich noch einmal vergewissert hatte, dass sie ordentlich festgezurrt waren, stieg er über die Brüstung des Korbs, hielt sich mit einer Hand daran fest und griff mit der anderen nach den losen Enden der Gurte.

»Ich ziehe die jetzt unter deinem Körper durch«, erklärte er und schob seine Hand mit dem Ende eines Gurts zwischen Kirstens Brustkorb und dem Ast hindurch.

»Nein, nein«, schrie sie voll entsetzlicher Angst. »So fall ich doch runter.«

»Das lasse ich nicht zu«, versicherte Mike und zog langsam den Gurt unter ihrem Körper hervor.

»Nein, bitte«, wimmerte sie. Sie bewegte sich hektisch, drohte so, das Gleichgewicht zu verlieren.

In diesem Moment wehte ein heftiger Windstoß, schlug

den Korb gegen den Baum. Kirsten schrie.

Kay schnappte nach Luft, dann ließ sie sich rasch auf die Knie sinken. Sie zog die Schlinge von ihrem Arm und griff mit beiden Händen durch die Streben hindurch nach Kirsten, drückte fest ihren Arm. »Ich lasse auch nicht zu, dass du fällst«, sagte sie. »Hörst du mich? Ich lasse dich nicht fallen.«

Mike schob den zweiten Gurt zwischen ihren Oberschenkeln und dem Ast hindurch, dann zog er ihn fest, bis er straff um ihren Körper lag. »Wir sind startklar«, sagte Mike ins Funkgerät. »Warte auf mein Signal.« Dann zog er noch einmal an den Gurten, prüfte nach, ob sie auch fest genug waren, und sagte: »Sie müssen jetzt loslassen, Ma'am.«

Kirsten klammerte sich unverändert an den Ast, sie war wie gelähmt. »Nein, ich kann nicht ... Bitte zwingen Sie mich nicht.«

Ein weiterer Windstoß schlug den Korb seitlich gegen die Felswand, lose Steinchen rieselten in den Abgrund. Mike warf Kay einen besorgten Blick zu und sie nickte.

»Auf drei«, formte sie lautlos mit den Lippen. Sie hielt Kirstens Arm immer noch fest umklammert, ignorierte den pochenden Schmerz in ihrer Schulter. »Kirsten, atme mit mir«, bat sie. »Hol tief Luft und halt sie einen Moment lang an.« Sie sah, wie sich die Brust des Mädchens hob und gab Mike ein Zeichen.

»Jetzt«, sagte er ins Funkgerät.

Der Korb stieg nach oben und hob Kirsten mit sich, die wie eine Stoffpuppe in den Gurten hing, die eng um ihren Körper geschlungen waren. Sie schrie und wand sich, klammerte sich, jetzt, da sie die Zypresse loslassen musste, verzweifelt an Kays Arme.

»Alles okay«, sagte Kay leise, selbst als Kirsten immer noch weiterschrie. »Ich lass dich nicht los. Es wird alles gut.«

Als der Korb neben dem Feuerwehrfahrzeug abgesetzt wurde, war Kirsten in Ohnmacht gefallen.

ACHTUNDFÜNFZIG
AM GRUND

Durch die geschwollene Wange wirkte Elliots Mund leicht schief, weniger symmetrisch. Dennoch lächelte er, hörte gar nicht mehr damit auf, seit sie Kirsten in einen Krankenwagen verladen und die Sanitäter verkündet hatten, dass sie sich wieder erholen würde. Sie stand unter Schock, war dehydriert und erschöpft, doch ihre Vitalwerte waren stabil.

»Wir hatten Glück«, meinte Elliot und klopfte Kay zum fünften Mal auf die gesunde Schulter.

Sie waren in die Schlucht hinabgestiegen, wo das gesamte Team Fotos gemacht, Beweise gesichert und Doc Whitmore dabei geholfen hatte, die menschlichen Überreste in Leichensäcken und Plastikbehältern zu verstauen. Der Boden war feucht und stank nach Kojotenurin und -fäkalien und nach verwesendem Fleisch. Kay sah zur Kante der Schlucht auf und bekam hier unten, am Grund der Klamm, beinahe Platzangst. Es mussten mindestens dreißig Meter bis nach oben sein. Der grasbewachsene Rand war vor dem Nachthimmel kaum zu erkennen, nur der beinahe halbvolle Mond tat mit ihnen seinen Dienst, erhellte die Lichtung ein wenig. Etwa ein Dutzend

LED-Scheinwerfer fluteten den morbiden Tatort in grelles Licht.

»Weißt du, warum wir so viel Glück hatten?«, fragte sie, doch Elliot wartete nur, immer noch lächelnd. »Weil du fleißig warst. Gewissenhaft, gut vorbereitet, entschlossen. Du hast nicht aufgegeben, hast gegen eine direkte Anweisung des Sheriffs verstoßen und das macht dich zu einem fantastischen Cop, Elliot. Du hast dieses eine Mädchen von den tausenden, die jedes Jahr verschwinden, nicht aufgegeben. Das macht dich großartig.«

Elliot trat von einem Fuß auf den anderen, ihr Kompliment brachte ihn offensichtlich ein wenig in Verlegenheit. »Aber wir hatten immer noch Glück«, beharrte er, nach wie vor grinsend. »Wir haben heute ein Leben gerettet.« Er rieb sich die Hände, vermutlich setzte ihm die kühle Nachtluft ebenso zu wie ihr.

»Wir haben viele gerettet«, flüsterte sie und betrachtete den grausigen Ort noch einmal. Wo zuvor Knochen auf dem Boden verstreut gelegen hatten, waren nun überall Spurentafeln zur Markierung verteilt. Es waren nicht genug gewesen, weshalb einige mehrfach verwendet und mit beschrifteten Post-its versehen worden waren – es waren über dreihundert. Hätte niemand seine Tochter ermordet, hätte Bill Caldwell wohl ewig so weitergemacht, hätte weiter Ausreißerinnen wie Kirsten in diesem Haus, das niemand je aufsuchte, umgebracht. Mädchen wie sie verschwanden einfach, man sah oder hörte nie wieder etwas von ihnen – zu viele von ihnen hatten ihr Verhängnis am Grund dieser Schlucht gefunden.

Kay ging zu Doc Whitmore hinüber, der gerade einen weiteren Behälter voller Knochen schloss.

»Wie kommen Sie zurecht, Doc?«

Er seufzte, um sein Gesicht bildete sich eine Atemwolke. Die Temperaturen waren unter null gesunken. »Mindestens achtzehn Leichen, ihn nicht mitgezählt.« Er deutete auf einen schwarzen Leichensack am Boden vor der Felswand. »Es könnte noch mehr geben. Unmöglich zu sagen, wie weit die Kojoten und die Rotluchse die Knochen im Wald verteilt haben. Aber ich habe achtzehn Schädel gefunden, allesamt weiblich, allesamt Teenager. Es wird Monate dauern, all diese Leichen zu rekonstruieren und zu identifizieren.«

Er trug den Behälter zur Wand, wo die Feuerwehrkräfte den Rettungskorb herabließen und die Leichensäcke und die Behälter vom Abgrund nach oben holten, um sie dann in den Transporter des Gerichtsmediziners zu laden. Dann kehrte der Doc zurück, stellte einen weiteren Plastikbehälter auf dem Boden ab und füllte ihn mit Knochen. »Ich denke, das ist der letzte«, sagte er und brachte feinsäuberlich Aufkleber mit Ziffern darauf an, die mit denen auf den entsprechenden Spurentafeln übereinstimmten. Doc Whitmore war in Anbetracht des von wilden Aasfressern vollständig kompromittierten Tatorts ungemein gründlich.

Einige der Deputies hatten sich um den Sheriff herum versammelt, schlenderten herum, hatten ihre Arbeit erledigt und wollten vermutlich am liebsten nach Hause. Eine bessere Gelegenheit würde sich wohl kaum noch bieten. Stumm zählte sie nach, ob auch alle da waren. Das gesamte Team war vor Ort, selbst der Empfangsmitarbeiter hatte bei der Kennzeichnung mit den Spurentafeln und Aufklebern mitgeholfen.

Kay ging auf den Sheriff zu und fragte ihn: »Sheriff, darf ich fragen, ob Sie einen Brief erhalten haben, der Sie darüber informiert, dass einer Ihrer Angestellten ein Missbrauchstäter ist, der seine Freundin regelmäßig schlägt?«

Sheriff Logan wirkte kurz verwirrt, dann blitzte Verstehen in seinen Augen auf. Er warf seinem Team einen ernsten Blick zu, dann erwiderte er: »Nein, habe ich nicht.«

»Ich aber schon«, verkündete Elliot und zog ein zusammengefaltetes Blatt Papier aus der Hosentasche. »Stellen Sie sich nur meine Überraschung vor, denn immerhin habe ich gar keine Freundin«, sagte er und wurde direkt rot. Doch das bemerkten in dem fluoreszierenden Licht der zahllosen Scheinwerfer, die überall am Grund der Schlucht Schatten warfen, wohl nur die wenigsten. »Das hab ich in meinem Postfach auf der Wache gefunden.«

»Das Interessante an diesem Brief ...«, meinte Kay, drehte sich rasch um und nahm die UV-Taschenlampe aus dem Spurensicherungskoffer des Docs. »Darf ich?« Doc Whitmore nickte und bedeutete ihr mit einer Handgeste fortzufahren. Sie schaltete die Leuchte ein und ging auf die Gruppe Deputies zu. »... ist, dass er mit einer Chemikalie präpariert wurde, die an der Haut haften bleibt und unter UV-Licht leuchtet.«

Sie betrachtete die Gruppe. Die meisten hatten die Hände in den Taschen vergraben, doch das war bei den eisigen Temperaturen verständlich. Ein Deputy versuchte, sich von der Gruppe zu entfernen, ging langsam auf die Felswand zu.

»Daugherty«, rief Sheriff Logan, »kommen Sie her. Zeigen Sie mir Ihre Hände.«

Der Mann erstarrte, dann drehte er sich um und kam langsam auf sie zu. »Ich weiß nichts von irgendeinem Brief«, meinte Daugherty. »Das ist doch Schwachsinn.« Dennoch behielt er die Hände in den Taschen.

Kay kannte ihn und hatte ihn anders eingeschätzt, aber da hatte sie sich wohl geirrt. Er hatte ihr an ihrem Abend im Hilltop Drinks ausgegeben und einfach wie ein lebenslustiger Typ gewirkt. Er war breit gebaut, trug einen buschigen Vollbart und war Kay bisher nur selten ohne Sonnenbrille begegnet. Sie hatte ihm noch nie in die Augen geblickt.

Kay richtete die Taschenlampe auf Elliots Hände. »Mein Partner hat den Brief angefasst und wird unter diesem Licht deshalb noch ein paar Tage lang leuchten, selbst wenn er sich sehr gründlich die Hände wäscht.« Elliots Finger leuchteten auf, wirkten in dem Licht beinahe weiß.

»Zeigen Sie uns Ihre Hände, Daugherty«, befahl der Sheriff. Leise fluchend und mit einem giftigen Blick in ihre

Richtung gab Daugherty nach. Seine Finger leuchteten genauso auf wie Elliots.

Sie sah den Sheriff an und fragte: »Darf ich?« Mit finsterer, enttäuschter Miene nickte Logan.

»Deputy Daugherty, ich verhafte Sie wegen Briefdiebstahls und wegen Behinderung von Amtshandlungen. Sie haben das Recht zu schweigen. Alles, was Sie sagen, kann und wird ...«

»Ach, hören Sie schon damit auf. Sie haben mich reingelegt!«, schrie er, als Elliot ihm Handschellen anlegte. Dann wies der Sheriff an, ihn abzuführen. Zwei Deputies eskortierten ihn den steinigen Pfad aus der Schlucht hinauf.

»Nun zu Ihnen beiden«, rief Sheriff Logan mit Blick auf Kay und Elliot. »Gehen Sie nach Hause und ruhen Sie sich aus.«

»Ja, Sir«, erwiderte sie und wurde sich plötzlich des pochenden Schmerzes in ihrer Schulter und der Müdigkeit in ihren Knochen bewusst. Sie wandte sich zu Elliot um und sagte: »Ich brauche einen Drink. Dringend.«

»Immer doch. Was immer die Dame wünscht«, entgegnete er und sein schiefes Grinsen erreichte seine Augen. In ihnen stand eine Hitze, die sie noch immer scheute.

Ihr fiel wieder ein, wie sie ihn auf dem Parkplatz vom Hilltop nach ein paar Drinks hatte küssen wollen, und ihr Lächeln verblasste. Sie würde nicht in die Fußstapfen ihres Vaters treten – sich betrinken und dann herumschäkern. Vielleicht war ein Drink unter diesen Umständen doch eine schlechte Idee.

Und außerdem war da noch Jacob.

»Weißt du was? Ich denke, ich begnüge mich diesmal mit einem Tee und verschiebe den Drink auf ein andermal.« Elliot runzelte leicht die Stirn, verstand ihren Sinneswandel wohl nicht. »Bring mich bitte ins Krankenhaus. Ich bleibe heute Abend bei Jacob. Sie haben mir gesagt, dass er immer noch unter Beruhigungsmitteln steht.« Sie stockte kurz und hielt die

Tränen zurück, die loszubrechen drohten. Sie zwang sich, stark und gefasst zu klingen, doch sie brachte nur ein bebendes Flüstern heraus. »Sie sagen, er ist jetzt stabil, aber er wurde lange operiert und ich ...« Ihre Worte verstummten und sie schaffte es mit Mühe, etwas Luft zu holen. »Ich will heute Abend einfach nur bei ihm sein.«

»Alles klar«, erwiderte er und ging hinter ihr her auf die Felswand zu. »Willst du den Aufzug nehmen?«, witzelte er und deutete auf den taumelnden Korb, der gerade den letzten Behälter mit Knochen nach oben transportierte.

So müde wie sie war, zog sie es sogar einen Augenblick lang in Betracht, doch dann tat sie es lachend ab. »Kannst du dir vorstellen, wie ich da nochmal im Wind herumbaumle? Nein, danke, da lauf ich lieber.«

Dann machte sie sich an den Aufstieg. Hin und wieder ächzte sie und musste sich auf Elliots Arm abstützen.

»Weißt du«, meinte er mit einem Anflug von Belustigung in der Stimme und einem Funkeln in den Augen, »ich sollte diese Prellung besser abchecken lassen. Ich glaube, in diesem Krankenhaus ist noch eine Couch für mich reserviert.«

Sie sah sich kurz zu ihm um, ein winziges Lächeln huschte ihr über die Lippen. »Aber klar doch.«

Der Pfad wurde enger und sie hielt an, doch mit einer galanten Handgeste bedeutete er ihr: »Nach dir, Partner.«

Als sie ihm den Rücken zuwandte und er sie nicht mehr sehen konnte, lächelte sie breit. Das hörte sie gern.

EIN BRIEF VON LESLIE

Ein herzliches Dankeschön dafür, dass ihr euch entschieden habt, *Die vermissten Mädchen* zu lesen. Wenn es euch gefallen hat und ihr über meine Neuerscheinungen auf dem Laufenden gehalten werden möchtet, meldet euch über den folgenden Link an. Eure E-Mail-Adresse wird nicht weitergegeben und ihr könnt euch jederzeit wieder abmelden.

www.bookouture.com/bookouture-deutschland-sign-up

Wenn ich ein neues Buch schreibe, denke ich an euch, die Leserinnen und Leser. Daran, was ihr wohl gerne als Nächstes lesen würdet, wie ihr gern eure Freizeit verbringen würdet und was ihr am meisten schätzen würdet in der Zeit, die ihr in Gesellschaft der Figuren verbringt, die ich erschaffen habe, und während ihr die Herausforderungen miterlebt, vor die ich sie stelle. Deshalb würde ich sehr gerne von euch hören! Hat euch *Die vermissten Mädchen* gefallen? Würdet ihr Detective Kay Sharp und ihren Partner Elliot Young gern in einer weiteren Geschichte wiedersehen? Euer Feedback ist mir unglaublich wichtig und ich schätze es sehr, eure Meinung zu hören. Bitte nehmt doch auf direktem Wege, über einen der unten gelisteten Kanäle, Kontakt mit mir auf. Am besten per E-Mail: LW@ WolfeNovels.com. Ich werde eure E-Mail-Adresse niemals weitergeben und verspreche euch, dass ihr eine Antwort von mir erhalten werdet!

Wenn euch mein Buch gefallen hat, würde ich mich freuen,

wenn ihr euch einen Moment Zeit nehmen und eine Rezension schreiben und *Die vermissten Mädchen* vielleicht sogar weiterempfehlen würdet. Rezensionen und persönliche Empfehlungen helfen Leserinnen und Lesern dabei, neue Bücher oder neue Autorinnen und Autoren zu entdecken – es macht wahnsinnig viel aus und es bedeutet mir einfach alles. Danke für eure Unterstützung! Ich hoffe, ich kann euch auch mit meiner nächsten Geschichte unterhalten. Bis bald!

Danke schön

Leslie

www.WolfeNovels.com

 facebook.com/wolfenovels
 bookbub.com/authors/leslie-wolfe

9 781803 147581